华语风丛书

黄宗之 朱雪梅 著

幸福事件

Events of Happiness

XINGFU
SHIJIAN

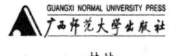

广西师范大学出版社
·桂林·

图书在版编目（CIP）数据

幸福事件 / 黄宗之，朱雪梅著． —桂林：广西师范大学出版社，2020.5

（华语风丛书 / 金进主编）

ISBN 978-7-5598-2655-8

Ⅰ．①幸… Ⅱ．①黄… ②朱… Ⅲ．①长篇小说－中国－当代 Ⅳ．①I247.5

中国版本图书馆CIP数据核字（2020）第030878号

广西师范大学出版社出版发行

（广西桂林市五里店路9号　邮政编码：541004）

网址：http://www.bbtpress.com

出版人：黄轩庄

全国新华书店经销

广西广大印务有限责任公司印刷

（桂林市临桂区秧塘工业园西城大道北侧广西师范大学出版社集团有限公司创意产业园内　邮政编码：541199）

开本：787 mm × 1 092 mm　1/32

印张：12.875　　　字数：270千字

2020年5月第1版　　2020年5月第1次印刷

定价：58.00元

如发现印装质量问题，影响阅读，请与出版社发行部门联系调换。

一

陆大伟回美国去了。送他搭乘东航经上海飞洛杉矶的航班后,我和李杰从长沙黄花机场候机厅走出来。

陆大伟离开前讲的故事让我的心情变得沉重。没想到李杰在美国生活的那段日子里,竟然试图在妻子和女儿抵达美国的那一天自杀。药研所的司机把轿车开了过来,停靠在候机大楼外街边。坐进车后,我向李杰提议去湘江橘子洲头坐坐。为了我的博士研究课题,我很想追根究底,对李杰试图自杀的那一段心路历程做更多的了解。

司机按照李杰的吩咐把车开到湘江大桥上。我和李杰下了车,从江心岛的旋梯走下桥,在江边公园找了一处僻静的地方坐了下来。与他相识两个月了,暑假期间对他的几次采访,证实了范时宕导师所说,李杰是一个有很多故事的人。他不寻常的艰难经历让我不得不认真思考,是什么原因给他的人生带来那么多不幸。

李杰在我旁边的水泥石凳上坐了下来。说实话,尽管与他接触有一段时间了,我还真没有仔细打量过他。也许是因为陆大伟讲的故事增强了我对李杰做更深入了解的欲望,我不由得朝他侧过头去。

李杰大概四十五六岁,个头不高,身体单薄,脸颊瘦长,眼睛细小,粗短的黑发中露出些许花白。见我望着他,他讪讪一笑,前额显出几条深深的皱褶,憨厚的瘦脸上透出几许倔强和沧桑。

"听陆大伟说,你在美国差点儿自杀?"我毫不忌讳地直接问他。

"你们在机场背地里说我?"他开玩笑说。

"我问陆大伟海归几年后重返美国生活的感受,他向我提起回美国第一天的遭遇。那一天,他与你妻子、女儿搭同一班飞机抵达洛杉矶,没想到你家房子已经被银行拍卖,你的妻儿无家可归。"

"我那时的处境非常糟,很绝望。想自杀是一时冲动,事情都过去了,别再提了。"

"我很想知道你当时是怎样想的,为什么会想要自杀?当然,人在困境中有时候会很脆弱。不瞒你,我过去也曾有过轻生的念头。"我很坦诚地说。

"是吗?"他有些诧异,不解地望着我。

"不骗你。也是在我的处境很糟的时候。"

李杰见我很诚恳,就说:"人的一生难免遭受大挫折,虽然说,人总有遇到困境的时候,挺过去就好了,但做起来有时候蛮难的。再坚强的人也会有脆弱的时候,何况像我们这些凡夫俗子。我原本以为自己是一个很坚韧的人,可当我被科尔曼公司解雇后,精神彻底垮了,两次想要自杀。"

"两次?陆大伟只同我说过一次。"

"在曹琳和凯西回美国之前有过一次。那是在我家的房屋被银行没收之后,我绝望了,想杀掉解雇我的老板莉莎后自杀。"李杰平静地说。

我睁大眼睛惊恐地看着他,请求道:"你能把当时的情况讲给我听吗?"

他想了一会儿,犹豫着,见我坚持,就说:"好吧。"随后把眼光转向茫茫湘江,同我讲述起那段不堪回首的往事。

四五年前,李杰一家住在洛杉矶的蒙诺维亚市。他家的房子是在房价最高时买的,花了五十多万美元。夫妻俩用多年的积蓄交了首付,欠银行四十万美元的贷款,分三十年按揭。经济危机,美国房贷银行巨额亏损,造成全美的房价暴跌。李杰失业时,这座房屋的市值已经跌到远低于他家欠缴银行的房屋贷款金额。妻子曹琳的公司解散,曹琳失去工作后回到国内,在长沙高新科技园参与老朋友谭国芷主持的血安达药物开发研究。李杰独自住在洛杉矶,被解雇后,几个月付不出房贷,贷款银行和催债公司的人找上门来,把收缴房屋的一沓文件交到李杰手里。

李杰坐在客厅里,颤抖着手,签署了银行交给他的文件。他的眼泪在打转,意识到最坏的时候到了,唯一还能容下他和妻儿的地方即将不复存在。家没了,他在美国辛苦十余年积攒起来的所有幸福和希望都没了,被连根拔掉,塞进了银行家们的黑色公文包里,全部被带走了。

那天晚上,李杰彻底绝望了。他是一个不轻易哭的人,可是那一天他悲痛欲绝地大哭了。挂在墙上的镜框、摆在桌上的装饰品、厨房里的餐具,一一被他狠狠地摔到地上。他跑进卧室,倒在黑暗中的床上,用被子蒙住头无助地放声痛哭。

李杰声嘶力竭地在被子里喊叫:"美国,你究竟怎么了?有钱和有权的人为什么会这样冷酷和贪婪,他们造成了今天的经济危机,把我的一切都盘剥尽了。他们从股市里盗尽了我的投资,从房市里抢走了我的住屋,从职场里剥夺了我的工作,把我逼上了绝路。"

哭了一个晚上,哭累了,他死去般地睡了过去,直到第二天中午才清醒过来。他怀着极为沮丧的心情买来一份《洛杉矶时报》,查到蒙诺维亚的戴维森路上有一户人家出租后屋,价格还合理,便开车去了那里,写了一个租约,租了只有一间卧室带半个厨厕仅够栖身的弹丸小屋。

那家人姓亚当斯,是一对白人夫妇,男主人叫比尔,看样子六十岁左右。女主人叫凯莉,顶多五十岁。女儿茱莉亚去念大学了,夫妻俩带着小儿子威廉,三口人用不了那么多房间,便出租了后院客房。

搬到亚当斯家后屋的那天,李杰整整一晚没有睡。他睁着眼看着黑暗中满屋凌乱的家具,想着造成这场灾难的原因。他想,这一切都是莉莎一手造成的。她明知道曹琳失了业,回国做血安达的研究是没有办法的选择,却故意借用公司对自身利益的绝对保护来算计他,逼得他一家人没有活路。

他痛恨这个令人憎恶的世界,权势、金钱、物欲,绑架了所谓的公平、法律、规则和道义。所有的社会机器其实都是处在强者的一边。对弱者,活着是一种痛苦。既然无法反抗,他也就必须承受痛苦。然而,承受是难以负荷的沉重,他产生了对死的渴望。

就这么轻易地默默死去?死得太不值,死得太冤屈,死得太不心甘。冤有头,债有主,他得先解除掉把他送上死路的元凶。黑暗中,李杰满眼是莉莎那张专横跋扈的脸,他想到了复仇:"莉莎,我的灾难全都是你造成的!你不让我好好地活,我也要让你不得好死,不杀掉你,我解不了恨,咽不下这口气。"

杀掉莉莎的想法从他的心里冒出来后,汇成了一条浪涛汹涌的急流,不可抗拒地在他的血管里奔腾。他感觉到身体里每一个细胞、每一滴血液都在燃烧。他在刚搬进的四处堆放着杂乱纸盒、塑料袋的房间里翻箱倒柜,寻找可以让所有怨恨一泄为快的工具。他终于找出过去买的那把黑色手枪和十几发子弹。他冷静下来,计划先写一封给妻儿的遗书,为自己的苦难做一个完整的终结。

也许是因为他有一支现成的手枪,所以对生命才会如此轻率地做出判决。他过去绝对没有想过自己花几百美元买来玩的手枪会成为发泄仇恨的武器。他曾经琢磨过美国的荒唐,竟然凭一张驾驶执照,经验证过去没有犯罪记录后,就可以大摇大摆地从枪店里买到一支可以杀人的沉甸甸的家伙。虽然他后来觉得对一个遵纪守法的公民来说，拥有枪支不会给社会带来危害，但他却没有料到从来都遵纪守法的自己，会在这个时候滥用社会对他的信赖。

这一天，李杰实施了杀掉莉莎的计划。

傍晚，他拿上手枪和子弹，开车朝科尔曼公司奔去。车子到达公司门外，他放慢了车速，缓缓行驶在朦胧灰暗的街道上，一边看地形，一边想着如何射杀莉莎。

附近有铁护栏围住的一幢幢办公楼和厂房，他来到一幢两层楼房的街对面，楼的正面是深色玻璃墙，莉莎和戴尔就在这幢楼里工作。莉莎办公室的灯还亮着，她还在上班。

李杰把车停在灯光照不到的街边，熄火，坐在黑暗的驾驶室里。他从车前座储物箱里摸出手枪，上好子弹，放进裤子口袋中，准备在莉莎办公室的灯光熄灭后，伺机推开车门，走向被薄薄夜雾笼罩着的街对面。

莉莎工作的办公楼与研发部的办公楼，底层的玻璃大门相通，那扇曾经每天向他敞开的锃亮的厚玻璃门紧闭着，像一道铁壁，横在他昨日的希望与今日的苦难之间。海伦递给他一封辞退信后，别在他外衣上的员工卡再也刷不开大楼的玻璃门。

李杰估计最多不会超过半小时，莉莎就会熄灯回家。在与莉莎共事的几个月里，他已经摸准她的行动规律。她办公室的灯光从来都是在这个时候熄掉的。莉莎随后会从办公楼下来，经过两幢楼相连的通道，推开玻璃门，去停车场。为了避开堵车的交通高峰,莉莎每天晚到晚退。

他警惕地望着楼上被灯光照亮的巨大玻璃窗。光线无所顾忌地从窗口弥散下来,投在街道上。那灯亮着,而曾照亮他前程的心灯却已熄灭。在这个几近漆黑的夜里,它以及连同承载着它的整个生命,都将裹着深重的伤痛一起离去。

李杰准备好了,计划在莉莎走出玻璃门的时候,朝她直冲过去。他将摸出被自己的热血温暖过的手枪,对准莉莎的脑门,把所有的仇恨统统射出去,然后让自己的灵魂倒在血泊中。

窗口的灯光一直冷冷地亮着。李杰在黑暗中想象着莉莎收拾好办公桌上的东西,关掉电脑,熄掉灯,离开办公室。他恨恨地想着,她再没有机会重新开启那扇紧闭的办公室大门,也不可能再启动她的电脑了。今夜,她将死去,与他那颗饱受煎熬的心一起被无尽的黑暗吞噬掉。

李杰悲壮地想象着,杀掉莉莎后,他将把临走前写好的那份充满了情与爱、仇与恨的遗书留在路旁的这辆与自己相依为伴的汽车里,留在依依不舍又义无反顾的人生末路上,然后毫无恐惧地吞下一颗子弹,永远地离开曾与自己朝夕相处的妻子,离开即将回到美国的女儿。

想到妻子和刚出院的女儿,他的心像被钢针刺穿般疼痛,眼眶被一股不忍的泪水浸湿了。可怜的凯西,回到美国后再也见不到爸爸了。几年前,曹琳把一岁的她送回国内时,他曾是那样舍不得。他曾发誓赚到足够的钱,在阿凯迪亚买一幢房子,让她回美国接受教育。可是,他与妻子在美国的这些年,用全部心血构筑起来的家和希望竟是如此脆弱,一个莉莎就那么轻易地把它毁了,碾碎了他的美国梦。他能不恨最终把自己推向末路的莉莎吗?!

> 凯西,爸爸对不起你。你本该拥有一个完整的家,爸爸现在却无法给你了。爸爸心里好内疚,好痛苦。你离开家四年了,爸爸好想见到你,可你就要来了,爸爸却不敢见你,不敢看到你本该天真的双眼却充满悲伤。我这个爸爸做得好窝囊。你原谅爸爸好吗?爸爸今夜就要走了,希望你能与妈妈好好活下去……

李杰想着,一行泪水控制不住地滑落下来,啪啪地滴到持枪的手背上。

他想给曹琳打最后一个电话,听一听她和女儿的声音。他去摸手机,手还没有碰到裤子口袋就停住了。

"我不能打电话。"他想。

李杰告诫自己不能听到电话那头的声音。那声音一旦传出来,会触发笼罩在他心头的厚厚阴云,搅出一阵倾盆泪雨,浇湿他的意志,泯灭他要杀掉莉莎的决心。他揩掉挂在脸颊上的泪水,咬了牙,狠下心,眼光又重新回到莉莎依旧亮着灯的窗口。

忽然,灯熄灭了。那一刻,李杰的心遽然紧张起来,在他的胸腔里一阵狂跳,像万马奔腾。铁蹄践踏着胸肺,沿着气管壁齐涌而上,越来越高,塞满了胸部的每一个角落,一直堵到了喉头。

李杰感到从来没有体验过的气闷,捏着枪的那只手在膝盖上不停地颤抖。他尽量控制住自己,大口地呼吸,以排泄掉越积越重的窒息感,集中精力在心里一秒一秒地计算着,莉莎应该走到楼梯口了,莉莎应该走进电梯了。他死死地盯住灰暗中的玻璃大门,等待电梯从二楼滑下来,等待莉莎走出电梯、经过通道、推开玻璃门的那一刻。

一阵手机铃声骤然响起,像一首刑场的葬礼曲,如歌如泣,在黑暗的车内格外嘹亮。李杰惊跳起来,摸不清铃声是从哪里传出来的,只觉得漫天在响,把他的整个世界都震动了。他的脑子一下乱了套,惊慌失措地去寻找铃声的源头,想用不停颤动的手掐断那搅乱自己的声音。慌乱中他发现铃声是从裤子口袋里传出来的,正想伸手过去,手机的铃声断了。

他稍稍恢复了平静,重新把眼光聚焦到街对面的玻璃门上。玻璃门在应该是被打开的时候,却没有动静。他把目光朝上移,惊讶地发现,莉莎办公室的灯光又亮了起来。她怎么返回办公室了?难道忘了什么东西?

正在他迷惑的时候,手机再一次响了。李杰犹豫了一下是否接听电话,楼上的灯光还没有熄灭的意思,他迅速拿出手机,看了一眼屏幕。曹琳的电话号码,他习惯地按了接听键,随后不假思索地冒出一句:"喂。"

曹琳抱怨的声音钻了进来:"李杰,您怎么那么久都不给我打电话?从国内往美国打电话贵多了。"

李杰一时支支吾吾,想找个理由搪塞她。

曹琳说:"我看到网上报道,美国政府已经有了新规定,失业的救济延长到99个星期。我打算带凯西尽快回美国。"

他还没有反应过来,另一个微细的声音挤进他的耳朵里,"我要同爸爸说话。"手机里飘来凯西幼稚得像儿歌般的声音,"爸爸,妈妈说要去买飞机票,我要坐飞机回美国了。"天籁之音从大洋彼岸漫过来,把李杰的心润湿了。"爸爸,我好想你。你想我吗?"凯西问他。

女儿的声音掘开了他痛苦的源头,他的眼泪一下涌满了双眼。他怎么不想呢?"想你,爸爸好想你。"泪水夺眶而出。他控制不住自己,抛下一句,"凯西,告诉妈妈,电话费太贵,爸爸给你们打过去。"

李杰关掉手机,扑在方向盘上,放声痛哭起来。恨泄了许多,仇消了许多,他抬起头来,睁着迷蒙的泪眼向对面望去。莉莎办公室的灯光重新熄灭了。不久,研发楼的玻璃门打开了。李杰看着莉莎走了出来,走出黑夜笼罩的办公楼,走向灯光昏暗的停车场。莉莎的车子驶离停车场后,李杰草草地把手枪和遗书塞进汽车副驾驶座前的储物箱里,启动车子,驶进了茫茫夜海中。

二

李杰望着前面缓缓东流的湛蓝河流,眼里闪着一汪泪水。

我侧过头,把目光移出他的视野,给他留出修复情绪的空间。待他平静下来之后,我问道:"现在回想那一段经历,你还觉得应该杀掉莉莎吗?杀掉她,真能解除掉你的心头之恨?"

李杰站起身,将抹泪的纸巾丢进旁边的一只垃圾桶里,随后,重新坐了下来,说:"幸好那天我没有杀掉莉莎,也没有自杀。现在回想起来,我还很后怕。"

"在你妻子和女儿回美国的那天,你怎么会再次想到自杀呢?"既然李杰敞开了心扉,把内心最不愿启齿的话题摊开来讲,我克制不住好奇,想知道陆大伟对我讲的故事的结局。

李杰说,失业的几个月里,在美国一直找不到工作,他曾想到唯一的出路是回国去。他发了一封电子邮件给自己本科学校的新任校长,想回大学工作。接到的婉拒信让他彻底失望了。他在美国没有读博士学位,又不是在国际上有杰出贡献的专家,不属于国内急需引进的人才。

曹琳带女儿回美国的那一天,他六神无主地坐在家里,想着怎样面对马上要回到美国的家人。一个大男人,没有工作,住房被银行收走,他彻底失败了,羞于做一个丈夫和父亲,无颜面对妻子和女儿。走投无路的苦痛使他再一次不想活下去。

他趴在书桌上给妻子和女儿另写了一份遗书。算好了曹琳母女从洛杉矶国际机场租车回家,路上需要一小时才能到达蒙诺维亚市,他揣着死灰的心从出租屋里出来,准备开车去以前住过的街区。他已决定好,见到妻女,了却了心愿,就不再回到这个阴冷的陋室。

车子启动了,他毫无眷念地离开了所谓的家和曾无数次徘徊过的狭长街道,抛下不堪回首的日子,开车驶向曾住了多年的熟悉街区,驶向生命的最后里程。

李杰对我说:"人在绝望时,很容易就想到死。也许死是最容易办到的事情,避重就轻,一走了之。"

我也颇有感受,说:"只需要一个念头,一次狠心。"

李杰说:"没错,自杀是最简单的。绝望时,一个念头就行了。自己离开了这个世界,却把痛苦留给了活着的人。我后来想过,自杀其实是最不负责的行为。生命不仅是属于自己的,更属于与自己息息相关的人:孩子、妻子、国内年老的父母等亲人。我不能不管他们的感受而逃避生活的困境,我死的话,对不起养育过我和深深爱过我的人。现在想来,即使我对莉莎有深仇大恨,也不该杀死她,我需要为莉莎的家人着想。

"活着有时会很艰难,但活着才会有希望。如果我当初杀了人,然后自杀,还会有今天吗?我的家人会遭受多大的痛苦?我庆幸在开枪射杀莉莎之前,曹琳和凯西打来了电话。更庆幸自己在见到回到美国的家人时,心里又燃起要为她们活着的希望。我今后不会再干这种傻事,不管未来遇到多大的困难,处在多么艰难的险境，我都会坚强地活下去。"

活着就是希望，我认同李杰的想法。

那天，我和李杰在江心岛坐了很久，直到太阳慢慢落山，我才与他分手。

乘车回到父母家中，我坐在自己房间的书桌前，脑海里都是陆大伟和李杰讲的故事。自从采访李杰以来，这一天收集的材料最有价值。无疑，这些原始的素材对我研究李杰海归的原因十分重要。我打开电脑，把故事详细地记录下来。

暑假快要结束，我准备返回北京。虽然我已经从李杰身上挖掘到不少原始素材，可离我的博士毕业论文所需的材料还差得远，我打算从长计议，好好看看已经收集到的资料，以便计划下一步该怎么办。

我在电脑里找到暑假期间的采访资料，打开"海归海不归的现实意义和它对中国社会发展的影响"研究课题的文档。这个课题是导师范时宕教授两个月前与我一起定下的，是我三年读博期间必须要完成的研究项目。我一边阅读两个月来所做的记录，一边回想起范时宕教授与我定博士论文研究方向时的情景，以及后来几次采访李杰的经历。

暑假前，博士研究生的所有科目都考完了，我紧绷了几周的神经稍稍得以放松。

宿舍楼内的同学大都跑出去逍遥,素日人满为患、吵吵嚷嚷的房间终归平静。我把摆满书桌的各科图书收拾完,塞到单人床下看不见的角落,无精打采地躺在床上。头枕着叠成四方形的被褥,感到心像窗前那块收拾得干干净净的桌面,没有了杂乱的拥塞,空荡荡地发虚。很奇怪,我竟然会在好不容易松懈下来的时候,忐忑不安,心绪难宁。我想,也许是自己陷入了又一次周期性的情绪低谷。

我意识到我的忧心是有原因的。原计划今天要与范时宕教授谈课题的研究方向,可当我如约去他的办公室时,他却说有一个老朋友从长沙来,他要去机场接人,谈课题的时间改到明天。没想到定好的事变卦,我挺失望的,一路忧心忡忡地从社科学院走回宿舍楼。如今社会发展太快,生活中的变数太多,无法预知的变化让人难以适从,以致时常感到自己对生存和命运失去了掌控,对不确定的未来有着强烈的担忧。我担心导师因为家里来客人,谈课题的事被耽搁下来,拖到暑假后。

导师早就劝过我:"你急干吗?还有两年时间。用一年准备课题和收集资料还不够?"

我辩解道:"同届的理科博士研究生早已定好了研究方向,他们马上就要进实验室做课题了。"

导师试图说服我:"理科不一样,在实验室完成一项研究起码要花一年多。博士学制都是三年,不早定课题怎么行?在美国,理科博士要读五年,有的人研究课题做得不顺利,拖到七八年才能毕业。"

我回答道："国情不同。我们毕业后工作难找,我必须尽早完成课题,多留一点时间为找出路做准备。"

导师很清楚我为什么读博士。本科毕业、硕士研究生毕业我都没有找到合适的接收单位,不得已继续读书。毕业后能去哪里,我还是没有底。范时宕教授留过学,曾在哈佛大学做博士后,是千人计划国家重点引进的海归人才。我告诉他自己毕业后也想出国。

"学文科的出国能干吗?工作比国内更不好找。"导师规劝我。

有他现成的路可循,我说:"我去做博士后。"说完又觉不妥,我是无法与他相比的,就改口,"要不我再去读一个好找工作的硕士学位。"

我对未来的焦虑,范时宕教授很清楚。毕业后找不到合适的工作是我的心病。

第二天是周六,下午,我乘公共汽车去了范时宕教授家。他住在亚运村。下了车,我找到他住的那幢楼,乘坐狭窄的电梯上到他家那一层。敲开门,我的心咯噔一下凉了半截,客厅里的沙发上坐着一个陌生人。我内心不安,有客人在家,导师会有时间和心情与我谈论课题的研究方向吗?

范时宕教授并没在乎我骤变的脸色,他神情自若地迎我进屋,笑呵呵地做介绍:"这位是李杰,我的老朋友。他是海归,现在在长沙高新科技园药研所当所长。"

海归！出国闯荡后,衣锦还乡,在国内谋得一官半职的那种荣归。

李杰从沙发上欠起身与我握手。随后导师把我们带进餐厅。酒和菜已摆在餐桌上,师母还在厨房忙。我们在餐桌旁坐下来边吃边聊。

范时宕教授能说会道,他把小小的餐桌当成几十个研究生济济一堂的大教室,滔滔不绝。在足足一个多小时的交谈中,他压根儿没有提及我的课题。

我所关心的事被搁在一边,不由得焦虑起来,心想,这餐饭后,导师何时再有空与我见面？何时能与我静静地坐下来,不受干扰,只谈论与我的研究相关的问题？

吃完饭,导师拍着我的肩膀说:"李杰的母校北医大合并到北大后,我们三个成了校友。走,咱俩陪他去北医大转一圈。"

导师开了口,我们三人既是老乡,又是校友,我能不去？

我们坐进停在住宅楼间狭窄过道旁的导师的车,由他驾驶着从北四环中路去北大医学部。

夏日的校园在落日的余晖中一片喧腾。校区内人群熙熙攘攘,自行车铃声和说话声起伏不断。我们乘坐的黑色轿车在来来往往的人群中见缝插针,时停时驶。转了一大圈后,李杰余兴未尽。临出校门前,他侧过头感慨万千地对范时宕教授说:"学校变化好大,到处是新楼。"

我指着校门上水波形的顶,说:"医学部大门的设计独特,很有现代感。"

范时宕教授却说:"是现代,与大学周边的建筑很和谐。不过这是做学问的地方,设计上还是朴素些好,学术机构不能同社会一样热闹。"

也许是因为范时宕教授出过国,也许是因为代沟,我与他在认识上有差距。

"国内是蛮热闹的,回国两年多,开始时我感觉难以适应,现在好多了。"李杰说。

国内热闹过了头?难道国外不是这样的?出国是我毕业后人生规划的主要选项,我主动加入他们的谈话。"你们在国外待得好好的,为什么要回国?"

"为什么?各人回国的原因不同,一言难尽。"李杰转过身,朝我回了句颇为感慨的话。

我追问他:"你为什么回国呢?"

"我?"李杰迟疑了一下,细小的眼睛流露出欲言又止的神情,说,"几句话哪能讲清楚。"

范时宕教授哈哈笑了,"李杰的经历非凡。"他转过头对我大声说:"你知道我为什么请他来北京吗?"

我一头雾水,不明白范时宕教授话里的含义。

"我不是同你说好了今天讨论你的课题吗?李杰是我的小学和中学同学,我请他来参与讨论你的研究方向,给你讲他海归的故事。"

"你让我研究海归?"我似乎悟出了导师介绍我认识李杰的目的。

"不全是。"范时宕教授似是而非地说,"应该说是研究海归和海不归。一年前,李杰途经北京,准备返回美国生活。我与他聊了很久,说服他留在国内发展。我与他同是海归,在国外待的时间长短不一,但都有过一段很艰难的内心挣扎。海归和海不归是所有出国的人都必须面对的选择,虽然是个人问题,可也与整个国家的发展紧密相连。我认为这是一个值得好好研究的课题。"

范时宕教授是社会学专家,三句话离不开国家的命运和发展。他慷慨激昂地对我说:"中国正在经历其他国家都没有过的最为快速的发展,这期间有数百万的中国人涌到海外,这个前所未有的出国潮与随后的海归对中国社会的高速发展有着重要的历史意义。我们能否借此看到它对中国大国崛起这一历史时期的深远影响和启示?"随后,他语重心长地说:"我介绍你认识李杰,是希望你通过具体的实例,了解当代中国在崛起的过程中,国家的高速发展与出国潮、海归的关系,更希望你从中领悟出一些人生道理,走出你自己的困惑。"

我正在为自己未来的人生寻找方向,这个研究课题可谓投石问路,我欣然接受。

范时宕教授开车绕到主校园,在我走出车门前特别恳切地嘱咐道:"李杰在美国待了十几年,他的经历非常复杂。我另外还有两位朋友,其中一位海归后又回了美国,有机会,我介绍你认识他们。研究课题具体怎么做,你好好琢磨。"

我在校门口下了车走回宿舍,导师送李杰回宾馆。望着灯火通明的北京街道和远去的车子,我陷入了沉思。"海归海不归",导师把这个曾在网上炒得很火的话题拿来作为我博士论文的研究方向,我既兴奋,又有些茫然。离毕业还有两年,我可以用一年多的时间收集资料,半年时间写毕业论文和答辩。

三

那年暑假回到长沙老家,我特地去了长沙高新科技园。按约定,我去了李杰所在的药研所,在所长办公室里与他见了面。

我们坐在装修得颇为现代的宽大办公室的沙发上。我开口问道:"你们药研所主要做什么研究?"

李杰说:"开发新药。我们正在研究一个国家重点项目血安达。"

"血安达是什么?"我好奇地问。

"一种刺激血清素分泌的化学合成药物。是这个项目最终把我留在国内的。"

"血清素?"隔行如隔山,我不懂这个生物医学名词的意思。

李杰没有解释,而是说:"骤然讲血安达的话题,你可能很难明白它对我的意义。我们还是慢慢聊吧。"

"能从你出国开始谈起吗?"我也有想出国的考虑,也许李杰的那段经历对我更实际。当然,我打算尽可能对李杰做全面的了解,博士论文需要的材料多,我必须全力挖掘。

"从出国的时候讲起?"李杰想了一会儿,说,"好吧,我就从研究生毕业前的一年说起。"

我拿出纸笔,准备做采访记录。

"那时,我在北京医科大学读硕士学位,与你现在的年龄差不多。"李杰一边回忆,一边同我讲起他的往事。

那还是十五年前的事。

离研究生毕业还有一年的一个初夏的黄昏,李杰与同届的陆大伟、江天浩在校园球场打完篮球回宿舍,途经生化研究所大楼时,遇到两个姑娘。

高个子的漂亮女孩对陆大伟招了一下手,"嗨"了一声。

李杰定睛看了一眼陆大伟,他的两眼正烁烁发光。李杰问他:"你认识她?"

"我们所的硕士生,肖昕。"陆大伟回答李杰后又补了一句,"她马上要去美国。"

"去美国?"李杰感到眼前一亮。

那时候北医大出国的人很多,研究生院里,几乎没有人不在谈论出国或者准备出国。

听到李杰大声说话,两个女孩不约而同地回过头来。

李杰注意到另一个女孩朝他们三个男生嫣然一笑。她乌黑的长发在黄昏金灿灿的霞光里格外惹眼。

"与肖昕一起的那个女孩是谁?"李杰问陆大伟。

"曹琳。"陆大伟边拍篮球边说。

"我听过她俩的名字。"走在一边的高个子江天浩插嘴进来。他是药学院的硕士研究生,平时话不多,在他们三个关系密切的朋友中,他是相对安静的一个。

陆大伟说:"肖昕的导师是从美国回来的,最近帮她联系好了去美国南加州大学做研究。曹琳是微生物专业的硕士生,她俩与英颖同住一个宿舍。"

李杰停住脚步,回头朝离去的两位姑娘看去。夕阳从大楼那边照过来。两个姑娘朝气蓬勃的身体在阳光下映出两条影子,长长的,在地面上摇曳着,渐行渐远。

李杰留恋地望着即将转向大楼另一侧的她们。曹琳刚好回过头来,她恬静地朝还伫立在路边望着她们的三个男生微微笑了一下。

李杰觉得那笑容很温柔,于是问陆大伟:"你怎么认识她们的?"

陆大伟挤挤眼,诡秘地笑着说:"肖昕与我在同一楼层的实验室工作,曹琳和英颖常来找她。"

呵,陆大伟对肖昕的行踪了如指掌。李杰正想着,平日慢吞吞的江天浩竟然大彻大悟,说:"你在追肖昕吧?"

陆大伟洋洋得意地哈哈大笑,猛地把篮球掷向江天浩。

江天浩抓住球,眯眯笑着,风趣地说:"难怪,她瞅你的眼神甜丝丝的。"

此后不久,经陆大伟介绍,李杰认识了曹琳,并与她谈起了恋爱。在李杰和陆大伟的撮合下,江天浩与英颖也成了一对儿。

就在他们相遇的这年夏天,肖昕硕士毕业后,去美国做访问学者了。一年后,他们这一届研究生面临毕业分配。

假期前,李杰回长沙找接收单位,没有合适的。曹琳的导师是系主任,她留校是铁定的,她坚持要李杰找关系,设法留在北京。托人帮忙,李杰被分到北京的一家医院当内科医生。他与曹琳很快结了婚,住进医院分配的单间。

此后,几个老同学各奔东西。陆大伟与肖昕结了婚,去了美国。江天浩留在大学的药学教研室当助教。英颖事业家庭两全,与江天浩结婚后,挺着个大肚子,在校园里走来走去读博士,生了孩子后学业也没中断。江天浩除了工作,还要帮英颖照顾刚出生的儿子,但他不声不响地默默耕作,忙里偷闲把托福和GRE都考了,暗地里在联系出国读博。

一天,李杰接到江天浩的电话,才知道江天浩也要出国了。江天浩拿到了南加大读博的通知,全额奖学金,每月一千五百美元。那是让李杰羡慕的巨大数字!他在北京工作,每月的工资折算成美金,不到一百美元。江天浩一个月的奖学金,他要用一年半的生命去赚取。同样是男儿之躯,当用金钱明码标价后,显而易见的巨大差距让李杰感到了自己的卑微。

江天浩离开北京前对李杰说,英颖正在想办法把博士课题带到南加大做,做完研究后回国答辩拿学位。见李杰心里无限羡慕,他就发誓说,肖昕和陆大伟也在洛杉矶,到时候他们两家人齐心协力,一定帮李杰和曹琳联系去美国。得到许诺,李杰有了目标,他们去的地方是他的彼岸。李杰期待着。

一年后,江天浩真的帮李杰联系到了南加大,在他导师安德森教授合作伙伴的遗传研究所里做基因研究。李杰和曹琳一起去了美国。到达洛杉矶的那天,江天浩来机场接他们。才隔一年,他们竟坐上江天浩买的一辆半新小轿车。

"你已经买了汽车?"李杰重重拍了一下江天浩的肩膀,羡慕是由衷的。

曹琳兴奋地说:"出门自己开小汽车,真是太幸福了。"

李杰和曹琳都无法相信一个拿奖学金的学生买得起一辆车。他们倚在后座的靠背上,尽情地憧憬正在向他们招手的幸福生活。

江天浩把他们接到自己的公寓楼,英颖在家中等着。肖昕和陆大伟也特地赶来了。他们三家人聚在一起,围坐在餐桌四周,喜气洋洋地包饺子,拌凉菜,热热闹闹地喝啤酒,聊天。

那一天他们很开心,吃完饭,已经过了半夜。困了,三个淑女就在床上一挤,三条汉子在客厅里打地铺。

第二天,曹琳提出来想去看看肖昕家的房子。他们三个家庭六口人呼啦啦挤进江天浩的车子里,往陆大伟家开去。没到陆大伟家,车子熄火了。江天浩留在驾驶座上掌握方向盘,其他五个人下了车,十只手把住车子的三周,一路欢笑着,合力把车子推到了修车行。

此后,他们逢年过节总会聚到一起。假期他们相约一块去旅游。有年夏天,他们三家人合租了一辆大车,历经十天,绕了五个州,沿途游玩了拉斯维加斯、死亡谷、黄石公园。

那时他们手中的钱不多,一两万美元的年薪或者奖学金,与当地的美国人相比,他们是穷学生、穷研究员。但是他们的钱够买二手车,可以租住宽大的公寓,很快拥有了计算机、彩电。他们就在这样快乐的日子里度过了三年美好时光。

他们真的感到很幸福。

李杰停止了讲述,定睛看着我,问道:"杨帆,你说钱与幸福有关吗?"

他在拷问我吗?如果是想向我证实钱与幸福没有关联,他肯定得不到共鸣。在一个飞速发展的社会里,我因为找不到合适的工作,只有拼命读书,还要为未来的出路担忧。房价每天攀升,物价不断上涨,我直觉自己追不上时代狂奔的脚步,正在寻找有幸福感的生活。

我在内心对他说:"李杰,你是过来人,我来找你,虽然是出于博士毕业论文的需要,可那不是我最想从你这里得到的东西。我写任何一篇论文,都可以毕业,拿到博士证书。我奔你而来,是想向你讨教人生,从你这里寻找我幸福人生的方向。"

美国,曾经是李杰向往的地方,也同样是我今日所憧憬的地方。我希望能听李杰讲更多的故事,特别是他出国后的经历。他的人生经历中无疑蕴藏着许多我正在寻觅的东西,我期待从他的故事里找到答案。

见我没有回话,李杰说出他自己的答案:"幸福与钱没有必然的本质联系。年轻的时候,我们没有什么钱,没有家庭负担,没有生存压力,没有攀比,反而容易满足和幸福。如今经济发展了,我们有了比以前高出许多的工资,却不再感到幸福。每天疲于奔命,没有了心情,没有了时间,没有了体味生活的心境,丧失了对幸福的知觉。"

李杰接着讲自己的故事。

三年后,他们三家相继拿到了美国绿卡,开始各奔前程。肖昕考了医生执照,搬去密歇根做实习医生。陆大伟博士没有读完,拿了硕士学位,跟随肖昕一同离开了洛杉矶。英颖嫌在大学里做医学研究工资低、压力大,去了制药公司工作。江天浩读博期间,导师开枪自杀,他转到李杰的老板手下读基因专业,毕业后,也去了一家制药公司,得到了高工资的研究位置。看到他们各有更好的前程,李杰和曹琳也不甘落后,从南加大研究室跳槽到希望城国家医学研究中心,因为希望城的老板答应支付更高的年薪。他们在美国尽其所能,为创造更好的未来而努力,来往少了,各自为了工作、家庭、房子奔波,生活不再平静。

四

李杰和曹琳住在洛杉矶租来的公寓里,离希望城研究中心不到十分钟的路程。老板是个外科医生,常常在医院忙于肿瘤手术,没时间光顾实验室。大多数时间他们是朝九晚五地上班,加上没有孩子的拖累,日子过得平静安逸。节假日,他们与朋友聚餐,开车远游,或者爬山攀岩,偶尔还租船出海去墨西哥海湾钓鱼。有一年,一帮朋友忽然来了打猎的兴趣,约李杰一起去山里打野猪。李杰买了一把气枪凑热闹,觉得不过瘾,又去买了一把手枪。

曹琳怀孕后,他们的生活发生了变化。孩子生下后谁来照顾?两人都上班,把孩子送到保姆家照看,每月要花七八百美元。他们考虑把父母接来美国探亲,两室一厅的公寓不够住,打算在父母来美国前,就近买一幢房子。

曹琳临产时,他们看中了蒙诺维亚市的一幢独立屋。那时的房价被炒得很高,首付耗去两人来美国后的全部积蓄,欠了四十万美元的银行贷款,分期付款,三十年还清。

搬到蒙诺维亚市不久,女儿凯西出生了。李杰和曹琳两家父母的签证都被拒绝,因为老人家没有足够的资产证明他们能在中国好好生活,移民美国的倾向成了反复被拒发签证的唯一理由。

李杰夫妇工作之余变得忙碌了。照看孩子,修整房屋,割草,清扫后院,洗衣做饭。稍有空暇,李杰抱着女儿坐在电视机前看NBA篮球赛,或者上网看新闻轶事。日子就这么平平淡淡的。工资够用,生活还行,不悠闲,不富裕,但总算还过得去。

有了女儿,那帮没有孩子拖累的朋友慢慢与他们来往少了。李杰和曹琳围着女儿转,自得其乐。周末,他们推着婴儿车,带女儿到附近的阿凯迪亚市大公园溜达。

一天,曹琳兴冲冲地对李杰说:"电视新闻报道,阿凯迪亚被评选为美国最适合孩子成长的城市。"

阿凯迪亚离李杰家只有几分钟车程。那个住了五万人的城市郁郁葱葱,环境优美,公立学校很不错。

李杰对曹琳说:"我们三十几岁才得女儿,要好好培养。还有五年时间,多赚些钱,到女儿五岁上学时,把蒙诺维亚的房子卖掉,在阿凯迪亚市另买,让女儿到好学区读书。"

他们的长远计划被肖昕的一个电话打乱了。肖昕搬到密歇根后,在一家小镇医院做实习医生,一天十几个小时泡在医院里,孩子和家都顾不上。陆大伟生性好动,小镇生活太单调乏味,他待不住,几年前带儿子回国发展了。肖昕告诉李杰,实习医生做完了,打算留在密歇根的小镇医院工作。

在偏僻小镇上工作有什么好,生活品质肯定比大城市差远了。李杰替她惋惜,"你怎么不回洛杉矶呢?几家朋友都在这边。"

肖昕丝毫没有为自己的选择感到遗憾,"在小镇上工作怎么不好呢?生活费用低,房价便宜,工资却比洛杉矶高很多。"

李杰非常纳闷,"怎么会呢?大城市消费高,工资也应该高一些才对。"

"小地方没人愿意去,只好多给钱。"

李杰很好奇,给多少钱才会愿意放弃大都市的优越,在人烟稀少的偏僻小镇过与世隔绝的生活?他对肖昕的年薪产生了强烈的兴趣。在美国,报酬是个人隐私,不好随便开口问。可它是一个很有吸引力的话题,人活着,拼命努力,不就是为了赚更多的钱,过更好的生活吗?他压抑不住自己的好奇,鼓足勇气,探询道:"你……现在年薪多少呢?"

肖昕犹豫了一会儿,还是如实说了:"起薪二十万美元。"

"二十万!"李杰倒抽了一口冷气。

对李杰和曹琳来说,这可是一个天文数字,是他们工资总和的两倍多!在希望城做研究,李杰的年薪不到五万,但比在南加大医学院工作时高,他基本上还能安于现状。可如今与肖昕二十万美元的年薪相比,那可是天壤之别呀!

这么一个电话把李杰的心搅得不再平静了。他极不服气地对曹琳说:"麻醉科医生起薪二十万美元,过三年五年,不就是三十多万了？同是北医大硕士毕业的，来美国的时间也没有差多少，我太掉价了。"

曹琳说："羡慕别人有什么用呢？你在北京当过内科医生，想考医生执照的话，我愿意陪你再苦几年。"

在南加大工作时，李杰身边就有几个同事在考医生执照。几年过去了，他们现在已经在外州的医院里做病理科医生。病理科医生虽比不上麻醉科医生的年薪高，十二三万美元总该有吧。

连续几晚李杰都睡不好。他想，自己也该找出路，趁着还年轻，去考医生执照。

李杰打电话征求江天浩的意见。江天浩劝他说："别折腾了。几年前英颖也想考医生执照，她买来一大堆英文版医学书，下班后每天复习到深夜一两点钟。当时我儿子读小学，女儿更小，家里的活儿全落到我头上。我劝英颖放弃，安安心心过日子算了。"

江天浩替他算了一笔账，"你要重新自修所有的英文版医学书，到通过医生执照考试至少花三年时间。拿到执照后，找实习医生位置，还要到处面试，又要花掉一两年。到普通科室做实习医生需要花上三四年时间，若想做专科医生还得再实习两三年。从准备考试到当医生，最顺当的话也不下十年时间！你能撑得住？"

十年，媳妇熬成婆。美国出生的人读医学院，也要到三十四五岁才能当医生，轮到他熬出头，恐怕要奔五十岁了。起步晚了呀,李杰后悔当初没有想到走这一步棋。

曹琳劝他说:"算了,我们不同别人比。"

不比,看到人家开好车,住大房子,他能不比吗?继续在希望城国家医学研究中心熬下去,除了出几篇论文,还有什么可图?买房买车哪样能靠论文?

不去与肖昕比,眼前的老同学江天浩家就住在同一个地区。英颖放弃考医生执照,拿到绿卡后跳到制药公司去了。公司的薪资比研究所高,劳保福利也好。

李杰打定主意,放弃学术研究,换到公司去。此后,他每天上网查找附近制药和生物技术公司的招聘广告,一旦发现有合适的工作,就马上把求职简历发过去。他先后在洛杉矶范围内多家生物技术公司面试过,可面试后就再没有下文。英颖也帮他递过几次简历,因为李杰没有公司工作的相关经验,同样是泥牛入海没有回音。

四年前,机会终于来了。洛杉矶尔湾市一家生产蛋白质抗体的公司招人,李杰顺利通过面试,被聘用了。公司离李杰家八十多公里,途经好几条高速公路。

曹琳担忧地说:"尔湾太远了,每天上下班堵车厉害。"

"堵车有什么大不了呢,我过去在南加大实验室做研究,每天加班一两个小时是常事。尔湾上下班路上堵,就当作加班好了,至少每年多拿一万多美元呢!"李杰执意要离开希望城。

曹琳劝道:"凯西还小,家里的事多,我一个人顾不过来怎么办?"

李杰说:"我想多赚些钱,搬到好学区去住,也是为凯西考虑。阿凯迪亚市的房子比蒙诺维亚贵很多,我们需要多赚些钱才行。"

李杰嘴上说是为了凯西,其实内心并不尽然。肖昕拿那么高的工资,江天浩家的房子也比他家的大不少,都是从同一所大学出来的,自己哪点比他们差?他心里不平衡。

曹琳早看出他的心思,她没法说服他,只好依他了。

五

李杰做梦也没想到,高速公路堵车带给他的烦恼与耗在实验室里加班绝对无法相比。每天上下班高峰时间,宽阔的高速公路没有一天不是塞满了车。遇上车祸,上百辆车瘫在路上一动不动。到尔湾工作后,他才体会到上班地方离家远,竟是如此折磨人,痛苦得令人绝望。

为了错开交通高峰,早晨天没亮,李杰便离开家往公司赶。忙碌完一天,急匆匆从公司开车回家,高速公路上早已黑压压的一片汽车。好不容易在路上熬过两个多小时,回到家已筋疲力尽。启动遥控车库门,把车子开进车库停下来后,李杰常常会坐在车内闭上眼歇息一会儿。多半时间,他都是靠在驾驶座上不知不觉地睡着了。

李杰不得不主动待在实验室里加班,等过了交通高峰再离开。家中有事,他才硬着头皮,迎着交通最繁忙的时刻,插进滚滚车潮。

到尔湾工作后,他家的生活节奏被彻底改变了。每晚十点钟前,李杰便像一个催命鬼,喊曹琳快点洗漱就寝。他抱怨睡眠不够,上班下班在高速路上开车时打瞌睡。

他的早睡并无济于事,半夜不是被未满周岁的女儿凯西的哭声吵醒,就是被刚到新公司上班的手忙脚乱折腾得辗转难眠。他常常半夜从床上爬起来,去厨房喝半杯葡萄酒,或者在床头柜中寻找安眠药片。后果不言而喻,第二天他不是因为没睡好打不起精神,就是因为药片的作用而处于迷迷糊糊的状态。这样的日子周而复始。

因为他,曹琳也生活在忙碌不堪中。

每天早上,电子闹钟五点准时爆响。他们这两条困倦的躯体如同被白天的忙碌耗尽了油的灯芯,还没有来得及灌上油,又开始新一轮的燃烧。李杰对闹钟很难适应。担心起床晚了,他总是在闹钟没响之前就早早地醒来,不时地从枕头上抬起头,看一眼黑暗中闹钟上鬼火般亮着的荧光数字。等到五点闹钟猛然响起时,曹琳也被吵醒了。

她还处在迷迷蒙蒙的睡意中,李杰便慌忙下床,径直朝浴室走去,掩上门,冲洗马桶,急急忙忙地沐浴。他在进公司后的两个月里养成了晨浴的习惯。

李杰记得在进公司后不久接到英颖的电话。她告诉他，公司裁员，她失业了。那时李杰的公司正有一个研究员位置空缺，他让英颖把求职简历发过来。因为英颖有公司工作经验，面试顺利通过了。

上班的第一天，李杰在公司门口等她。英颖还是面试时那身隆重打扮，提着一个名牌包，脸部化妆精细，身上飘着香馥馥的气味走到他面前。

李杰开玩笑说："你今天还要面试？"

"怎么了？"英颖说。

"瞧你这身盛装，像是来面试的。"

"损我呢。"英颖指着一位从玻璃门外走进研发楼的白人男同事，对他说，"你看周围，有几个人像你那样邋遢？"

平常上班时，大家都穿一件长白工作服，李杰没有觉得自己与他人有什么不一样。随着英颖的指引，他看到那位白人男同事身穿衬衣西裤，装束整洁，头发梳理得一丝不乱，从他们身边经过时，留下一股男士香水的淡淡清香。

英颖嘲弄李杰说："怎么样，是你另类吧？"

李杰笑了。此后他并没有改变自己的生活习惯，照样是一套外衣外裤穿几天。同组的墨西哥女同事的一句话改变了他，让他付出了每天清晨少睡半个多小时的代价。

那位女同事在英颖刚到公司上班后不久，与李杰同桌吃午饭时，毫不遮掩地当着大伙的面开他的玩笑："中国男人是不是都不喜欢换衣服和晨浴？坐在他们身边总能闻到一股汗臭。"那天,英颖与李杰同坐一张餐桌,她一脸难堪,李杰感到无地自容的尴尬。

李杰在南加大和希望城工作的几年里,多是与一群连头发都是老婆剃的中国男同胞泡在一起。他不仅不会晨浴,连晚上洗澡都不是每日必须做的事情。每天下班时,他毫不顾忌地把衣领口被脖子蹭出一圈乌黑污渍的白色工作服,大大方方地挂在换衣间的衣架上。他没有感到什么不妥,从不忌讳把邋遢的习惯展示在众目睽睽之下。

墨西哥女同事的话让英颖好好地教训了他一顿:"李杰,别再给中国人丢人了。拜托你讲究点! 早晨洗个澡,换一身衣服能占多长时间？"

两个女人夹攻,李杰感到无奈,不得不一改恶习了。晨浴占去了他半小时的睡眠时间,也给曹琳带来了烦扰。一门之隔,哗啦啦的放水声吵得她睡不着,她爬起床,去楼下的厨房帮他准备早餐。她给他沏上浓茶,准备好午餐的便当,再倒上一杯牛奶,烤上两片面包,从壁柜里取出花生酱,然后回到卧室,推开浴厕门,催促道:"快点,早餐准备好了。"

李杰穿戴整齐,从楼上快步下来,走进厨房,在圆形的玻璃早餐桌旁坐下。他狼吞虎咽地吃完早餐,提着便当,端上保温茶杯,冲进车库。每个工作日的清晨,天还没有亮,他就得走出家门。然而,不只他是早鸟,210号高速公路上早就传来了呼啸的车流声。他启动车子，在灰暗的驾驶室里闭上眼，甩动几下还没有完全清醒的脑袋，挂上倒车挡，向曹琳挥手告别后，便飞快驱车冲进尚未苏醒的早晨。

送走李杰后，曹琳该忙凯西了。她抱起还在婴儿床上熟睡的凯西，换尿布，穿衣服，冲泡婴儿奶粉，一边喂女儿，一边吃早餐。送女儿去保姆家后，她才赶去希望城国家医学研究中心上班。

李杰每天早出晚归，家里的活儿都摊在曹琳身上。最初曹琳埋怨："我有一份全职工作，家里的事情你一点也管不上。"可当他把第一月的工资单交给她后，她不再多说了，心甘情愿地肩负起家里的担子。

赚的钱比以前多，用起来也大手大脚了。最缺的反而是时间。他们很难有空一起推着女儿去外面散步。朋友打电话约外出旅游，他们的假期也凑不到一块儿。李杰的时间都花在高速公路上，曹琳的时间则全给家务和女儿占去了。

李杰离开研究所后，曹琳的实验室来了新人。新人要申请绿卡，常拼命在实验室加班，赶着出论文，以讨得老板给移民局写一封推荐信。曹琳不慌不忙的工作节奏相形见绌，她一边在李杰面前抱怨新人扰乱了旧秩序，一边又不得不调整自己的节奏，常常把凯西留在保姆家，跑去实验室加班。平常干不完的家务只好推到周末。他们的生活被繁忙绑架了，口角也慢慢多起来。

有一天,女儿发高烧,李杰半夜跑去药店买退烧药。次日他上班途中开车犯困,撞上前面一辆车,导致后面跟上来的四部车连环相撞。他手臂上的骨头裂了,在家疗伤,一个多月没去上班。汽车保险公司替他付了修车费,随之也寄来新一年的保单,涨了好几百美元。

车祸让曹琳后怕,她每天提心吊胆地过日子,担心李杰在高速路上再出事。傍晚从保姆家接了女儿到家后,她总是心神不定,直至听到车库门开启的声音。

这个家很难再有平静。

曹琳除了工作,照顾女儿,包下洗衣、做饭的杂活,还得想着腾出时间让李杰多一些休息。他每天在高速公路上耗费三四个小时,处在烦躁不安中。他们不得不面对家庭的实际问题。

李杰向曹琳建议道:"凯西满一岁了,我们干脆送她回国待一段时间。你我两家四个老人闲着,他们的退休金不高,我们把请保姆的钱给他们,他们过得开心,我们也捞个轻松,两全其美。"

曹琳舍不得。

李杰说:"不送回国又怎么办呢?我们这么忙,对凯西照顾不周。"

曹琳说:"再让爸妈去美国领事馆签证。"

"去签过多少次了,两家老人都不愿再跑去北京排队。拒签几次,被拒怕了。"

"我们再劝劝他们。"

"你去劝吧。"

曹琳打了几次电话,父母们个个推辞。

李杰的父亲说:"我都七十岁的人了,身体不好,再折腾,这把老骨头怕是捡不回来了。"

曹琳的母亲说:"把凯西送回国来,我们给你带吧。"

曹琳没招儿,只好下狠心,把刚一岁大的凯西送回了长沙老家。

六

江天浩不声不响地考了基因分析师经理执照,在洛杉矶市中心的一家基因分析公司做了两年的跟班后,当上了副经理。无意中,他向李杰透露出自己的年薪有十万美元。

一年十万美元,如此优厚的工资待遇,加上英颖在公司里拿的一份不错的收入,他们家的条件让李杰很羡慕。李杰不知是该为江天浩高兴还是替自己后悔,他后悔怎么没有想到在合适的时候考一个临床检验执照。其实江天浩同他提过考执照的事,每天在高速公路上堵车,他哪里还会有时间看书备考呢?

那一年,江天浩的儿子江宇刚好要读初中。江天浩说,想让江宇进一所好大学,最好还是把家搬到好学区去。英颖在公司吃午饭时,常常同李杰说周末忙着四处看房子。

"南帕萨迪纳市七八十万美元的房子,建了五十年了,住房面积不到一百四十平方米,院子也不大,真是在抢钱呀。"看了好几个月,没有一套房子让她中意。

"再等等吧,美国经济不好,房价还会跌的。"李杰劝她别急。他家的房子是在房价最高时买的,现在跌惨了,他后悔不已。

"好学区的房价哪里会跌呢?真等着它跌,恐怕那时江宇已高中毕业了。算了,咬着牙买吧。我家还有老二,两个孩子等着上好学校。"英颖横下心,在南帕萨迪纳市买了一幢一百多万美元的独立屋。

好学区的家长难当。学校鼓励父母与小孩互动,要求家长尽量多参与学生的在校活动。英颖的新家在李杰居住的蒙诺维亚市以西几公里,每天上班,她得经过李杰家附近的210高速公路。高速堵车也同样把英颖搞得焦头烂额。

"算了,为了不耽误儿子,我非得再跳槽不可。"英颖下决心另求他职。

李杰原以为她不会那么容易找到工作,没有把她的话当真。直到有一天,她突然对他说:"我实在无法再忍受每天在路上耗这么长的时间,我另找到工作了。"

"真的!"李杰很震惊,问她,"在哪里?"

"亨特公司,在洛杉矶市区。"

李杰听说过亨特公司,很小,大概一两百来人吧。"这家公司是做什么的?"

"研究血清素刺激物。这个项目是从我以前的公司买去的,亨特正在对它做进一步改造。"

"研究血清素刺激物?"他不知道血清素是什么,更不知道血清素刺激物起什么作用。

英颖一走,李杰在尔湾继续工作的决心也动摇了。他几次给英颖打电话,说:"你熟悉新公司后,也帮我一把,公司招人别忘了给我递简历。"

英颖满口答应。

李杰与英颖是老同学,他对她寄予了厚望。李杰在期待中等了将近半年,英颖终于给他来了电话,她说亨特公司质量检测部门招人,问他对质检位置感不感兴趣。

李杰在尔湾公司里做研究,对质检部门了解甚少。他问她:"质检的具体工作是做什么?"

"常规化验。研究部开发出来的新药今后要送医院做临床试验,产品的质量和安全由质检部检定。"

"只是做化验?"李杰心想,亨特公司本来就小,又是去做质量检验,有些委屈。

英颖见李杰犹豫,便给他打预防针:"你自己想好,在质检部工作,每天做同样的检测实验,的确没有什么意思。你要真心想去,我才给你推荐。"

李杰做梦也没有想过将来有一天会去质检部门做检验员。

出国前想的是在美国好好发展,有更美好的事业。从希望城研究所心安理得地跳到尔湾公司,因为也是从事技术研究。如今换到小公司做质检,岂不是走下坡路?

曹琳看了招工岗位,开玩笑说:"我在希望城的工资低,让英颖介绍我去好了。"

英颖接到曹琳的电话当真了:"能进亨特的质检部也不错,实惠很明显。"她给曹琳算了一笔账,"质检部门按计时发工资,除了年薪比希望城高,年终奖金分红,加班发1.5倍工资,还有打折的股票,一年下来进账的钱要比在希望城研究室工作至少多两万美元。小公司的股票有潜力,哪天被大公司看中收购了,还能赚一笔。"

同样是一份工作,做研究一年要少那么多钱呢。曹琳把求职简历发给英颖,拜托她帮忙。

曹琳欢天喜地去了亨特公司的质检部工作。年底,她进一步尝到了在公司工作的甜头。

感恩节快到的时候,李杰对曹琳说:"感恩节有两天假,加上周末可以休息四天,我们邀几家老朋友去拉斯维加斯玩玩,放松一下。"

曹琳觉得主意不错:"行呀,我顺便问问英颖,看她一家愿不愿意与我们同去。"

自从进亨特,曹琳的日子比以前好过多了,不光是钱赚得多,工作的压力也比希望城做研究时小。这自然是要感谢英颖,要不是她肯帮忙,曹琳没有公司的工作经验,想进公司可不是那么容易。

曹琳拨通了英颖的电话后,英颖爽快地答应了下来,"好呀,干脆我们再请两天假,几家人租两部房车,跑远一点,吃住都在车上,挺划算。"

来美国后,李杰和曹琳还没有尝过坐房车旅游的滋味。第二天一早,曹琳兴冲冲地去找领班尼尔请假。晚上回到家,她的脸上没有了早上出门时的灿烂。

李杰问她出了什么事,她说:"感恩节实验室大部分人都休假,没人干活,尼尔要我加班。"

"你们质检部在重要的节日也不能停止做实验吗?"李杰很不解。

曹琳说:"听说血清素刺激物很热门,投资我们项目的药厂催得急。"

"什么了不起的产品呢,连正常休息也不给。"李杰抱怨说。但想到加班能拿 1.5 倍工资,他也就算了。

曹琳反而感到为难,"英颖答应与我们一起去,这下反悔怎么好意思说呢?"

"都是老同学,你不好开口,我替你说吧。"

李杰给英颖打了电话。她满不在乎,嘻嘻哈哈地说:"没事没事。我全家不久前才去过阿拉斯加坐游轮,隔一段时间再出去也好,以后有的是机会。再说,曹琳是按小时付工资,公司规定在重要节日加班,发2.5倍工资。"

"2.5倍!"李杰很吃惊,曹琳怎么都不知道呢?放下电话,他眉开眼笑地对曹琳说:"你当然去加班啦。付2.5倍工资不去加班才是傻瓜。"他催曹琳马上给尼尔回话,反而怕这份美差被她的同事抢先占去了。

圣诞节和新年的公休假,曹琳也被李杰动员加班去了。全年只有几个可以拿2.5倍加班费的重要节日,他不稀罕过节,留下休假时间,刚好可以找机会回国看望父母和女儿。

年底几天,李杰休假独自闲在家里。原本可以约过去结识的那帮朋友外出爬山、钓鱼,可想到很长时间忙得没空同他们来往,现在突然又去找他们,觉得怪怪的,便打消了念头。还好,李杰有可以打发时间的地方,上网找新闻,到投资网页查看自己买的银行和房地产股票的行情,打电话给住在中国的家人和朋友。

圣诞节,李杰打电话回国,岳母把话筒放到女儿嘴边,对她说:"凯西,喊爸爸。说,我好想爸爸。"

凯西在电话那头重复了岳母教她说的那两句话。

这是李杰第一次听到女儿说想爸爸。他心花怒放,所有的寂寞一下烟消云散。

曹琳回来,听到这个天大的喜讯,高兴极了,马上拨电话回家。事后她说:"我们离在阿凯迪亚买房子的目标越来越近,争取早一点接女儿回美国,一定让她到好学校读书。"

从圣诞到新年的节假日里,李杰不再感到寂寞。钱是需要付出代价的,他在孤独中感到了钱带给自己的安慰和喜悦。这几天,他饶有兴致地上网浏览阿凯迪亚市的房价,查看房市趋势,了解银行贷款利率。他感到纳闷,经济不景气,其他城市的房价都在跌,阿凯迪亚市的房价反而在上涨。他算了一下,他和曹琳两人的工资增长速度远远赶不上阿凯迪亚房价上涨的幅度。

他给在蒙诺维亚帮他们买房子的房地产经纪人打电话。这位华人经纪人说:"现在中国的有钱人太多了。他们把孩子送到美国读书,阿凯迪亚市又被评为最适合孩子成长的美国城市,学区好,房价自然贵呀。一有房子出来,都让他们用现金买去了,房价怎么会跌呢!"

李杰听了瞠目结舌,半天说不出话来。他的好心情被房市的行情彻底败坏掉了。

新年一过,曹琳拿到工资单,加班的两天多赚了几百美元。钱是李杰所盼望的,可与阿凯迪亚房价的增长幅度比起来,杯水车薪。想到每天在高速公路上消耗那么多时间,想到曹琳几个重要节日都没有休息,他们牺牲自己宝贵的生命,赚来的辛苦钱交了税后,所剩下的被上涨的物价和房价吞噬掉了。太不值了,他挺泄气的。

从那一天起,李杰对靠加班赚辛苦钱感到由衷地失落。他们放弃在国家医学研究中心的研究工作,每天疲于奔命,想多赚一些钱,可看看超市里商品的物价,算一算油价飙升耗在高速公路上的汽油费，他感到无法言说的无奈和悲哀。

新年没有给李杰带来新的喜悦，新一轮堵车又开始了。他的心情特别沉重，有时会想重回研究所做研究。钱赚得少了些，每年有一两篇研究论文发表也好。研究论文是全世界的同行都可以看到的，至少自身的价值可以被认可。在公司里做研究，除了工资，还有什么属于自己？可真这么做，他又不情愿。一年的工资暴然少两万美元，多少有些舍不得。

就这样，李杰的失眠症变得严重，经常在床上翻来覆去，搅得曹琳也无法安睡。她以为他还是因为高速公路上堵车才心绪不宁，就尽量少去加班，多承担些家务，好让他有时间休息。可他的失眠症并不见好转。

李杰不是被车堵得慌，是心堵得慌。新的一年伊始，他有了新的打算。换工作！他坚定不移地想。

七

英颖很长一段时间没有与李杰和曹琳联系，有一天突然打电话给曹琳，说她考了护士执照，正在申请去洛杉矶郡联邦监狱做护士，不久就会离开亨特公司。

李杰再一次吃惊。江天浩是基因博士毕业，考基因检测经理的执照情有可原。英颖在国内读了临床医学妇产科博士，竟然放下身段，选择美国年轻人不情愿做的护士工作。

他打电话给英颖求证。她说:"我以前在南加大医学院做研究,嫌工资低换到制药公司工作。七八年下来,多次被裁员,找工作找怕了。挫折受多了,我也活得明白了。趁着年纪还不算太老,换一个稳当的行业,平平静静地过安稳日子算了。"

曹琳说:"英颖想得开也好,做护士有什么不好呢?工作好找,年薪又高,如果我以前也是学临床专业的,或者在医院工作过,早就去考护士执照了。"

李杰乍听起来,曹琳好像是在做他的思想工作。他说:"你不会建议我去考护士执照吧?男人当护士别扭。"

"谁说要你考护士执照?医院里的技术部门多得很,检验师、呼吸治疗师、放射科技师、心电图超声波技师都是好行当。在美国只要考到与医学搭边的技师执照就好办,工作稳定,薪酬高。英颖说她认识一个朋友,在医院做化验师,时薪四十多美元。"

李杰上网查有关信息,发现在医院里当化验师、放射科技师、B超技师,僧多粥少,工作难找。他觉得英颖的朋友说话有水分,化验师的薪酬没那么高,最初工作的几年得从夜班干起。此外,李杰是当医生出身的,不能直接参加实验技师的执照考试,需要到大学补修一两年专业课程。这条路对他不合适。

曹琳劝他说:"算了,暂时在制药公司干吧,换近一些就行。英颖从我们公司离开,她的岗位需要补缺,你托英颖帮忙介绍。"

李杰给江天浩打了电话,请他同英颖说。

江天浩反过来劝他："研究型小公司没有产品上市，靠开发项目有市场前景吸引投资人注资，风险太大。美国经济大势不妙，可能还会进一步恶化。你们夫妻在同一家公司工作太危险，最好不要把鸡蛋放在同一个篮子里。"

"亨特现在开发的产品是你以前的导师研究的药物。听曹琳说，投资方催得紧，应该不会有问题的。"

"天知道呢，万一这个产品过不了临床试验，公司要裁员或者关闭，两个人同时失掉工作，到时候恐怕连自家的住房都保不住。"

"想那么多干吗？到时候再说吧。我得先解决当前高速堵车的问题。真要是遇到大裁员，那也是上帝的安排。"

见李杰一定要英颖帮忙，江天浩只好实话实说了："英颖有个朋友于芳在生产血清素的科尔曼公司工作。她请英颖介绍去亨特，已经把简历发了过来，英颖不好同时介绍两个人。"

"哦！"李杰明白了原委，颇感失落。

李杰想，于芳从几千人的科尔曼往一两百人的亨特跳，明摆着越跳越差。既然是老朋友，他直接问江天浩："大公司的奖金和股票分红都比小公司好，于芳干吗要跳到亨特去？"

"她家住在亨特公司附近，老公海归回中国，家里有两个孩子要照顾。"

既然这样，李杰还能说什么呢？挺遗憾的。

李杰不免有些埋怨江天浩，英颖和自己一起在尔湾工作过，明知道每天高速公路堵得慌,日子不好过,怎么没想到先帮他一把呢?

江天浩见李杰沉默下来,就问他:"李杰,你想不想去科尔曼公司?"

他纳闷,问江天浩说:"想去呀,你能帮忙?"

"英颖可能帮得上忙。"

李杰问:"为什么?"

"于芳在科尔曼的老板名叫林倩,同英颖的关系很好。于芳一走,刚好空出位置,英颖介绍你到林倩手下工作肯定没问题。"

李杰想,能去科尔曼当然好,公司大,福利好,离家也不远。他当天就跑去江天浩家向英颖打听科尔曼公司的情况。从英颖嘴里,李杰知道她与林倩的关系的确不一般,她们在七八年前就认识了。那时,圣塔克雷拉公司刚成立,英颖被招进公司参与血清素刺激物研究,与林倩在同一个组工作。

这时,李杰才详细了解了血清素和血清素刺激物。英颖介绍说,十几年前,美国科学家从血液里分离出来一种能影响人心情的物质,这种物质取名为血清素。血清素能让人平静,产生幸福感。科尔曼公司率先在市场上推出血清素产品,他们在美国各地建立了许多捐血中心,从血液里提取血清素。这种药物成本太高,售价昂贵,只有一小部分富人能用得起。江天浩的老板安德森教授长期患有抑郁症,苦于买不起从人血中提取出来的血清素,他与同一个系的布莱登教授合作,用化学方法合成了刺激血清素分泌的刺激物吡格可乐。

吡格可乐的研究成果在美国最权威的药物研究杂志上公开后,引起了医学界的广泛关注。安德森和布莱登两位教授得到几千万美元的私人投资,创办起圣塔克雷拉研究公司,开发血清素刺激物吡格可乐。布莱登出任公司总裁,安德森教授继续在大学从事研究工作。凭借安德森与布莱登教授的关系,英颖被圣塔克雷拉公司聘用。吡格可乐进入临床试验前,被发现对人体肝脏有毒性。投资用光了,没有新的资金注入来改进这个化学物质,公司倒闭,所有员工就地解雇。

化学合成血清素刺激物质的市场前景乐观,国外有多所大学和大药厂都在试图对吡格可乐类化学合成药物做结构改造,使它成为刺激血清素分泌作用更好、无肝脏毒副作用、价廉物美的好药。亨特从倒闭的圣塔克雷拉公司廉价买走吡格可乐配方。江天浩和谭国芷由安德森教授带领,在南加大的实验室继续改造"吡格可乐"。

英颖和林倩失业了。但那一次失去工作没有给她们带来太大的打击。公司上下百来号人相聚一年多,大家都得离去,谁也没觉得裁员是一种劫难。他们在最终分手的日子里聚餐,互换联系地址,合影留念。大家不期而遇,快速离别,犹如登上一艘游轮,在人生海洋上度过一段短暂的旅程。虽依依不舍,但没有人愁肠寸断,毕竟那时的美国,经济正强劲,找工作没有现在难。

在待业的几个月里,英颖过得并不坏。公司多付给她两个月的工资,按工作年限长短再给一笔补贴,外加政府可发放为期六个月的失业救助,她没有觉得失业有什么不好。她说:"忙了一段日子休息一下也行,养精蓄锐等待下一次航程。"虽然每周参加几次免费再就业学习让她有点气躁,但有机会在学习班上与林倩碰面,互相通报找工作的信息。就这样,她们成了患难之交。

失业三四个月后,英颖和林倩都找到了工作。虽然英颖再次经历了失业,但林倩进科尔曼公司后,一路走来还算顺利,在质量监督部门做到负责几个人的主管。她的丈夫是桥梁设计师,两年前被国家作为重点专业人才招聘回上海工作,她一人在美国照顾两个小孩。患难之交让英颖与林倩之间的关系有了实质的意义。林倩工作忙时,英颖不是帮忙接孩子放学,就是送孩子参加课外活动。

从圣塔克雷拉公司出来的那群中国人,逐渐从失业的经历中悟出了相互照应比老死不相往来有益。他们定期重聚,不仅为重温友情,更为不可预见的失业的无情。林倩手下的于芳就是在林倩家聚餐时与英颖有了一面之交。

英颖告诉李杰:"林倩说科尔曼公司挺不错的,血清素的销售非常好,他们公司也在开发刺激血清素分泌的化学合成药物,打算占住高档客户和普通大众两个消费市场。能进这个公司比去亨特好。"

"能进去当然好。"李杰摩拳擦掌,兴致勃勃地说。他问英颖:"于芳在科尔曼做什么工作呢?"

"质量监督师,和用户以及公司的质量控质实验部门打交道,替公司给美国食品卫生局写质量监督报告。"英颖答道。

李杰一听,气馁了,"写英文报告是我的弱项,没多大兴趣。我最擅长的还是在研究室里做实验。"

英颖瞪了他一眼,"你这个人真是的,有一块肉给你吃,还要挑肥拣瘦。实话告诉你,我还只有这个位置能打包票拿到手。林倩直接招人,她说了算。她看不中的人,公司总裁介绍来的,她说不要也就不要。现在美国经济不好,失业的人多,你自己看着办吧。"

英颖把话说死了。李杰犹豫不定,左右为难。

江天浩劝他,"机会难得,错过了,以后英颖想帮你恐怕也帮不上了。"

李杰叹口气说:"这家公司是好,可天天干自己不喜欢的活儿,一年三百六十五天,日子蛮难打发的。"

英颖不屑地说:"不就是一份工作吗?你把自己的时间卖给公司,公司付钱给你就好了,赚钱养家糊口,何必那么在乎这工作喜不喜欢。工资高些,离家近些,生活方便些,好处明摆着,还用左思右想吗?光是解决堵车一项,算算节约下来的时间和汽油费你也不吃亏。"

回家后,曹琳也对李杰说:"干什么工作不一样呢?离家近、工资高就好了。你目前要解决的头号问题是堵车。"

李杰心想,英颖和曹琳说得都没错,工作性质与自己有什么关系呢?上班不就是卖劳力,赚钱养家糊口吗?在尔湾做研究的工作是好,可离家太远,每天被车堵得难受,自己的生活没了安宁,整个家庭也跟着受累。他勉为其难地说服自己,不再考虑每天的一半时间里是否快乐。

科尔曼答应给李杰的职务级别比尔湾的低,但付他的工资待遇还算不错。他接受了科尔曼公司的聘用,开始从事一份在办公室里与文字打交道的不称心如意的工作。

八

曹琳从希望城跳槽到亨特公司才一年,一天,她心急火燎地从公司给李杰打来电话,说是投资亨特的瑞罗公司产品质量出了问题。瑞罗公司生产的一种药物在欧洲和美国的医院治死了几个人,公司上下人心惶惶,亨特也在担心瑞罗撤资。

用不着她描述这两家公司里的人是如何人心惶惶,从曹琳回家后六神无主的样子,李杰也能感同身受世界末日来临的恐慌。后来很长一段时间里,他一接到曹琳的电话,准知道没有好事。她不断报给他有关瑞罗的坏消息。

"欧洲和美国食品卫生管理局紧急召开会议,责成瑞罗所有相关产品的生产车间全部停产。"

"问题产品在全球范围下架回收。"

"生产工人分批遣散回家,公司发给被遣散的员工两个月工资,几千人在同一天里被解雇。"

曹琳等不及回到家再向李杰报告,她的电话一天天把他的心揪了起来。

回到家后,曹琳也不停地唠叨瑞罗公司产品质量问题的事态发展。产品回收,公司面临法律诉讼,经济周转困难,给死者家属巨额赔偿,类似的新闻不停地出现在她的最新报告中。她担心瑞罗公司从亨特撤资,公司的经济会出现严重问题。

"万一投资公司撤资,我的公司也会倒闭,失业后我怎么办呢?现在全球的经济都不好,美国的失业率不断升高,下了岗的员工很难再找到工作。"曹琳说得最多的就是这几句话。

她的话让李杰心惊肉跳。他相信受产品质量问题打击的肯定不只是这两家公司。他一家和所有与这两家公司有千丝万缕关联的家庭,都会成为其中的受害者。

曹琳听到了最坏的消息,瑞罗公司撤资了。亨特没有了经济来源,吡格可乐化学合成药物的改造没法继续下去。亨特打算出售公司。李杰想,出售总比丢弃好,明码标价,待价而沽,人和物在某种程度上意义是相同的。公司里所有的人和物将随公司一起,被打包出售,包括曹琳和于芳。

让李杰宽慰的是,曹琳被成功出售了。买她的居然是他工作的科尔曼公司。林倩参加了科尔曼公司的管理层会议,她回到办公室后悄悄告诉李杰说:"科尔曼高层计划买下亨特公司。

千万别说出去。这是商业机密,在公司没有对外公布之前是不能说的。"林倩一再叮嘱李杰,因为是朋友,她想让曹琳放心。

李杰知道她不只是想让曹琳放心,也想让他安下心来。林倩最近交给他写的几个报告,都被她用红笔改得面目全非。若不是看在英颖的面子上,她早该把他从部门里砍掉。他想,在公司里被零星砍掉,是不会被拿来出售的,而是作为废物扔出去。

李杰来不及回家再转告曹琳这个好消息,赶忙跑出办公室,给她打了电话。他听到电话那头曹琳欣喜若狂的叫声,随后是长长地嘘了一口气。对她来说,这场噩梦过去了,她在清醒后,化悲为喜。

一个多月后,科尔曼公司的内部网站登载了购买亨特公司的正式消息。但它没有购买亨特的研究部,只买下研究项目和质检部。李杰感到很新鲜,亨特公司打的整包竟被拆散来卖,像是送到市场上被宰杀的猪,任人挑肥拣瘦。

"科尔曼公司为什么只买下亨特的研究项目和质检部?"曹琳觉得很奇怪,晚饭时追问李杰。

李杰猜道:"可能是研究部的员工年薪高,科尔曼想节约买卖成本。"

"于芳就惨了。"曹琳同情地说。于芳肯定会在卖公司前被解雇掉,她为于芳的处境担忧。

于芳是曹琳在公司里难得的好友。亨特公司的中国人不多,英颖介绍曹琳认识于芳后,曹琳常借送实验报告去研发部之便与于芳联络感情。于芳偶尔送化验标本到质检部时,也特意到曹琳那里寒暄。她们之间你来我往多了,关系处得不错,有时工作日她们会相约去餐馆吃午饭。

于芳所在的研究部被裁掉,曹琳料定于芳被解雇后的心情一定会非常坏。她想安慰于芳,便打去了电话。

出乎李杰的意料,曹琳说:"于芳挺乐观,谈起被解雇时,乐呵呵的,好像中了彩票。"

李杰想,也许是因为曹琳与她原本在同一个公司,归宿截然不同,于芳是在装模作样,用表面的乐观掩盖内心的悲伤。出于自卫的本能,处在劣势的时候,许多人都会采用截然相反的方式,用外表的强壮来掩饰内在的虚弱,目的在于保护自己免受进一步的伤害。

第二天,李杰与江天浩通电话,他们谈到于芳被解雇的事。江天浩说:"于芳失业那天,英颖去了她家。于芳说她丈夫想要她带两个孩子回国去,她不同意,坚持要把孩子留在美国,让他们在美国上学。"

李杰说道:"失业了,一个女人带着两个孩子在美国怎么生活呢?"

江天浩说:"你替于芳担忧什么呢?亨特给了她两个月的工资,政府还有六个月的失业补助,她在家里陪两个孩子多好。"

"政府每月发的补助不到两千美元,三口之家呀,那点钱抵什么用呢?还不够付她家房子每个月的银行贷款本息。"李杰重重叹了口气,对一个身处困境的弱女子表现出深深的同情。

李杰与所有普通人一样,在弱者受到伤害时是不会吝啬自己的慷慨的。同情弱者,不仅能彰显自己的仁慈,更能衬托自己的强壮。当然,假如受伤的人原本是强者就另当别论了。

江天浩对于芳知根知底,他说:"她婆家在国内有一个家族企业,她的丈夫是学企业管理的,回国后可帮公公打理生意,家里有的是钱。"

家族企业?李杰很快联想到当初出国时常说的私营业主,开个餐馆,租个门面,再大一点的企业,百号来人的加工厂吧,要把于芳母子三口养在美国,那可不是这些人能办到的。

想到阿凯迪亚高居不下的房价,李杰带着半挖苦半认真的口气说:"如果家族有企业,真能赚到足够的钱,把孩子和老婆养在美国也不是个坏主意。现在国内的有钱人讲究高品质生活,把家人都送到国外,阿凯迪亚的房价被他们手中拿着的大把现金抬得居高不下。"

江天浩问他:"多少钱叫作足够呢?是说过日子,还是享受生活呢?"

"过日子,一年至少也得寄五六万美元过来吧。"李杰想,五六万美元,换成人民币也是三四十万元,在国内的家族企业赚这么多钱恐怕不易。

"没见过世面。于芳婆家的家族企业是几千人的上市公司,她婆婆打电话来要她别去找工作,把两个孩子照顾好就行,一次给她寄来三十万美元。"

"一次寄三十万美元!"李杰无不震惊。他想,一个老太太,出手就是三十万美元,自己怕在美国干一辈子,也节余不下这么多钱。相形之下,他觉得自己很掉价,再一次被狠狠地抽了一鞭。

江天浩说:"这三十万美元与肖昕每年赚的辛苦钱是不一样啰。肖昕每年交了税,替自己买麻醉事故医疗保险,剩下的钱恐怕只有一半。于芳的钱不打税,是纯的,24K 黄金的纯度。"江天浩居然幽默了起来。

肖昕当医生的高薪已经让李杰羡慕了很多年。而于芳一次便从婆婆那里净得三十万美元。钱呀,它像一条鞭子,赶着李杰从南加大跳到希望城,又从希望城跳到制药公司。他重重地叹了口气,"如今国内的人真是太有钱了。"

"你这么多年没有回国,今非昔比了。"江天浩把话说完了,李杰还在余震之中。

那一天,李杰特别沮丧,在国外定居,不就是因为曾经拥有的物质生活,以及与之相随的优越感吗?

江天浩的导师自杀后,师兄谭国芷从南加大转到明尼苏达大学工作,李杰偶尔和他通电话。他曾对李杰说:"在国外给别人打工没感觉,想回国发展。"李杰那时并不理解他。后来谭国芷真回了国,在上海某大学提了教授,正处级待遇。他曾问过李杰:"怎么样?想海归的话,我可以替你疏通疏通。"

李杰开玩笑说:"那些名义上的东西不值钱。你说一个月能给我多少钱?如果比得上国外的年薪,我就考虑。"

李杰没有因谭国芷获得了丰厚的政治资源而动心,每当他和曹琳谈起认识的一班老朋友各自的发展时,他们难免要讲到海归。说到谭国芷时,李杰就在心里安慰自己:"提个教授,给个行政职务有多大用呢,整个生存大环境我们管不了那么多,至少有钱把自家的生活小环境改善。谭国芷不就是因为在明尼苏达的小镇待得没劲才走的吗?要是当年他的老板不自杀,一家人仍旧留在洛杉矶,他肯定不会回国去的。"

这些年来,李杰一直在心里维系着这份优越感,没有认真地考虑过是否海归。他想,人生挺短的,应该活得幸福。论收入,与留在国内的老同学比,算上汇率差值,那个时期自己在美国要比在国内的朋友过得舒坦。虽然近些年在网上,常常会看到国内富裕的人多起来的相关报道,可那些消息又少不了要同贪污受贿包二奶紧密扣在一起。他又在心里告诫自己,不回国好,自己不善贪,又学不会包,还是在国外活得自在踏实。

才六七年时间,情形怎么会变得面目全非了?国内发展好快呀,一个不贪不包的老太太,手中居然捏着大捆钞票!李杰像是喝了一大瓶烈酒,烧得心里难受。那个绑架了他的优越感一下子衰落了。

九

科尔曼用上亿美元买下亨特,办理完过户手续后,突然宣布放弃购来的血清素刺激物研究项目,关闭亨特的全部机构,除了少数几个人留下来维护仪器设备外,其余员工将全部解雇遣散回家。这个不堪想象的商场闹剧几乎让曹琳和李杰晕厥。李杰立刻找林倩问个究竟。

林倩悄悄对李杰说:"你还不明白是怎么回事吗?我们公司的研发部也在研究血清素刺激物,听说要比亨特的好。"

李杰奇怪:"那科尔曼干吗还要花一大笔冤枉钱买一个比自己差的产品?"

林倩说:"科尔曼不想有别的公司来抢未来的市场,所以先下手为强,把有意要买亨特公司的竞争对手窒息在萌芽阶段。"

李杰吓了一跳,随之而来的是一股抑制不住的愤慨,他说:"不就是一个血清素刺激物嘛,有什么了不得,让这么多人做陪葬!"

林倩苦笑着说:"我以前与英颖两口子都是研究血清素刺激物的。现代社会变化大,节奏快,人们普遍面临生存压力,生活郁闷。美国有百分之六七十的人身体内血清素偏低。目前能买到的血清素药丸是从人的血液中提取的,成本很高,一瓶药要卖上千美元,普通老百姓用不起。血清素刺激物是化学合成药物,成本低,所以未来的市场竞争会非常激烈。"

"科尔曼也太不人道了,研究项目不做也就算了,还把一两百人推进火炕。"李杰实在无法理解科尔曼的做法,怎么也没想到,包括自己在内的辛苦劳动所赚取的生产利润,被用作了一桩不义的买卖,仅用来铲除血清素刺激物市场的未来竞争者。他有一种被背叛和受屈辱的愤怒,这愤怒还来自自己家庭受到的伤害。

宣布大裁员的前一晚,曹琳一夜未合眼。早晨离家的时候,她眼睑浮肿,忧心忡忡。怕她过分担忧在路上出车祸,李杰紧紧抱住她,安慰说:"这么多人都同你一样的命运,千万别难过,至少我还有一份工作。"

她呆呆地望着他:"也许还有一点希望,质检部的仪器多,要留下几个人来维护。"她没有神采的双眼流露出一线希望。

那希望让李杰特别不安,是抱着希望的无望。曹琳开车走后,他一直心神不定,计算她差不多该到达亨特时,赶紧打电话过去。

"我刚到亨特停车场,正在往实验楼走。"她的声音在电话里颤抖。

上班时,李杰一直呆呆地坐在电脑前什么也干不成。林倩几次来到他的办公室,看到摆在他面前需要修改的报告原封不动地敞开着,她关切地对他说:"你要不要请一天假回家休息?曹琳万一被解雇,她的心情会很难受,你最好能在她回到家时好好安慰她。"

这是李杰早就想过的事情。但真的不上班,坐在家里干等消息,他不知道自己是否有足够的耐心等到她回家。曹琳来美国十几年,这是第一次面临失业的打击,他不敢肯定她在收到解雇通知时能否挺得住。他想,此时最好直接去亨特,在曹琳拿到解雇通知的时候给她安慰。他向林倩请了假,开车上了高速公路,朝亨特公司奔去。

李杰到达亨特,停好车,站在街边,朝质检部那层楼张望,看到三层大楼外的街道上不断有人开车离开。大楼前的停车坪里,车子比往常少了很多。大楼的玻璃大门不时被推开,有人抱着一些物品从里面走出来。这些人要么麻木,无动于衷;要么面红耳赤,边走边打电话。他们没有在停车坪停下脚步,径直走向自己的车子,头也不回地开车离去。曹琳的车子还在余下不多的车阵里。

他肯定曹琳不可能被留下来看护仪器,她进亨特公司的时间短,对很多实验设备还没达到得心应手的熟悉程度。怕她抱的期望太高,在没有足够心理准备的时候,受到过大的刺激,他给她打了几次电话。曹琳的手机是关机的。等了差不多一个小时,他终于看到她从玻璃门内走了出来,双手抱着一个敞开口的纸箱,步履沉重。

李杰对她大声喊道:"曹琳,我在这里。"

曹琳猛然抬起头,朝声音的方向张望,看到李杰时,她突然停下脚步,站在原地,手里的纸箱落到了地上。

李杰赶忙朝曹琳跑去。

保安从岗亭里走了出来,冲着李杰喊:"先生,你不能进去。"

李杰回过头对保安大声说:"对不起,她是我太太,她失业了,我来接她回家。"

保安不再作声,退回岗亭里,没有进一步阻拦李杰跑进停车场的意图。李杰想,保安也明白,亨特马上就没了,还那么认真干吗?该打发走的都走了,这里不需要人把门,接下来该卷铺盖走的人便是他了。

李杰到达曹琳身边时,她凄然地说了句:"我没工作了。"眼泪便流了出来。他一把抱住她,紧紧地搂着她说:"别伤心,没事的。"李杰的同情,更添了曹琳失业的沉重和悲伤,她突然放声大哭起来。

曹琳的哭让李杰失去了悲伤的理由。他体验到人在离开自己赖以维系生存的舞台时的悲壮。他现在要做的事,是担当责任,不只是物质上,更是在精神上。他紧紧握住曹琳的手,感到她颤抖的双手像冰一样凉,安慰道:"别难过,还有我呀。"

十

曹琳失业后,最初几天特别烦躁,常常被李杰没有任何恶意的话激怒,或者寡言少语,两眼空洞,不知在想什么。她的手机成了摆设,几天以来,她没有给任何人拨过一次电话。手机响了,她也不理不睬,让铃声自生自灭。

李杰对失业并不陌生,老朋友英颖就经历过多次。他每次听到英颖失业,都会安抚她说:"没有关系的,不就是失业吗?塞翁失马,说不定以后能找一份更好的工作。"他一直认为自己是一个大气的人,面对生活的困苦,可以做到坦然。可在家人面临失业时,他却无能为力,除了安慰几句还能做什么呢?

不过,有次李杰无意中提到了尼尔,他的话居然起了作用。"比起尼尔,你要好多了。尼尔的老婆不工作,家里又有三个孩子,他被解雇,收入没了,房子说不定很快会被银行没收,一家人连住的地方都没有。他们过得远比我们艰难呀。"

尼尔曾是曹琳的上司,他的遭遇让她意识到自己不是最倒霉的人,至少她还有一所住处,李杰还有一份工作。她的心情平稳了些,对李杰说:"我还以为尼尔不会被解雇。他是白人,又是我们组的头儿,经理多少会看点面子。"

"是呀,白人是这个国家的主人,也遭受了我们同样的待遇,事情到这个份上,还有什么好说呢?算了吧,想开点。"

曹琳似乎听进了李杰的话,接下来的几天,她不再像之前那样烦躁不安。一天晚餐后,李杰再一次提起尼尔,她的心扉终于打开了,同他说起质检部员工被解雇的经过。

她说,公司通知遣散员工的那天,很多人在实验室抱头痛哭。因为会留下几个人看管仪器设备,第二天早上宣布每个人的归属时,大家都还抱了一线希望,很早来到了实验楼。各人把休息室里的私人物品清理好后,默默抱着纸箱去经理办公室门前排队,听从人事部门的发落。

尼尔排在曹琳的前面,平常嘻嘻哈哈的他,一反常态,沉默寡语,心情显得异常沉重。大家逐次走进经理的办公室,出来时不是脸色晦暗,就是挂满泪痕。轮到尼尔,他步履艰难地走向经理室。曹琳觉得尼尔的担忧是多余的,他与经理的交情不错,看在家里只有他一人工作的份上,经理应该会网开一面,留下他看管仪器。没想到曹琳想错了。尼尔进去不久便走了出来,面色惨白。尼尔也被解雇了。

曹琳很伤感。尼尔一家面临的艰难处境,她无法不给予同情。她对尼尔是有感情的,他没有少给过她加班工资,也不会因手下人拿的钱多而有忌妒心,她觉得他是一个好人。她的眼泪流了下来,为尼尔,也为自己。

进入经理室之前,她仍心存侥幸地想,留下的人太少,今后免不了要时常加班。经理知道她很愿意加班,也许会考虑把她留下来。虽然林倩说科尔曼公司从不给加班费,但她觉得无所谓,有一份工作就好了。决定命运的时刻终于来了,她不由紧张得想吐。走向经理室时,她赶紧擦掉脸上的泪痕。站在经理室门口,她两腿发软,咬了咬牙,鼓足勇气,推开门走了进去。

经理示意她把门掩上,坐到对面的椅子上。没有审判的程序,没有多余的话语,经理只简单地说了句抱歉的话,就让人事部的同事交给她一张辞退函和一个大信封,随后请她离开。

曹琳很错愕,这么快就被打发了吗?她走出经理室时,尼尔还没有离开。有几个人围绕着他,陪他说话。一个有幸留下来的人正在安慰他。其他被解雇的人,因为命运相同,默默地擦着眼泪。尼尔周围的气氛让曹琳悲伤。她没有停下脚步,也不敢看他们的眼睛,害怕有人问她是不是也被解雇了。她避开所有人,拿起纸箱,低着头,匆匆朝楼下走去。她的脑袋一片空白,听到李杰呼唤她的名字时,终于在萧瑟的冬日里感到了温暖,忍不住大哭起来。

十一

李杰讲到这里,手机响了。他对我说:"对不起,杨帆,我接一下电话。"他把手机贴在耳旁,随后激动地说:"大伟,你回来了?!……"

大伟?我记得李杰曾提过这个名字。

"待多久?两个星期?我老婆带了些东西回来?好,我等会儿就去你那里。"

李杰抱歉地对我说:"从美国回来探亲的老朋友来的电话。我们今天就说到这里好吗?过两天再接着聊。"

我点头说:"好的。这几天我都有空,白天晚上都行。我等你的电话。"

我看了看李杰办公室墙上的挂钟,已经是晚上九点半了,我早饿了,该回家吃饭了。我和李杰一同离开了药研所大楼。他没车,走路去公共汽车站。我们的方向不同,在路口分了手。

我很期待接到李杰的电话,曹琳失业的故事牵动着我。大学毕业、研究生毕业,我尝过两次找不到合适工作的滋味,境况无异于失业。看似一个生机勃勃的社会,我却无所用处,生活在社会的外沿。曹琳失业后的处境与我当初一样,我很想知道结果。

不凑巧,接到李杰的电话,他说要出差,一周后才回来。我在家中苦等了一星期,李杰回到长沙后,我急忙赶去了药研所。也是约在下班后去他的办公室,我在路上买了些小吃,我们边吃边继续上一次的话题。

李杰说:"江天浩和英颖知道曹琳失业后赶到我家。那一天,他们带来一大袋新鲜橘子和甜柿子,说是从南帕萨迪纳家中后院的果树上现摘的。洛杉矶的气候特别好,四季如春。有院子的人家,大多数都会栽果树,种几棵橘树、柿子树、石榴树、葡萄树、奶油果树。江天浩家后院里的树每年都结满果实,他们吃腻了,很甜的橘子掉到地上也没人管。"

看我一脸羡慕,李杰笑了笑,接着讲了下去。

英颖深有体会地对曹琳说:"工作十多年了,一个干惯了活的人,突然一天无事可干时,心里会空荡荡地发虚。"她建议,

"把凯西接回美国来,有孩子在身边,失业在家的日子会好熬些。"

曹琳摇摇头:"小孩的开销大,李杰一个人的工资怕承担不了整个家庭的所有支出,每月还得付住房贷款。"

"你还可以领取六个月的政府失业救济,一个月也有一千多美元。"

曹琳说:"我哪好意思去社会福利部门领救济?每个月跑去与穷人一起排队,心里难受。"

"你想到哪里去了?在家里填一张表寄去社会福利部门,他们向你以前的工作单位确认你失业了,会每月把支票寄给你的。"

李杰觉得英颖挺有经验,她经历过几次失业,已经可以给曹琳当向导了。

"万一在半年内找不到工作,凯西来了,家里多出一笔开支,我到时候去哪里找钱呢?我和李杰两家父母都年事已高,退休金很少,要不是四个老人轮流带凯西,我们把给保姆的工钱寄给他们,国内物价涨得快,他们的晚年真不知道怎么过。"

英颖说:"你们暂时别管父母的事。这些年你们不会没有一点存款吧,先取出来用,凑合着渡过难关。"

曹琳看着李杰说:"你问他,家里究竟有多少存款?"

李杰说道:"家里的钱都在这栋房子上。买房子付了十多万头款,每月还房贷,一年的地产税也要付一大笔钱。"

曹琳没好气地说："认识的朋友谁家没有买房子？英颖家买了两栋，住一栋，出租一栋。我们就这么一栋房子，还好意思说买房子把钱掏空了。"她不满李杰借房子推脱，当着江天浩和英颖的面，说出了实话，"家里本来还有一些钱，房价和股市涨到最高的时候，他投资房地产和银行两种股票。现在好了，房地产泡沫破了，银行纷纷倒闭，买的股票变成了废纸，钱没了。"

江天浩看了李杰一眼，安慰曹琳说："不要紧的，美国经济不会一直坏下去，过一阵找到工作，有两个人的工资，钱还是会赚回来。"

英颖也开导曹琳说："想开一些，又不是你一个人没有工作，那么多公司裁员。我认识的几个白人朋友，失业一两年了，付不出房贷，住房被银行没收。比起来，你家的情况好多了。"

英颖继续说："当下银行的法拍屋很多，被拍卖的房子大多数是白人的。华人会精打细算过日子，即便不动用银行存款，也想方设法把自家房子净值借贷出来，趁房价低，买一两栋房子出租。要不，你们找贷款公司把房子做个估价，如果能从房子上净值贷款出些现金，趁房价便宜买一栋屋子出租，收租金也可以过日子。"

曹琳说："我们的情况不同，现在只有李杰一个人有收入，银行是不会给我们贷款的。"

李杰想，曹琳说的也是，她把所有他没有想到的问题都想过了，难怪她的心情会不好。不过，他还是挺感激英颖和江天浩的。虽然他们给曹琳出的主意对她没有什么帮助,但他们的关心让她获得了安慰,李杰感觉她渐渐开朗了。

曹琳失去工作后,尽可能地多做家务。洗衣,拖地板,吸尘,除草,清理衣柜。然而,两口之家只有这些事可做,很快她又被无所事事闷得发慌。即便她每天都上网查找工作信息,也发出去不少求职信,却没有一封回信。

她的心情时好时坏,李杰也病急乱投医,对她说:"实在不行,我们想想还有什么别的门路可走。我打电话问问我外甥,让他了解一下国内有什么生意可以联手做,比如加州红葡萄酒有名,你在这边找货源,他在国内跑销路。"

曹琳信了他的话,真来了兴趣想一试身手,在网上查找红葡萄酒的生意。没几天,她就泄气了,对李杰说:"国内做加州红葡萄酒生意的人多的是。洛杉矶有这么多华人,等我们想到有钱可赚的生意,别人早就做过了。"

李杰鼓励她说:"什么事情没人干过?市场就那么大,不就看谁做得更好吗?我今晚给外甥打个电话,让他在国内做市场调查。"

她叹了口气,说:"同你外甥合伙做?他投资房地产,到处借钱,现在怎样?钱丢进去了,项目没拿到,你敢在他身上下赌注?"

曹琳说的也是,李杰也没有信心。不光是信心,他连做生意的本钱都没有,只好打消了这个念头。

曹琳对在国内做生意没有了兴趣,可并没有空下来。一天晚上,她忙到两点钟才睡,第二天一早就爬起来上网。李杰很奇怪,问道:"曹琳,你究竟在忙什么呢?"

曹琳说:"我昨晚赶着注册了一个网络销售账号,听说不少人做网络生意赚了钱,我也想试一试。"

"你卖什么呢?"

"我把家里不用的手机和照相机放到网上卖。先试试手,学着做一点小生意。"

"卖出去了吗?"

"没有。网上卖旧手机的人多得很,没有人点击我的。"

"注册账号要不要交钱呢?"

曹琳支支吾吾地说:"要交一点。"

"一点是多少嘛?"

"一百多。"

"多多少呢?"

"一百九十美元。"曹琳说完,马上补了一句,"如果一个月内在网上卖的东西售不出去,不想做了,可以把注册费全额退回来。"

李杰想,这哪里合算,即便卖出去一部旧手机,也只有十几美元,不亏大了吗?就说:"算了吧,你卖那些小东西还赚不回来注册费呢。赶快把钱退回来好了,这种生意没有必要做。"

"大的生意没法做,小的生意又不能做。我也是想尽量做点事,给家里赚些钱。"曹琳很委屈地说。她的语气不同往常了,没有了底气。李杰明白她只想证明自己还是一个有用的人,能为家里做些贡献,哪怕是赚一点小钱。他想:"人在低处真不容易呀。我别再说什么了,任由她去吧。"

曹琳收到第一张政府救济金支票的情景让李杰难忘。那天下班回到家,她把支票递给他时,脸上展现出复杂的喜悦,表面的笑容试图掩饰没有工作收入的窘迫。她拿着这张比过去的工资单少了一多半金额的支票,不知该悲该喜,声音发颤地说:"真好,我待在家里不工作,还能白白拿一千多美元。"李杰感到心酸,他想起一句话,经济水平决定了一个人的社会地位,家庭里也同样如此。

十二

有段时间,曹琳变得特别爱打电话,每天李杰下班到家时,她几乎都在与人打电话聊天。

"呀,在家里待着真好,这一辈子忙了那么多年,没有好好休息,现在终于可以清闲一下,修身养性。"李杰听到她在电话里同英颖这么说。后来几次她与其他人在电话里也是这么说的,只要电话一拿在手上,她就很难再放下。

曹琳只顾打电话,撂下一大堆事没做。李杰虽然觉得她的行为反常,想到她闷在家里,需要找人发泄失业后的心理压力,也就随她了。一个月后,收到手机公司寄来的账单,他吓了一大跳,费用比平常多出了两百美元。超额的电话费都列在曹琳的手机号码下面。

李杰走进卧室,把账单交给曹琳说:"你的电话打得太多了,这个月的账单有三百多美元。"

曹琳一听,慌了,说:"怎么可能呢?肯定是搞错了。"

"你自己看吧。"

曹琳看着账单,沉默了。

家里没钱了,曹琳反而乱花钱,李杰心里恨恨的。那天,曹琳一直板着脸。李杰心里闷得慌,担心她继续糟蹋钱,忍不住讲了几句重话:"你不能看看家里还有多少钱吗?这样乱搞下去,房子也会被你搞丢掉。"

曹琳对着李杰吼道:"不就是多用了两百美元吗?我没有了工作,赚不到钱,花几个钱你就心疼,乘机朝我泄火。"

她不认错反而无理取闹,李杰气坏了,顾不上她是否受得了,提高了嗓门,"我是有火。你没工作没关系,但也不要拿钱瞎折腾。"

曹琳哭了起来,说道:"跟着你这个没有出息的东西真是活受罪。要是你能像于芳老公那样赚到大钱,我还用得着瞎折腾吗?"

李杰被曹琳的话刺痛了,喊了起来:"我没出息?你去找一个比我有出息能赚大钱的老公呀,趁现在年轻,还不晚。"

曹琳被李杰气昏了,吼得更凶:"你想离婚就离呀,我现在没有工作,趁机甩掉我这个包袱你就轻松了。"

他们你一句我一句,吵到曹琳把英颖喊了过来。

英颖当着曹琳的面责备李杰说:"你一个大男人怎么没有一点男子汉的风范呢?曹琳失业了,心里不好受,你就不能忍让一点吗?怎么做丈夫的?曹琳漂亮贤惠,真要和你离婚的话,你没有好日子过。告诉你,美国有的是白人男子想要找中国女人呢。"随后她催促李杰,"你出去,我和曹琳聊聊。"

李杰走出门,想到街口去溜达一圈,卸掉一肚子怨气。外面夜黑风大,他站在家门外挡风窗口下。

曹琳的声音从窗缝里传了出来:"他当年是怎样追我的?那时候我哪里看得上他呢?要不是你和肖昕撮合,我才不会跟他结婚。跟着他这种没出息的人过日子,到今天还在走该死的背时运。"

"以前的旧话老提干吗?"

"他不知好歹嘛。"

"经济不景气,你又失业,他心里也着急,互相体谅好了。"

"体谅?他怎么就不知道体谅我呢?我失业了,他就嫌弃我了。真要离就离呀,我又不是找不到人过日子。"

"唉,曹琳,你呀,已经不是当年二十几岁的人了,不能还是过去的心态。女人四十岁不一样呀,要认清形势。你把一个男人从二十几岁的半成品打造成四十岁的精品,你真甘心拱手让出去吗？别说你现在失了业，就是有一份好工作，也要务实。我早想通了，对江天浩呢，已经没有很高的要求，工资多一点少一点没关系，位置高一点低一点没问题，只要他高兴，守着这个家，陪着我和孩子好好过日子就行了。能安心不吵着海归，在美国守着家的中国男人大都还算是不错的。不烟不酒，不嫖不赌，安分守己地生活，这样的男人哪里去找呢？肖昕一家比我们有钱吧，但过的是什么样的日子呢？一家人待在两个国家三个地方，如同三只孤鸟，赚那么多钱有什么用呢？没钱的人把日子过好了，比有钱的人强。你我两人有个能守在身边的老公该知足了。离婚的话再别乱说，讲这话特伤人。"

曹琳不作声了。她们在屋里又聊了一阵，英颖说离开时，李杰马上从窗边走开了。

英颖推开门见他站在门口，把他叫到一边，轻声说："你呀，要向江天浩学习。女人要靠哄，特别是人家失业了，心情不好，你更要体谅。记得，快要过圣诞节了，买个礼物送给曹琳吧。别把钱看得太重，让人的心冷了。"

英颖开车走了。

此后很长一段时间，曹琳和李杰没再吵架，她也很少再打电话，对李杰也不像以前那么唠叨，甚至不愿给朋友打电话，她怕别人问她找工作是否有眉目。她变得日益沮丧，表面上看起来安安静静的，但李杰能感到她内心的烦躁。

曹琳在收到政府寄来的失业补助金后，按要求填了一张回单,写明自己正在找工作,随后寄回了社会福利局。此后,她每天都等着下一张支票寄来,可是,半个月过去了,一直没有回音。她开始神不守舍,李杰想问她,又不敢问,生怕她有压力。几天后,曹琳取信回来,悻悻地自责道:"难怪这么久没有收到社会福利局寄来的支票。信退回来了,我寄信时,忘记贴邮票了。"李杰暗暗叹气,心想,邮票也能忘记贴。

周末,曹琳开车去商店买日常用品。途经加油站,顺便加满了油。车库门开后,李杰跑去迎接她,车子开进车库时,他惊讶地发现侧边的油箱盖子没盖,她就这么敞着一大箱汽油一路奔回家来。失业把曹琳的心完全搅乱了,她事事心不在焉,李杰担忧她会闯出大祸。

他记着英颖的话,对曹琳多了一份关心。每天早上上班前,他总要走到睁眼躺在床上的曹琳面前,对她说:"别急着起床,再好好睡一下,不要胡思乱想。"上班时,他心里也在惦记着她,趁吃中饭的空当,总设法给她打个电话,问长问短,或者安慰几句。就这样,他们熬到了年底。

年底的洛杉矶,处在经济萧条的阴沉冬日里。感恩节和圣诞节前的气氛与往年明显不同,街道两边的住宅很少张灯结彩,商场里采购的人也显著减少。去年的圣诞节,公司发了年终奖,李杰给朋友、同事买了礼物,给曹琳买了一对珍珠白金耳环。今年的感恩节刚过不久,商家贴出大减价招牌招揽顾客,他家的信箱不时有几张商品促销广告。

曹琳对李杰说："今天洗衣服,发现你的裤子屁股上破了个洞,我把它扔掉了。趁着大减价,我去商场看看,给你买一条裤子。还有,我失业以来,你也变懒了,没有再锻炼身体。有空时,还是到外面跑跑步,我顺便给你买双运动鞋。"

曹琳过去最喜欢逛商场。一进店铺,她便要选一大堆衣裤,左试右试,有合身的,总要买一两件。失业以来,除了日常用品,她很少去商场给自己买些什么。李杰不想看到她从商店买回家的东西没有一样是属于她的,这会让她更加心理失衡。英颖曾提醒他圣诞节给曹琳送礼物,他想还是自己跑一趟为好。

吃过饭,李杰开车去了阿凯迪亚市的西野大商场。那里有上百家大小商店,李杰直奔JCPenny店。他想,假如给曹琳买的礼物是打了大折扣的,她是不会再拿去退货的。他去了标记减价50%的柜台,在那里,他选了一双鞋、几条裤子,又给曹琳选了几件衣服做礼物。

当他拿着为自己挑的裤子去试衣间时,一个熟悉的身影匆匆走进商店,朝着他的方向——名牌化妆品柜台走。

李杰看清了那张清秀的脸,是于芳。醒目的大减价标牌就立在他旁边,他不由神经质般地打了个战。平日他很少逛商场,更不用说在商场里遇见熟人。如果他在大减价的柜台让于芳撞见,会很难堪。他赶紧丢下手中抱着的一堆廉价衣裤,拿着一双鞋,低头朝另一端走。

另一端是珠宝柜台,装饰精致,挂满了庆祝圣诞节的彩灯,让人感受到节日即将来临的气息。柜台前来来往往采购礼物的男女，立在被灯光照得通亮的玻璃橱柜前，挑选镶有钻石的项链和戒指等贵重饰品。

李杰记得去年圣诞节前来过这里，给曹琳选耳环做圣诞礼物。那天他刚好领到年终奖金，下班后与曹琳一块来到商店，在于芳兴冲冲赶去的那个化妆品柜台，毫不吝啬地先给曹琳买了一套法国名牌化妆品，随后来到首饰柜台，让曹琳自己挑选白金珍珠耳环。那时候，他拿出信用卡美滋滋地一刷，心中荡漾着大方花钱的愉悦。

只隔了一年，一切都变了。如今李杰徘徊在商场里，站在过去来过的精品柜台前，找不到可以逗留之处，眼巴巴等待于芳离开，随后再去减价商品柜台。周遭的节日气氛和忙碌采购的人们映照出他的卑微。

一个墨西哥妇人从李杰身边经过，走到专卖项链、戒指的柜台前。她站在亮闪闪的玻璃橱窗外看来看去，选了一款钻石戒指，问售货员戒指的价格。

售货员拿出戒指，仔细看了上面的标签，用计算器算好售价后说："百分之五十减价，不含税七百美元。"

"我能不能在一年里按月分期付款？"那妇人的说话声挺大，李杰听得一清二楚。

"按月分期付款！"李杰第一次听到在商店买贵重物品可以不一次付账。他想，墨西哥人在美国收入最低，按月付款买享受,真想得开。

墨西哥妇人买下了戒指,又从李杰身边经过。见李杰盯着她,便友好地一笑,那喜悦是发自内心的。

李杰想,他家的收入一点不比她差,除了自己的一份工资,曹琳每个月还有政府给的一千多美元救济金。与曹琳结婚十几年,风平浪静的日子他们一起走过来了,现在是她最困难的时候,买一个像样的礼物给她,至少表示一下他的心意。他转身走到摆满形形色色、光彩夺目的戒指和项链的玻璃柜台前。

李杰去年给曹琳买的珍珠耳环花了五百美元,他请售货员选几只折扣后价格在五六百美元的戒指。售货员打开玻璃柜台门,先后拿出几只让他挑选。戒指上都镶嵌了小钻石,远看还行,近看一般。售货员看出李杰的犹豫,拿来一只新出品的戒指递给他。

"原价两千七百美元,因为圣诞节促销,减价后一千一百美元。"售货员用计算器算过价格后说。

一千多!贵了点。他想。

他还是想请售货员另找一些价格合适、式样好的戒指。旁边玻璃柜里尽是琳琅满目的精美项链、钻石戒指、白金手镯,能看上眼的,标价都是五六千美元,他只好收回了目光。拿在他手上的白金戒指,式样挺漂亮,镶嵌了一颗不算小气的钻石,在柜台高悬的白炽灯的照耀下烁烁发光。李杰犹豫不决,买下来嫌贵,退回去又不情愿。

"李杰。"他听到有人喊自己的名字。

他回头一看,是于芳。她提着一个精美的化妆品袋子,挽着一个 LV 包在商场里转悠。看见他,便笑嘻嘻地走过来,边走边说:"我看背影好像你,没猜错。买啥呢?"

见她走近,李杰没有回避。在高档商品柜台前被她撞见,他觉得挺有面子,于是提高嗓音,大声说道:"给老婆选圣诞礼物。刚好我拿不定主意,你过来帮我看看这款戒指好不好。"

于芳笑眯眯地凑近来,从李杰手中接过戒指,左看右看了一会儿说:"式样挺好的,很雅致。"随后瞧了一眼戒指上系着的标价牌,说:"哇,你真是大方,圣诞节给老婆送这么贵的礼物!"她很是羡慕。

于芳的赞扬,让李杰有些飘飘然。看来不买不行了,他下定决心对售货员说:"买这只戒指吧。"他取出信用卡,交给售货员。

虽然为一个圣诞礼物花掉了一千多美元,李杰感到心里多少有些压力,但他希望从他的眼里,曹琳能够看出她的贵重。不管她是否有工作,她在他心里的分量都不会减轻。

十三

半年很快过去,政府失业救济金不再有了,曹琳发出去不少封求职信,没有任何回音。她每天待在家里不跟任何人联系,变得越来越自闭。

林倩来找李杰,把满是用红笔画圈的报告递还给他,说:"李杰,你写的报告错误越来越多。"

"对不起,我最近心情很乱。曹琳失业半年多,政府救济金没了,找不到工作,她情绪很糟。"

同是中国人,李杰家处在危难中,林倩不好再责备他。

有一天,林倩拿了一个撕掉了商标的小药瓶给李杰,说:"我这里有几颗血清素药丸,是陆大伟在国内代销我们公司产品的宣传品。你让曹琳试用一下,也许对她的心情会有好处。记着,千万别让人知道是我给你的。"她又向他建议,"你最好动员曹琳回国一段时间,有女儿和她父母在身边,心情会好一些。不然,你会被她连累的。"

下班回家后,李杰把林倩劝她回国休息的事说了。

曹琳摇头说:"我不想父母知道我失业,他们不了解美国的情况,会替我担忧的。"她当然也舍不得花一笔钱买飞机票,决心不回中国去。

没有说动曹琳,李杰把林倩给她血清素药丸的事忘了。晚上,曹琳清洗衣服,发现李杰的裤子口袋里装有一小瓶血清素药丸。

"你把公司的产品带回家来干吗?被发现要被解雇的。"曹琳很紧张,把药瓶递给李杰,"赶快退回去。听说这药很贵,一百多美元一颗。"

李杰担心血清素药丸惹祸,第二天,趁着办公室里没人,拿了一颗药丸塞进嘴里,把其余的还给了林倩。他本该为吞掉药丸感到不安和内疚。可那一天,他的心情格外平静,在轻松愉快中,很快把画满红线的报告修改完毕。血清素的作用太神奇了。他随之感叹:"可惜这药太贵了。如果它便宜到我能用得起该多好!"

对血清素的作用有了切身感受,李杰对采用化学合成物刺激血清素分泌的研究产生了强烈的兴趣。科尔曼正在研究血清素刺激物,假如自己也能参与这项研究该多好。目前世界上只能买到从血液里提取的血清素,它是富人才能用得起的奢侈品。他想,应该合成刺激血清素分泌的化学药物,让千千万万身处忧虑的普通老百姓感受到生活的快乐,直面艰难困苦,坚信人生还有希望。

一天,李杰和林倩在餐厅吃饭,她对他说:"国内有一家私营药物研究所在开发刺激血清素分泌的化学合成物,他们想从美国找专业技术人员参与研究。曹琳在亨特工作过,对这个项目的实验技术有一定经验,你问问她想不想回国参与这项研究。"

研究血清素刺激物!李杰心头一亮。

邻桌坐着刚进公司不久的中年妇人莉莎,她与李杰同在林倩手下工作。李杰不太喜欢莉莎。她是一个个性张扬、刁钻夸浮的女人,善于见风使舵。英文是她的母语,从她浓厚的口音,他听出她是从其他国家来的新移民。

"哦,连私人企业也在研究血清素刺激物吗?没想到我们中国的科技进步这么快。"李杰用英文回答林倩。

说实话,他提高嗓门是有意让莉莎听的。她几次在他面前讲中国的不好,让他心里很不舒服。

莉莎转过头好奇地望过来,竖起她热衷旁听的小耳朵。

李杰更来劲,进一步提高嗓音说:"我去同曹琳说说,她在家没事,回中国去参与研究血清素刺激物好了。"

林倩满脸通红,小声用中文训斥李杰,"你不顾场合,这种事干吗说英文呢?"

李杰改用中文说:"那女人喜欢搅事,我想刺激她一下。"

莉莎见他改用了中文,收回了无孔不入的目光,掉转头去。

李杰和林倩也不再说话,闷着头吃饭。

下班时,办公室里只有林倩和李杰在。李杰问林倩:"你说的那家私人研究所在哪里?"

她说:"在你的老家长沙。"

"药研所在长沙?"李杰喜出望外。

"是呀。在长沙高新科技园区,研究项目血安达是国家立项的重点产品。曹琳回国参与研究,她与女儿、父母待在一起,要比在美国找不到工作成天闷在家里好。"

"这个项目很有价值,市场大,前景好,我去动员曹琳。"

林倩说:"你也用不着管它的前景不前景。曹琳没工作,暂时回国一段时间,等美国经济好转时再回来好了,反正有绿卡,来去方便。"

李杰尝过血清素的甜头,更明白血清素刺激物潜在的巨大市场,他打定主意尽力说服曹琳。假如血安达的研究项目能让曹琳名利双收,那时他也趁机海归好了。

回家后,李杰把回国开发血安达药物的消息告诉了曹琳。这次做曹琳的工作容易多了,有现成的研究位置等着,工作地点又在老家,不仅在父母面前容易交代,还可借此机会好好陪陪女儿。她满口答应了,可说完又补上一句,"我不打算在国内长期工作。只要美国经济环境改善,我就尽早带凯西回来。"

十四

科尔曼公司花了一大笔钱消灭亨特公司和血清素刺激物研究项目,为解雇亨特的员工,发遣散费再一次大出血。经济衰退持续加深,医疗保险公司求自保,把重症抑郁症病人才被允许免费治疗的昂贵血清素也逐出了保单,列入自费药品。科尔曼生产的血清素在美国境内销售大减,科尔曼的股票也节节下跌,公司的资金周转出现困难。

为了节省开支,科尔曼高层决定,缩减部门,精简员工,并将电脑网络的客户服务和终端维护转移到印度。新药开发部门同样受到影响,除了市场前景巨大的血清素化学合成刺激物外,其他开发项目全部迁往研究成本低的中国。不愿离开美国的高学历高薪研究人员就地解雇。研发部缩编后,主任被调到同级别的质量监控部任职。新主任从研发部带来自己的一班人马,原有质监人员面临被调离或者被解雇的风险。

李杰的去留未定。林倩坐了冷板凳,属下人马原地待命。她的位置交由新主任从研发部带过来的年轻人约翰接替。李杰为自己的位置不保焦虑,坐立难安,担心被解雇后工作难找。怕曹琳担忧,他不敢打电话回国告诉她自己的处境。

林倩问李杰:"愿意迁往中国去的研究人员不多,公司需要找一些有经验的志愿者到中国做骨干。你是否考虑回国发展?"

李杰打电话给曹琳,与她商量是否该借此机会回上海工作。

曹琳一口回绝,说是让凯西在美国接受教育的想法决不动摇。

说服不了曹琳,李杰只有在焦虑中等待,看下一步的事态发展。

林倩的归宿出乎李杰的意料。她发了一封电子邮件给手下的员工,告诉大家她决定转到研发部,去上海工作。

李杰百思不解。心想,林倩在美国混得很不错,升迁到主管一级多不容易,为什么就这样轻易放弃呢?她有两个正在美国读初中的孩子,得为孩子的未来着想呀。他跑去林倩的办公室问她原因。

林倩很无奈地说:"主任找我谈过了,我的工资高,公司很难把我留下来。"

"那你也用不着离开美国呀。你在美国拿的博士学位,再找一份工作应该不难。"

"当了主管,处境比你和曹琳更糟。劳动力市场是座宝塔,越往上,范围就越窄,一旦失业,很难找到合适的位置。"

"那小孩怎么办?他们在国内升大学,中文基础差,会竞争不过国内的同学。"李杰替她忧心。

"上海有国际学校,外国人任教。我的两个小孩都是美国公民,我打算让他们在国内读完高中后,回美国读大学。"

李杰重重地叹了一口气:"让下一代再一次重走你自己走过的路吗?"

"身不由己,尽力而为吧。"

"我还不知下一步会怎样。"李杰为她的离开难过,也为自己的前途未卜气馁。

林倩安慰他说:"你毕竟现在还是我手下的员工,在我没有离开之前,会过问你的事。我跟人事部和新主任都谈过了你的去向,估计近日会定下来。"

"怎样安排呢?"李杰着急地追问。

林倩说:"在人事部没有正式通知你之前,我不能向你透露任何消息。"

尽管林倩没有告诉李杰他的具体去向,从她微笑的脸上,他知道大概不会被解雇。他把期望值尽可能降到最低,只要不被解雇就行,什么工作都能接受。

没多久，人事部的海伦给李杰发了电子邮件，他的去向终于定了下来。公司决定把他调到研究开发部，留在美国本部参与血清素刺激物的研发。始料未及的结局使他兴奋不已，之后几天里他都在怀疑这是不是一件真实发生的事情，直到把自己的办公用品从质量监控部正式搬到研发部的那一层楼，他才确信自己不仅保住了饭碗，而且转到了盼望已久的研究部门，做最有前景的研究项目。

李杰给曹琳打电话报喜，她也告诉他一个意想不到的巧遇："你知道我今天上班时碰到谁了吗？"

李杰迟疑了片刻，说："我猜不出来。"

"谭国芷。"她兴奋地说。

"谭国芷？他不是在上海做教授吗？"李杰去年与谭国芷联系过。

"他被制药公司聘到长沙兼职做研究所所长。他家在长沙，每个月回这边工作一个星期。今天他乘飞机回来，到药研所上班，我和他碰面时，两人都很惊喜。"

"他是所长，药研所雇你他不知道吗？"

"他忙得很，每个月两边飞，在上海要带研究生，除了血安达的研究项目，研究所的具体事情由副所长负责。"

谭国芷曾在洛杉矶待过两年，李杰本想问林倩是不是谭国芷委托她张罗从美国找人。但林倩离开公司后，他一直没见过她。直到隔了一个月，她打电话到公司告诉他马上要回国了。

她回国那天,李杰特地赶去她家同她道别。那天,英颖、江天浩和于芳也去了。

林倩的房子已经出售,家已搬空,除了几个装得鼓囊囊的大行李箱外,家具、电器都已廉价卖掉了。

见景生情,李杰深有感触地说:"十多年前我们胸怀壮志,闯荡美国,现在却西雁东归,世事难料呀。"

江天浩说:"其实林倩不回国也行,老公在国内赚钱多,自己就在美国陪孩子读书好了。"

于芳说:"两地分居有什么好呢?我老公能待在美国,我宁愿家里穷一些,至少两个孩子还有个爸爸。时间长了,恐怕他们连爸爸也不认了。"

英颖附和道:"是呀,夫妻不在一起家哪像个家呢?还是一家人团聚好,在哪里都是生活。"

看到林倩的两个孩子在一旁整理自己带回中国的小包,李杰就说:"你也可以像林倩一样,把孩子带回中国去。"

于芳嘴角一噘说:"去中国赚钱还行,把孩子带回国读书我不干。"

李杰侧眼看到林倩一脸不自在,就说:"在中国读书有什么不好呢?我们不都是在国内毕业的吗?"他的话一语双关,是讲给林倩听的。

于芳并没有体会到李杰的意图,冲着他嚷嚷道:"今非昔比。现在国内的学生多可怜,每天被功课压得喘不过气,他们哪有我们童年时快乐。国内人口多,竞争太强,我们家孩子想上清华北大,南柯一梦吧。你看看我们周边在美国长大的华人儿女,他们远没有在国内辛苦,绝大多数都能进美国的一流大学。就为这一点,我也不会把两个小孩带回国,辛辛苦苦拼命去竞争有限的优质教育资源。"

林倩本来心里就不舒服,想离开上楼去。听于芳这么一讲,她站定下来,说:"你不是在责备我吧?"

英颖见于芳说漏了嘴,急忙给她圆场:"她哪是在说你呢?你和你老公都那么优秀,基因好,国内那点竞争对你家小孩是小菜一碟。"

林倩不甘罢休,站在楼梯口大声说:"让孩子从小习惯竞争有什么不好呢?你我都是在国内读的大学,从小学就开始拼命努力,基础教育打得底子厚。我们这些靠自己奋斗从国内出来的人,只要专业对口,在美国社会各个层次里都还混得不错,大都算得上中产阶级吧。"她的这些话与其说是对于芳和英颖说的,不如说是说给她的两个孩子听的。

林倩这么一说,英颖反而不服气了,说:"到了关键时候结果怎样呢?数一数我们周围这些优秀的华人,除了卖命工作外,有几个能真正爬上去的?"她大大咧咧讲话惯了,觉得没说到点子上,干脆直截了当地把话题深入下去,"林倩,你在清华和北大读的本科和硕士,到美国又读了博士,你竞争过别人了吗?一个能说会道的白人大学本科生就轻易把你挤掉了。我们华人吃亏不就吃在只会读书,不重视社会交际吗?你海归,把孩子带回国,孩子到了国内,不得不按照国内的教育模式走,从小就被父母和老师逼着一天到晚只管拼命读书,社会生存能力与专业能力不成正比地培养,在全球化的今天,我们再让孩子继续接受这种模式的教育将来会很吃亏的。你被挤掉就是一个很好的例子,这还不够说明问题吗?"

林倩被点到痛处,脸色一阵发白。处境不一样,自己的选择是他们无法理解的。她不想再多言,就说道:"我还有许多事没忙完,你们聊吧,我去楼上搬东西。"

毕竟林倩曾是李杰的上司,见她难过,他跟上楼去,找机会安慰她。

楼上摆着两个大行李箱,李杰掂了一下,一只挺沉的,就说:"这个箱子会超重。"

林倩说:"里面是一些研究书籍和科学资料,我舍不得丢,带回国去,托运时罚点款算了。"

李杰说:"现在网络发达,学术方面的资料网上都能查到,不值得罚款带回国去。"

"能在网上找到的东西算宝贵吗?箱子里装的资料都是我在美国多年的知识和经验的积累,是我回国的资本。"

"你在科尔曼中国分公司干,我们还算是为同一家公司工作,需要什么资料我可以从公司内部网站替你找,这不违反公司的保密规定。"

"我带的资料绝对与公司的技术无关。在科尔曼的中国分公司工作只是暂时的,有合适的地方,我肯定会再跳槽。到时候,带回去的这些东西是我的本钱。"

"外企多好,工资和福利都不错,国内的人想往里挤,你干吗还没有回去就想跳槽呢?"李杰问她。

"我在科尔曼工作几年看透了,你平常怎么努力卖命都没用。当你拼命工作到工资高了或者年纪大了,遇到经济危机或者公司经营不善,随时都有被裁掉的危险。西方人做事从来不讲情面,回国后继续在外企工作,心会绷得很紧。"

李杰说:"不讲情面是西方社会的特点,他们的生活准则是'法理情',我们中国人奉守的是'情理法',刚好相反。"

她淡淡一笑,告诫李杰说:"你明白就好。"

李杰也浅浅笑了说:"同你一样,早看明白了。"

他正提起行李箱准备下楼,林倩突然喊住他:"李杰,我有话想同你说。"

李杰放下行李箱,站定下来。

"有一件事我要提醒你。你和技术员安娜没有顶头上司,研发部主任戴尔正在招一个主管。莉莎递交了申请,把我列为推介人。戴尔打了电话找我了解莉莎的工作表现。"

"莉莎做我的上司?"李杰大吃一惊。

"很可能。这人很善于人际关系。"林倩的口气很肯定。

她这么一说,李杰心里凉了半截。莉莎来美国的时间并不长,据说几年前在澳大利亚工作的弟弟替她在美国移民局的网站上年度抽签,她幸运中签并获得了美国绿卡。她携带全家来到美国,最初在纽约一家制药公司工作,半年前她丈夫失掉工作,在洛杉矶找到一份差事,全家搬了过来。李杰进科尔曼后,她通过中介公司介绍到林倩手下工作。

李杰想,莉莎只有大学本科学历,没有任何管理经验,专业技术远不如自己,科尔曼真的会让她当他的上司吗?他的内心失去了平衡,情绪像一匹脱缰的野马,飞快地朝山涧谷底溃奔而去。在送林倩去机场的途中,他已经感受到它对自己的影响。尽管他一直设法控制自己,与同在一部车里的江天浩、英颖和于芳聊一些无关紧要的话题,试图遮盖心绪的遽变,但这种掩饰只是避开了他人的耳目,并没有让他从内心的失落中挣脱出来。

十五

李杰的失眠再一次悄然光临。这天下班后路上很堵,他很晚才回到家,冷清的四壁使他内心烦躁,早早就寝,却无法入睡。他担心莉莎真被安排做他的老板。一旦她插在自己和戴尔之间,今后他的工作好坏只能由她信口雌黄。他决定应对局面,设法扭转劣势,尽早向戴尔主任要研究课题,以便在莉莎上任前有机会让主任直接了解自己的实际工作能力。

李杰想好了第二天去找主任谈,可一觉醒来,他又把想法推翻了。上班路上,他整饬好情绪,告诫自己,会不会雇莉莎还没最后确定,慎重考虑利弊,别太冲动。

一天,安娜告诉他,人事部已经正式雇佣莎莉,她很快就要上任。李杰傻了眼,当即给戴尔主任发电子邮件,附上自己的工作简历。他向戴尔表达自己的工作热情,希望给一个面谈的机会,以便自己能尽快投入研究课题。不到半小时,戴尔主任回信约李杰第二天上班去他的办公室。

研发部在公司实验大楼的第一层。宽大的大厅被深灰色隔板间隔成许多小办公间,几十号研究人员每人坐一间,空间不大,仅够放一套办公桌椅和一只文件柜。大厅周边是主管们的办公室。戴尔主任的办公室就在李杰的斜对面。

李杰去他的办公室时,他坐在电脑前。听到敲门声,戴尔抬起头来,招呼李杰进去。戴尔并没有让李杰坐下来谈话,而是不紧不慢地看了他一眼,从抽屉里抽出一份厚厚的资料递给他,十分简单地说:"我马上要去开一个会。你把课题计划书拿回去先看看,我会把其中一部分研究交给你做。"

李杰拿着厚实的研究计划书退了出来,回到自己的座位。计划书的扉页上有一排很大的黑体字——"血清素刺激因子开发研究计划书",正是他极想参与的研究。标题下的落款日期是三年前。看来,科尔曼公司早在三年前就已经全面启动了血清素刺激物的研究。他一鼓作气读完了计划书,迅速给戴尔写了邮件,信心百倍,保证做好他将交给自己的研究任务。主任在下班前回了信,给李杰安排了项目,让安娜做他的助手一块做实验,每周要李杰向他报告研究进度。

晚上,李杰打电话回国向曹琳报喜。

曹琳很震惊,"你研究血清素刺激因子?我们撞车了。"

李杰这时才猛然清醒过来,曹琳正在中国参加血安达的研究课题。他们夫妻俩分别在中国与美国开发同一类血清素代用品,在未来市场中成了竞争对手。

曹琳问李杰:"你做哪一个阶段的研究?"

李杰说:"改进配方,减轻毒性,增加药效。科尔曼公司在这个研究上已经花了三年时间。"

"已经研究了三年?按理说应该做得差不多了。"

"还早着呢。按科尔曼的计划,这个研究从药物的化学合成到毒副作用的研究要五年,三期临床试验还要五年,送到美国药监局审批时就已经是十年时间了,只研究这个药至少要耗上几亿美元。车间生产药品到上市,另外还需要两三年时间。"

"要花这么多时间和资金!血安达项目是谭国芷向国家科技部立的项,部级重点项目,国家投资五千万元人民币,从基础研究、临床试验到生产,大概需要三年多的时间。"曹琳在希望城参加的基础研究课题周期短,对药物研制要花多少时间没有数。

"怎么可能!"三年时间开发出一个新药,从研究到生产一气呵成?李杰的震惊是可想而知的。

"在美国时,我肯定会认为这是天方夜谭。回到国内见多了,觉得在中国什么都有可能。全世界最高的摩天大楼、最快的高速列车都在中国迅速成了现实。长沙市几十天就能建成一幢十几层的高楼,药物开发的高速度也不是不可能的。等科尔曼完成实验室的基础研究时,说不定血安达早已经上市了。"曹琳被国内的高速发展同化了。她坐过高铁,从北京到长沙的高速列车让她感受到了"现代化社会"的真正概念。在现代的中国,还有什么不可能发生呢?

那天与曹琳打完电话后,李杰感慨万千。他回想起十多年前在国内读研究生时,导师给他定了一个研究方向后,他在北京城里跑了几所大学的图书馆,读了一大堆研究文献。他在国外已发表过的论文中找到一个现成答案,在前者研究的基础上稍微做些改进,忙了一年多时间,完成了实验。毕业论文答辩时,这项国外十年前就做过的研究,因为被他少许改进,参加答辩的专家教授们一致评鉴他的研究课题达到国际同类研究的先进水平。当他从市科技局领到一张优秀论文证书和科技成果奖时,不免心虚。硕士研究生毕业那年,他的导师有了招收博士生的资格,导师极力建议他继续读他的博士。他想,读这个博士有什么意义呢?

那段时间,肖昕和江天浩研究室的人差不多都出国了,李杰工作的那家医院里的医生也在朝国外跑。报纸上不断有专家在感叹,国内的科学界面临青黄不接,人才断层。原因何在?人往高处走。报纸上说,中国比美国至少落后一百年。随着肖昕和江天浩先后出国,李杰与曹琳也跟着出了国。

他没想到,短短十几年时间,在曹琳与他分别在中国、美国不约而同撞入性质相同的研究圈子时,这一百年的距离竟然消失了。他的前任和他需要花五六年的时间在实验室里为一个新药所做的基础研究,在国内只需用短短的一年多!多么快的进程呀,难怪回国探亲回来的人都在惊叹,隔两年不回国,竟找不到回家的路了。

所有的变化似乎发生在一日之间,李杰甚至没有来得及把它想明白。他的失落是明显的,内心原本高估的自身价值被严重地打折,曾拥有的出国的优越感消失得无影无踪。原先不愿搭乘的特慢车突然长鸣,在它急速奔跑的时候,他犹如一个没有赶上车的乘客,站在月台上,看着满车乘客扬长而去,自己处在不甘心被遗弃的遗弃之中。他的内心再一次燃烧起海归的欲望,不愿再错掉最后一班列车。

十六

人事部的负责人把莉莎带进研发楼交给戴尔主任时,李杰的情绪沮丧极了。戴尔主任安排莉莎坐在李杰旁边的座位上。莉莎搬进来后,原本安静的地方一下热闹了起来,不时传来敲打电脑键盘和带有口音的泡电话声音,这让李杰感到不自在。莉莎曾是他平起平坐的同事,学历也不如他,现在一跃成了他的上司,并且坐在他的隔壁,他的一举一动都将在她的眼皮底下,这使他感到屈辱。

不知是莉莎看出了李杰的反感,还是她的工作习惯,头几天里她并没有当面过问他的工作,一律采用电子邮件的方式进行。这使李杰某种程度上保住了尊严。感谢科技进步到人不需承受脸色的压力。一天里,李杰经常收到莉莎十几封邮件。最初,他对她的做法并无反感,时间一长,他慢慢觉得她这样做有些过分。"为什么抬起头就可以当面说的话,非要发电子邮件呢?"他恼火地嘀咕着。

开始时,莉莎还能按照戴尔的管理方式,由李杰安排安娜的工作,但她很快改变了做法,要求李杰和安娜都直接向她汇报。这一改变使李杰的心情变得更糟,他对莉莎产生了憎恨,并很快波及方方面面。比如,李杰在汇报研究工作时,莉莎会询问他在研究方面的技术和理论知识。之后,莉莎便把这些知识变成囊中之物,在戴尔主任面前活学活用,头头是道地显摆,这让李杰感到厌恶。甚至李杰也不喜欢莉莎的笑,他觉得那种转瞬即逝的笑夹杂着不怀好意和不屑一顾,有小人得志的喜悦,让他心里不爽。于是,李杰对莉莎的反感日益强烈,常常不由自主地将这种情绪从表情和言语中流露出来。毫无疑问,这种下属不该具备的不恭表现给李杰以后的苦难埋下了祸根。

一天早上,李杰在办公大楼外碰见了莉莎,她的穿着有些怪异,他吃惊地看了她一眼:短短的枣红色上衣,带有大朵蓝色花瓣,搭配一条藏青色长裙,衣裙之间大大方方地裸露出深褐色的肚皮与凹陷的肚脐。

莉莎刻意做出妩媚的姿态,朝李杰走来。"今天是我们国家的节日。"她对李杰说,脸上荡漾出让他不舒服的喜悦。

他停下脚步,对她说:"难怪你穿得这么漂亮。"面带微笑的恭维中暗含着嘲讽。

莉莎没有察觉出李杰的反感,洋洋得意地扭了几下腰,松弛的肚皮在他的赞誉之下起伏。她开心地与他并肩而行,走向办公楼。

李杰想避开以免尴尬,一走进大厅,他就迫不及待地与莉莎保持一段距离。但他没有得逞,她紧随他的脚步与他并排而行。李杰在煎熬中与她同行,走向各自的座位时,不由得回过头,轻蔑地看了她一眼。这时,她与他的视线碰在了一起,她的眼里立刻冒出一团烈火。李杰走到座位时,隔壁传来手提包甩在办公桌上的响声。他很快遭到了报复。

这一天,莉莎当着安娜的面,把李杰交给她的研究计划丢到他的实验桌上,大声指责道:"我看不明白你的实验计划究竟想达到什么目的!你的英语太糟糕,文法错误百出,具体的实验步骤颠三倒四。拿回去写清楚后重新发给我,不然,我们没有办法往下讨论。"

李杰震惊之极,呆头呆脑地看着莉莎转过身,气势汹汹地消失在他的视野里。

女人的报复常常是尖锐的,她的声音如此之大,实验室里所有人都可以听到。不仅如此,莉莎很快把被她打满问号、做了详细修改的研究计划书,重新扫描,附在电子邮件后,发给了李杰和戴尔主任。这让李杰倍感耻辱和愤慨。他知道,当戴尔主任看到被莉莎修改得面目全非的研究计划,毫无疑问会认定他不具备独立工作的能力。

她就这么简单地在一天时间里,把他的英文水平、思维方式、研究能力贬损到一文不值,并做到了从上至下人尽皆知。

李杰心灰意冷,晚上彻底地失眠了。原本参与一项引以为豪的研究课题带来的振奋被扼杀。在不断膨胀的坏情绪牵引下,他再一次想到另找出路。可出路在哪里呢?严重的经济萧条笼罩着整个美国,西海岸的洛杉矶成了美国失业率最高的重灾区,换一份工作实在太难。他想到了海归。

李杰打电话给国内的同学和朋友,问他们能否帮忙介绍大城市的好单位。久没有联系,关系都疏远了,只有北京的范时宕古道热肠,在电话上与他详聊。范时宕与李杰是知根知底的老朋友。他学文科,能说会道,对李杰说:"寻找幸福是每个人的毕生追求。无论生活在世界何处,幸福的道理都是一样的。人为了生活不得不工作。工作一定要有幸福感。人这一辈子,抛开睡眠不算,在有具体行为和思想的生命里,工作占了一半时间。如果工作让人感觉不幸,它还会把坏的情绪带到工作以外的其他方面。即便一个人的家庭、婚姻、交友都是幸福的,也算不上真正幸福。因为这个人至少有一半的人生是在不幸中度过的。所以,一个人想要获得幸福,首先要有一个充满幸福感的工作。建立幸福的工作环境,需要靠自己努力。我们会设法改变自己周围的生存环境,可当一个人不能改变环境时,就只有设法改变自己,适应环境,否则只能生活在不幸之中。李杰,既然你改变不了环境,改变自己也无济于事,想海归太好了,回来吧。"

范时宕极力鼓励他回国,赞成他换一个工作。可惜范时宕的专业与他的相差甚远,忙帮不到实处,只能在精神上给予他慰藉。范时宕建议他找陆大伟。他说陆大伟海归后在北京的学府做过行政工作,现在又在上海做药品批发生意,应该有人脉。

陆大伟接到李杰的电话后说:"这些年海归的人都往北京和上海跑,大城市全饱和了,很难找到对口单位。进不了一线城市,到二线城市也挺不错的。你可以问问谭国芷,他不是在长沙负责药研所嘛,你老婆刚好也在那里工作。你在科尔曼做了一段时间血清素刺激物的研究,具备专业对口的优势,到长沙肯定没问题。"

李杰打电话给曹琳,同她商量回国发展。

曹琳劈头盖脸地数落起来:"你尽喜欢胡思乱想。现在回国来,考虑过今后具体的生活问题吗?在美国工作这么多年存下来的钱都没了。购买蒙诺维亚的房子首付用了十几万,你投资到股市的钱随垮掉的银行折腾得没了踪影。洛杉矶的房价已经跌了不少,卖掉房子只能把欠银行的贷款还清,买房的首付和还本付息积累的本钱血本无归,今后一家三口在国内的日子只能靠我们俩的工资收入了。"

李杰争辩说:"我们俩在国内各有一份工作,应该可以凭借工资收入好好生活。"

"好好生活?我在谭国芷的手下工作,每月就三四千元人民币,工资只够我和凯西最普通的生活消费。你回国来,两人充其量每月赚一万元吧,这点钱在长沙能维持基本生活就不错,别想再买房买车了。国内的同龄老朋友大多都已有房有车,原先单位分的房子也都涨价了不少,我们一家不能与他们过同等水平的生活,你心里会好受吗?"

每月一万元人民币没法生活吗?李杰觉得曹琳言过其实。国内普通人哪会有这么高的收入呢?现在不是美元不断贬值,人民币不断升值吗?曹琳自己不想在国内长住,肯定在糊弄他,与出国前舆论所说中国与美国的差距有一百年如出一辙。他试图继续说服曹琳接受他海归的想法,可她毫不动摇,说:"我爸妈今天还在催我不要在国内待得太久,美国经济一好转,尽快带凯西回洛杉矶去。"

"经济好转?看不到一点希望。现在是西方不亮东方亮,我们还是海归算了吧。"

"李杰,你真的回国后,想法会完全不一样的。你没有听说现在流行第三波出国潮吗?就连我们邻居,前不久也把小孩送去美国念书了。这家人一碰见我爸妈,就会追问凯西什么时候回美国。"

"把电话给我,我同他说。"电话里传来另一个声音,那是岳父在说话,"李杰,你和曹琳好不容易出了国,在美国待得好好的,干吗又要海归呢!早几年海归,在国内还能谋个一官半职;现在海归,找份工作都不容易。曹琳现在做研究的单位是民营的,哪天说倒掉就倒掉了,幸好她是暂时在这边做研究。我不赞成你回来凑热闹。"

李杰听到岳母在旁边帮腔:"告诉李杰,他是一个父亲,要为孩子一辈子的幸福考虑,不能只图一个人在国内过得快活。"

曹琳接过话筒,对李杰说:"爸妈说的话有他们的道理,我也不是完全反对你回国,只是担心今后凯西长大了,会埋怨我们没有给她选择的机会。我们大人做一点牺牲,多替凯西想一想吧。"

凯西成了李杰不得不考虑的关键因素,即便曹琳那一关能过,两家父母的关难闯呀。他只好打消回国的念头。

那天之后,李杰的脑子里不时回响起岳父母的话:"李杰,你是一个父亲,得为凯西一辈子的幸福着想呀!"

是的,就这么一个女儿,他得为她着想。凯西留在国内就不会幸福,来美国就一定会幸福吗?他禁不住问自己:我在美国感觉到幸福了吗?为了下一代的幸福,我必须自己先拥有幸福。范时宕和曹琳都说过,改变不了环境,只有改变自己。他打算改变方式,用积极的态度对待研究,做出成绩来,戴尔主任一定会看到他的价值。

接下来的几周,李杰早出晚归,泡在实验室里埋头做研究,不断改进原有的化学合成药物,终于有一个配方出现了希望。那天下午,戴尔主任刚好来实验室找莉莎。趁莉莎不在,李杰压抑不住喜悦,把实验进展告诉了主任:"戴尔,重新改造的化学诱导剂能刺激更多的血清素分泌。"

戴尔迷惑地望着他,问道:"你把化学诱导剂重新修改过?"

李杰暗暗吃惊,戴尔怎么连他改造了化学诱导剂的结构都不知道呢?他对戴尔说:"上一个月已经修改了配方。今天用新配方做实验,刺激活性显著提高了。"他希望戴尔主任能从他的话中明白莉莎欺上瞒下的做法。她暗中作祟,不希望戴尔看到他能如此快地做出研究成果。

戴尔没有表露出任何异样。李杰大失所望,心想,如果把这次实验得到的结果先交给莉莎,很可能再一次长时间卡在她的手里。于是他马上禀报戴尔说:"等会儿我把研究结果整理好,马上发给莉莎和你。"回到办公室,李杰急忙整理实验数据,抢在莉莎回来前把实验结果用电子邮件发了出去。

半小时后,莉莎来到她的办公桌,键盘敲响不久,李杰就听到一句脏话从她嘴里爆出,接下来是东西甩到桌上的声音。她起身去了放公用打印机的地方,随后径直来到李杰的座位,对他说:"你与我一块儿去小会议室,我有工作同你谈。"安娜也被叫过来一起开会。

当他们在小会议室坐下后,莉莎气急败坏地问李杰:"改动过的诱导剂的刺激活性能高出20倍?"

"没有,是2倍。"李杰纠正她。

她把手中的一张纸朝他面前一扔,说:"你自己看吧。"

安娜吃惊地看着李杰,她的眼神露出不安和担忧。纸上是李杰匆忙中发给莉莎和戴尔主任的实验结果。莉莎用红笔在上面画了一个特大的问号。李杰先一愣,随即明白过来。情急之下,他把0.8个活性单位误写成了8.0个。原想借机表现,没想到反被莉莎逮个正着。李杰见势不妙,连忙道歉:"对不起,我一时疏忽,把小数点标错了位置。"

莉莎抓住李杰的把柄,借题发挥。她的脸色阴沉得吓人,手敲着桌面,声色俱厉地说:"我早对你说过,你不可以直接给主任报告实验结果,所有数据必须由我先审阅。"

李杰本想争辩,可把柄捏在莉莎的手里,他无话可说。

莉莎马上掏出手机,给戴尔拨电话:"戴尔,请你到小会议室来一下。"

不久,戴尔推门进来,站在他们面前。莉莎把实验报告递给他说:"你看,实验数据不事先检查就到处发送,如此简单的事情都搞出问题,复杂一些的实验怎么办?实验结果上报绝对不可以出错,否则我们大家都会被连累。"

李杰有口难辩,只能道歉。戴尔肯定还没来得及读邮件。

听莉莎这么说,他迅速看了一眼实验报告,双眉紧锁,连连点头。

莉莎受到了鼓舞,接着说:"今后我们组的研究进度和实验报告必须由我审查发送,以便杜绝任何人为错误。"她的话冠冕堂皇。

戴尔非常赞成莉莎的意见,对李杰和安娜说道:"你们俩做完实验后把结果交给莉莎,我不想看到实验报告到达我的手中时有任何错误。"他说完便离开了。

莉莎耸了下肩,露出转瞬即逝的笑。她也走了。但她的笑没有随之逝去,在李杰的心上留下一道深深的刮痕。

十七

月底,研发部举办年度汇报会,由几个组的主要研究人员报告项目进展。会议与德国总部连线,相关部门负责人和全体研究人员通过电子屏幕观摩会场,参与讨论。

戴尔主任通知莉莎、安娜和李杰到小会议室开会。他告诉大家,总公司负责研发的库鲁奇副总裁对他们的研究进展很重视,特别指出诱导剂能提高一倍血清素分泌量,意味着当服药剂量减少一半时,药物仍具有相同强度的效果。即使不再继续改良配方,现行的合成药物对人体的毒性也相应减少了一半。这是一个非常好的苗头,说明他们在彻底消除血清素刺激物对人体毒性的研究上向前迈进了一大步。

李杰为自己的研究成果受到库鲁奇副总裁的注意而兴奋不已。他加班加点做实验的意图是想通过自己的努力,拿出实际成果向戴尔主任证实自己的研究能力,没想到结果远远超越了原定目标,他的欣喜之情自然难以自禁。而且李杰知道库鲁奇是一个不轻易发表意见和表扬下属的人,他的重视弥足珍贵。这一点李杰从莉莎兴奋地大叫"太好了,太好了",也得到了证实。当戴尔主任提出他们组要推举一位发言人,在大会上重点介绍研究的详细情况时,李杰自然想到非自己莫属。但莉莎的一番话让他的心凉了半截。

"戴尔,你尽管放心,我们不会辜负你和库鲁奇先生的期望,我一定全力准备,让我们组的研究在公司大会上有一个漂漂亮亮的报告。"

莉莎的大言不惭让李杰顿时恼火不已。他想,为什么由你来全力准备研究报告呢?诱导剂增加刺激活性的具体研究与你毫不相关,配方是我改的,实验是我做的,你居功于己,何德何行?他险些管不住嘴,在戴尔主任面前与她理论一番。然而,在戴尔主任随后提出由谁准备讲演稿时,莉莎的话完全出乎李杰的意料。

"具体实验是李杰做的,由他负责写发言稿吧。"

莉莎的反常,让李杰惊愕。也许是他误读了她的意思,也许是她有意不把话说明白。大喜过望之时,李杰认定莉莎的意思是让他写讲演稿,代表研究小组在大会上发言。莉莎的表现落落大方,气量之大反让李杰相形见绌。他不由为先前误解了莉莎在邀功求赏而感到羞愧,并为自己没有在戴尔主任面前与她争吵而庆幸。

"李杰,你要好好做准备。库鲁奇是个特别挑剔的人,你得格外注意英语书面表达的准确,写好后尽快发给我,我来把关。"莉莎的语气之和蔼、态度之谦卑是他从未见过的。

李杰想,或许自己对莉莎存在误解,她并非专横跋扈的主管,也不是小肚鸡肠、好惹是非的女人。先入为主的偏见左右了他对她的认识,以致把她放在了对立面,对她处处设防,把自己搞得紧张兮兮。他感到云开日出的慰藉,当着她和戴尔主任的面,信誓旦旦一定尽全力完成光荣使命。

会后,李杰很快收到莉莎的电子邮件,她把会上的决定写成了文字,发给李杰和主任,当然还有库鲁奇副总裁,但她只字未提是李杰修改的血清素刺激物配方。

那天下班前,李杰特意走到莉莎的座位,喜形于色地向她报告准备讲演稿的初步计划,打算从第二天起集中精力统计研究数据,撰写讲演稿,制作幻灯片,想把待完成的实验交给安娜做。

莉莎满口答应。第二天早上,她一到办公室便走过来对李杰说:"我们到小会议室去一下,我有事同你商量。"

李杰最初很高兴,心想,很可能她同他一样也兴奋了一夜,有一些好主意要同他分享。他带上笔记本,跟着她去了会议室。

莉莎关上门,不慌不忙地坐下来,心平气和地对李杰说:"我忘记了有一项重要实验要尽快做。"

李杰愣住了,满心的喜悦骤然被莉莎的朝令夕改冷却。

"我昨晚仔细想过,为了说明问题,你采用修改过的配方做实验,最好把用以前的配方做过的实验样品找出来,与新的配方同时测定。有了相同条件下检测的数据,研究结果才更具说服力。"

"我是用两个配方做的对照实验。"

"那是你一手做的,有失客观。万一存在人为误差谁负责任呢?我们向整个公司汇报研究成果,必须做到万无一失,无可挑剔。"她绝无动摇之意,咬定自己的想法。

李杰想,莉莎对他的实验结果不放心,没办法,唯有用事实证明他的研究结果客观可信。他同意了她的决定,并说:"我需要准备讲演稿,没时间再做实验。"

"冰室里有很多实验样品,你只需找出对我们的研究有价值的部分,我让安娜做实验。"

"好吧,我等会儿去冰室。"

"你不能随便找几份样品。我需要你把冰室内的样品全部清理一遍,分门别类,做好记录。然后,我们俩坐下来好好讨论,看哪些样品对我们重要。"

清理全部样品?李杰调到整合后的研发部工作的时间还短,尚未去过旧楼零下 25℃ 的冰室,那里究竟保留了多少实验样品,他心里没有底。担心撰写讲演稿受影响,李杰建议安娜一起去清理。

莉莎双眉一虎,"你的实验全都交给她做,她哪有时间再陪你去清理样品?"

李杰再一次强调说:"我准备讲演稿需要时间。"

莉莎显然不高兴了,说:"不就二十分钟发言吗?你需要那么多时间干吗?"

看来,她不可能改弦易辙。违背她的意愿,很可能毁掉双方之间刚建立起来的崭新关系。李杰打算牺牲掉一整天,去旧楼冷冻室清理实验样品,随后专注于研究报告。

他去了旧楼,穿上挂在门外的厚重保温工作服,推开沉甸甸的铁门。冰室内亮着昏黄的照明灯,几十平方米的冰室被铁皮封闭得很严实,制冷机在铁皮天花板下嗡嗡响,白色的雾气从制冷机口喷出。他一阵哆嗦,浑身上下刺骨地寒冷。十几排被分隔成层的铁架子固定在防滑铁地板上,架子从上至下堆满了各类实验样品。

李杰傻了眼,这么多样品!这哪里是一两天可以干完的活,恐怕两个星期也干不完。他顿时火冒三丈,恨恨地想,莉莎到底安的什么心?她是真心实意要帮我好好准备至关重要的会议发言,还是口是心非,设圈套为难我?在众人面前,她装出一副悲天悯人的菩萨模样,私底下却完全是另外一副嘴脸,把我困在不见天日的寒冷密室中,荒废掉对我贵如珍宝的时间。他恨不得马上去同莉莎理论,甚至把戴尔和安娜叫过来,当众撕下她的面具。

在他准备返回办公大楼时,几天前情急之下打错标点被莉莎羞辱的事在他脑子里一掠而过。他担心再被莉莎踩到尾巴,告诫自己先冷静下来,花一整天时间,看看能整理出多少样品。有了数据,不用他解释,戴尔自会明白是非曲直。

下班后,李杰很烦闷,吃完晚饭,开车到江天浩家散心。英颖上夜班去了,他们的儿子江宇已经去了斯坦福读大学。江天浩在家陪女儿弹钢琴,他把李杰叫离琴房,去了客厅。

李杰把莉莎整治他的苦水一股脑倒出来后,江天浩笑着说:"嘿,瞧着吧,与老板处不好关系,以后有你折腾的。不要与人瞎拼,林倩都不是她的对手,你就别硬拼了,到时候吃亏的肯定是讲不清道理的你。"

"那我怎么办呢?讲演稿不准备了吗?副总裁要参加的会议,我不能有丝毫怠慢。"

"她是你老板,有权利控制住你的工作时间。下班后她管不着吧。你自己辛苦一点,把晚上和周末搭进去,最后她拦不住你,你不就是赢家了吗?"

李杰认为江天浩的主意不错,他可以借机给莉莎来个措手不及。接下来的两周,他白天蹲在冰室里,下班前把清点过的样品数据整理好交给莉莎;晚上在家抓紧写发言稿,制作幻灯片,一直忙到深夜。周末他待在家里继续忙,饿了泡一包方便面,困了喝一杯浓咖啡。剩下不到半个星期,他终于把所有的样品清理完毕。

莉莎约他到小会议室,对他说:"我查了这些样品的原始实验数据,看来,我们没有必要再做实验,直接采用现成数据做比较就好了。还剩下三天时间,你抓紧时间写讲演稿,周末前把初稿发给我,下周一在会议上好好向大家报告。"

莉莎的演出基本上在李杰的意料之中,他极其平静地在心里对她说:"走着瞧吧,我还没有傻到看不懂你的那点雕虫小技。"

周五李杰终于准备好了讲演稿和幻灯片,下班前发给了莉莎。周一早上,他穿了一套黑色的西服,配上一件带黑色细条的白衬衣,打了一条枣红色领带,衣冠楚楚、心舒气畅地开着车,哼着小调去了公司。他提前一小时到达办公室,打开电脑邮箱,准备好好看看莉莎修改过的稿件,然后用储存卡复制一份,带去会议发言。

他看到莉莎的邮件已在周日晚上发了过来,只不过,她没有把修改过的附件发回给他。她的邮件很简短:"李杰,你准备的讲演稿不合要求,我和主任商量过了,取消你的发言。"他几近晕厥,不相信忙了两个星期辛辛苦苦准备的讲演稿被枪毙,盼望已久的发言资格被取消。坐在办公室里,他半天回不过神来。他想等到莉莎来上班时,当面问她发言稿哪些地方不合要求。

会前,莉莎没有在办公大厅出现。李杰想到研发会上喊她出来问个明白,可他没有勇气跑去会场。怕别人那瞧不起的眼光会使他陷入无地自容的难堪。他坐在办公室里,烦躁不安地等待莉莎开完会回来。直到中午,研发部的人陆续回到了办公大厅,他仍旧没有见到莉莎的影子。

吃午饭时,李杰在餐厅碰到安娜,她说:"莉莎在会议上代表我们小组做了发言。会议结束后她赶着回家了,说是她儿子学校有家长会,戴尔给了她半天假。"

十八

第二天早上莉莎主动走到李杰的座位,"嗨,李杰,昨天下午我去儿子学校开会,他们棒球队明天晚上有一场比赛,我想请你和你太太去捧场。"

李杰原以为她会向他解释昨天发生的事情,可她只字不提研发报告会和他的讲演稿,反倒把曹琳扯出来。

"明天晚上吗?哦,明天晚上我正好有事,没有时间呢。"他避免提曹琳的名字。他敢肯定,假如莉莎知道曹琳回了中国,并且正在做与他相同的产品开发研究,很可能会搅出大问题来。

莉莎没有善罢甘休:"我丈夫的一位好朋友开了一家餐厅,我想请你和你太太去吃晚餐,你看哪一天有时间呢?"

哪一天?既然没有说定哪一天,李杰怎样才能够不露马脚地回绝她呢?他正犹豫如何作答时,莉莎好像已经悟出了什么,说:"哦,我记起来了,林倩劝说过你让她回中国去做研究。"

李杰暗暗叫苦:"该死,这个女人的记忆力真好,我当初用英文回答林倩的话她还记得一清二楚。"他不敢否认曹琳回国,但有意略去了参与研究的事实:"她是回中国去了,住在父母家陪女儿呢。"

"哦,我明白了。"莉莎很快绕开了话题。

曹琳回中国的事情被莉莎搅了出来,李杰顿时心神不安。他进公司时签有合同,任何与研究、生产有关的计划、参考资料、实验数据、生产材料、仪器用具都属公司的知识产权,都必须严格保密。如果有家人在竞争单位工作,必须如实禀报上级主管,申请调到公司其他部门。夫妻两人为不同公司开发完全相同的产品,难免有泄密嫌疑。事关公司之间利益冲突,晚上李杰赶紧给曹琳打电话,把莉莎的异常举动告诉她,劝说道:"你不能在国内继续做血安达的研究了,赶快带凯西回美国吧!"

"你紧张什么呢?别疑神疑鬼先把自己给吓住了。我们没做亏心事,用不着担心半夜鬼敲门。莉莎怀疑我们,她拿出证据来呀!"曹琳本来对科尔曼有一肚子怨气,她口气硬邦邦的,不理莉莎那一套。

"真别干了。万一莉莎想整我,她会抓住这个把柄,一棒子把我打死。"李杰说道。

"她真要这么缺德,我非要去法院告她不可。我本来想早一点回美国,现在偏要看看她怎么做。"

接下来几天,李杰并没有见到任何风吹草动。莉莎对他的态度反而比以前好了许多,丝毫没有让他察觉出异常。直到一天下午,他正埋头在电脑前整理实验记录,莉莎站起身,侧过头来对他说:"你写个申领单,从成品库房领取五瓶血清素,我们下一步实验要用。"

李杰思忖,下一步实验?此前她并没有说过要用血清素成品做对照的研究计划呀。尽管如此,他还是遵照她的指示,写好申领单,请她签好字,用内部信件递交到质量监控部主管审批。第二天库房搬运工开车送来五瓶血清素的小包裹。李杰拿着价值几千美元的药丸,心想,这可是个好药,如果这药属于我多好,我可以好好地过上几个月的舒坦日子呢。他走去实验室,把五瓶血清素锁进重要试剂保管柜里。

几天后,莉莎通知李杰与安娜一起到小会议室开会,特别叮嘱他把血清素药盒里的说明书带上,她说要与他们讨论下一步的研究计划。李杰拿钥匙去了实验室,打开保管柜的门一看,他傻眼了:血清素呢?他亲手放进保管柜里的五瓶血清素不翼而飞了。

李杰急忙跑去实验室问安娜:"你拿了血清素药品吗?"

"血清素?你什么时候领过血清素?"安娜很诧异地望着他。

李杰感到奇怪,既然安娜不知道他领取了血清素,这五瓶贵重药品怎么会不见了呢?五千多美元呀,这可不是一笔小钱。他怀着侥幸,希望是莉莎把它们拿去小会议室了。他急忙赶去会议室。莉莎已经坐在里面,见他进来,微笑着叫他坐到对面。

"你今天看起来气色不错,像是服用了血清素药丸似的。"她半开玩笑半认真地说。

安娜和李杰面面相觑。

李杰想,我怎么可能气色不错,正心惊肉跳呢。她的面前并没有摆着血清素药瓶。

安娜听出莉莎话中有话,看李杰的眼神变了。似乎他这人真不可思议,偷了东西还倒打一耙。

"莉莎,锁在保管柜里的五瓶血清素不见了。"李杰只能如实禀报,指望她能知道它们的下落。

"怎么可能!只有我们三人有重要试剂保管柜的钥匙。"她的脸色一下变了,转过头声色俱厉地质问安娜:"你知道谁拿了血清素吗?这么贵重的药,即使自己舍不得吃,拿出去也可以卖几千美元。"

安娜觉得莉莎在怀疑她,她感到委屈,眼泪啪地掉了出来:"我不知道李杰领取血清素的事。"

"真见鬼。"莉莎把捏在手中的资料朝桌上一丢,"今天没法开会了。李杰,你再申领五瓶血清素。讨论课题的事,改日再说吧。"说完,她站起身走了。

接下来的几天,莉莎离李杰远远的,安娜也躲着不敢同他说话。李杰感到办公大厅的气氛似乎也跟着发生了变化,人们视他如瘟神,与他保持相当的距离,生怕他把病传染给他们一般。他听到一些人在私下议论五瓶血清素被盗,说是研发部已经向公司的保安部门报案,要求彻底调查。保安部门并没有来人找李杰谈话,看似平平静静的,好像什么事也没发生过。

有一天,莉莎发给李杰一封电子邮件,约他讨论新的实验,叮嘱他带上重新领来的血清素和手中所有的实验记录本去会议室。这一回,莉莎没有让安娜参加会议。她走进会议室,顺手关上门,在椭圆形会议桌的对面坐了下来。

她要去了李杰的实验记录本和参考资料,展开来慢慢地一本本翻阅,数了数一共有多少本后,把它们摆到自己的面前,对他说:"李杰,这些资料由我保管,你不再参与血清素刺激因子的研究。这部分工作将转交给其他人做。"

李杰顿时惊愕不已,质问她:"为什么?"

莉莎冷冷地回答道:"根据研究进展和需要调整工作,是公司管理层的事,不需要对你解释。"

李杰不由心生愤慨,涨红了脸,想同她争辩。

莉莎用威严的目光注视着李杰,她的眼神告诉他:她是属于管理阶层的人,她处在一个可以任意处置和摆布他的阶层,拿走他手中的研究项目理所当然。在工作的这个棋盘上,他只是一个棋子,该由下棋的她随意摆弄。这是权力赋予她与他的等级差别。

李杰知道劣势已定,不能再硬撑。莉莎收拾好桌面上的研究资料和实验记录本,站起身准备离开时,李杰压抑住险些失控的情绪,缓和了语气,问道:"我下一步做什么?"

她看也不看他,丢下一句话:"我会给你安排的。"转身离开了会议室。

李杰呆呆地坐在原处,木讷地看着她扬长而去。

很长一段时间莉莎并没有给李杰安排任何工作做。每天上班,李杰无所事事地坐在办公室里无奈地发愁。他的心情在百无聊赖中坏到了极点,内心痛恨这种令人窒息的闲。他猜想:"莉莎不给我安排工作,是不是在逼我自动离开?"他把这个想法告诉曹琳,她问他为什么。

李杰说:"莉莎肯定向公司上层报告了我们俩做同样的研究。"

"不可能吧。你太多疑了。"

"不是我多疑。"

"你总爱把事情想得很复杂。心情放松些,有空多出去锻炼。"曹琳不知道李杰的处境究竟有多糟,她以为锻炼是万灵药。

"没用。"

"要不,去看看医生,不要自己陷在坏情绪里爬不出来。"

"看医生!医生能让莉莎改变对我的态度吗?"

"算了,随便莉莎怎么做吧。她不安排工作不是你的错,每天不用干活,照领工资有什么不好。要是我呀,求之不得。"曹琳最后只好安慰他。

一天,莉莎终于给李杰安排了工作,要他写一份血清素刺激因子的研究总结报告,一个月内完成,她说届时她要把他的报告汇总给戴尔主任,由主任向公司总部报告整个研发部"血清素刺激因子研究"项目的阶段进展。

李杰从安娜那里找来一些研究数据,赶在两个星期内把研究报告写好发给了莉莎。他希望莉莎在一周内把报告初稿发回,即使她提出需要补做实验,他还有足够的时间。

向戴尔递交研究报告的最后两天,莉莎来到李杰的座位,她拿来他发给她的研究报告,在几处需要修改的地方画了圆圈,最后一页上她写了一条要求,必须补做两个重要实验,证实报告的结论。

补做两个实验?实验周期起码需要一周时间,即便他昼夜不吃不睡,莉莎交下来的工作任务也不可能完成!她没有按照惯用的做法发电子邮件回复李杰,早就设好了圈套,让李杰拿不到她有意让他无法按时完成工作的证据。李杰想,做实验也是白搭。算了,不做了,残局已定。他彻底失败了。他默默地坐在自己的办公室里,等着看接下来会发生什么事情。

第二天,李杰接到了莉莎的邮件,她用严厉的措辞批评他没有按时完成工作,严重影响了整个组向公司总部汇报研究进度。这封信除了发给李杰,还发给了戴尔主任和人事部。

十九

李杰办公室墙上的时钟已经过了十二点,他还在讲话的兴头儿上。我的手机响了,我摸出手机,看了一下闪亮的屏幕,是父亲来的电话。

"杨帆,怎么还不回家呢?"父亲关切地问。

"我正在采访呢。你别等我回家,先睡吧。"我说完,挂掉了电话。

李杰看了一下手表,对我说:"很晚了,你该回家了,我们下次抽空再聊吧。"

他的故事正讲到节骨眼儿上,我不忍就此打住,很想听下去。

"不算晚,在学校上课时,我常常熬夜,早上三四点睡是常事。"

"肚子该饿了。要不,我们一同出去吃夜宵?"

"好哇。我喜欢长沙的夜宵。"

"我叫一部出租车。"

"不用,我们边走边聊,我想继续听你的故事。"

我们一起走出了李杰的办公室,走出了药研所楼,走出了高新科技园。我们在车光和路灯交辉的大街上朝前走。长沙的夜空灰蒙蒙的,高悬在头顶上的路灯像一轮看不清边缘的月亮,挂在洒满月光的尘雾后面。汽车、人影、远处的基建工地隐约传来的轰隆隆的打桩声,夜深人不静,故乡是一座不夜之城。我们走在夜晚的马路上,丝丝凉风吹淡了暑期燥热的沉重,我的心情轻松平和了许多。

街道两旁的店铺大多打烊了,我看见街口有一家小吃店开着门,便与李杰走了进去,在店铺中央的位子坐下来。店里空空的,除了我俩,只有一位跑堂的妇人。她跑过来,殷勤地倒了两杯茶,问我们想吃什么。李杰点了炒花生米、臭豆腐和两瓶啤酒。

妇人到厨房去了,我俩继续聊了起来。

李杰去找戴尔主任,递给他一份说明莉莎没有按时发回修改报告的申诉。"我请求调到研发部的其他经理手下工作。"他对戴尔说。

戴尔把他的报告随手放到旁边一堆资料上面,冷淡地说:"让我考虑一下吧。"

戴尔的考虑再没有音讯。李杰又去找莉莎,莉莎对他说:"你想离开公司听便,但是不准换到公司其他部门。"

莉莎不再在自己的办公大厅露面,她搬到了一处单间办公室工作,她和戴尔主任每周按例发出的电子邮件也不再进入李杰的邮箱。李杰每天无事可干,从早上八点上班坐到下午五点离开,无聊地看手表,无聊地数着下班的时间,每一分钟都犹如一年。

回到家后,李杰头痛心烦,茶饭无味,睡眠艰难,在绝顶的无望中等待另一个无所事事的一天。往往在家中他期待去公司,一到公司他又坐立不安地想回家。他烦闷难耐,只有在同曹琳打电话诉苦时才偶尔感受到满肚积郁得到倾泻的畅快。但畅快太短暂,曹琳的说教接踵而来,李杰的心绪再一次被败坏。

她总是说:"可能是你想得太多了,把毫无关系的事都联想到一起,这样下去怎么会心情好呢?"她说谭国芷以前的美国老板就有他这些症状:睡不着、消沉、多疑、健忘,又容易冲动,情绪反复无常。

谭国芷的老板有抑郁症。李杰想,曹琳在暗指他也有抑郁症。他很恼怒,断然挂掉电话,恨恨地在心里否定她对他不合事实的猜疑和指责。

李杰不停地猜测莉莎让他坐冷板凳的前因后果,断定她想利用公司对知识产权的严格保护公报私仇,达到把他赶走的目的。她肯定知道他与曹琳在做同样的研究项目,没有确凿证据,就设圈套一次次地陷害他。李杰把自己的推断再一次同曹琳说了。

曹琳说他太敏感。这一次她不再含沙射影地讲那个自杀教授的抑郁症,而是直指他的精神状态不对劲,一定是有抑郁症,或者是因为失眠,神经衰弱了。她说在国内看过报纸,美国有十分之一的人患有抑郁症,现在可能更多。这些人或者是受到失业的影响,或者是因为工作压力太大。她认定他是受到双重打击:她的失业和他的工作压力大。她建议他去看心理医生,让心理医生帮助他疏导。

李杰不认为自己有抑郁症,他觉得自己对在莉莎手下工作的艰难处境没有夸大其词。曹琳没有亲身体验,她是想象不出他的险恶处境的。他克制自己,尽可能在她面前少说为佳,以免她更加怀疑他有抑郁症。

虽然李杰跟曹琳反复强调他没有抑郁症,但私下他还是去看过两次心理医生。

医生很奇怪,居然问他:"你想过自杀吗?你千万记住,想要自杀时一定要告诉我。"他建议李杰最好脱离目前的工作环境,休息一段时间,或者吃一些药帮助缓解心理压力。

李杰想,离开工作环境不刚好中了圈套,让莉莎得逞,乘机解雇他吗?他不想再听医生胡说,谢绝了下一次的约诊。

曹琳几次打来电话劝说李杰,在科尔曼待得不顺心,另外再找一份工作好了。她说最好趁着还有工作的时候找工作,失了业找工作就不容易了。就像她在洛杉矶时一样,即便偶尔有公司打电话来预约面试,听说她失业在家,那口气就变得不一样了。她说:"长在藤上的瓜和掉到地上的是不一样的,掉到地上了,再好的瓜别人也会说是只烂瓜。谁愿意捡一只烂的呢?"

她的比喻让李杰很不舒服,他认为她把他比成一只烂瓜!他没有去找工作。洛杉矶附近的制药公司很少,曹琳曾工作过的亨特公司被科尔曼歼灭了,远一点的公司很少在网上贴招工信息。难以找到合适的工作,也不想归为失业的一群,他决意在科尔曼熬下去。

在科尔曼公司研发部工作整整两年的那一天,李杰接到人事部海伦的邮件。她在电子邮件里写道:"李杰,请你明天到公司的人事部,我有事与你单独谈。"

李杰发怔地看着电脑屏幕,什么意思?为什么要我去人事部?他猜测,也许戴尔同人事部说好了,让他换到另一个主管手下工作。

第二天,他去了公司人事部。推开海伦办公室的门,却看到莉莎坐在里面。他感到有点蹊跷,海伦不是说要跟我单独谈吗?两个女人形色不一,海伦淡定自若,面含微笑;莉莎神色凝重,严阵以待。两者悬殊的表情,给人福祸未卜的感觉。李杰有一种不祥的预感。

在海伦和莉莎对面,有一把空椅子,显然是给李杰预备的。他在椅子上坐了下来,刚坐定,海伦便开门见山地说:"李杰,你在公司里的工作今天结束。"

这话来得太突然,李杰顿失神色,身体猛然战栗。莉莎显得很紧张,李杰的身子朝后移动,她以极快的速度闪到一边,眼眶里射出两道锐利的目光,直视李杰的双手。

莉莎的异常举动让李杰很快明白了海伦为什么不在邮件上告诉他莉莎会在场。他的脑子里掠过几丝不寻常的联想。经济萧条以来,各类恶性事件不断。上周新闻报道,一个大货车司机,开枪射杀解雇他的老板。前一个月,旧金山湾区的一个华人携带手枪闯进解雇他的公司,打死了几个陷害他的同事。李杰清楚,这是一桩处心积虑的决定,他们为此做好了万全的准备,防范他被解雇时可能情绪失控。他觉得莉莎把他想得太精明,她高估了他的判断力。其实他根本没有考虑到最恶劣的状况出现,既没有心理准备,也谈不上有还击的可能。

他原想可能是换工作,竟然听到被解雇的消息,不甘心地问道:"为什么解雇我?"

海伦心平气和地说:"是公司根据你的工作表现做出的决定。"

"我没有做错事。"他反驳道,胸腔滚动出一股强烈的愤怒。

原本不动声色的莉莎,在李杰的逼视下,淡淡地说:"你不能按要求完成工作,解雇你是管理层的集体决定。"她再一次用"集体"一词来稀释他对她个人的憎恨。

李杰明白罪魁祸首就是莉莎。他咬牙切齿地看着无情的她,心头的怒火熊熊燃烧。于是声色俱厉地对海伦控诉道:"我没有犯任何错,所有的事情都是莉莎整出来的,是她在陷害我。"

莉莎显出一副盛气凌人的架势,说:"李杰,没有人会相信你的话。如果你不能冷静,我们可能会把安保人员请过来。"

李杰被莉莎的话镇住了,不再气势汹汹,他知道,雇员被解雇通常是由科尔曼保安押出大门的,莉莎已经对自己高抬贵手了。

见他不再争辩,海伦觉得事情该结束了。她拿出一只黄色的大信封,从里面抽出一封事先打印好的辞退信对他说:"你签一下字好吗?"

虽然李杰很生气,极不愿意接受被解雇的现实,可是他还能做什么呢？别无选择,刀捏在她们的手中。他冷静下来,接过辞退信,想到该为未来找工作留一条后路,便问海伦:"能让我改为自动离职吗？"

莉莎抢先一步,斩钉截铁地说:"不可以。解雇是已经决定好了的,不能改变。"

李杰明白,这份材料将被装进他的档案,伴随他未来的岁月,一旦他签字,无疑是承认自己犯错招致解雇。他把辞退信交还给海伦,说:"我不签字。"

"好吧,不签字也行。"海伦收敛了笑容,把解雇信放回到信封里。她问李杰:"你在办公室里还有其他个人的东西吗？我们可以替你去取。或者,我今后寄给你。"

李杰站起身来,把椅子朝后一推,不屑一顾地说:"那些东西对我没用了,都丢到垃圾桶去吧。"

李杰拿着辞退信离开了人事部办公楼,离开了工作了两年的科尔曼公司。

二十

被解雇后的几天,恼怒过后,一种从未有过的轻松慢慢从李杰的心底渗出。他躺在床上,心想,离开莉莎也许不是件坏事。在科尔曼工作,他本来已被一个刁钻尖刻的老板折腾得心焦力竭,若不是被逼到绝路上,他还是难以下决心另谋他职。现在退路没了,他可以一心一意找工作了。

曹琳来电话告诉李杰,凯西得了急性肝炎,需要住院。她向研究所请了假,在医院里照顾女儿。李杰本想趁这段时间回趟长沙,陪伴国内的妻儿。但现在曹琳请假没有了工资,女儿又急病住院需要钱,他回国闲着,无疑会给陷入经济困境的家雪上加霜。他从银行取出仅有的存款,寄回国给凯西治病。家中只剩下三千美元生活费,他不得不抓紧发邮件到各家制药公司找工作。

他每天打开电脑查看邮件,却看不到任何好消息。房贷要付,日常开销需要钱,他只得尽快填写失业求助表,向政府申领救济金。一周后李杰收到社会福利局来信,他们向科尔曼了解到他是因为犯了错而被解雇,告知他不能享受社会福利。

家里没有了经济来源,李杰手中的钱仅够几个月最基本的生活开销,没有能力偿还积欠的银行高额买房贷款。

贷款公司催款通知发来了好几次,可他家的银行账号上没有钱了,房贷的月付只有一个月一个月往后拖。李杰每天心急如焚地担忧着维持生计的钱将会很快用尽,房贷拖得太久,银行也会将房子拍卖。他期待尽快找到工作。洛杉矶找不到,他下定决心去外州,去偏远的、别人不愿意去的地方。

一天,李杰终于收到北卡罗拉州普菲特制药公司的回信,公司人事部门给了他面试机会。他们为他买了机票,订好宾馆,安排了五六个部门负责人轮流与他面谈。

李杰在北卡待了一天,面试顺利过关后,第二天一早飞回了洛杉矶。一周后他收到普菲特人事部门发来的预录通知,附有一份授权书,要求他授权信用调查公司对他过去的工作表现、学历、经历做全面调查和评估。他们告知他,最终录取须等到信用评估结果后才能确定。他在忐忑不安中等了半个月,信誉评估结果寄来了。就在那一天,普菲特也来了邮件,他的录用被取消了。

李杰如梦初醒。人不能"犯错",一旦犯错,政府不给失业救助,而且再难找到工作。他这才明白西方民主社会空前稳定的道理。政府早已把所有环节设置得与人的生存息息关联,在美国生活的人不敢越雷池半步。

找不到工作,房屋贷款还不起,李杰担心贷款公司很快来没收房屋,他的心一阵阵战栗起来。这时,他真正后悔了,白白背负了偷盗的污名,没有把五瓶血清素拿在自己手中。假如有那五瓶血清素,他至少不会情绪失控。

李杰更加严重地失眠,即便吞下好几片安眠药,还是在黑夜中睁着一双斗大的眼。半夜,他独自坐在床上,拿起海伦给他的那封辞退信,心一阵阵尖锐地绞痛。

他想哭,对着无情的黑夜和苍天大哭。

他想说,找人倾吐他无法承担的痛苦。

他想有人能分担他内心的郁闷,把被解雇的痛苦和找不到工作的烦闷一股脑倒出来。

可他不能说。他不愿告诉曹琳他丢掉了工作,担心她承受不住他俩双双无业的现实,况且凯西已急病住院。他更不愿意让熟悉他的人知道他丢了工作,因为他的失业不是经济危机的必然恶果,别人肯定同样会认为是他犯了错而被解雇。

早晨起床,李杰站在卧室的窗前,望着北边连绵的安琪拉山脉。那沉默的山峦钢铁般巍峨峥嵘,不动声色,横宕在乌云密布、暴风雨即将来临的阴郁天空下。面对大山,他控制不住自己,泪流满面。他在内心呼唤:安琪拉山啊,我可以像你一样沉默,却为什么不能像你一样刚强呢?我曾希望自己是一座可以让家人依靠的大山,耸立在他们的背后,可如今谁会是我的大山呢?他守着内心最后一份尊严,苦闷无处宣泄。

有时,他也想打电话给曹琳,告诉她自己失业了,但拨通电话,岳父说:"曹琳在医院里,你打她手机吧。"

他听出来岳父的担忧,便简短地问他:"凯西还好吗?"

"凯西的黄疸还没有退干净,医生催曹琳带她出院,过几天就回家。"

"为什么?"

"钱都用得快差不多了,不补交钱,医院不让继续住院。"

补交钱!怕曹琳再要他寄钱,李杰决定不打电话给她,以免为了钱,他不得不把失业、拿不到社会福利救济、房屋贷款付不出这些让人烦扰的不幸都倒出来给她。他选择了把自己锁在孤独中,独自承受家庭将要面临的困境。这压力逐渐累积起来,使他锁紧的胸口像一堵蓄积了巨大能量的堤坝,随时要崩溃。

一天,李杰去商场买东西,看到附近有一家律师事务所,玻璃门上贴了一张宣传广告:

经济不景气,被不当解雇,律师免费为你咨询,讨回公道。

他忽然有了揭竿而起的勇气,决定把莉莎告到法院去,替自己找回公道。他推开律师事务所的玻璃门,在客服的引领下坐到一位犹太律师的巨大办公桌前,痛痛快快地把自己被解雇的原因倾吐了出来。

律师递给李杰一张合同书,让李杰委托他作为代理,向法院申诉科尔曼公司。

"我要告的是莉莎,不是科尔曼公司。"李杰说。

"你的上司是公司雇的,在公司里发生的一切事情,公司都有直接责任,所以,你要告的对象只能是公司。"律师很有道理。

"那你打算怎样替我向公司讨回公道呢?"

"第一步,我要先写一封信给解雇你的公司,向他们提出你的要求,并限期让他们回应。如果他们没有在规定的时间内做出回应,我们继续走第二步,把公司告上法庭。"

"我需要交多少费用呢?"

"第一步我们出一封信,你交纳一千五百美元。如果公司愿意息事宁人,他们会补偿你的经济损失。"

"如果他们不同意补偿,逼我们告上法庭呢?"

"那就要由你自己决定。上法庭的费用不一样。你先交六万美元押金,我们根据案子的进展,每三个月发给你一份结账单。按替你工作的时间计算,每小时收费三百五十美元。我将为你服务到六万美元用完为止。你愿意补交钱,我们继续把打官司打下去。"

"官司要打多久呢?"

"很难说,你要做好拖上几年的心理准备。"

"你有把握打赢官司吗?"

"有可能,但不能担保。"

"我能不能先不交律师费,打完官司赢了钱后,与你分成。我宁愿给你多分一些。"

"不可能。我们从来不做这种事情。"

"那说明你没有信心打赢官司。"

律师觉得李杰小看了他,狠狠地对李杰说:"你的对手不是一个人,是一个财力雄厚的公司和一个庞大的律师团!"

李杰泄气了,一个律师加上一个并没有钱的自己,对付不了一个庞大的军团。何况大多数律师是与钱站在一起,不一定会一直站在他这边。他明白了,为什么有人会不顾性命去杀人。因为这个世界不公平,游戏的规则是由强权们设置的,他们主宰了社会,弱者被剥夺得无路可走。

他无奈地从商场买了一瓶烈酒。半夜睡不着,跑到厨房倒了大半杯酒,几口喝下了肚。喝完酒,他感到胸口火烧火燎,人也变得轻飘飘起来,倒到床上,脑子里的烦躁消失了,没有了莉莎,没有了失业,没有了烦恼,他扎扎实实睡了一个安稳觉。

酒是一个好东西,能让他摆脱现实的烦扰。李杰开始酗酒了,把仅存不多的钱拿出来买各种烈酒,一次买两三瓶。他常常沮丧地坐在冰冷的客厅地板上,一声不吭地把半瓶半瓶的清亮液体倒进嘴里去,直到昏睡过去。

二十一

从小店里出来,我和李杰约定了周末再见面,随即在店门口分了手。等在家里,我尽可能回忆他讲的故事,详细地记录在电脑里。

我需要从哪个角度去探讨海归海不归呢?李杰的海归很特别,他有很不一样的经历,与我过去听说的或者报刊上介绍的海归有许多不同。学成回国、荣归故里、投身祖国的建设,哪一种光环都套不到他的头上。他的个案没有代表性和普遍性,我能从他的个案中看出海归的社会意义吗?我有些迷惑,对自己的论文能否达标感到不安,便给范时宕教授打了电话。

"杨帆,别急,听下去,他有许多故事。听完故事后,好好消化,你会悟出一些道理的。"

我相信导师的判断力。周末,我准备乘车去药研所拜访李杰,他突然打来电话,说陆大伟回美国,他得去机场送行。他说:"杨帆,你同我一块儿去机场吧。你导师刚给我打过电话,要我带你和陆大伟见个面。"

"陆大伟?是你的那位从美国回来探亲的朋友吗?"

"是的,他是我十多年前的研究生同学。"李杰解释说。

我记得李杰曾几次提到他,听说他多年前海归,后来又回了美国。

李杰让药研所的司机开车先接陆大伟,随后绕到我家路口。李杰和陆大伟坐在车后排,把副驾驶的位置留给了我。我一上车,李杰马上把我介绍给陆大伟,陆大伟伸手过来与我握了一下,没等我看清他的面孔,司机呼地把车开动了。

陆大伟是一个很健谈的人,一路上他与李杰一直在聊。到了机场,司机把行李卸了下来。我推着行李车,与陆大伟、李杰一起朝候机厅走去。

进了候机厅,李杰看了一下手表,对我说:"杨帆,你有什么问题想问陆大伟的话,抓紧时间啰。我去一下洗手间。"

李杰噔噔地快步走了。行李托运处没有人排队,陆大伟很快办理完行李托运手续,我们在候机厅找了空位坐下来。

"李杰同你讲了他的故事吗?"他主动问我。

"是的。我导师把研究海归和海不归作为我的博士论文。"

"李杰跟我说过。"

"他跟我说到他们夫妻双双失业。"

"不仅如此,他有很多坎坷的故事。我重回美国时正好遇上他家的房子被银行没收,他在闹自杀。"

我被李杰的遭遇震动。"你能把那段经历讲给我听吗?"等不及李杰自述,我急不可待地想知道陆大伟回美国时发生的事情,更希望知道这件事对陆大伟重回美国生活的影响。

陆大伟看了一下手表,离登机还有一小时,就同我说起了几年前回美国的那段经历。

很巧,陆大伟和李杰的妻子曹琳在上海浦东机场的候机厅不期而遇。

在国内闯荡几年后,陆大伟带着开始新生活的愿望走上重归海外的路,从长沙接儿子陆晓波到上海,准备搭乘国际航班去洛杉矶。在浦东机场的行李托运处排队时,一个女人带着一个小女孩排在他前面。小姑娘长得很漂亮,像个布娃娃。陆大伟在心里直赞叹,好迷人的女孩呀。那女人弯腰去提行李时,小女孩从她身旁走开。她一把拽住她,叫道:"凯西,别走开。"她转过头来,正好与陆大伟打个照面。

好熟悉的面孔! 他和她都怔住了。

"曹琳!"陆大伟不敢相信眼前的这位女人竟是他妻子肖昕的闺中密友。

曹琳站起身,不无惊奇,"陆大伟!你怎么会在这里呢?"

他指着身边站着的晓波说道:"带儿子一块儿去美国,肖昕一直催他尽早回美国读书。"

曹琳问道:"你从洛杉矶转机去密歇根吗?"

"肖昕已经在加州大学圣迭戈分校(UCSD)的医院里找到了工作,我和晓波去圣迭戈的纳霍亚。"

曹琳很吃惊:"肖昕怎么去了圣迭戈呢?"

"怎么,你觉得不好吗?"

"应该回洛杉矶呀,英颖和我两家人都在那里。"说完,她关切地问他,"儿子回美国读书,那你呢?还是继续待在国内做生意吗?"

"这次回美国后打算长期住下来,今后就在美国生活了。"他回答她。

"生意做得好好的,怎么洗手不干了呢?听英颖说,林倩给你帮了大忙,科尔曼公司生产的血清素在中国找总代理时,她托关系把业务介绍给了你们公司,听说你干得挺不错。干顺了走回头路,挺可惜的。"她替他遗憾。

他说:"没办法,为了晓波的未来。"

"肯定是钱赚够了,回美国来享受生活。"因为是老朋友,她讲话口不择言。

"我这种人哪能赚大钱呢。"

"开玩笑啦。没想到你一家人最终还是回到南加州。"她说完,脸上浮出喜悦。

凯西想从曹琳手中挣脱,被妈妈的手抓得更牢。

"曹琳,你女儿几岁了?"在密歇根时听说她生了孩子,陆大伟不知道她女儿是哪年出生的。

曹琳把凯西拉到他面前,说:"凯西,告诉叔叔你几岁了。"

凯西眨着楚楚动人的大眼,看着他,羞答答地回答道:"我五岁了。"

"你长得真漂亮。"陆大伟情不自禁地夸奖道,弯下身子来,仔细打量她。

凯西卷发下的眼睛滚圆,黝黑的瞳仁亮着波光,像一汪水,晶莹透彻得要淌出来似的。细看她的脸蛋,上面像铺着一层膏脂般的白皙,纤细的血管载着一层薄薄红润,在她水嫩得像釉瓷般的面颊上拂过,让人恨不得想去捏一把,又生怕碰破了它脆嫩的表面。

陆大伟忍不住伸出自己粗大的手指,轻轻地摸了一下凯西那张柔润的脸蛋。

曹琳松了手,凯西嘻嘻笑着跑开了。晓波跟了上去,两个孩子到一边玩去了。

从长沙一路忙到上海,陆大伟感到疲惫,上了飞机后,靠在座椅上,很快被困倦拖入迷迷蒙蒙的沉睡。

不知什么时候,曹琳与陆大伟后座的乘客换了位置,等陆大伟醒来时,凯西和晓波都坐在靠窗的座位上。他们把身边的遮光板推开了,脸贴着被阳光照得通亮的厚玻璃,好奇地朝下看。

凯西的声音传了过来,"我看见了山和海,那是洛杉矶吗?"

晓波回过头去,说:"可能是吧。我过去是从芝加哥转机去密歇根的。"

陆大伟闭着眼,心想,这家伙什么事都忘了,他不就在洛杉矶出生的吗?不过,搬离洛杉矶时他还小,过去的事情没有给他留下多少印象了。

曹琳的声音响起,"前面那一片陆地就是洛杉矶。"她说话特轻,生怕嗓子大了,把还在熟睡的机舱吵醒。

"哇,我到家了!"凯西忍不住欢呼起来。她甜美的声音像银雀般在早晨的霞光中展翅,飞到了陆大伟的耳中。

陆大伟睁开蒙眬的睡眼,侧头向窗外看去。目及之处,蔚蓝的大海从北美大地的边缘一直伸向一望无际的天边。从空中俯瞰洛杉矶,连绵的高山与苍茫的大海之间,布满了后院带有各形各样泛着天蓝的游泳池的房屋,只有在城市中央挺拔着一群摩天高楼。纵横交错的高速公路从楼群之间延亘而出,北连峻山,南及沧海,如同无数条银灰色带子,把这座美丽的大都市紧紧拴在茫茫大海边的雄伟高山旁,以免昼夜潮起潮落的海水把它卷走。

二十二

陆大伟和晓波推着行李车,上面装了他和曹琳两家的四个大箱子,他们四人一起从洛杉矶机场国际航班出口走了出来。

就要见到妈妈了,晓波说不出的激动,他睁大双眼,在接机的人群中搜索着。"我妈呢?"他嘴里嚷嚷道。

栏杆外站满了人,陆大伟没有发现肖昕的身影。

"肖昕还没到吗?"曹琳停下脚步问他。

"没看到她。你家李杰也还没到吗?"

"李杰出差去了。"曹琳说。

"那你怎么回去呢?"

"叫一辆出租车吧。"曹琳说着,眼睛还是忍不住朝出口张望,希望在人群中看到李杰。

凯西紧紧抓住曹琳的手,这个地方对她是陌生的。

"大伟。"有个男人在叫他的名字。

陆大伟和曹琳不约而同朝声音传出的方向望去。

"江天浩!"他一眼看到双手高举在攒动的人头之上的江天浩。

江天浩从人群中挤出来,走近他们,说:"曹琳,你与大伟坐同一班飞机回来的吗?"

曹琳满面笑容:"是呀,真巧!在浦东机场才碰到。凯西,叫叔叔。"

凯西躲到曹琳的背后去了。

陆大伟看了一眼江天浩,他一点也没变,还是老样子,高高的个子,结实的身板,清瘦的面孔,举止文雅得体。他对江天浩说:"好几年没见面了,你的儒生相不输当年。"

陆大伟在国内跑生意,常遇到多年不见的老同学,一见面,看到原来棱角分明的潇俊面孔被一张张臃肿肥胖的大脸取而代之,总有一种相熟却不敢相认的陌生感,他的心头油然而生的并非岁月不饶人的感慨,而是对不知珍惜、放任自我的惋惜。

他问江天浩:"怎么是你来接我,肖昕呢?"

江天浩说:"东部下大雪,机场关闭,肖昕被困在密歇根了。早上她给英颖打电话,要我到机场接你们。"

"哦,我妈还在密歇根!"晓波的眼睛流露出失望。

"别担忧,雪停了你妈就会赶回来的。"江天浩安慰他,接过陆大伟手中的行李车。

"李杰呢?他没来接你吗?"江天浩问曹琳。

"他出差去了。"曹琳看上去有些尴尬。

"他不能来接你,干吗不同我打个招呼呢?"江天浩对曹琳抱怨说,"也不知你家李杰近来在忙什么,我几次打他手机都没接。前几天林倩来电话问到他,我本想再联系不到他,就上你家找人去。"

"除了忙工作外,他哪有其他事可忙呢。研究项目压着,经常在实验室赶任务。"

他们推着行李车走出了候机楼,到了街边。

江天浩对陆大伟说:"大伟,我先送曹琳和凯西回去。你和晓波今晚住我家,明天一早我送你们去圣迭戈。"

陆大伟看了看表,临近晚餐时间,从洛杉矶到圣迭戈开车需两个多小时,就说:"没问题,听你的安排吧。"

他们一行五人来到街对面的停车楼,把几大箱行李搬上江天浩的车子。今非昔比,江天浩开的是一部全新黑色七人座大奔驰,颇有事业得意、稳稳当当地在洛杉矶过小康日子的架势。看他一副气定神闲的满足样,陆大伟对未来长期在美国生活有了企盼。车在公路上奔驰了将近一个小时,下了高速,经过一段弯弯曲曲的小街和风格各异的独立房屋后,转进了一条小路。

曹琳兴奋地对女儿说:"凯西,我们很快要到家啦!"

晓波睁大眼睛看着车窗外一幢幢有庭院的独立房屋,说:"爸爸,这里的房子没有妈妈在密歇根买的房子大。"

"地区不同,房价的差别很大。密歇根小镇是鸟不拉屎的地方,房价不能同洛杉矶比。"陆大伟对晓波说。想到在拥挤的上海买的公寓房,一百来平方米,那价格贵到离谱,陆大伟相信曹琳在洛杉矶拥有的这幢有院落的独立住宅价格肯定不便宜,就问曹琳:"蒙诺维亚的房价贵吗?"

曹琳说:"不算太贵,普通的住房四五十万美元一幢。只是我们没有赶上买房的好时候,在房价疯长时买下的,比现在的市值多出十几万美元。我和李杰挺后悔的,这几年,我们两人的工资差不多都用在还房屋贷款了。"

"没办法,人算不如天算,赶错了时机。"江天浩说着,把车拐进了曹琳家的那条街。

曹琳指着前面说:"大伟,我家就在前面,那一幢。记着路,等肖昕回来后,一起来玩。"

江天浩的车在街边停了下来。曹琳迫不及待跳下车,高兴地叫道:"到家啰!凯西,我们回家啦!"

江天浩和陆大伟帮曹琳从后备厢拿出两个行李箱。曹琳背着随身行李包,牵着凯西的手高高兴兴地朝家走。走到门口,她从包里掏出一串钥匙,拣出一把,朝房门的锁孔里插。

江天浩拖着行李箱与陆大伟一同来到了门口。

"怎么回事呢?钥匙插不进去。"曹琳继续试图开门。

江天浩问:"是不是拿错钥匙了?"

曹琳仔细看了看钥匙说:"真奇怪!明明是这把钥匙,怎么插不进去呢?"

陆大伟说:"按按门铃,也许李杰在家里,反扣了门呢。"

曹琳说:"李杰不会在家的,不然他肯定会去机场接我们。"

晓波说:"说不定叔叔刚赶回来。"晓波手脚麻利,一下蹿到门边,按响了门铃。

随着一声清脆的门铃声,深褐色的木门很快开了,门内站着一位中年亚裔妇女。她惊奇地打量着门外的人和行李箱,最后把目光落在手里拿着钥匙的曹琳身上,问道:"你找谁?"

陆大伟纳闷,曹琳家里怎么会钻出一个陌生女人呢?难道李杰趁曹琳不在,有了外遇?

曹琳吃惊地望着门内那张陌生女人的脸,直瞪双眼,说:"我不找谁,回自己家!"

那女人莫名其妙地看着她说:"我想你找错门了。这是我的家。"

曹琳涨红了脸,大声说:"我怎么可能找错门呢?我在这里住了五年!"

那女人的脸上堆满了不解和迷惑。

曹琳没好气地说:"我去中国接女儿,离开家不到半年,不可能连自己的家门在哪里都忘了。"

江天浩感到不妙。他向曹琳摆了摆手,示意她冷静下来,然后转身问开门的女人:"太太,这是你家吗?"

那女人果断地说:"当然!"

江天浩又问:"你在这儿住多久了?"

那女人说:"一个多星期。"

"你租的?"

"我买的。"

曹琳和陆大伟都傻了眼。

"你说……你买了这房子?"曹琳问道,嗓音直发颤。

"对呀,是银行查封的房子。听说屋主失业了,付不起贷款,房子被银行没收了。"

曹琳的脸色突然变得惨白。

"难怪李杰最近也不同我们联系。"江天浩说。

曹琳哭一般的声音响起:"他和我通电话时总是吞吞吐吐,劝我在中国多待一段时间,还借口出差连飞机也不接。"

陆大伟震惊得半天回不过神来,不知道究竟出了什么大事,为什么失业了连房子也会失掉?他想,难怪李杰不来接机。李杰不敢面对满怀梦想回到美国的女儿,羞愧没能给女儿一个属于自己的家。

曹琳不敢看陆大伟的眼睛,她扭过头,想掩藏自己的惶恐、震惊和悲愤。

江天浩一时也不知该说什么好。

凯西一下钻到妈妈身边,紧紧抓住妈妈的一只手,生怕妈妈也会在这片陌生的土地上转眼消失似的。

门内的女人显然明白了是怎么回事,她同情地问曹琳:"银行拍卖的是你家的房子吗?"

曹琳无声地点点头。她拼命咬住嘴唇,可泪水还是控制不住扑簌簌地从她的眼里滚落下来。凯西也伤心地跟着她哭了。

江天浩蹲下身子,紧紧地搂住凯西,安慰她说:"别哭,凯西。和你妈妈今晚到我家住下,明天叔叔帮你找爸爸。"他侧过头对门内的女人说:"太太,对不起,打搅了。经济危机把这个孩子的家和梦都毁了。"

突然,陆大伟听到曹琳挎包里的手机响了。她接起电话,双手颤抖着,突然哭出了声,凄惨地对着手机喊叫道:"你怎么可以这样想呢?没有了房子也不能去死呀!你现在在哪里呢?"她放开了喉咙,大声哭喊起来,"千万别做傻事呀,凯西不能没有爸爸。"曹琳朝街道远处看去。

街道尽头有一辆枣红色小车停在路边。曹琳拉着凯西,拔腿朝车那边跑,一边跑一边对着手机喊叫道:"你别走开,我过来了。"

陆大伟也想跟上去。

江天浩一把拉住他说:"你不去为好。李杰已经改变了主意,他既然打电话过来就说明他不想死了。让他们一家人单独相处吧。"

陆大伟站在街边,望着曹琳拽着凯西朝远处跑去。想不到回美国的第一天遇到这不寻常的一幕,陆大伟的脑子一下全乱套了。重新坐回江天浩的车,在去江天浩家的路上,他再也没有了兴致,陷入了沉思。

陆大伟正说着,李杰从洗手间匆匆走了过来。他打住了话题,冲着李杰说:"你这一把屎拉得够久的。"

李杰拍拍肚子,一脸苦笑:"昨晚陪客户上餐馆,现在闹肚子,在厕所里拉痢一样难受,蹲下去就起不来了。"

陆大伟笑着说:"公款请客活受罪。"

李杰直摇脑袋:"没办法,药管局的人来检查。私人企业,钱得看紧些。我捡了家便宜点的餐厅。"

陆大伟说:"应酬多了,迟早要'三高一早'。你老婆可以另嫁,孩子没爹可怜啰。"

前段时间,范时宕教授查出来有高血脂,我去他家谈课题那天,他对李杰说:"老朋友将就点,在家里吃,清淡温馨。我不常在外面陪客人,担心日后高血压高血糖高血脂都全了,英年早逝。"

李杰愁眉苦脸地说:"想洒脱过日子不行,逆流而动恐怕走得更早。"

陆大伟站起身,拍着李杰的肩膀说:"多保重吧,我该登机了。"他掏出一张名片递给我,说:"杨帆,保持联系。"

与陆大伟道别后,我们返回停车场。坐上车,我的脑子里一直在想陆大伟讲的故事。

李杰的确经历不凡,失业,失掉住房,想过自杀。他在人生道路上经历过了一段非常艰难的历程。导师让我采访他,仅仅是为了我的博士毕业论文吗?他很了解李杰,他想要我从李杰的遭遇中获得什么样的启迪呢?我曾在考博面试之后与导师谈过自己读博的原因。大学毕业,硕士研究生毕业,我苦于找不到工作,前途无望。那时候,我特别地心灰意冷,想到过放弃,甚至曾有过轻生的念头。

导师对我说:"人为什么一遇到困境和艰难首先就要想到放弃和自绝呢?活着才会有希望呀。"一天,他给我们上课,说:"在我们生活的年代里,大家每天都会遭遇到以前不曾经历过的事情。社会急剧变化,人们来不及思考,来不及适应,被动地让一波又一波的潮流推着走。我们大多数人不是弄潮儿,在被搅起来的大波大浪中滞后。生活在波谷里的普通百姓,难免感到被忽略、被遗弃、被剥夺、被占有,人们在希望中挣扎,在挣扎中寻找希望或者绝望。我们国家正在经历一场巨大的社会变革,这是一段特定的历史时期,是我们必然要走过的一段路。西方世界用了几百年才走完这一段路,我们国家仅用短短的几十年时间,所以我们才会遭受到更大的阵痛。"

我想绕过这一段路,出国去,寻找新的生活。可是,李杰生活在令我羡慕的美国,也经历了我同样的挣扎和绝望。幸福在哪里?难道它竟是可望而不可即的海市蜃楼?我急切想知道他为什么会想自杀,后来又是怎样想通的。在湘江中央的橘子洲头,我听他讲述了那段往事。

二十三

看完了电脑里储存的暑假两个月中对李杰的采访记录,他海归的一些问题一直纠缠着我:为什么他在国外会经历如此多的不幸?是什么原因促成他海归的?假如他海归的主要动力是在国外过得不顺,那陆大伟呢?陆大伟当初海归的原因是什么?为什么海归后又回海外了呢?

暑假结束后,我从长沙返回了北京。范时宕教授听了我对李杰采访的汇报后说:"你的研究项目除了海归,还包括海不归。你需要继续对李杰的海归做更加深入的了解,还要寻找有代表性的不海归或重回海外的人。"

不海归的主要研究对象找谁呢?我为下一步的采访对象没有着落而犯愁。一天,我在网上看到陆大伟在线,忽然想起,或许他可以作为我研究重回海外的对象。于是我把两人都熟悉的李杰作为沟通的话题,隔着大洋与陆大伟在微信上聊了起来。

"我与李杰聊过,他讲了在美国两次试图自杀的故事。"

"他挺不幸的。"

我把话题一转,单刀直入地问他:"李杰的遭遇对你回美国后的生活有影响吗?"

"当然,影响深远。"

"他的遭遇对你的影响是什么呢?"

"从他的不幸中学习如何应对和避免灾难。"

"你放弃在国内建立的事业基础回到美国重新开始,觉得值吗?"

"为什么不值呢?生活的过程本身是一种经历,不管是甘甜或苦辣,幸福或不幸,都值。苦难是财富,更是一剂良药。走过了苦难,人才更懂得珍惜。李杰这剂苦药对他的人生有益,对我也很有价值。假如我没有从他的不幸中学会调整自己,我的生活可能就不是现在这个样子。"

"你眼中的美国与李杰眼中的一样吗?"李杰的不幸多少使我对深陷经济泥沼的美国产生了负面看法,我希望听到陆大伟的见解。

"当然不一样。同一个人对一件事的看法都会因视角和心情不一样而大不相同,何况是两个人呢。"

"我想知道你对美国的看法。"

"我的看法对你重要吗?你在收集'海归海不归'博士论文的材料,道听途说与耳濡目染会有很大的差距。如果有可能,你最好自己来一趟美国,眼见为实。"

"去美国可不像从长沙到北京出差一样,太不容易了。"

"现在出国不像以前了,很方便的。亲眼看看,对你的论文会大有帮助的。"

"我考虑一下。"

"打算来的话,我可以帮助你。"

为写论文亲自去一趟美国是我从来没有考虑过的。食宿交通,花费很大,一个穷学生,三十岁了还靠父母养,我怎么能对他们开这个口呢?最初,我没有把陆大伟的建议放在心上。可是,过了一段时间,又觉得陆大伟的话有一定的道理。李杰是海归,采访他,我看到了事物的一方面。但那些不海归的人呢?比如陆大伟,他为什么不海归呢?我不能仅在网上跟他交流,也许我应该去美国直接采访,仔细了解为什么美国经济那样糟还会有那么多人不海归;为什么中国经济迅速发展,许多人富了又想离开中国。我应该走出去看看,自己来做比较,不只是为一篇论文,更是为未来的漫长人生!

去一趟美国的愿望日渐强烈了起来,我把想法跟父母说了。母亲对我贸然跑到美国收集资料的想法有些犹豫,父亲倒是乐见其成。我能出国是他一直盼望的,在做课题的时候先去看一眼,为今后的路铺垫一些基石,他求之不得。

"如果能签到证,你就去吧。我同你妈存了点钱,原想你出不了国,博士毕业时,还得用它来找关系。这笔钱你先拿去用,以后的事以后再说。"

"爸,你真认为我是那么无用的人吗?我要一辈子靠你和妈替我铺路吗?好吧,这笔钱我来用,就算是了却你和妈这一辈子都在想着为我铺就一条通往幸福道路的夙愿,我把它花在为自己寻找人生的旅途上。"

父母给了我三万元人民币。我算了一下,除了往返机票,还有两千多美金,省着点用,够在美国两三个月的花费。

开学时,我跟范时宕教授谈了去美国的打算,他连连称赞道:"是一个好主意,我非常支持。相信你这次短期考察,会很有收获。"

陆大伟在圣迭戈大学帮我找了一位社会科学教授,写了邀请函,我去美国驻华大使馆签了证,很快办理好了各项去美国的手续。开学后的第二个月,我离开北京,踏上了去美国的征途。

二十四

我身旁坐着一位白人姑娘,黄褐色长发,细高的鼻子,凹陷的眼睛。她看上去二十三四岁,戴着一副耳机,从飞机起飞后一直在听音乐。

"对不起,小姐,我想去一下洗手间。"我用不太熟练的英语对她说。

她专心致志听音乐,没有注意到我在对她讲话。我站起身来,她突然意识到我要离开座位,抬起头歉意地看着我,不好意思地对我说:"对不起,我没有在意。"

我很惊异,她讲一口还算流利的中文。"没关系。"我改用了中文。她缩回身体让出空间来。

我挤了出去,去了洗手间。见我回来,她有礼貌地站到了过道上,等我走回座位。当我坐下来,系上安全带后,她才回到自己的座位上。这次她没有再戴耳机,用中文跟我交谈起来。

"我叫茱莉亚,美国人,在北师大中文专业读硕士。"她微笑着看着我。

她的眼睛很好看,湛蓝,与机窗外的蓝天一样碧透。

"我叫杨帆,北京大学的社会学博士生。"我复制了她的自我介绍模式,报上大名和学习单位。

"你去美国旅游吗?"她好奇地问我。

我说:"不是,我去美国为毕业论文收集资料。"

"是吗?你研究什么呢?"她的蓝眼睛闪亮着。

"海归和海不归。"她中文流利,竟让我忘了她是美国人。

"什么意思呢?我不懂。"她摇着脑袋,一脸天真无邪,接着问我,"什么叫海归,什么叫海不归?"

我尽量用很简单的语言向她解释道:"中国有许多人像你一样到其他国家留学或工作,这些人在国外待了几年后会为去留的问题困扰。他们中有一些人选择回到中国发展,一些人则留在国外,成了国外的永久居民和公民。回中国和不回中国虽然是个人的选择,但它与整个国家的现状和未来发展趋势有非常密切的关系。我想对这两种现象做分析和研究,探讨它们同中国社会发展的关联以及历史意义。"

"很有意思。"她兴致勃勃地说,"这是个很有趣的课题。我也常常在想,读完硕士后是留在中国还是回美国。我很矛盾,拿不定主意。"

"真的吗?你也会有这样的困扰吗?"我非常诧异。

"会的,全世界的人都会。对幸福的向往是每一个人与生俱来的追求。不会因为你是中国人、我是美国人而不同。我们都同样要考虑哪里才是最适合自己生存的地方,哪里才会有真正的快乐和幸福。即便在同一个国家,同一个城市,我们还是会寻找哪里才最适合自己居住和工作。因为我们都希望自己这一辈子能幸福。"她非常真诚地说。

我被茱莉亚的话震撼了。我在研究什么呢?仅仅是海外学子的海归与海不归吗?我自己寻找的,难道就只是出国和不出国吗?出国,我们在寻找什么呢?回归,我们又在寻找什么呢?不管我们在哪里,难道我们不是在寻找同一样东西吗?幸福的人生——人类的共同追求。

"你写完这篇论文后能给我看吗?我很想知道你研究的结果。"

茱莉亚的话把我从飞翔的思绪中拉了回来,"可以的,我一定给你看。"

茱莉亚从脚旁的地板上提起一只小包,打开来拿出一张名片,递给我说:"上面有我的邮箱和电话。写完论文后,记得发给我。"

我接过她的名片,看了一眼:茱莉亚·亚当斯。她的名字很好听,我把她的名片放进口袋里。

"你有名片吗?到美国后你住哪里?我怎样与你联系呢?"她问我。

"对不起,我没印名片。我会先去圣迭戈拜访一位华人助理教授,打算住他家。随后回到洛杉矶待一段时间。"我如实对她说。

"我家住在洛杉矶。有什么事需要我帮忙吗?"她说。

想到我在洛杉矶还没有找到合适的落脚地方,随口问她:"你知道洛杉矶哪里能找到既便宜又安全的旅馆吗?"

她想了一下,说:"住旅馆都不会很便宜。也许我可以介绍你到一个地方寄宿,不用花钱。"

"是吗?"我喜出望外,在洛杉矶住宿不用花钱,太好了。我试探着问:"什么地方呢?"

"你愿意住寺庙吗?我在中国时,认识了一位出家的和尚,他在洛杉矶的一家寺院里做住持。"

"没有问题,只要能住就行。"能替我省下一大笔费用,何乐而不为。

"那好,到洛杉矶后,我打电话替你问问。"茱莉亚挺乐于助人的,她给我的印象好极了。

下了飞机,茱莉亚与我不在一个地方入关。她在公民出口处很快入关了。我排在外国人通道的长长队伍里,随人流慢慢朝前移,回想着在飞机上与茱莉亚的相识,回味着她恬静姣美的面孔,对她有一种曾经相识的好感。我下意识地摸了一下裤子口袋里她的名片,心想到了洛杉矶市区内先找一个便宜旅馆住下,然后给她发个邮件,确定从圣迭戈返回洛杉矶后寄住寺庙的事。

入了关,拖上行李箱,经过一条长长的机场内通道,我一直朝前走,一路上想象着重新遇到茱莉亚的可能。没有看到茱莉亚的身影,我不禁觉得自己好笑,飞机上萍水相逢,自己那么认真干吗?替我联系寄住,不过是她一时来了兴趣,信口开河。我拖着行李箱从国际航班出口处出来,朝大厅门口走去。

"嘿,杨帆。"我听到一个女孩的叫声。茱莉亚就站在出口处的玻璃门外,向我招手。见我看到了她,便拖着小行李箱走过来。她指着停靠在街边的一部黄色出租车说:"我同修远大师联系好了,出租车在这里等着你呢。"

我受宠若惊地看着她:"我以为只是随便说说,你还真当一回事。"

她说:"不是说好了帮你吗?修远大师在寺院等你。我先把你送到他那里,然后回家去。"

司机帮我们把行李箱放到后备厢里,我和茱莉亚上了车。她坐在副驾驶给司机指路。出租车离开了机场,带我们上了高速公路。到了洛杉矶市中心,司机按照茱莉亚的指引,穿过林立的高楼群,开车上了一座小山,在近山顶处的一座深蓝色琉璃瓦的中国寺庙前停下车子。一位六十来岁、穿着灰色长袍、剃着平头的和尚朝出租车走来。他慈目善容,团团的脸满是笑容,双手合一向我们微微地鞠了一个躬。

司机帮我把行李从后备厢里提了出来。我拿出钱包,掏钱给司机。茱莉亚说:"不用你付,等司机送我到家时,我会一同付给他。"

"修远大师,我把杨帆交给你了。"她转而对我说,"我会在洛杉矶待一个月,有事需要我帮忙的话,给我发电子邮件。"

茱莉亚拥抱了修远大师和我之后上了车,她坐进车子里,摇下车窗,对我们说:"再见。"

黄色出租车转出寺庙的停车坪,从小道下了山。

二十五

我在寺院住了两天。这座寺院不大,方方正正的,后面有一个小院子。寺庙进门处是一个二十多平方米的厅堂。厅堂里有一座朱红色神坛，上面摆着一尊镀金的佛像。两侧有几间小屋，用来诵经、住宿、办公、储存香油供品。神坛后面有个小门，通往厨房和洗浴室。寺院里只有修远大师一人，白天偶有几位香客登门烧香敬佛。到了傍晚，寺庙院门深锁，庙内静悄悄的，听得到从门缝里吹进厅堂的呼呼的山风声。

我住在修远大师隔壁的客房，天还没亮，便朦胧听到隔壁房门被轻轻推开。洗浴室传来洗漱的声音，沉静了片刻后，敲木鱼诵经的声音响起。木鱼的声音清澈深沉，节奏规律，反反复复，简简单单，伴随着似歌非歌的诵经，像一位母亲守在摇篮边，轻轻哼着催眠的歌谣。我听着渐渐觉得浑身松散，重新沉入睡眠，在梦乡中被它带去一个遥远的地方，直到我的房门被轻轻地敲响。

修远大师在门外轻轻呼唤："杨帆，该起床了。"他平和的声音很邈远，似乎与我隔了几个世纪。

我穿好衣服，打开门。修远大师身穿一件土黄色长袍，面孔慈祥，像老父亲那样站在门外。

他平静地说："早餐做好了，洗漱后，我们一同进餐。"

我匆忙去了浴室，草草洗漱，到了厨房里的餐桌旁。摆在餐桌上的早点很简单，清淡的白稀饭、蒸馒头、泡菜、豆腐素鸡。

修远大师吃饭时对我说："今天我要下山办些事，顺便买些东西。午餐你自己煮，想吃什么冰箱里找，里面的东西随意用。"

下山买东西？住在寺庙里，我几乎没有见到有香客登门拜佛,没有人捐香油钱,他的经济一定拮据。我是他乡来客,不懂此地规矩,便主动客气地问他:"吃住在你这里,给你添负担,我付些费用好吗?"

修远大师摇摇头,说:"不提钱的事。这里吃的不愁,香客虽不多,但对佛都很虔诚,经常有人送些东西来。我早晨去储藏室看了一下,里面东西太多,我带一些去贫民区,分送给住在街头无家可归的人。"

他吃完饭,站起身,说:"你慢慢吃,我去储藏室清东西,等会儿就下山。你要与外面联系,办公室里的电话可以用,不打国际长途就行。"

"我带了笔记本电脑,寺庙里可以上网吗?"

"可以。办公室的电脑键盘下面有一张贴纸,上面写有链接无线接口的密码和寺庙的网站域名。你想了解洛杉矶的基本情况,进入寺庙网站就好了。我这里常有来洛杉矶旅游的香客借宿,为了方便他们,我在设计网页时,特别在首页的下方设置了几十个实用网站的链接。"

修远大师满肚经文,可讲出来与佛无关的电脑词汇,让我刮目相看。他是哪个年代出家的和尚呢?

我吃完早餐,收拾好餐桌后,走到前厅。修远大师正提着几大袋东西从储藏室出来,我赶过去接下他手中的袋子,帮着一起提到寺庙侧面的车库。他启动自动车库门后,我看到车库里停有一部白色福特九人座大车。车内后座上已经有一些鼓囊囊的袋子，我把手中的袋子堆放到一起。他去驾驶位时，我悄悄拨开口袋看了一眼。布袋内装满了食品，有干果、饼干、蔬果罐头。修远大师驾驶车子缓缓驶离了寺庙，朝山下开去。我伫立在寺庙外，目送白色的福特车在弯弯曲曲的山道上走远。

人走寺空。我眼前的山下是陌生的洛杉矶，屋海浩荡，一望无边。我身后是孤单单的庙宇，门可罗雀，悄无声息。宁静的清晨，没有了修远大师的身影，没有了敲击木鱼一阵阵悠扬舒缓的声音，太平洋的这个小山顶上格外死寂。我独自守在无人迹之地无处可去，突然有一种与世隔绝的孤独感袭来。

我想起了父母，想起了喧哗的北京，想起了刚刚离开却又像隔了很久远的熟悉的学校生活，油然生出思乡的情愫。在家时，我总想远走。出来了，却又想尽快完成采访，早日回国。我给陆大伟发了电子邮件，告诉他我到了洛杉矶，打算尽早乘火车去圣迭戈。晚上，修远大师回寺庙后，我收到了陆大伟的回复。他约定周一中午在纳霍亚火车站等我。

周一早上，修远大师开车送我下山去洛杉矶火车站。车子经过洛杉矶市中心的摩天建筑群，来到一幢像教堂般古朴的雄伟建筑外。修远大师领我走进悬着宫廷式巨型吊灯的庞大候车厅，在自动售票机上买了一张去圣迭戈的火车票，陪我走过宽阔的隧道，来到月台。

不久，一列只有几节车厢的火车开了过来。修远大师叮嘱我说："什么时候回来，给我来电话或邮件都行，我开车来接你。"然后他双手合十,放在胸前,说了一句:"菩萨保佑,一路平安。"

我快步奔进车厢。在美国第一次乘火车让我惊奇不已,车厢内只寥寥坐了几个人,一排排果绿色高靠背的座位几乎全是空的。火车慢悠悠地朝前开,走走停停。从洛杉矶开往圣迭戈的路上,每一个小站都会停下来。想到国内的高速火车,我感到不可比拟的慢和无法忍耐的烦躁,心想,按这个速度,恐怕今天晚上才能到达圣迭戈。

火车还是在中午到达了纳霍亚站。我看见陆大伟站在月台上,他装束随便,上身穿着宽松的T恤衫,下身穿着一条有很多口袋的裤子,脚上是一双白色网球鞋。他开了一辆崭新的宝马车来接我。

他家离车站挺远,路上开了几十分钟后才拐进路边的一个老社区。车子驶入弯曲的小道,慢慢行驶,两侧林荫遮掩着一些旧式房屋。小道尽头有一幢灰色瓦顶、淡奶黄色外墙的两层旧式别墅。房子很大,在草绿花鲜的幽静处格外醒目。

陆大伟说:"到我家了,下车吧。"

我从车窗口望出去,难以置信地惊叹道:"陆大哥,这是你家的房子吗?"

"是我家。怎么了?"陆大伟说着,从驾驶位推门出去。

"房子好大,我没有想到。"我心里有说不出的羡慕和感慨。走出车外,我跟在陆大伟的后面,朝前门走去。

他家的客厅很大,高挑的天花板,设计有吧台。对面是大扇的玻璃双推门,门外闪烁着蓝色的波光。

"你家后面是什么呢?好像有水。"

"游泳池。"

"游泳池?你家有游泳池!"我顾不上让陆大伟引路,径直朝对面走去。

推开玻璃门,后院有一个长方形游泳池,碧蓝的池水映照着蓝天和白云。游泳池上方有一个椭圆形的小池,里面的水涓涓地流下来,流到游泳池里。院子里一片林荫,有果树、蔬菜,院子深处有鸡叫声。

陆大伟跟着我走了出来,站在我的后面。

"难怪你不海归。"我发现新大陆一般,为找到陆大伟一家不海归的答案既感到欢欣又泄气。

陆大伟曾说耳听为虚,要我眼见为实。我跑那么远来,看到了庐山真面目,海归不海归,决定因素还是钱呀。

"陆大哥,听说你在国内就混得不错。看来,你真赚了一大笔钱。"

陆大伟哈哈大笑,毫不忌讳,"我明白你的意思。你认为我是国内有钱的大款或是外逃的贪官,在国内搞了不少钱,带来美国买大房子,把妻儿养在国外。对吗?"

他说话太直,弄得我挺尴尬。

他安慰我说:"安心在我家住几天,你会知道原因的。我请了假陪你一段时间。"

"你专门为我请假吗？太谢谢了。"我不无感激。

他说："谢什么呢,你导师是我的朋友,每次回国到北京,他都待我不薄。就算还他的人情吧。"

二十六

陆大伟下厨做饭时,我站在旁边,对背朝着我的他说："我特地从北京带来一些特产。"

"怕在美国买不到中国的东西吗?"他专心致志地埋头做菜,头也不回地问我。

"是呀。"

油烟机嗡嗡地响,他提高了嗓音："一二十年前还差不多。现在的美国,华人几百万,大城市到处都是华人超市,什么东西都有。洛杉矶有些小城市里,华人人口占了差不多一半。"

我们正聊着,车库门开启的声音传了进来。

"肖昕回来了。"他说。

不一会儿,我看到车库与客厅相通的门被推开。一个四十多岁身材苗条的女人,穿着一套果绿色直筒的医院工作服,提着一个手提包走了进来。

肖昕对我微微一笑,"你已经到了。对不起,我先去换一下衣服。"没容得我看清楚,便匆匆上楼去了。

陆大伟做了几盘好菜,我帮着端上餐桌。肖昕从楼上走了下来,来到餐厅。她边与我说话,边摆筷子,拿碗装饭,摆餐巾纸,倒可乐,动作麻利,井然有序。她与我说话的语速快,话题切换频繁,问我文科博士怎样做研究,我一答完,她的话题便转到我在洛杉矶吃住何处。

她像打仗般吃完饭,没有在餐桌旁久留,抱歉地对我说:"你慢慢吃,大伟会好好陪你聊。我明天有几台大手术上麻醉,要做一点案头准备。"随后,就匆匆离开了。

肖昕留给我的印象如同一台高速运转的机器,在电脑的控制之下,有条不紊地运行。

我问陆大伟:"在美国生活都这么忙吗?"

"在哪里生活不忙呢?"

"是的,在国内的生活节奏也很快,大家都像在打仗。"

他说:"忙的内容不一样。在中国,我忙赚钱,忙应酬。在美国,我忙工作,忙家庭。"

第二天,陆大伟开车去商场购物,我留在他家里,独自到后院走了一圈。他家的后院挺大,院墙边有一排两层楼高的墨绿色柏树,修剪成圆筒状,笔直,像是一堵高高的院墙,把他家与后面的邻居隔开。院子里有一条两米宽的小溪,蜿蜒在满是绿树和芳草的后院,汇于人造假山旁。假山是溪水的源头,清澈的水被抽上假山顶部,又涓涓流下,积在池中。一架朱红色木桥横跨小溪,走上去发出吱吱的声响。桥上有座白色小凉亭,木制的,给后院增添了一份优雅。我在凉亭里坐下,静静地看着小溪边的水池。一些青草和绿苔在水池边轻轻地晃动,几条硕大的金鱼殷红的背部夹杂着一片片雪白,在池水中游动。我很想知道陆大伟哪来这么多钱,买下这样一幢豪宅。

他回来时,我旁敲侧击地问:"你家房子庭院幽深,还配了小桥流水,大款才买得起。"

他哈哈笑着朝我伸出手掌,"大款有这样一双手吗?"

我瞟了一眼,手掌上全是老茧,"你在美国生活优裕,开好车,住豪宅,不是这双长老茧的手可以创造的吧。"

"你不信,要刨我家底吗?好吧,我说些故事给你听。"

这一天,陆大伟对我说起了自己的往事。

二十七

十几年前,因为国家贫穷,陆大伟与肖昕跑出国门。陆大伟在洛杉矶读博士不到四年,肖昕考了医生执照,去密歇根一个小镇医院做实习医生。实习期间需要二十四小时待诊,儿子无人照顾,他只好随她一同离开洛杉矶,在小镇附近的一所大学继续修博士课程。

小镇偏僻,工作不好找,他毕业后失业,在家照顾儿子,做饭洗衣,烦闷难耐,同肖昕争吵不断。肖昕做实习医生的最后一年,继续申请为期三年的麻醉专科医生培训。她一心扑在为自己创造美好的事业上,忙得热火朝天。她想说服陆大伟陪她做完三年专科医生培训,随后回洛杉矶找麻醉医生的工作。陆大伟想,洛杉矶是天使之城,不是哪一只鸟都能飞得进的。他无法相信她的梦想能成为现实。

陆大伟本是一个不太安静的人,喜欢有热情的生活,需要有意义的人生,不想继续委曲求全,耗在无谓的期待中浪费生命。那时的中国已经是一只醒狮。他执意要回国,回到自己熟悉的环境里和正在热血沸腾的土地上。

当年海归的人不多,他的硕士导师在一所非重点本科大学当副校长,在导师的引荐下,他被聘为研究所所长。

在日益喧腾的城市里奔波了两三年,陆大伟发现随着一幢幢摩天大楼的拔起,社会发生了巨大变化。北京的街头前所未有地拥挤了,买车买房的人也多了。自己虽是教授,却租住公寓,挤公交车,与爱人孩子两地分居。问题的核心是钱。他的心情很沉重。终于,他下定决心为钱下海,把晓波留在长沙的父母身边,独自跑去上海从商。

他谢绝了导师的挽留,应聘上海一家合资医疗器械公司的部门副经理。很多医院的院长是他的大学或研究生同学,借助他们,他全国上下跑营销,工作开展得很顺利。英颖介绍陆大伟认识了林倩,他所在的公司拿到科尔曼生产的血清素在中国的总代理权。血清素的市场潜力巨大,销路很好。代销血清素赢利可观,陆大伟因此升任华东和华中地区的副总经理。

肖昕没有在洛杉矶找到麻醉医生的培训位置,继续留在密歇根小镇,儿子晓波在长沙读书,一家三口仍然分居三地。每年暑假,陆大伟带着晓波到密歇根探亲,一家人才有机会小聚。匆忙的相聚后,他们面对的是漫长的分离。

陆大伟一个人在国内虽然孤独,一年到头在外跑营销,陪客户吃饭、喝酒、唱卡拉OK,倒也可以忍耐。不过,陪喝陪吃的代价是惨重的。一次例行体检,他才知道自己血糖高,血脂也高。肖昕担心他长此下去,年纪轻轻搞出心血管病,劝他不要在外大吃大喝。做生意的人,你不陪客人吃喝玩乐,生意做不下去。而且客户胃口越来越大,除了吃喝玩乐拿回扣,还要求找小姐,为了生意,他也只得答应。

陆大伟没有倒在酒桌和自己的身体上,却栽倒在一个姓杜的大客户手里。杜某是一家大型医院专管药品和设备的副院长,因为血清素的销售靠他广泛的人脉关系,在当地的销量一直很不错,陆大伟与他逐渐建立起私交。医院建新大楼,需要添置一批大型医疗设备。那一年,杜副院长有几千万元的仪器设备购买基金。为了拿到这个大单,陆大伟做足了准备,先让部门肖经理带几个下属陪同杜副院长去美国考察旅游,并说服肖昕专程从密歇根赶到五大湖与他见面,代表陆大伟接待他,陪同在美加两地游览。

杜副院长同陆大伟签合同前,要陆大伟给他找小姐。他除了自己要,非要陆大伟也来一个。陆大伟不依,他说那笔生意没了,今后的血清素销售不会再帮忙。几百万元的利润呀,几万美元的考察费已经扔进去了,他不能眼睁睁地看着这条大肥鱼跳网,咬了咬牙,铁下心来干了。

公司总裁因巨额贪污被双规,杜副院长把购买设备的钱交付给陆大伟的公司后,新总裁定了付医院的回扣上限。陆大伟未能按签约前定的回扣比例拿出钱来,杜副院长咬定被他耍了,把他在外面鬼混的事捅给了肖昕,还附上女人偷拍的照片。

肖昕被辱,在电话上与陆大伟大吵,一定要离婚。陆大伟赶去密歇根同她解释,她根本听不进。为了赎罪,他答应把儿子和在上海买的房子都给她,自己从此过单身生活。回到上海,他心灰意冷,等着肖昕回国与他办理离婚手续。

肖昕回国后,先去了长沙,在父母家陪儿子过了一个星期。她父母帮陆大伟劝说,商场的环境如此,陆大伟也无能为力,再说夫妻分居,情有可原,吸取教训,下不为例。

那时,陆大伟手下的肖经理病重住院。肖经理陪杜副院长一行去美国时与肖昕见过面。听说肖昕回国,他请夫人打电话给肖昕。肖夫人在电话里声泪俱下,说肖经理因为工作长期陪吃陪喝,前几年发现有高血糖、脂肪肝。她曾劝肖经理少陪客人上酒店,可坐在那个位置上办不到。前些日子出现了肝硬化腹水,医生说肖经理可能拖不了多久了。肖夫人要肖昕设身处地替陆大伟想想,做生意的人,泡在染缸里,独善其身不容易。这些年的接触,她和肖经理都了解陆大伟,他并非拈花惹草之辈。

肖经理一路陪杜副院长到美国,看得出那人老奸巨猾,先设了圈套的。作为一个女人,她知道肖昕的感受。现在肖经理病重,哪一天撒手也不知道,她现在活得提心吊胆,肖经理走后怎么办呢?她不担忧自己,再苦她也挺得住,可孩子没了爹,苦呀。

肖昕被肖夫人说动了,原谅了陆大伟,但要求他放弃国内的工作,为了儿子晓波的将来,返回美国。陆大伟非常犹豫。回美国,他不情愿待在密歇根小镇过寂寞的生活。小镇上的学校教育质量一般,对晓波也没有吸引力。陆大伟和肖昕在分分合合中继续煎熬着。

不久,发生了一件事,让陆大伟最终下定决心返回美国。

祸起于几封寄到检察院的匿名信。陆大伟不敢肯定匿名信是否出自杜副院长之手,但与杜副院长长期帮他销售血清素有关,涉及巨额不正当收入。陆大伟被限制出境,接受调查。在一个黑与白还没有明确界限的特殊年代里,陆大伟意识到钱与危险如此相随相伴。他没有贪腐,但不敢说辛勤奔波赚来的钱全是正当的。其他销售人员通过大量回扣拿到订货单,他也只好如此。他把数十万元的血清素促销费送到杜副院长手中时,对方不给收据,谁能证明他没有私吞公款呢?为了公司的营销和切身的利益,变相行贿拿到订单,陆大伟确实违心地走过政策的底线。除了杜副院长手里的那笔巨款没有结论,检察院没有查到陆大伟有其他违法行为。调查结束后,他重新回到工作岗位。此后,他失去了信心,时刻担心政策有变,再次遭遇厄运。

肖昕劝他回美国,担心他长此下去迟早会出事。她说,回国在长沙和上海的几个星期里,她看到房价高得离谱,物价涨得吓人,关系网层层密布。她不希望他只为了物质和金钱不惜一切。儿子晓波要念高中了,再不抓紧,今后想上一个好大学很难。

何去何从,他们必须做一抉择。肖昕退了一步,只要陆大伟愿意回美国,她离开小镇到教育品质和生活环境好的加州找工作。她说,有了几年的麻醉工作经验,工作会好找一些,只要能找到加州的工作位置,给多少年薪她都接受。经历过杜副院长预设的圈套,尝到了被停职调查的滋味,陆大伟痛下决心,为了家庭,为了晓波的学业,更为了他自己的安全,重回美国。

肖昕从无人愿去的小镇到竞争激烈的大都市医院,年薪少了五万多美元。陆大伟呢,放弃华东和华中地区销售副总经理的位置和优厚的报酬,回到美国能找到何等待遇的工作还是未知数。此步走得不易!他期待自己和肖昕的付出会有回报,换来晓波学业有成,换得夫妻长期厮守,换到他们想要的平静和幸福生活。

二十八

我们的话题第二天才得以继续。那天,陆大伟开车陪我去了圣迭戈市区,随后我们越过美墨边境,到墨西哥的海森雅达市旅游。中午时分,他带我在一家海鲜餐馆吃了当地有名的龙虾,随后到市区的革命大道走了一圈。

我们断断续续地聊,从他的叙述中,我了解了他回美国后的一些经历。回到他家后,我把陆大伟同我讲的故事做了整理,在电脑里详细记录了下来。

来美国之前,陆大伟和晓波对从密歇根搬到圣迭戈满怀欣喜,对即将开始的新生活充满期待。到达美国的第一天,目睹李杰家发生的不幸,他们编织起来的美国梦破碎了。幻想中的美国新生活变得混浊不清,无法预测。一路上他们三人坐在车子里再没有说话,气氛沉闷,与去蒙诺维亚时热闹的场面大相径庭。

洛杉矶初冬的阳光仍旧耀眼,车子追逐着西下的艳阳,在杭廷顿大道上一直朝西开。随后,车子开进了一片林荫之地,道路两旁古树参天,遮天蔽日,大树后面隐隐约约坐落着一幢幢风格各异的独立屋。看上去它们虽陈旧,但典雅古朴,给人以远离尘嚣的静谧和安详之感。车子靠近街边停了下来,街旁的一幢淡绿色房子便是江天浩的家。街区宁静,空无一人。他家房门深锁。门开时,悄声无息的室内有一股冷气扑面而来。

他们的到来没有给江天浩家带来热闹气氛。曹琳家的房子被银行收走,李杰闹自杀,把他们在洛杉矶重逢的热情彻底冷却了。只有英颖一听他们说起李杰家遭遇变故,便说起来了。

"李杰怎么这样没出息,不就失业吗?大男人闹什么自杀?搞得人心惶惶的。

"科尔曼也真缺德,李杰工作蛮努力的,曹琳与他做同一项研究,让他改做另一个项目,或者调到另一个部门工作就好了,非把人家解雇不可。

"唉,美国的经济哪天才能复苏呢?没有工作的人太多了,房子被银行没收的人也很多,到处挂着银行出售法拍屋的招牌,房价跌了一大半。"

或许是因为时差,或许是由于英颖的话,或许是白天曹琳家的遭遇来得太突然,陆大伟晚上失眠了,整夜辗转在烦躁之中。江天浩家的优雅环境和富足生活没有冲走他重回美国后的不安。睡在他们家宽大的客房里,陆大伟感到莫名的空虚。曹琳悲伤的神情和凯西恐惧的双眼,总是不断在他眼前浮现。陆大伟的内心深处涌出对家的渴望。"失掉"使人对"拥有"更加珍惜,这时他才意识到有家是多么幸福。

他在黑夜中回想在北京和上海的岁月,没有归属感的日子让他的心始终处于游离不定的漂泊状态。为此,他想尽快在上海安家,把赚到的钱都花费在买房子上。可搬进新居,屋里没有肖昕和晓波,他找不到家的感觉。面对冷冷清清的屋子,他才深深了解到家的含义究竟是什么。家,是一个有妻儿相守的住所。他身在国内,心其实是在密歇根小镇,虽然他不喜欢小镇的寂寞,但那个有肖昕的地方才是他心灵的归属地。肖昕搬离密歇根小镇,在阳光明媚、风景秀丽的西海岸替他们安了一个新家。他是为它飞越千山万水而来的。想到家,陆大伟有一种扎实的温暖。

第二天天还没亮,他一听到厨房里有动静便爬起了床。英颖上早班,正赶着做早餐。陆大伟告诉她想尽快去圣迭戈,请江天浩送他父子俩去肖昕租的公寓楼。她放下手中的活儿去主卧催促江天浩起床。天色蒙蒙亮,江天浩带上陆大伟和晓波上路了。车子在5号高速公路上飞奔了两个多小时,到达纳霍亚时才八点多钟。

肖昕租的房子在远离海岸的一处山坡上。江天浩在街的转角处停下车。街边有一幢不大的二层公寓旧楼房,楼房中央有一个敞向街道被漆成古铜色的楼梯。深色的楼梯与奶白的公寓楼形成鲜明的反差,好似斧头把一块巨大的积木从中间劈开。肖昕租的房子是二楼紧靠楼梯口的两室一厅套间。

江天浩从公寓管理员处拿来钥匙,打开房门。简陋的客厅里只有一只沙发和一张餐桌。晓波的卧室除了一张床和电脑桌,没有其他摆设。主卧除了一张大床和一张书桌外,也没有其他家具。与江天浩家的豪宅相比,陆大伟心中生出一阵隐隐的失落感,自己憧憬的美国生活与眼前的现实有太远的距离。

站在敞开的百叶窗前,他失望地看着窗外晨霭弥漫的街区,内心被初冬阴沉的白雾抹上了一层淡淡的忧伤。拉开玻璃窗,窗外的白雾伴着一股咸味随着冷清的晨风灌进屋里。气味是从远处纳霍亚的海上飘过来的,带着潮湿的腥味,弥漫在室内。这是在上海闻不到的气味,是远离繁华都市,由海水、青草、泥土和晨露混合在一起的气味。陆大伟不喜欢这种气味,增添了家的荒芜和冷清。他的内心一阵空荡,像窗外的薄雾一样缥缈。他怀念起上海来,怀念起喧闹的生活。

二十九

第二天,朝阳透过玻璃窗,照在床上。陆大伟听到窗外的鸟鸣,起床穿衣,叫醒晓波。他们离开冷飕飕的公寓楼,按计划去UCSD圣迭戈,沿着绿树成荫的街道,顺着一条条弯曲的小路,朝纳霍亚海边的方向走去。

从公寓到海边有很长一段路。走在小镇的街道上,路边全是一两层的旧房子,马路上空荡荡的,偶尔有一两个人在晨光中走动。出了小镇,再往前走,房屋没了,马路两边是荒郊野地。

父子俩汗流浃背地在一条没有人迹的马路上走了很久,累了便在路边坐下歇息。一辆黑色小轿车在他们面前飞驰而过,在前方突然停了下来,然后飞快掉过头行驶,在靠近他们的地方停下。

驾车人是一位白人中年男子,他摇下车窗问道:"先生,你们去哪里?"

"去UCSD。"晓波抢着回答道。

"离这里远着呢,你们还需要走很久。"也许是因为晓波的英文并不地道,那男人说,"你们刚来美国吧?"

"才来两天,从中国来。"晓波又抢答道。

"你们不介意的话,我可以送你们过去。"

晓波喜出望外,连忙说:"好的,好的。"他从地上一跃而起。

陆大伟和晓波拉开车门,坐进车里。那男人一路没有与他们再说什么,默默朝 UCSD 开去。十几分钟后,车子到达 UCSD 校园附近的街区,等他们一下车,那男人掉过车头,一溜烟折返了回去。

校园附近沿街两边的建筑大都是商铺,有着白色或赭石色的外墙、锃亮的玻璃门窗。路上走着不少背书包的年轻学生,他们不是戴着耳机边走边听音乐,就是拿着手机在发信息。除了两三家咖啡厅和早餐小店外,大多数店铺仍关着门。咖啡厅外立着蓝色遮阳伞,伞下小桌边寥寥坐着一些学生,他们边喝咖啡,边玩手提电脑。宽阔的马路上不时有一群骑自行车运动的人经过。这些人戴着头盔,身穿五彩缤纷的紧身运动服,从头到脚线条分明,踩着轻巧的自行车,一簇簇地,像缤纷的蝴蝶低飞过校园外的大街。

晓波跑在前面,边跳边说:"爸爸,妈妈上班的 UCSD 大学好大,我们已经在校园里了。没有看到学校的围墙,也没有看到大学的校门和牌子。"

四周是一片深幽苍绿。一幢幢七八层高的建筑群,坚实却毫不张扬,没有躁动的渲染,让人感觉庄严朴素。

晓波沿着石梯向下走,走向草坪。耀眼的阳光下,草地上走着三三两两的年轻人,他们的皮肤被阳光抹出悦目的油亮色彩。

这些彩色中有一半是亚洲人的黄色,黑人和白人的肤色竟成了亚洲人群中的点缀。草地旁有一幢看似展览馆的小楼,他们走了进去。里面有几个展室,沿墙多是玻璃橱窗。

"爸,你看,橱窗内好多奥林匹克运动员的奖章和奖杯。"晓波站在橱窗玻璃前兴奋地说,"这所大学有这么多学生拿到奥林匹克奖杯。"他几乎不相信自己的眼睛,将信将疑地看着橱窗里的奖章和奖杯,读着英文介绍。

"爸,我们中国的运动员都是国家花钱从小专门训练出来的,这里拿奖的运动员全是大学生。"晓波说完,又跑到了另一间展览室。

"爸,你快来看。这所大学有六十多位国家科学院院士。"他看着贴满了照片的介绍,对身后的陆大伟大喊道,"这所大学还有十六位教授获得诺贝尔奖,现在还有九位在这里教书。"

听着儿子的介绍,陆大伟心想,不可思议,这是一所只有四五十年历史的分校,平静的后面拥有如此的辉煌。这些获奖的学生、院士、教授,看似多么平常,像周围朴素的建筑群一样,默默地生活在大家的中间。

"爸,这里有一位拿诺贝尔奖的教授还在工作,你到他的实验室工作,说不定今后也有机会拿到诺贝尔奖。"晓波兴奋地对陆大伟说。

那一天的黄昏,陆大伟和晓波满载而归。他的心情开朗了,在晚霞透进卧室的温煦中,开始梳理自己的情绪,准备在肖昕回到圣迭戈后,迎接新生活。

三十

从墨西哥回来的第二天,陆大伟说去一趟实验室,路过商场顺便买点东西再回家。肖昕上夜班,白天在家休息。我下楼吃早餐的时候,她正坐在客厅里读报纸。

我吃完早餐来到客厅,她嫣然一笑问我:"要不要看报纸?今天早上送来的《圣迭戈日报》。"她指着面前玻璃茶几上摆着的一堆报纸。

我摇着头说:"英文的,我看不明白。"

她放下手中的报纸,说:"那我陪你聊天吧。"

我很高兴,兴致蓬勃地坐在她对面的沙发上。"圣迭戈的天气真好。"我看着客厅玻璃门外的艳阳天说。

"是呀,这里气候确实不错。一年四季蓝天白云,海风轻拂,阳光灿烂。"她的语速很快,但不乏文学色彩。

"你在密歇根住了几年,相比起来,更喜欢哪里呢?"

"两个地方我都喜欢。圣迭戈全年的季节都差不多,树始终是绿的,天始终是蓝的,海始终是静的,虽好,但有时会觉得缺少变化的单调和沉闷。密歇根一年四季分明,我的心情也会跟着变化。初春的小镇到处是老树枯枝,让人郁闷。我会盼望看到枯枝冒出新芽。春末夏初树绿了,花红了,我的心情也变得色彩斑斓。我喜欢小镇的秋天,满山遍野是红枫,漂亮极了。冬天就不同了,很冷,漫天冰雪。我在那里住了整整六年。小镇上的人真诚、友好、朴实,过得很平静。要不是为了晓波和大伟,我还真舍不得离开那个小地方。到了大都市,感受太不一样了,现代化的快节奏生活让人之间的亲密关系变得淡漠了。"

我说:"我也有同样的感觉。在美国这些日子里,我天天看电视新闻,没有一天不报道世界各地的暴力事件。人肉炸弹、游行示威、凶杀、绑架、毒品、欧洲债务危机、中东战乱、美国经济萧条,让人觉得整个世界乱糟糟的。"

"我们生活在一个闹哄哄的世界里,只能自己在吵闹中寻找平静。"

"大伟告诉我,他和晓波到达圣迭戈时,你还在密歇根的小镇上,被大雪阻隔了。"

"是呀,密歇根在美国的最北边,到了冬天下大雪,机场就关闭。"

"能讲一些经历给我听吗?"我探问道。

"行。你来一趟美国不容易。为了你的毕业论文,我和大伟都尽力而为吧。"

肖昕去厨房倒了两杯茶回到客厅,随后与我聊起了她的一些往事。

在加州找到了工作,租好公寓后,肖昕回到密歇根卖掉了野木镇上的房子,买好了机票准备搬来圣迭戈时,却遇上密歇根接连几天下大雪,她被困在焦急不安中。她站在小镇医院的玻璃窗前,从窗口远眺曾被秋天红枫遍染过的恬静小镇。楼外原野沉浸在冰天雪地的寒冷冬天里。天地一片惨白,白得让人不寒而栗。熬过几天后,天终于放晴,肖昕看到一架飞机在阴沉天空中翱翔而过,一阵狂喜,终于可以飞去圣迭戈了。她兴奋地想着,十几个小时后将会告别被大雪困守的孤独,飞到南加州令她思念的圣迭戈郡,飞到纳霍亚的家,与长年分离的儿子和丈夫团聚。

肖昕走出医院的大楼,走向楼外的雪地。雪有一尺多深,她深一脚浅一脚地走着,走向落满白雪的汽车。车是租来的。她的车托运去圣迭戈了。那时,她的心已经不在密歇根了,与被运走的车子一样,奔向了纳霍亚。她铲掉挡风玻璃上的积雪,脱掉毛茸茸的手套,打开车门。像过去每次下雪一样,她静静地坐在驾驶位上,让启动的车子慢慢温热,融掉车窗外的寒雪,温暖自己被冻僵的身体。

这是她最后一次坐在医院街边的车子里了,此后,她将不会再回生活了六年的北部小镇。车窗玻璃逐渐亮洁起来,肖昕静静地望着窗外渐渐堕入黄昏的小镇,欣赏着窗外的景色。她想最后一次体味即将离开的熟悉生活,浏览即将告别的街道,欣赏即将被春天消融殆尽的冰雪,观望行走在冰雪之中穿着厚衣服的人们。如果不是为了晓波,她对小镇是满怀喜欢的。去南加州后,她再也看不到这样的大雪。她留恋密歇根的冬天。

肖昕曾经在洛杉矶生活过,那里的四季永远是一样的阳光明媚。即便在冬天,也只有高山之巅或者靠近北加州的山区才会飘下雪花。那时,一到秋末,她总是欣喜地期待冬天的光临。然后在冬日的周末,与大伟开车远离城市的喧哗,带着踏雪的期望,去很远的山上,欣赏野外披上一层薄纱的白色宁静。微风摇曳树梢,温阳洒满山峦,被抹上一层素白的荒野明媚如画。冬天给她幻想的天空增添了浪漫的诗情。

在密歇根时,她常与朋友一起去滑雪。方圆几十里有很多滑雪场,只需半个多小时的车程,他们就能到达滑雪场外的小路。滑冰季节,去滑雪场的路很滑,积雪被车轮碾出一道道凹陷,经过长夜的冷冻,像一条条雪谷冰河。肖昕常常是胆战心惊地驾着车,在车道的波峰和浪谷之间颠簸摇晃。

她不会滑雪,虽然去过多次滑雪场,但她还是没办法从高高的山上飞驰而下。她骨子里就缺乏运动的天赋,最初在雪橇上战战兢兢地从斜坡上往下溜,一不小心便重重摔倒在坚硬如石的雪地上,惹得同行的友人捧腹大笑。她只好坐在雪地里的木栏杆上,看着朋友与他们的家人坐缆车升到山顶,再从银色的顶峰雄鹰一般直冲而下。那场景总让她羡慕。她便不由自主地想起晓波和大伟,希望他们能回到密歇根,一家三口在一起生活。

生活是很难两全的。为了事业,肖昕不得不长期与家人分离,孤身在密歇根小镇生活。最终她有了被人羡慕的麻醉科医生职业，但也失去了很多。她不后悔为事业所付出的代价，但她决意承担起一个母亲的责任，尽力弥补给儿子造成的损失，她要让他有好的教育、好的生活。

肖昕与大伟商量，为了晓波的未来，她离开野木镇，去南加州找工作。圣迭戈大学的一家医院接受了肖昕的申请，但付给她的年薪远低于野木医院。她接受了圣迭戈大学医院的雇佣，离开生活了多年的小镇，回到了阳光明媚的南加州。

三十一

肖昕从小镇飞往圣迭戈，来到她租下的公寓楼。出租车停下后，她提着行李箱急忙奔到二楼的家，刚把钥匙插入门锁，房门敞开了。两张在野木小镇的睡梦里常梦见的笑脸迎面扑来，她投入他们的怀抱。那一刻，她仿佛在梦中一般。久别后的重逢让一家三口沉浸在幸福之中。

餐桌上已经摆好了为肖昕准备的丰盛晚餐。大伟和晓波为她的归来做了精心的准备，他们在餐桌上铺了一块雪白的餐布，上面立着玻璃花瓶，插了一大束深红色的玫瑰花。花瓶四周摆满碗碟，一碟碟佳肴热气腾腾。

"大伟，这是你做的饭菜吗？"肖昕满怀喜悦。从不下厨的大伟竟然做出十来盘菜，色香味俱全。她的幸福由心底而生，一下坐到桌旁的椅子上，抓起筷子，迫不及待地品尝丈夫的精心佳作。

陆大伟饱含深情地看着她夹起细细的青椒丝和牛肉丝,送入嘴中。

晓波高兴地坐到母亲的身旁,盯着她问:"妈,好吃吗?爸爸回美国前专门去找大师傅学过烹调。"

"好吃,比妈妈做的还好呢!"肖昕品味着嘴中的食物,感受着重新回到她生活中的丈夫。

趁着上班前有几天时间,肖昕提议开车出去旅游。她计划去的地方很多,圣迭戈海洋世界、洛杉矶好莱坞环球影城、迪士尼乐园、拉斯维加斯赌城。

陆大伟说,他哪儿也不想去,只想待在家中。他提议在附近好好转转,看看四周的居住环境,考虑在哪里买房合适。他在国内就听说加州的房价跌得厉害,最好趁机买一幢大房子,真正安下心来过日子。那晚,陆大伟对肖昕说,他想尽快找一份工作,买房子安家。

肖昕很奇怪,才回美国,就想着找工作、买房子,那么急干吗? 她对他说:"你好像老了,变得恋家了。"

"是吗? 恋家就说明人变老了吗?"陆大伟想了片刻说,"我也觉得自己变了,变得在乎有一个家。在国内时,我对归属感有了比较真切的体会,那些买不起住房的年轻人都说,他们永远在漂。"

"在上海买了房子,你也没有家的感觉吗?"肖昕问。

陆大伟说:"恐怕是因为单身生活的缘故。回到上海的家,里面空空的,我还是有一种无家可归的感觉。现在我们一家三口团聚了,有了归属,所以我很想尽快找一份工作,尽早买一幢房子。我很想有稳定的生活和一个真正属于我们的家。"

肖昕问:"大伟,你今天怎么了?"

陆大伟叹了口气对她说:"我在上海机场遇到曹琳,她带女儿回洛杉矶团聚,到达蒙诺维亚家门口才知道李杰失业了,她家房子也没了。"

"曹琳家的房子没了?"肖昕感到突然。

陆大伟告诉肖昕李杰和曹琳双双失去工作、家里的房子被银行收缴的遭遇后,她才明白他这么着急的原因。

"你快把曹琳的电话号码给我。"肖昕想马上知道曹琳一家的情况,毕竟曹琳是她的闺密。

陆大伟愣了一下,"我没有她的电话号码。"

"你们后来没有联系吗?她现在住在哪里你也不知道吗?"

"联系不上。到洛杉矶那天晚上,英颖给曹琳和李杰打电话,他们都没接。"陆大伟说。

不久,曹琳和李杰的手机号码被注销了,与大家失去了联系。肖昕忙着熟悉新工作,陆大伟和晓波也在适应新环境。江天浩和英颖有时来圣迭戈看望他们。不久,英颖的好友林倩从国内过来,请江天浩出主意,协助她在上海办一家基因检测公司。英颖和江天浩忙着陪林倩,替她策划筹建公司,不再来圣迭戈。

　　一个多月后,肖昕在医院餐厅吃午饭,看报纸时被一条新闻和一张大幅照片震惊了。"曹琳!"她惊呼起来。

　　那张照片占了很大版面,两个警察押着戴着手铐的李杰,旁边站着紧抱着凯西的曹琳。大标题下的新闻让肖昕不寒而栗,李杰被警察逮捕了!

　　我和肖昕正聊着,陆大伟开车回来了。他提着几只鼓囊囊的大塑料袋走向厨房。

　　肖昕喊道:"大伟,我来收拾你买回来的东西,你过来陪杨帆。"她站起身,对我说,"大伟知道的情况比我详细,让他同你聊好了。"

　　她去了厨房,过了一些时候,陆大伟才走进客厅。

　　"你们在讲哪方面的事情呢?"他坐在肖昕坐过的沙发上,直截了当地问我。

　　"肖昕刚讲到李杰被警察逮捕的事。"我说。

　　"那事别提了吧,都过去好多年了。我们谈点别的。"他想岔开话题。

　　我很恳切地对陆大伟说:"李杰的海归非常特别,肖昕说你了解情况,告诉我吧。"

　　基于我的恳求,陆大伟讲述了他所知道的情况。

三十二

曹琳带凯西回美国的那天,见到李杰后,一家三口回到戴维森路上亚当斯家的后屋。天色已暗,李杰打开灯,曹琳的眼前是一幅惨不忍睹的景象,室内家具凌乱,一堆未开封的纸箱,没有叠被子的床上散落着撕得粉碎的纸片。曹琳说,看到那番情景,脑子同整个屋子一样混乱。

很多天曹琳都失魂丢魄一般,紧紧抱着凯西坐在席梦思床上发愣。她无法接受眼前的现实,怎么也不能相信,曾带给她慰藉的三室两厅的家和欢乐的日子不复存在,一间卧室、半个厨厕的后屋竟成了今日的家。

曹琳常常情不自禁地流泪。只有凯西轻声对她说饿了时,她才意识到一家三口还没有吃饭。这才放下女儿去小厨房,拿出速冻食物,用微波炉热一下,给一家人填肚子。

凯西几天来一直像只受惊的小麻雀,时常窝在曹琳的怀抱里,两手抓紧曹琳不放。身处完全陌生的家中,母亲成为她的依靠。她不愿意与不熟悉的父亲接近,看到李杰一脸沉闷,她不敢吭声。

李杰几次想把凯西抱过来,她总不肯,紧抓着母亲。晚上睡觉时,凯西要让母亲睡在自己与父亲之间。对她来说,电话中的父亲与身边的不是同一个人,两个父亲之间隔了一道鸿沟。

曹琳对陆大伟说:"那些日子,我心里有解不开的疙瘩。我失业的时候,李杰看起来挺坦然的,总是劝我想开一些。轮到他被解雇,为什么就想不开呢?闹到要自杀的地步。"

陆大伟对她说:"原因可能有两个方面。第一,你失业时,他还有一份工作,还有一份希望。他被解雇后,什么也没了,他绝望了。第二,男人与女人不同。男人把自己当成一个家的核心和顶梁柱。所以,男人在失去了保护家人的能力后,心理压力特别大,以致绝望。"他劝曹琳不要再给李杰压力,给他一点时间,让他慢慢调整自己。

既然家里的境况已经到了这般地步,曹琳只能朝好的方面想。她一边申请失业救济,一边主动承担家务。虽然家里的钱已经很少,她还是常去超市买一些新鲜蔬菜和肉,让一家人吃得好一些。她不再催促李杰找工作。房租不贵,每月的社会救济金基本够一家人过日子,况且政府发放99个星期的失业补助,差不多两年,先凑合着过吧。

李杰却不一样,他很消沉。几个月来找工作的经历,让他对继续在美国工作不再有信心。他想解脱自己的困境,对曹琳说:"美国现在的经济糟透了,失业率太高,找工作非常难,我还是回国去算了。"

曹琳不同意。她问李杰:"回国内,你能去哪里呢?"

是呀,去哪里呢?去谭国芷的药研所吗?李杰是不会想去的。他清楚地知道解雇他的根本原因,任何与血清素刺激物有关的研究,无疑都会勾起他对昔日痛苦的联想。

去医院重抄旧业当医生吗？十多年没有给病人看诊,哪一家医院会接收自己呢？

去大学的实验室做研究吗？李杰在希望城做研究时,本科时期的大学校长到美国访问时曾劝他回国,他那时觉得国内的研究条件差,不想海归。后来陆大伟离开北京高校下海做生意,看到陆大伟赚了钱,李杰动心回国,可他并不想去大学做研究。直到曹琳失业后,回国住了一段时间,李杰听曹琳说国内大学的情况完全变了,经济发展了,大学教师的收入高了,研究条件也好了不少。李杰与原来就读的大学联系过,大学人事处明确说了不要。其他大学呢？恐怕更难进。

曹琳还说,现在的海归不再吃香,回国的人多,找不到工作在家待业的人不少。她担心李杰一旦回国,目睹曾经的同学、朋友有房有车,而他要重新来过,心理会不平衡。她劝李杰死了回国这条心。既然在国内也同样要找工作,就在这里慢慢找吧,至少还有失业补助。回到国内,万一找不到工作,一家三口只能喝西北风。

与曹琳谈不到一块,李杰挺苦恼,硬着头皮继续找工作。拿起简历,他不知该往哪里投,四周都是高高的围墙,没有入口,走投无路呀。

一家人就这样沉默地耗着,没有重逢的喜悦,没有生活的希望,整个家笼罩在大难后的不知所措中。谁都不敢去碰应该正视的最现实的问题:找不到工作,下一步该怎么办？

终于有一天他们家的沉闷打破了,李杰酗酒的毛病又犯了。

曹琳回来的最初几天,李杰没敢在她面前大肆喝酒。晚上,他睡不着,在床上辗转到半夜后,爬起来去厨房倒一小杯白酒,喝完了,回到床上不久就呼呼入睡了。

闻到李杰身上散发的酒味,曹琳并不觉得喝点酒有什么不好,不想干涉他买酒。有时曹琳自己也会心烦睡不着,在李杰去厨房时,叮嘱他带点酒到卧室来,自己也喝点。

曹琳没想到,李杰很快失掉了节制。他并非只有晚上才喝酒,白天在家,心一烦躁,就开车出去买酒,回来后,常半瓶半瓶地往肚子里倒。她担心了,对李杰说:"你别喝了,喝多了伤身体。"

李杰听不进曹琳的劝告,趁她不在家时,几次喝得大醉。一个星期、两个星期过去了,李杰不改恶习,沉溺在醉酒之中。曹琳意识到李杰在逃避现实,想用酒来麻痹自己。她不想眼睁睁地看着丈夫无休止地消耗生命。

一个周末的早晨,李杰到厨房拿酒,一看酒瓶空了,便开车去街口加油站的杂货店。他选了两瓶白兰地,拿去柜台排队交钱,付款的时候,他把酒瓶放到玻璃柜台上,掏出钱包,钱包里没有了信用卡,十几美元也不翼而飞。拿了酒交不出钱,李杰好不羞窘。他环顾四周,杂货店的收银员和身后排队的陌生人似乎都嘲笑似的看着他。他悻悻地把酒瓶拿回货柜架,憋着一腔怒火奔回家。

凯西尿湿了裤子,曹琳正在给她洗身子,听到屋外砰的关车门声。

李杰走进房间,劈头盖脸地吼起来:"曹琳,我钱包里的信用卡和钱呢?"

"我怎么知道。"她不愠不火地说。

李杰继续吼道:"你不知道?鬼话。把信用卡还给我。"

见他气势汹汹,一副凶神恶煞相,曹琳也不甘示弱,对李杰吼道:"还给你?再去买几瓶酒回来?没那好事。"

曹琳的理直气壮让李杰怒火中烧,他喊道:"你还不还?"说着抓住曹琳,举起拳头,想狠狠地砸下去。

曹琳被李杰惹恼了,把凯西朝床上一放,冲着李杰大叫道:"把信用卡还给你?你的出息就是借酒消愁?除了买酒喝酒,你还想过干些别的什么?一个多月了,你买了多少瓶酒,钱都给你花光了。"

提到钱,李杰不觉理亏:"我买酒才花了多少钱?你回国工作几个月,工资没发到手,又放不下面子找单位要。那钱不比我买酒的钱多?如果你用对我这个态度对谭国芷的话,我也用不着寄那么多钱给你。我们也不会那么快沦落到房子被银行收走。"

曹琳受了委屈,说:"房子被收走怪我?我那几个月工资究竟有多少钱?要不是你当初想钱想疯了,家里的存款都拿去买股票,把钱亏得精光,我们会沦落到付不出住房贷款的地步?"

如今这个家不能提钱,一提钱就要吵,不停地旧账重翻。曹琳说的是事实,李杰无话可答。酒是买不成了,李杰心里的火在燃烧,一肚子气没地方出,他把车钥匙朝书桌上一甩,用劲踢了几下书桌旁的椅子。

曹琳不可能总是收缴李杰的钱和信用卡,她还给他,他又照样买酒回来,接下来就是不断地争吵。

一天中午,曹琳取信时,见有一封车辆管理局寄来的信,拆开看,是欠缴车辆注册的罚款通知。她对着卧室喊道:"李杰,你怎么没有交今年的汽车注册费?我们被罚款了。"

李杰正在卧室里找酒。他打开酒瓶盖,便听到曹琳在厨房叫嚷。

没有听到李杰回话,曹琳拿着信走进卧室,见他手中拿着一瓶酒,她的火不打一处来,"你一天究竟在干什么?!该做的事你没心思做,一天到晚尽喝酒。"她从他手中抢过瓶酒,走向厨房洗碗池,把酒瓶底朝天,一股脑儿倒掉。

李杰跟着追进厨房,伸手抢曹琳手中的酒瓶。他刚一抓住瓶子,曹琳发疯似的叫道:"我看你再喝酒!"她一使劲把酒瓶砸在洗碗池里。咣的一声,酒瓶碎成几大片,酒水溅了李杰一脸,曹琳自己也没有幸免,一身酒气。

李杰火了,他举起拳头打在了曹琳胸口。

曹琳被打疼了,发疯似的抓李杰。

凯西光着屁股坐在床上被吓坏了,哇哇地大哭起来。

听到女儿的哭声,曹琳转过头去。她忽然看到自家的厨房窗户没有关,房东亚当斯夫妇刚好牵着家里的小白狗出门散步。曹琳怕他们听到争吵声,更怕他们见到她和李杰打架,报警把警察招来。她赶忙住了手,跑进卧室坐到凯西旁边安抚女儿。

一瓶酒就这样白白地流掉了,李杰虽然揍了曹琳一拳,但他并没有解恨。想起曹琳让他在杂货店出丑,想起她气势汹汹地把酒倒掉,他直觉她已经在得寸进尺,他正在失去一个丈夫的尊严,失去在家里的位置。

三十三

一段时间过后,曹琳的心情慢慢平复下来,主动给英颖打电话。英颖告诉她林倩回美国来了,住在她家。曹琳知道林倩没有申请美国公民,为了保住绿卡身份,她必须每年回一趟美国。

英颖说林倩这次来美国,不光是为了保绿卡,她已经离开了科尔曼中国公司,正在上海筹建一个基因诊断实验中心。

李杰的老上司来了,他和曹琳带着女儿一起去了英颖家。见到林倩,李杰很羡慕,问道:"你自己开公司了吗?"

林倩说:"我哪有钱自己开公司呢。回国后,我一直想创业。天浩在美国的基因分析公司里做部门副主任,被派到墨西哥组建分部,那边的业务进行得不错。他建议我在中国开一家基因分析公司。温州有一位大老板愿意投资五千万元人民币,我来洛杉矶是想找天浩帮忙策划,并想动员天浩回国与我一块儿干。"

"天浩打算海归吗?"曹琳吃惊地问英颖。

英颖无奈地说:"你吃惊吧?没想到我们家也要发生地震了。"

曹琳说:"我以前还以为天浩是个心很静的人,早已死心塌地在美国过日子,平日根本看不出来他有海归的念头。"

"是呀,我一点思想准备都没有。林倩最初找他,我还以为他只是给朋友帮忙,提供点信息和渠道,最多做个顾问或者帮忙策划一下。"

"你不是老跟我说天浩是个恋家的人吗?看你平常那副满足的样子,我还一直在羡慕你呢。"

"他是恋家呀。来美国这么多年里,他除了工作,心思都放在小孩身上。我忙的时候,他接送小孩参加各种活动。去年公司提升他做副经理,派他去墨西哥。那时他还好,说舍不得不管家人。我当然高兴,对他说,别去好,多一些钱,多一份压力。后来,他改变了主意,说机会难得,还是想去试试,墨西哥就在附近,开车两个小时就到了,他可以每个周末都回家。"

"现在是回中国呀,十万八千里,家里有什么急事,不是想回来就可以随便回来的。"曹琳替英颖担忧。

"我能怎样呢?我早对他说过,到了这把年纪,我们好好过日子算了。我不在乎他赚更多的钱,只想他好好陪在我身边平安地生活。我同他讲了,下半辈子我愿意伺候他,给他捶背按摩都行,只要他身体好,高高兴兴过日子,我就心满意足了。唉,我原以为他是个安分的人,现在好了,也耐不住了。"

林倩安慰英颖:"男人总得有番事业。我答应他做公司副总裁,先干一年,过得舒心,把你全家接回中国。如果他不习惯,一年到了,走留自便。"

李杰插嘴进来,关切地问英颖:"天浩自己怎么想的呢?"

"过两天他从墨西哥回来,你去问他好了。"英颖说。

"天浩答应考虑。英颖,我们就说好一年为限吧。天浩也同我说他在美国到了经理的位置,再往上爬没有可能了。他想最后试一把,到了黄河心也甘了。"林倩给英颖打气,信心百倍地劝说道,"你想通一些,对天浩来说,这是最好的机会。我们创办基因检测公司是全国第一家,前景很好,你一定不会后悔的。等一年后,你带女儿和天浩的母亲一起回国,你不用工作,在上海陪家人好好过日子,一定会比你在美国过得舒服。"

英颖说:"等天浩回洛杉矶后,我和他谈过了再说吧。"

林倩告诉曹琳和李杰,她等江天浩从墨西哥回来谈妥,签好聘用合同就回上海。她打算这两天去洛杉矶附近的名牌直销店采购。这次来美国,她只带来两个空箱子,美国的名牌价格比中国便宜多了,她打算多买些东西自己用或者打点人情。

英颖和曹琳陪林倩采购去了,李杰独自开车回了家。

傍晚,英颖送曹琳和凯西回来。曹琳一进家门就向李杰说起来,对林倩在名牌直销店的狂购惊叹不已:"李杰,你知道吗? 林倩买 LV 包,一千多美元一个,一次买了两个。两百多美元的 Coach 包,店里每人限购三个,我们两个替她排队,她一口气买了九个,还嫌没有买够。"

"她买那么多包干吗?"

"自己用呗。还有,送亲戚朋友。"

李杰目瞪口呆,"林倩在美国时用钱很节省,有几次她中午没带便当,我看到她在公司餐厅买快餐时总挑最便宜的,没想到回国后,变得财大气粗了。"

"是呀,我也觉得她整个人都变了。林倩高兴得不得了,说这次来美国很划算,捡了大便宜。在中国买美国名牌,价格比美国贵一两倍,她把往返机票也赚回来了。"

李杰感叹说:"今非昔比呀。没想到我在美国找不到工作,林倩从中国来美国却大把花钱。曹琳,我干脆趁着林倩来美国招人也回国去算了。我以前是做基因研究的,专业对口。"

曹琳的脸一下虎了起来,"你回去干吗?江天浩去是做公司副总裁,你去是替人打工。回到国内给两个老朋友当下手,他们拿的工资远比你高,你会安心吗?"曹琳对李杰太了解了,他是个心气很高的人,不愿居于人下。

"家里靠你的失业补助,长期下去不行。"李杰想说服曹琳。

"你别急,情况会慢慢好起来的。听说科尔曼公司的血清素销售不乐观,公司在抓紧研究血清素刺激物。圣迭戈有不少生物公司搬迁去了中国,一大片实验室空闲。科尔曼公司打算扩大血清素刺激因子的研发,前不久在圣迭戈租好了一栋大楼作为质控部。我把简历整理一下,托人递过去。"曹琳很有信心。

不出曹琳的意料,留在科尔曼公司质控部的老同事来了邮件,要曹琳过去聊聊,介绍曹琳认识新主任。曹琳打算把凯西留在家里让李杰照顾,她独自开车去圣迭戈。凯西吵着要同妈妈一块去,死活不愿意同李杰待在家里。

"凯西,我怎么可能带你去呢?质控部很严,外人不准进入。到了公司,妈妈把你放在车子里跑进公司,警察会把妈妈抓起来关进牢里的。"曹琳耐心同女儿讲道理。

凯西不听,嚷着要跟曹琳一块去圣迭戈。

"算了吧,我把凯西带上。陆大伟一家住在圣迭戈,我和他们联系一下,把凯西放到他们家。"

李杰心里不是滋味,"去他们那里干吗?被解雇,失掉工作,房子被收缴,让他们问起来多难受。"

曹琳没有办法,只好说:"那你同我一块儿去吧,我去公司时,你照顾凯西。"

"好吧,我陪你去吧。"李杰想,独自待在家里也挺无聊,便答应开车随曹琳一起去圣迭戈。

曹琳准备了些干粮路上吃,李杰驾车,一家三口匆匆上了路。

车子开出了戴维森路口,李杰看了汽车油表,便把车子开进了路边的加油站。他走出车门,站到加油器旁刷卡,给油箱灌满汽油。小杂货店的门打开着,透过玻璃窗,售货员的身影在杂货店内来回走动。那次买酒时的情景浮现在脑海里,李杰突然觉得该干点什么。加了油之后,他对曹琳说:"路上开车时间长,我去一下厕所。"说完,便向杂货店走去。

李杰没有去洗手间。他径直去了陈列酒的货架,拿了两瓶白酒,去柜台交钱。他很爽快地拿出一张信用卡,洋洋得意地递给售货员。交完钱,迈着轻快的脚步走出杂货店。他想,把酒带回车里,说不定曹琳会嚷着要他退掉。他干脆一不做二不休,打开一只酒瓶,喝了两口,丢掉瓶盖,走回停靠在加油器旁的汽车。

看到李杰拿着两瓶酒无所顾忌地走近,曹琳恼怒起来,责备道:"你骗什么人?说是去厕所,却买了两瓶酒回来。把酒退回去。"

"喝点酒都不行?"李杰很不爽,弯下身子,坐到驾驶位。他满脸无所谓,拿着开了盖的那瓶酒,凑到嘴边喝了一小口。言下之意,开了盖子的酒还能退回去吗?

见李杰一副得意样,曹琳很来气,动手去抢他手中的酒瓶,叫嚷道:"你以为开了盖子我就拿你没办法吗?退不了,我就是把它倒掉也不让你喝。"

李杰一把抓住曹琳的手,大声吼道:"你干什么?!"

李杰一吼反让曹琳更恼怒,她侧过身,两只手抓住李杰手中的酒瓶,恨恨地说:"开了盖子的酒我非丢掉不可。没开盖子的酒,你不退回去,我去退。你要酗酒到哪一天?究竟要把自己糟蹋成什么样你才肯罢休!"

李杰抓住酒瓶,死劲朝自己这边拉。酒水从瓶口流了出来,溅了一车。

曹琳死活不放松,腋下被李杰的手肘撑得生疼,松开手,气呼呼地说:"算了,找什么工作,反正你不管这个家了。"

怕曹琳再来抢,李杰把没开盖的酒放到自己身后,用屁股压着。他正要启动车子,曹琳突然推开车门,喊道:"我不去了!找个鬼工作!"

李杰一把抓住曹琳的手,紧紧拖住,哀求道:"你生什么气嘛!不就是两瓶酒嘛!"

曹琳吼道:"你不要拉我。"她使劲抽动自己的手,想从李杰手中挣脱出来。

李杰抓不住,把手松开。曹琳的身体一下失掉了平衡,手掌猛朝自己的脸部打来,重重地甩在鼻子上。她的鼻孔鲜血直流,李杰心一紧,赶紧找纸巾。

"对不起,我不是故意的。"

曹琳侧转身不想再搭理他,坐在车里,轻声地抽泣起来。

车子朝圣迭戈方向奔去,一路上他们都沉闷着不说话。凯西在车后的儿童座椅上睡着了。李杰一直盯着前面的路,想着心事。曹琳无声无息地靠在座位上,茫然地看着窗外,不时地用纸巾去擦眼泪。

进了圣迭戈郊区,李杰下了高速路。一个大U形转弯,他的车子在亮着红灯的交叉路口停下来。红灯凝固了一般,久久地在前方亮着。那血一样的红色让李杰联想到曹琳鼻孔流出来的鲜血。一阵惆怅莫名而来,他移开了目光,下意识地看了一眼车子的后视镜。

有一部警车在他的车子后面。警车里的警察正盯着他的车尾看。交通灯转成绿色时,李杰松开脚刹车,踩了油门,朝前面的大道驶去。紧随其后的警车突然鸣起警笛,车顶上的警灯飞快地闪烁起来。警车的喇叭发出命令:"停车,把车停到路边。"

李杰一头雾水,减慢了车速,把车移在路边停下,对曹琳嘀咕着:"警察要干吗?我没有闯红灯呀!"

跟在后面的警车停了下来,一位高大的警察走了过来,对李杰命令道:"坐在车子里,不要动。请把驾驶执照拿出来。"

李杰掏出钱包,抽出驾照,从摇下的车窗口递了出去。

"出了什么事?先生。"李杰问道。

"你车后尾的车辆注册贴纸早过期了,你没有按时注册。"警察说完看了驾照,拿着对讲机念着李杰的驾照号码。在等待对讲机回复时,警察弯下腰,从车窗口看了一眼坐在副驾驶的曹琳。警察皱紧眉头,顺势用鼻子凑近窗口闻了闻,察觉有些不对劲,两眼在车内扫了一遍,站直身子,从车后绕到曹琳那边。

"女士,你怎么了?"警察问道。

李杰朝曹琳看过去,不由一阵心悸,她衣襟前一大块血迹清晰可见。一种不好的预感袭来,他心慌意乱地看着那边的警察。

"把车辆注册证和汽车保险拿出来。"警察说道。

李杰伸手打开曹琳座位前的储物箱盖。

警察看到李杰座位上的酒瓶和储物箱里黑漆漆的手枪,大声吼道:"住手,不准动。"他马上从胯旁的枪套里掏出手枪,对准惊慌失措的李杰。

李杰脸色煞白,吓出了一身冷汗。

曹琳不由倒抽了一口冷气,胆战心惊地看着警察,生怕他扣动扳机,将丈夫不明不白地打死。

警察一边用手枪指着驾驶位上的李杰,一边对着对讲机呼叫增援。

很快有警车鸣笛声传来。不久,三辆闪着警灯的警车从对面的街道急转过来,包围了李杰的车,几名腰间佩枪的警察从警车里跨出来。

"你,男的。把手抱在脑后,走出来,趴在车子上。"警察大声命令道。

李杰双手抱头,步履蹒跚地走出来,大惑不解地趴在车身上。

几个警察凶神恶煞地围拢过来。两名警察抓住李杰的双手,掏出手铐,不由分说地把他的双手铐住。

曹琳在惊恐万分中听到警察在叫自己。她顺着警察的手势走出车子,全身颤抖地站着,让他们检查自己身上的血迹。警察搜查了车子,把储物箱中的手枪、遗书和驾驶位上的酒放进一只透明塑料袋里。她做梦一般,不知道警察为什么会兴师动众,荷枪实弹对付李杰,还把他铐了起来。直到听到一声哭泣,她才猛地想到女儿还在车内,急忙打开后车门,从儿童座椅上抱出凯西。

李杰在警察的押持下走向警车。弯腰跨进警车时,他转过头来痛苦地凝视着曹琳和女儿。他的眼睛里充满了恐惧、哀伤和不知所措。那目光像一把刀在曹琳的心窝切割着,疼得她难以忍受。曹琳悲伤、不解、委屈、无助,好想放声痛哭。可警察就在旁边,拿着相机对着她拍照的人就在旁边,她紧紧地咬着哆嗦的嘴唇,拼命控制住自己,不敢哭出来。她看到,李杰被塞进警车后,从后座转过头,透过车后窗看着她和女儿。那一刻,她再也控制不住,眼泪哗啦啦地滚落了下来。

三十四

那天傍晚,肖昕一进门就气喘吁吁地对陆大伟说:"不好了,曹琳家出大事了。"

见她那么紧张,陆大伟追问道:"出了什么事?"

"李杰被警察逮捕了。"肖昕急忙打开手提包,拿出一张叠成几折的报纸递给他。

"为什么?"陆大伟很不解。

"你自己看报纸吧。"

他打开手中的《圣迭戈日报》,看着头版的新闻标题和占了很大版面的照片,顿时目瞪口呆,"怎么会呢?"

他快速扫了一遍报纸的内容,稍稍松了口气,"我还以为是什么了不起的大事呢。"

"家暴是犯法的。警察在车里还发现一把手枪。"

"美国法律允许老百姓买枪,李杰又没有杀人放火。"在美国待了多年,见惯了美国人的小题大做,陆大伟满不在乎地对肖昕说。

"我听同事说,加州法律规定手枪和子弹放在一起是违法的。"

陆大伟感到很奇怪:"真不可思议!子弹和枪不放在一起,盗贼持枪闯进屋来了怎么办?"

肖昕打断了他的话:"你不懂美国法律,我懒得同你啰唆。你在家做饭吧,晓波该下课了,我去补习班接他,路上给英颖打个电话通报一下,顺便问问我们怎样能和曹琳取得联系。"她开车走了。

陆大伟在餐桌旁坐下来,拿起报纸重新读了一遍。记者在报道里列举了李杰几项违法事实,看起来问题是有点严重。他失去了做饭的心情。淘米,洗菜,切菜,心不在焉。李杰和曹琳是他同舟共济的老同学,大家先后从中国过来,在风风雨雨里走了那么多年,不管李杰究竟是不是真触犯了美国法律,被捕总归是件令人遗憾的事。

饭做好时,肖昕接晓波回家了。陆大伟问肖昕从英颖那里问到李杰的下落没有。

肖昕说:"曹琳刚才同英颖联系过,英颖有监狱的地址。"

肖昕第二天有手术要上麻醉,陆大伟按她给的地址单独赶往监狱。守门狱警要他去接待处,按要求填写探监申请,预约探监。

一周后,陆大伟来到监狱,经过严格的安全检查,由一名黑人女警察领他去监狱探视处。陆大伟被安排在一间单间里与李杰见面。室内墙上架有监视器,仅放有一张桌子、两把椅子。陆大伟在其中一把椅子上坐下后不久,狱警带着身穿橘红色短袖囚衣的李杰走了进来。

陆大伟的心咯噔一下,这是曾经与自己住在同一间宿舍、一起度过三年研究生生涯的李杰吗?那个血气方刚的李杰,十余年前在洛杉矶飞机场送他一家人去密歇根时,曾是多么意气风发,今天竟沦落到这般地步!李杰才四十岁出头,却已满面憔悴,萎靡不振,俨然是个不堪一击的小老头。

狱警给李杰打开手铐,让他在桌子对面的椅子上坐下来。他看了陆大伟一眼,表情淡漠,目光呆滞。

"李杰,好多年没见面了。我来美国后一直与你们联系不上。"隔着桌子,陆大伟关切地注视着他,深情地说。

"没想到我们会在这个地方重逢。"他对陆大伟淡淡地说,面部的肌肉在轻微地颤动。

陆大伟的心情很沉重,压低了声音问他:"好端端的,你怎么会弄到这个地步呢?"

"我也不知道为什么,糊糊涂涂地被警察抓了进来。在警察局录完口供时,我还以为没事,警察要我在一份文件上签名,文件上写的是什么我根本就没有看明白。"李杰垂头丧气地说。

"你签了吗?"

"签了。抓我的那天,几个黑洞洞的枪口对准我,我早就吓得没魂儿了,到现在还不清楚自己究竟犯的是哪一条罪。"李杰望着陆大伟,两眼茫然。

他告诉陆大伟,从警察局押送进监狱,他老老实实地遵循狱警的指令,脱光衣服验明身份。直到换上囚衣,拿着有编号的牌子照相时,他才猛然意识到被收押,在监狱里候审,失去了自由。一位狱警带着他走入严密监守关押犯人的大楼,在一间狱室门前停了下来,掏出钥匙打开铁门。狱室空间很小,靠墙有上下两个床位,床的斜对面,用水泥砌成桌凳,墙的一角是水龙头和洗脸盆,旁边是一个没有盖子的铁制抽水马桶。狱室里已经关了一个黑人青年,他坐在下铺上,一声不吭地望着李杰。李杰说,那人让他恐惧,整日不讲话,常常自言自语,或瞪着两眼默默地打量他。

第二天,曹琳带着凯西来探监,李杰要曹琳赶快去问律师,想办法将他保释出狱。几天过去了,曹琳也没有问到消息,李杰心急如焚。

李杰望着陆大伟,失望地摇着头,"在监狱里太难熬了,度日如年。"

李杰的样子很可怜,陆大伟心里不是滋味。出国前的那个趾高气扬的李杰不见了,眼前的李杰是一个恐惧、无望的囚犯。陆大伟对美国法律一窍不通,除了安慰他,也不知道能帮他干什么。与案子有关的细节,陆大伟不敢启齿多问,担心说漏了嘴,给李杰惹出祸来。

见陆大伟不再说话,李杰沉重地叹了口气,双眼里流露出无助的惆怅和焦虑不安。

"别那样悲观,人都有不顺的时候,熬过了这道难关就好了。你一定要想开些,想远些,以后的路还很长。"陆大伟鼓励他。

李杰苦笑了一下,"我知道路很长,可是我的路没有尽头和指望。我不知道下一步会怎样,真的犯了法,被判刑,我就完了,曹琳和凯西怎么办?人到了这个时候,才知道什么叫绝望。"

李杰的话让陆大伟心惊,想到他曾企图自杀,陆大伟替他担忧。

女狱警敲了一下敞开的门,提醒探监时间快到了。陆大伟准备起身,李杰慌忙喊住他:"大伟,等一会儿,我有一件事想求你帮忙。"李杰用乞求的语气对他说,"蹲在牢里太难熬,我一天也不想再待。你能不能替我想想办法,帮我保释出狱?"

陆大伟没有立刻回话。

李杰抬起头来,触见陆大伟犹豫的目光,眼神变得黯淡,低下头,不再直视他。

陆大伟觉得李杰很可怜,心想,李杰失掉了工作,失掉了房子,实实在在是一个需要被怜悯和被同情的人。恐怕他失掉生活下去的勇气,陆大伟对他说:"我去想想办法,只要有可能,我一定尽力。"

听陆大伟这么说,李杰抬起头,暗下去的眼睛闪烁出希冀,他接连说了几句,"谢谢你,谢谢你……"好像陆大伟说出来愿意帮助他的话,必须要用无数句感谢才能牢牢拴住,不会马上消失。

我问陆大伟:"你真帮他保释出狱了吗?"

陆大伟说:"当时我一点儿底也没有。我很想能帮上他。坐在我对面的是一个身陷困境的朋友,一个貌似坚强,其实内心很脆弱的人,我觉得自己义不容辞。

"我对李杰蛮担心的。他出生在城市里,从小到大都是顺顺利利的,过得一帆风顺。他刚经历过被解雇,曾对生活绝望。现在被关押,如果没有人愿意伸出手来帮助他,他很可能会自暴自弃,再一次自杀。

"人在困难的时候,能有人伸出手来帮一把多好。"

我赞成陆大伟的说法,人是需要互助的。我联想到一件事,便说:"在国内时,我看过一篇报道,有一个年轻人站在长江大桥上想跳江自杀,他在跳江前写下一份很短的遗言,说:他活得很绝望,可并不想就此轻生。他流着泪站在大桥上,心想,如果有一个人能走过来,同他说上一句安慰的话,或者关心地询问一下他,他就不会跳下去。可是,他在那里站了很长一段时间,人们麻木地从他身边走过,没有一个路人在意他,所以,他绝望了,不想再活了。"

陆大伟深有感触地叹了口气,"人的一只手,伸出去的方向不同,结果就会完全不一样。你把手心朝向自己,拉别人一把,你可能挽救一条生命。你把手心背向自己,轻轻一推,一条生命可能就没了。很多人不愿意伸手拉别人一把,所以这个世界才充满了事不关己、袖手旁观的冷漠。"

在一个物质与金钱主宰的社会里,人的价值观建立在利益之上,人们大多生活得很现实,物质利益高于一切。我从陆大伟的身上移开目光,看着他家的客厅和客厅之外,目光落在艳阳映照下游泳池碧蓝的水面上。池水在微风下浮起细波,波光折射出耀眼的淡蓝色光圈,透过通向后院的宽敞玻璃门,又折了回来,映到客厅奶黄色的墙上。身处豪宅华灯之下,我的脑子里掠过另一幅画面,阴森的监狱,身穿橙色囚衣的犯人,持着枪站在墙头岗亭里的狱警,布满铁丝网的高墙。两幅多么鲜明又截然不同的画面,同一个时代走出来的两个人,曾经站在同一条起跑线上,命运却是如此不同。是什么造成如此巨大的差异呢?我一时找不到答案。

陆大伟没有注意到我的沉思,又继续讲起他的故事。

狱警示意陆大伟必须离开了。李杰默默地站起来,跟在狱警后面走了出去。

离开圣迭戈监狱,走在停车场里,陆大伟回望布满铁丝网的高墙,心一阵抽搐。他想起了十多年前的李杰,想起了他们在北京的日子。那时他们青春年少,朝夕相处,肝胆相照,清纯而简单,知足而快乐,享受着生活给予他们的幸福,对未来抱着美好的憧憬。可是为什么成年后,进入了社会,有了家庭,他们就不再单纯,不再容易满足呢?

陆大伟说道:"我们原以为只要努力,只要坚韧不拔地奋斗,就会得到想要得到的东西:富裕和幸福。为此,我们出国、下海、回归,拼命努力,坚韧奋斗,始终站在时代的风口浪尖上。成功没有给我们带来持久的喜悦,物质没有让我们感到满足,金钱没有赐给我们真正的幸福。在一个日益繁荣和富裕的社会里,我们的精神变得日益贫穷,生活品质没有变得更美好,心却在经受更多的磨难和煎熬。"

他反复问自己,问题究竟出在哪里。难道是因为我们生活在一个躁动的世界里? 在物欲、金钱、权力、功名的诱惑下,尽其全力为更好的生活而拼命,而挣扎。我们失去了平静,在没有边界的渴求中竞争,在无法满足的奢望中追逐。我们停不下脚步歇息和思考,在疲惫不堪中心焦力竭,甚至伤痕累累。我们得到了许多渴求的东西,却为此失去了生活中真正最美好的那部分。是我们自己变了,超越了时代,还是时代变了,过去的我们和岁月已经成了历史的陈迹,现代生活本该如此呢?他找不到答案。回到美国几个月了,他再次陷入迷茫。

陆大伟打算尽快去洛杉矶见曹琳,现在是她家最困难的时候,作为朋友,他应该为她做点什么。他回到家后给曹琳打了电话,约好周末他和肖昕过去拜访。

三十五

周末一大早,陆大伟便爬起床,催促肖昕抓紧些,争取尽早出发。

肖昕轻轻敲着晓波的房门,说道:"儿子,早些起床。早餐在桌上,吃完赶快复习功课,我回家后要检查你的作业啰。"

晓波在半睡半醒中不耐烦地应道:"知道了。"

陆大伟和肖昕匆匆离开家,开车上了路,周末早晨的高速公路上,车辆很少,不到两个小时就到达了蒙诺维亚市。陆大伟把车停到亚当斯家门口,从白色栅栏边拐到院子的后屋附近时,曹琳透过窗看见了他们,从屋里迎了出来,她的身后跟着女儿凯西。

肖昕拉住曹琳的手,"曹琳,好多年没有见到你了。"

见肖昕还是像从前那样亲密,曹琳的眼圈红了,泪珠在眼眶里打转。

"你怎么了？干吗哭？见了老朋友该高兴呀。"肖昕伸出手去擦曹琳脸上的眼泪。

曹琳难为情地自己抹去脸上的泪痕。

陆大伟一把抱起凯西，在小姑娘的脸上狠狠地亲了一下："曹琳，真羡慕你呀，有这样一个漂亮女儿。"他想借此冲淡曹琳的伤感。

"走呀，带我们进屋吧。"肖昕说着，拉着曹琳往前走。

陆大伟抱着凯西跟进了屋子。

走进房间，曹琳忙不迭地转来转去，一下找凳子，一下寻茶叶，歉意地说："家里的东西乱七八糟，搬进来也没有好好整理，找什么没什么。"

"别找了，我们坐床上。"肖昕坐到了床沿上。

陆大伟在地毯上捡了一块干净处坐了下来，把凯西拉到身边。

曹琳去厨房倒了两杯清水，端过来放在床头柜上。她在肖昕旁边坐下，与陆大伟面对面。

曹琳的头发剪短了，没有来得及染色，低头时，根部露出一大截灰白色，在头顶上形成黑白分明的反差。她那憔悴的模样，沧桑得像个不擅打扮的厨娘。眼前的她与以前满头乌发时判若两人。

凯西跑到书桌边拿来积木，放在陆大伟面前。陆大伟一边陪凯西摆积木,一边听肖昕和曹琳说话。

"你现在这样子,我看了心里很不好受。别愁眉苦脸呀,把心放宽些。"肖昕安慰道。

"我哪能放宽呢?回美国几个月,没过上一天好日子。家里一下出了那么多事情,真不知是哪辈子造的孽。"曹琳重重地叹了口气。

"事情已经到了这个地步,只有多朝好的方面想。你现在是一家人的主心骨,千万别累倒了。"

"拖着凯西在洛杉矶和圣迭戈之间来回跑,能不累吗?"

"你别带着孩子到处奔波,万一出了车祸怎么办?监狱在圣迭戈,李杰需要什么东西,你打个电话给我,让大伟替你送去好了。"

"送东西倒不需要。监狱里条件还行,图书馆、健身房、电脑都有,吃的、穿的都必须用监狱的。李杰在监狱里很烦躁,总指望我去探监,一有机会给我打电话,就催我想办法帮他快些出来。"

"美国人办案子很慢,李杰要耐住性子。"

"他哪能耐得住呢?他的精神状态不好,我很担心。"

"你别瞎操心。"

"我不是在瞎操心。李杰在家的时候情绪就时好时坏。科尔曼解雇他,对他的打击很大,我担心在牢里关久了,他的抑郁症加重,憋出大问题来。"

"什么抑郁症!经济不景气,失业的人待在家里无事可干,难免情绪起起伏伏。"

"李杰的情况不同,被科尔曼解雇前,他就已经严重失眠,焦虑不安。我在国内那一段时间,他每次打电话都唉声叹气,特别消沉无望。近几个月,他与过去的朋友都疏远了,连天浩一家也不愿意再交往。网上说抑郁症患者自杀倾向很高,我多次劝他看心理医生。"

"他去看过医生吗?"

"我不知道。即便他私下去看了,也不会对我说。"

听曹琳说到李杰有抑郁症,陆大伟想起探监时见到李杰的情景,插嘴道:"李杰的情绪确实不太好,我去探监时也感觉到了。他在监狱里关久了,怕是会憋出精神问题。我们还是想办法把他先保释出来再说。"

曹琳愁眉苦脸,"保释是怎么回事我一点也不清楚,心里一点主意都没有。"

陆大伟说:"我们平时做人规规矩矩,对美国法律一无所知。你房东是美国人,也许他们知道怎样替李杰申请保释。要不……"

肖昕打断他的话,"保释是让富人用钱买自由,普通老百姓哪里负担得起。"

花钱买自由是富人们才能享有的福利。曹琳夫妻双双失业了,靠一个人的失业救济金养活一家人。他们享用不到用钱才能买到的自由。肖昕一句话点到了曹琳的痛穴。曹琳的脸色变得铁青。怪社会无用,她只好通过责怪李杰来发泄内心的不平。

"我家李杰真是折腾人,这辈子为了钱安定不下来。这个地方不行,那个地方不好,跳呀跳,没完没了。过去说中国穷吧,到了美国应该知足了。可是到了美国还是不行,这下好了,工作没了,先是闹自杀,现在又被关进监狱。他呀,害了自己还不行,把一家人都拖累进去。"

陆大伟想,曹琳天天与李杰生活在一起,其实她对他的内心并不十分了解。也许同是男人,他对李杰的理解多一些,他说:"这也不完全是钱造成的。十多年前刚来美国时,我们没钱。那时他讲美国千好万好,我和他常因看法不同发生争执。我跑回中国那年,他还在电话上对我说教。那时候他日子过得很滋润,钱不多,但心安理得。现在的世道变了,中国发展很快,过去的朋友升官发财,早期海归的人在国内都有一官半职,春风得意。他同许多继续留在海外的人一样,内心矛盾增加,很难平静。"

曹琳没等陆大伟说完就插嘴道:"他的心态有问题,看不开。别人过得怎样与他有什么关系呢?当个官发了财,又有什么呢?干吗在乎?"

陆大伟说:"男女不同。你看周围的人,想海归的多半是男人。男人在乎个人价值的实现,期望值会高一些。这与钱不完全等值。许多在海外的男人心里都挺矛盾,回国去嘛,一家人拖着放不下;不回去嘛,即便没有错失良机的恐慌或者被潮流遗弃的伤感,也多少感到无奈。男人能够真正不去想回国这个问题,除非是看得很透,心已经很静的人,或者是年龄大了,死了心。"

肖昕不服气,"什么鬼话,男人的矛盾是因为个人价值,有事业心?好像女人天生就该安分守己,生儿育女,相夫教子。"

陆大伟辩解道:"我说的是事实嘛。"

肖昕愤愤不平,"男人在美国待着多闷呀,上班工作,下班守着家,成天是老婆孩子,油盐酱醋。回国多好,有一张绿卡或公民纸在手,金钱美女,吃喝玩乐,活得多潇洒。你安心立命吧,别再去胡思乱想瞎折腾。你要落到李杰这个地步,我可没有曹琳那么好,还给你想怎么保释,我拴不住你,让监狱去捆住你吧。"

听到肖昕说这些,陆大伟挺尴尬,心想,肖昕心里还是没有放下他找小姐的事。旧事重提,而且当着曹琳的面,一点不给他面子,让他很恼火。

曹琳看出陆大伟的窘迫,马上岔开话题,说:"我也不全怪李杰,在这个社会生活,没有钱不行。李杰是个好人,我失业时,他对我很好,没有给我一点心理压力。他安慰我时,好像天塌下来都没有关系,有他顶着。我没想到他的内心会比我还脆弱,他失业,心理负担比我重得多。"

陆大伟本想说还是男女的差别。男人的确与女人不一样。男人把自己当成一家之主,全家人的依靠。家人遇到问题,自己给家人靠着。自己遇到问题,没有什么可依靠了,所以容易崩溃。可这话能说吗?肖昕那句"金钱美女,吃喝玩乐"把他的嘴堵上了,他若再开口,不知肖昕又会说出什么话来。女人呀,还是别太强势,温顺一些,善解人意一些。他这样想着,不由对肖昕多出一份埋怨,对曹琳多出一份同情和怜悯。

三十六

曹琳自责起来:"我这个人也不好。李杰脾气犟,我顺着他一些好了。可我做不到,非要斗个你死我活才罢休。"

"别后悔了,有些事也不能都依着,人被惯坏了,也许会闹出更多的问题来。"肖昕像是在劝曹琳,又似乎在暗指她自己放纵了陆大伟并没有好结果。

陆大伟心里在打鼓,肖昕今天怎么了?在家还好好的,到了曹琳这里变了个人似的,老是与他抬杠,而且话中有话。幸好她对曹琳还是一如既往地亲密。陆大伟不去多想,岔开了话题,"事情已经到了这一步,后悔也没有用,我们还是商量保释的可能性吧。"

"我找了一家提供半小时免费咨询的刑事律师事务所,去问了情况。律师助理说,保释金由法官裁定,根据案情轻重,几万、几十万美元都有可能。我提出请律师辩护,一听律师的收费标准,吓得我不敢再说话。我家现在什么都没了,到哪里去找那么多钱呢?"

替李杰办保释的事没着落,陆大伟心里不踏实,就说:"我们不能就这么让李杰坐在牢里等判刑吧。"

"没有钱,我还能怎么办呢?"

肖昕听他们说保释的事,反而不插嘴了。曹琳不知所措。陆大伟能怎么办呢?

曹琳站起身,把坐在陆大伟身旁的凯西抱起放在自己的大腿上。"我家祸不单行。本来我失业就已经挺难受了,没想到凯西在国内得了丙型肝炎,住院时把家里的存款都用光了,到现在肝炎病毒还没有转阴。现在李杰又被关进监狱里,我真是倒了八辈子霉。"她说着,忽地站起身,"你们看看,话还没有说完,凯西又来事了。"曹琳在凯西的屁股上打了一掌,"又尿到身上了!你怎么不喊一声呢?这个星期已经尿了好几次裤子了。"

陆大伟看了一眼凯西坐过的地方,浅灰色地毯上有一片潮湿的印迹。

曹琳拉着凯西去厕所。肖昕跟了过去,安慰曹琳说:"她还没有发育完全,难免尿裤子。你最好不要到哪里都带着她跑。"

"凯西每天需要服三次杀病毒的药,无论去哪里,我都得记着把药和水带好。"曹琳给凯西换好了裤子,与肖昕回到屋里。曹琳说要去厨房做饭,留肖昕和陆大伟在她家吃顿便餐。

肖昕说:"不要麻烦了,到外面吃吧。我们来洛杉矶的机会不多,你推荐一家合口味的餐馆,我们请客。"

曹琳说:"你愿意花钱上馆子也行。我是请不起你们。"

她们是好友,心照不宣。

肖昕惦记晓波一人在家,在餐馆吃完饭,给晓波要了一份外卖,拉着曹琳的手说:"下一次到圣迭戈探视李杰时,带凯西上我们家去。"

陆大伟和肖昕匆匆上车离开了。

洛杉矶之行没有商量好李杰的保释,陆大伟总感到一件大事搁在心头。路上开车,他还在惦记着这事。他想,对曹琳来说,替李杰保释或是不保释都有问题。不保释吧,李杰得继续蹲在牢里,他的精神状态的确是个隐患,万一精神垮掉了,对他个人和家庭的伤害是无法挽回的。保释吧,保释金由法官决定,假如要出几万美元,甚至几十万美元的话,曹琳到哪里去筹钱呢?陆大伟一筹莫展,只好把李杰委托他帮忙办保释的事跟肖昕说了。

"李杰闯出的乱子不少,很可能要花十几万美元才能保释。"

"我上网查了,只要保释期间被保人遵纪守法,保释金会原样退还的。我们先把买房的钱拿出来帮李杰出狱。"

"我们出钱?你真大方。我不同意。"

"只是暂时借他们解决燃眉之急。"

"不是我小气,不近人情。一下借给李杰十几万美元,别人还真以为我们手中有很多钱。你在国内被诬告贪污,拿出这么多钱替朋友保释,不说你贪了钱跑来美国才怪。这个钱我不答应借。"

"曹琳是你最好的朋友,你不能见死不救吧。"

"我的家重要还是朋友重要?你借一大笔钱出去,明摆着是自己往火坑里跳。"

"肖经理早同检察院的人说清楚了,送钱时我不在场。"

"说你们是串通好了口供,你能辩得清吗?你不能不顾后果。你在国内被扣不能回美国,你知道我那时的心情吗?现在哪怕你说想要回国探亲,我都会提心吊胆,生怕你有去无回。"肖昕还是那句话,"我说了,不借。"

"唉。"陆大伟深深叹了口气。

"为了你,我每年少拿五万多美元的年薪,已经做出很大牺牲了。你说我不仁不义也好,小气也行,反正我不能看着你挖坑埋自己,让一家人也跟着陪葬。"

肖昕咬定了不借,李杰保释的事情谈不拢,陆大伟束手无策。

到了家门口,车一停,肖昕匆忙下了车,直往家奔。等陆大伟跟上去,走进客厅时,她已经走到晓波屋里去了。

"晓波,我给你带了便当,是你喜欢吃的红烧肉。"肖昕笑嘻嘻的声音从晓波房间里传出来,"你的作业本呢?拿给我看看。"

陆大伟没有听到晓波回答,走进晓波的房间,肖昕正在检查晓波的作业。

肖昕放下作业本,火了,"这些英文还是前两天做的,你今天什么作业都没做吗？整天都在玩电脑吗？"

晓波说："周末玩一下不行吗？"

肖昕的音调提高了，"玩一下吗？你玩了差不多一整天呀，学校寄来的成绩单你看到了，英文跟不上，数理成绩也全都被拉下来了，你还不着急！"

晓波闷着头，不吭声。

肖昕喝令道："把电脑关掉。"

晓波没理睬，肖昕啪地把晓波的电脑关了。

晓波愤怒的声音在他的房间里炸开了："妈妈，你干吗?!"

肖昕气汹汹地走了出去，边走边说："你不自觉，只好我给你关电脑。下次再这样，我干脆上密码。"她满脸通红地走到客厅，"我从密歇根搬过来，不全都是为了你吗？你太不争气了，气死人。"

陆大伟想，肖昕一下是为了我，一下又是为了晓波，每年工资少五万多美元，她从密歇根搬来圣迭戈亏大了。他跟着她进了客厅，劝说道："你别生气，晓波才来美国不久，英语赶上也有一个过程。逼急了，他会逆反。"

肖昕把对晓波的气一股脑朝陆大伟身上发来，"都是你！若不是你赖在国内不过来，把晓波一个人丢在老家不管，他会成今天这个样子吗？"

陆大伟本来就因肖昕当着曹琳的面揭他的短憋着一股怨气，她这一数落，如同火上浇油，一股火从他胸腔里蹿出来。他向她吼回去:"晓波被耽误完全是我的过错吗?你干吗去了呢?为了你个人的事业,跑到穷山恶水的小镇住。因为你,我们才被耽误了。你现在好了,可以趾高气扬了,随心所欲训斥我们。一家人被你拖累,你不知道好歹。"

肖昕学历比他低,现在当了麻醉医生,名利双收。陆大伟丢下在国内的事业,来到圣迭戈后,还没有找到工作,他本身就一肚子委屈,也就借题发挥。

见陆大伟提到工作,肖昕可能意识到他对目前无业的自卑,不再同他争执,走出门,到外面散心去了。

肖昕在外面待了快一个小时还没有回来,陆大伟有一点后悔自己太冲动。肖昕气头上讲的话,何必认真呢?晓波被耽误,两个大人都有责任,现在再斗气有什么用。才回美国不久,自己不是想好好地开始新生活,干吗又走从前的老路,动不动就争吵呢?

外面的天黑了下来,肖昕还是没有回来,陆大伟有些担忧,出门去找她。跨出门,走出公寓楼,他看到肖昕正坐在楼外街边的路灯下。他走到肖昕身旁坐下来,说:"对不起,我的火气大了些,你考医生执照,做实习医生,一路下来很辛苦。这么累不光是为你自己,更是为了我们全家人。"

肖昕转过头来看着陆大伟,热泪盈眶。

三十七

圣迭戈的秋天是酷热的,太阳从没有云彩的碧蓝天空中直射下来,像火一样滚烫。陆大伟与我从墨西哥回来后的第二天,我的脸上和手臂上的皮肤泛出一层殷红,表面还有薄薄的白色皮屑。吃早餐的时候,肖昕拿给我一大支防晒霜。她说圣迭戈的天空太干净,没有灰尘挡住紫外线,皮肤很容易受伤。她叮嘱我与陆大伟在外时一定要记得每隔一段时间擦一层防晒霜保护自己。

午后,我来到后院。阳光下湛蓝的池水闪烁着耀眼的光,我抵挡不住诱惑,脱掉 T 恤衫,穿着短裤,扑通一下扎进了水中。游累了,我从游泳池里爬上来,躺在池边树荫下的躺椅上休息。

陆大伟开车回家,穿过客厅玻璃门走到后院来。

我冲着他说:"你的日子过得真爽。游完泳,在椅子上静静地躺着,看蓝天白云,挺惬意的,难怪你不海归。"

陆大伟笑着说:"是吗?我平常可没有雅兴一个人在游泳池边消闲。你等着,我进屋拿几瓶啤酒来陪你坐坐。"他提着一小箱啤酒出来,放在我俩躺椅之间的水泥地上。他拉开一罐,递给我,自己又开了一罐。

闲聊了一会儿后,我忍不住问他给李杰保释的事情。

他说从洛杉矶回到圣迭戈后,忙着找工作,有一段时间没有过问李杰保释的事。直到有一天接到曹琳的电话。

陆大伟躺在椅子上,回忆起往事。

曹琳告诉陆大伟法院寄来一封信,法官裁定李杰可以被保释候审。

"能保释就好。"陆大伟高兴起来,无论如何,李杰的案子有了进展,被法官排上了议事日程。

曹琳却在电话里哭了起来。

"保释金定为一百万美元。这不是明摆着不让李杰出来吗?"

"一百万美元?李杰的罪有那么重吗?"陆大伟很纳闷,问她。

曹琳说,检察官控告李杰十几项罪名。只是李杰把手枪放在汽车储物箱里就被指控了六七项罪。对李杰最重的一项指控是蓄意谋杀,因为他们在李杰的遗书里发现他有枪杀莉莎的动机。曹琳说她不敢去见李杰,怕这个消息会使他彻底绝望。

陆大伟劝曹琳还是去监狱,李杰应该知道实情。

曹琳打算把凯西寄放到房东家里,请房东太太凯莉帮忙照看,她独自来圣迭戈见李杰。

凯莉同情曹琳家的处境,满口答应帮忙照看凯西,并告诉曹琳,她的丈夫亚当斯正在替一位律师布朗买卖房子。她见过布朗,是个挺好的人,有什么事需要协助,她愿意帮忙联系。

曹琳把法院的信给她看了,凯莉随即找出布朗的名片,给布朗挂了电话。

"布朗说你不需要向法院交一百万美元。找一家保险公司，缴纳10%的保费，保险公司会替你向法院出具一百万美元的保单。"

一百万变成了十万，曹琳松了口气。可十万美元对深陷劫难的她也是一个天文数字，从哪里去凑这么多钱呢？

第二天曹琳把凯西寄放到凯莉家里后，开车去了监狱。

李杰很多天没有刮胡子，站在厚厚的有机玻璃的另一侧，一副邋遢可怜的样子。

曹琳拿起通话器，隔着玻璃把法院来信的内容告诉了李杰。

"我不能坐在里面等死，一定要走出监狱，找人替自己洗刷罪名。十万美元是太多了，你想办法找人借吧！"

"谁会愿意借呢？即便有人愿意借，我俩都没工作，欠一屁股债，今后拿什么去还呢？"

"曹琳，我没有一天晚上能入睡，太痛苦了，活得一点指望都没有，我真后悔当初没有自杀。"

"你想开一点，不要自暴自弃。"

"我不能在监狱里继续待下去。与我同住的那个人很邪，他总是想从我嘴里探听消息，了解我的犯罪动机，好告诉狱警，为他自己减刑。"

"怎么会呢？"

"是真的，我怀疑那个人是狱警派来监督我的，他肯定与狱警在联手加害我。"

"不可能。"曹琳觉得李杰的话不可思议。

李杰一急,眼泪在眼眶里打转,"求求你。你不知道那个人有多可怕,他吃饭时,总是与我同时去。有一天我拉肚子,他正好坐在我的旁边,很可能是他趁我没注意,在我的饭碗里放了什么东西。"

李杰越讲越离谱,曹琳半信半疑地看着玻璃对面的李杰,不知他说的是真还是假。她很心酸,心想,他的抑郁症加重了。

李杰的双眼充满乞求,没有拿话筒的手在有机玻璃窗上一阵乱摸。他恨不得扳开横在他们之间的厚玻璃,抓住自由。

曹琳看不下去,咬着嘴唇,眼泪流了出来,"借钱的事好难开口。关系好的朋友不能开口,只怕不小心伤了交情。普通的朋友,不可能开口,你有难时,人家是躲着你走,避邪一般。"

"你找英颖和肖昕两家吧,十几年的老朋友,交情不会那么脆弱的。"

"交情归交情,钱的事不一样,哪怕是亲兄弟,在钱的事上都不好说话。"

"陆大伟说过他会尽量帮我们的。下次你邀他一块儿来好吗?他在国内推销血清素赚了很多钱,你不好说借钱的事,让我开口好了。"

曹琳没有把李杰借钱的话告诉陆大伟。直到李杰离开美国后,她旧事重提,说在美国只有江天浩和陆大伟两家人是他们最真心的朋友,她不能为李杰保释的事情给他们添压力。

我问陆大伟:"假如曹琳真向你们开口借钱,你们会答应吗?"

陆大伟摇了摇头。看到我脸上诧异的表情,他向我解释道:"江天浩的一个小道消息让我彻底打消了借钱给李杰办保释的念头。他对我说,我们认识的一位朋友回国后被抓了。十年前,他在广州与人合伙承包一家销售公司,因为商业纠纷,他洗手不干,拿了几百万元人民币跑到美国。最初在餐馆、修车行干苦力,手中握有的那笔资金一直不敢动用。前几年看准了在网上做汽车配件批发有潜力,便开始从国内进口汽车零部件在美国搞批发,生意很快做大了。拿到美国绿卡后,他跑回国谈合同,没想到十几年前的合伙人找到了他,那人的妹夫是当地的公安局局长,他回去了再也没有回来。孩子留在美国,老婆改嫁了。"

"李杰后来呢?没有保释,他是怎样出狱的呢?"我更关心李杰的命运。

陆大伟说,李杰在牢房里生了湿疹,他怀疑同狱室的人在他床上放了有毒粉末。狱医给他看病时,他告发室友迫害自己。狱医怀疑李杰有心理问题,约见曹琳,了解李杰进监狱前的情况。狱医考虑李杰可能因为失业受到精神伤害,抑郁症严重,让他暂时保外就医,在家休养,接受心理医生的诊治。狱警告诫曹琳,李杰的案子并没有就此结案,检方需要对案情做进一步评估,或许他的违法与心理受损伤有关。只有在检方撤诉后,才可以最终结案。没有结案前,李杰不能离开大洛杉矶地区。

三十八

吃过早饭,肖昕匆匆上班去了,陆大伟提出带我去看曾经关押过李杰的监狱。

车子上了5号高速公路,在纵横于绿野的水泥路面上飞奔,经过一大片被夏日骄阳暴晒的丘陵,穿过山间叠翠的幽谷,下了高速公路,到了一个小镇上。我看到车窗外的荒地里有一片两三层的楼房,被高高的围墙包围着,带刺的铁丝网绕成圆筒形,固定在墙头。

我们下了车,站在树荫下。

陆大伟指着前面说:"那边一幢有淡红色横条的楼就是关押李杰的地方。"

我们在树荫下的草地上坐了下来,陆大伟同我回忆起李杰出狱的前一天他与李杰见面的情景和此后的一些事。

陆大伟和曹琳一起去了监狱。他们三人在一间宽敞的房间里见了面,那是一间有大窗户的探视室。

当曹琳告诉李杰他可以很快出狱时,李杰简直不敢相信。他坐在曹琳和陆大伟的对面,激动地说:"真的?谢天谢地。终于可以离开这个鬼地方了。"

李杰出狱回到洛杉矶后,主动给陆大伟打过几次电话。他们吹牛聊天,陆大伟感到李杰的精神状态明显好转了。

一天,陆大伟打电话告诉李杰,他们都认识的一位朋友最近海归了,说是被国内的千人计划选中,除了年薪几十万元人民币外,研究经费几百万元。那位朋友说,他从广州下了飞机回长沙,乘高铁仅用了两三小时就到家了,国内发展真快呀。

此后,李杰给陆大伟打电话的次数明显地减少了。陆大伟打电话过去,发现他的心情很糟,对未来很担忧。

曹琳给肖昕打电话,也在抱怨李杰的情绪很反常,常常暗自叹气,不断地反复唠叨,说如果当初回国去就好了,回去了,什么事都不会发生。他后悔当时没有先见之明,没想到国内会发展那么快。早些年自己真下决心回国,把手头存的钱带回国去,按一比八换成人民币,有一大笔钞票,可以在北京和上海买房子,也可以轻易在大城市里找到一份好工作,甚至有一官半职,过上好日子。可那时候他怎么也没有想到回国去。如今失业了,美国的经济越来越糟,当初回国去该多好呀。

曹琳打电话给陆大伟,要他劝劝李杰。

陆大伟给李杰打了电话,说:"你真想回去就回去吧,现在回去还不晚。到谭国芷手下做血安达研究,说不定大有前途。"

听陆大伟建议他去谭国芷手下做血安达的研究,李杰像被烧红的火钳烫了,"我决不会去他那个鬼地方!如果曹琳当时没有去做血安达研究，我才不会受那么多冤枉苦。"他说还是想去上海或者北京，最近在四处打听国内的情况。国内大城市的房价远高过美国，租房子住，价格也不便宜。还有，海归的人太多，在国内找一份工作越来越困难，他后悔现在才下决心回国，唉，为时已晚。

陆大伟想，正是因为李杰患得患失，他才落到今天这个地步。

李杰的心绪像是在股市里一样。他把自己的生命和前途当成一笔现钞，投资在涨跌不定的股市里，感觉跟着股市的行情走。他不是一个有远见卓识的投资人，不敢冒险把本钱在股市行情低谷的时候投入。到了股市行情高涨时，自己仅有的资本又不值几个钱，怕投不进去或者投了也没有占到便宜。

陆大伟担心李杰想多了，心理负担加重，刚好起来的心情又被抑郁症拖垮，劝他面对现实，说服自己，还是待在美国，心如止水，在这里安生终老，客死他乡算了。

李杰说他也想这样做，可是心就是安定不下来。

怎么劝说他好呢？李杰是属猴的，在哪个地方都待不住，不吃够苦头不知何处是岸。陆大伟只好说："安不下心来就回国去，在大城市待不下来就去小城市。你不能永远把自己吊在半空中，心悬着七上八下。"

没想到陆大伟的话一出口，李杰的情绪骤然发生变化，不再说话。

过了一天,曹琳打电话给陆大伟,追问他对李杰说了什么。陆大伟问怎么回事。她说李杰的病又犯了,不是呆呆地坐着不说话,就是脾气暴躁,动不动就发火。

陆大伟的心情也跟着沉重了,想要搞明白为什么李杰的心理如此脆弱,不堪一击。他想,李杰的问题出在严重的心理纠结上。生活在曾令他希望无穷的国度里,时间一久,日益感到生活的环境一成不变。他渴望生活得能有活力和实现自己的生存价值。他不断地跳槽,寻找自己的人生价值,可是,总不能如他所愿。而在大海的另一端,中国突然发生了巨大变化,欣欣向荣的事业和热气腾腾的生活带走了周围不少的新朋旧友,而他却一直在左右不定的犹豫中不断坐失良机。他无法预测海那边变化的速度,跟不上那一日千里的脚步。等到他意识到晚了一步的时候,又无法承受自己身价一再被调低,最终不得不处于尴尬的境地。如果他无法除掉心病,他的心理障碍只会随着中国的快速发展变得更加严重。

曹琳说,她陪李杰看了几次心理医生,好像并不管用。陆大伟相信,这里的心理医生是治不好李杰的心病的。他想,他们打不开李杰的心结。他们不懂这个曾经不顾一切,为了美好梦想,离乡背井、远渡重洋的中国人。他们找不出原因,为什么他本该安居乐业,却不能在一个风平浪静、衣食不愁的环境里好好过日子,而不断给自己和家庭搅出大小乱子。他们也无法理解这个年轻人为什么会在自己祖国发生巨变时,不能面对现实,当周围朋友海归回国,他会遭遇到巨大的心理冲击。自然,他们无法帮助这个年轻人开阔胸襟,走出抑郁,走出日渐陷入被遗弃的无望。一剂可能解救李杰的药方,是引导一只好骛远的猎鹰飞回到它的旧巢,是让一个年轻气盛的孤行者在无尽徘徊中走出自己的庐山。他们要想最终解决李杰的心理问题,也许只有一条路可以走:让他回国。

三十九

陆大伟打电话给江天浩想让他做做李杰的工作。江天浩在墨西哥正忙得不可开交。上海那边又来了人,是投资方派人考察。说是一旦项目定下来,马上聘他为人类基因检测公司的副总裁,专管技术。如果能够顺利签好合约,他会在近期回国。

"你真的打定主意海归吗?"陆大伟问他。

"目前两边跑。儿子不久要上大学了,女儿还小,我没有必要被绑着。"

"英颖呢? 她不反对吗?"

"她随我便。"

"你走了,整个家由英颖一个人管,她顾得过来吗?"

"困难是暂时的。我同英颖说好了,先回国一年看看情况。到上海帮帮林倩,至少把基因公司的架子给她搭起来。"

"你妈的身体不好,老人家肯让你离开吗?"陆大伟替他担忧。

"我妈有公民纸,她说不用我操心。除了我们给她的一些钱,政府每月会发七八百美元的老年补助,电话、水电煤气费都有大折扣。低收入老年人住的公寓按政府补助金的百分之三十付房租,医疗保险政府包了。如果我在国内混得不错,把她接回国,这边的福利还是可以照拿。"

"你不回去不行吗?"

"怎么说呢?"江天浩迟疑了一会儿,问陆大伟,"你知道谭国芷正在开发血安达新药吗?"

"我知道。曹琳之前回国就在做血安达的研究。"

"这个项目过去是我导师的研究方向。谭国芷与我同在一个研究室,他送样品去李杰的实验室做基因毒性分析,取报告那天,谭国芷老婆生病,他没有来上班。我替谭国芷去拿的基因测定结果,没想到第二天我导师开枪自杀了。"

"我知道你导师自杀的事,听说他是因为长期患有严重的抑郁症。"

"他的自杀是与抑郁症有关,但我一直怀疑可能还另有原因。导师死后,谭国芷去了明尼苏达,我转到李杰的导师手下,改读基因研究博士学位。我在李杰实验室读博士期间,想寻找曾交给我导师的基因检测结果副本,没想到有关的研究资料和实验结果都被大学封存了。我回国有两个原因,除了在国内创建第一家基因检测公司外,还想说服谭国芷,对血安达做基因毒性分析。"

江天浩的海归让陆大伟看到了李杰走出困境的曙光。他问江天浩有没有可能让李杰一同去基因公司。

江天浩说:"你问问李杰自己的意愿吧。他如果愿意加入的话,我求之不得,他以前专门做基因研究,我会设法让他担任实验室的负责人。"

陆大伟很兴奋,满心成人之美的欣喜,马上告诉了李杰。话刚出口,陆大伟不禁有些后悔。李杰的案子还没有了结。

李杰一听说回国让他做实验室的负责人,有进一步发展的机会,心情一下好了起来,说:"等结案?天知道什么时候。美国的医生和检察官真能拖,我从监狱里出来一两个月了,跑过好几趟医院,不就是写一封有抑郁症的报告给法院吗?一个简单的报告耗上几个月时间,我算服了。我马上同江天浩打电话,这是个机会,我不能再坐失良机。"

"没结案就回国会不会对你今后回美国有影响?"

"不管那么多了,等到结案再回去,江天浩那边的位置满了,我想去也不行了。我已经在赶末班车,再迟可能连末班车都赶不上。"李杰的思绪居然变得清晰极了,咬定了想法,回国去。

陆大伟提醒他,"江天浩是副总裁,你是实验室的负责人,会不会觉得收入和位置低人一等?别到时候后悔。"

李杰说:"我现在只好现实一些了。江天浩是博士毕业,在美国又是经理级的人物。我如今的情况不一样,与江天浩一同回国,至少不愁变成'海待'。"有江天浩同行,李杰有了安全感,回国去的念头坚定了。

陆大伟再次提醒李杰:"我不知道没有结案会不会被认定为非法出境,出去了以后会不会影响再回美国。万一有问题,今后只要一踏进美国,就可能被抓,受到更加严重的牢狱制裁。"

李杰说:"不回来就不回来,中国发展很快,谁稀罕继续留在美国呢!我不再来美国就行了。"

陆大伟还是希望李杰在行动前尽可能想周全一些,说道:"你毕竟不是单身汉,可以说走就走,你回中国以后,曹琳和凯西怎么办?如果她们想要继续留在美国,你也不能勉强她们回去。"

"就让她们待在美国成为'内在美'吧。谭国芷回国后,开发出来的抗肝炎病毒的新药早进入了市场,凯西吃的药还是他开发出来的国家级优质产品。我到时若能像他那样赚不少钱,自己不再来美国,可以把钱寄给家人用。"他说完,在电话那头哈哈笑了起来,似乎突然在黑夜中看到了一片光明。

隔日,李杰打电话给陆大伟,说他同江天浩谈好了,林倩那里也没有问题。

李杰定下来回国后,心情豁然开朗了。陆大伟为李杰感到高兴,他担心曹琳会反对,打电话问了李杰。

"不商量了,同她商量肯定没戏。"他一口咬定后,还给自己找了一条很有说服力的理由,"我担心没有结案可能会连累她,所以,我离开家时不想让她知道。只要曹琳没有参与策划我离开美国的计划,她就不会受到牵连。"他让陆大伟别告诉肖昕,为了大家的未来,必须在他离开美国之前守口如瓶,避免更多人卷入他离开美国的事件。美国的法律是不留情的,除了陆大伟、江天浩,他不想其他人介入。

但陆大伟没有想到,这话才说过一天,李杰又打电话过来,说他慎重考虑了,目前没有结案,还是不回国为好。很多事情都棘手,不只是曹琳不赞成他海归,他父亲的身体也不好,凯西以后还要在美国读书等,回国的事今后考虑成熟了再说。

这事不了了之。既然李杰本人想通了,陆大伟也无须杞人忧天。

四十

周六,吃过早餐后,我坐在陆大伟家客厅里的沙发上,打开笔记本电脑,整理在圣迭戈采访期间收集的有关李杰的资料。

客厅的墙上挂着几幅大照片。一张是陆大伟全家人的合影,其他都是晓波的照片。离我最近的一张是晓波儿时在洛杉矶环球影城门前的留影。接下来一张是晓波在乡村小镇上玩耍的照片,我估计那是在密歇根拍的。中间一张半身照,晓波戴着鲜艳的红领巾,表情庄严。最远处是一家三口的合影,背景是柏克莱大学,我猜那是晓波进入大学时,陆大伟和肖昕送他去柏克莱的留影。我有些感叹。晓波九年级才回美国,短短几年的努力,便被美国最好的公立大学之一,也是全世界顶尖大学之一的柏克莱录取了。晓波尽了全力,做父母的必定同样付出了艰辛。

想到陆大伟一家人,我不由点开保存在电脑里采访陆大伟的文档。我的记录在他重回美国后想尽快找工作时停止了。趁着陆大伟周末在家休息,我抓紧时间与他聊了起来。

"你回美国后一直在弗朗西斯的实验室做研究吗?"

"是的。"他说,"这是我回美国后找到的第一份工作,也是我现在干的工作。去圣迭戈大学找工作的第一天,我到弗朗西斯教授的实验室,他看了我的简历,问了几个问题便答应让我留在他那里。"

"那么快!"我有点惊讶,更有些兴奋,在美国找工作不像李杰说的那样难。

"是挺快的。不过,这份工作是不拿钱的义工。"

"哦?"不拿薪水,我如梦初醒,问道,"没有工资,肖昕同意吗?"

"为什么不同意呢?"陆大伟说,"她在美国十几年,明白找第一份工作不容易。大学的教授拿研究经费很难,不会轻易雇佣缺乏研究经验的人。弗朗西斯是一位身负盛名的教授,虽然没有获得过诺贝尔奖,但他的研究处在国际最前沿,累计拿到过上百万美元的科学大奖,两次获得诺贝尔生理学或医学奖提名。在他手下做研究,即便今后他不正式雇我,这段经历对我在美国找工作也是很有利的。"

"你白干了多久呢?"

"两个月。"

"两个月还可以接受。"

"我算是很走运的。在名教授手下等位置不容易,有的人做一年义工也没有机会被正式雇佣。美国很现实,也很残酷。经济不景气,政府缺钱,除了少数资格老的教授有足够的研究经费,年资浅和年事已高的教授一旦拿不到研究经费,就得关门走人。在实验室里替教授工作的研究人员普遍提心吊胆过日子,担心哪一天老板没有经费,工作不保。做研究的人压力大,经常加班,很辛苦。"

我问他:"你在弗朗西斯实验室工作愉快吗?"

"刚开始半年感觉马马虎虎,除了忙,谈不上快乐。"陆大伟说,"弗朗西斯手下有七八位研究人员和两个博士研究生。弗朗西斯本人工作非常努力,每天很晚才离开实验室。他在实验室里不走,其他研究人员也只好跟着泡在实验室加班。我是新职员,只有更加卖命做实验。那时我感觉自己像一台实验仪器,不停地高速运转。我想,就是一份工作吧,为吃饭赚钱,快乐不快乐又怎么样? 想那么多干吗?!

"但后来发生了一件事情让我感到特别委屈,此后,我对工作环境里的不快乐有了深刻的体验。弗朗西斯分配给我的研究项目进展不错,半年时间,我的课题有了很好的结果,可以写研究论文了。弗朗西斯把我找了去,让我改做另一项研究,这个几近完成的项目转交给同实验室的女研究员帕丽斯接着做。"

"明目张胆地掠夺研究成果。"我替陆大伟打抱不平。

"是呀,我当时很生气。"陆大伟说。

他对我讲起那一段不寻常的经历。

帕丽斯在弗朗西斯手下干了许多年,与他的交情很不错。她是一位非常会为人处世的女人,除了忙实验,每天要花不少时间处理人际关系。她几乎每个星期要买一两种美国特产带来实验室,放在休息室里给大家吃。她记着实验室每个人的生日,自己掏钱买蛋糕,在午饭后把实验室十来位研究人员邀到休息室,为当天生日的人开一个小型庆祝会。她也不时买一两盆花草,放在大家共用的办公室的窗台上,空余之时给盆栽修剪花枝、浇水。

她太花心思在与工作无关的作秀方面,陆大伟对她颇有看法。她人缘好,老板对她另眼相看,陆大伟无话可说。但弗朗西斯做得过了头,把陆大伟辛苦半年积累的研究成果拱手交给她,令陆大伟非常恼火。那段日子陆大伟过得很苦恼,整日郁闷消沉,不再像往常一样加班工作。每天开车去实验室,他都会不由自主地想到弗朗西斯对他的剥夺,心里恨恨地,几乎对实验室的每一个人都看不顺眼。

李杰的不幸经历让陆大伟明白了一个道理,假如工作环境不适合自己,改变不了它就尽快离开为好,以免留下后患。肖昕见陆大伟整天快快不乐,劝他离开弗朗西斯的实验室。那时他家刚买了房子,屋子很旧,需要重新整修。晓波正处在高中第一年的关键时期,肖昕希望陆大伟暂时别找工作,在家修整房子,也花些时间帮助晓波学习。

陆大伟不想辞职当一个家庭主男,重回密歇根走过的老路。他也不打算改变在美国从事专业的初衷,拿定主意另找一个实验室。可是,忙了这么久一无所获,一走了之,陆大伟很不甘心,他想报复弗朗西斯。最初,他想出工不出力,消耗弗朗西斯的研究经费,伤到他的要害。陆大伟问自己,这种做法能伤害到弗朗西斯吗?不,他打算让他付出更大的代价。

在有了离开弗朗西斯实验室的打算后,陆大伟比过去任何时候都更加拼命地工作,期望在离开前完成弗朗西斯交给他的新课题,写出一篇有分量的研究论文,为下一步找工作打基础。陆大伟用弗朗西斯的研究经费购买了许多试剂,大量做实验,尝试不同的实验方法。一方面,他训练了自己,学到了更多的研究技巧;另一方面,他要让弗朗西斯看到他是一个非常勤奋的人,让弗朗西斯感到他离开实验室,不是他的损失,而是弗朗西斯的损失。陆大伟要在自己干得最出色的时候离开,让弗朗西斯今后为失去他感到长久的惋惜和遗憾。

接下来的几个月,陆大伟经常在研究室加班做实验。回到家,继续熬夜读研究资料,分析实验结果。他的研究项目进展得非常顺利,他一边着手写论文,一边开始找工作,准备一拿到新的位置,马上跟弗朗西斯说再见。

在陆大伟埋头苦干的时候,他发现弗朗西斯对他的态度有了非常明显的改变。弗朗西斯有空时会走到他的实验桌前同他聊天,或者腾出时间与他讨论课题的技术问题。

一天,陆大伟感冒咳嗽,弗朗西斯拍着他的肩膀说:"工作别太辛苦,多注意身体。回家休息吧。"

那一天,陆大伟破例没有硬挺,早早回了家。晚上他上网打开邮箱,看到弗朗西斯发来一封电子邮件。他问陆大伟是否感觉好些,并在邮件中写道:"你是我的实验室中工作最努力的人,希望你在身体恢复以后,把写好的论文发给佛罗里达的国际学术研讨会,争取在国际会议上发言。"

接到弗朗西斯的电子邮件,陆大伟陷入了矛盾。此时离开他,无疑会达到报复他的目的。他问自己,弗朗西斯受到伤害,自己是不是真正赢了。他相信在弗朗西斯实验室积累起来的经验和信誉足以使他找到一份新工作,但他真能遇到比弗朗西斯好的老板和容易相处的同事吗?他扪心自问,弗朗西斯真的是一个让他讨厌、必须避开的人吗?弗朗西斯究竟有没有值得他欣赏的地方?值不值得自己继续为他工作下去?

陆大伟的生日到了,肖昕特地请了假,陆大伟也准备请半天假,与肖昕和晓波一块去圣迭戈市区庆祝自己的生日。

午饭前,实验室的人忽然都不见了,与平常其他人过生日时喜气洋洋的气氛截然相反,冷冷清清的实验室让陆大伟很伤心。

他没有心情去休息室吃午饭,丢下手中的实验,满心失落,悻悻地朝实验室的门口走,准备尽快回家去。

帕丽斯突然出现在门口,见到陆大伟说:"弗朗西斯有事找你,要你去实验室的小会议室。"

陆大伟心里恨恨地想,有什么事不可以明天谈吗?我今天生日呢。肖昕在家等着,希望弗朗西斯不会耽误太长时间。他心不在焉地跟在帕丽斯后,去了会议室。

推开门,他一脚迈了进去。实验室里的研究人员和弗朗西斯全在里面。见陆大伟进来,大家一下沸腾起来,齐声喊了一句:"大伟生日快乐。"大家闪出一条道,让陆大伟走到会议桌前。他看到桌上放了一个生日大蛋糕,一大盒冰激凌,几瓶饮料。

帕丽斯点燃插在生日蛋糕上的蜡烛,要陆大伟许一个心愿,然后大家一起唱了《祝你生日快乐》的歌曲。帕丽斯把塑料刀交给陆大伟,他切蛋糕,她在旁边递盘子,给大家分送蛋糕。那一刻,陆大伟的感觉真好。吃完蛋糕,陆大伟与大伙挥手告别,兴冲冲地回家了。

四十一

一天,下班前,弗朗西斯打电话到实验室找陆大伟,说:"大伟,你今天早一些走好吗?我的车出故障了,你顺道载我去汽车修理行,我得赶在他们下班前取车。"

陆大伟提前半小时去了停车场。没一会儿,弗朗西斯匆匆走了过来,等他坐进车后,陆大伟启动汽车,从泊车位上慢慢退出。

看到陆大伟的车内装有彩色显示器,屏幕上显示出车尾后方的路况,弗朗西斯很是惊讶,说:"你的车真好,倒退时不用担心撞上别人的车。"

陆大伟说:"现在好些的新车都装有倒车监视器和卫星导航系统。"

开出停车场,弗朗西斯听到导航器发出路线指令,煞有介事地说:"我真希望也有一辆这样的车。"

陆大伟不解地看他一眼,弗朗西斯果真是一脸羡慕。

真不可思议,你的工资比我高好几倍,拿到的科学奖金也有上百万美元,想买什么不成呢?买一辆贵十倍价钱的好车也不是问题。陆大伟想。

弗朗西斯偏偏就是个不好显摆的人。除了在正式会议上发言时会穿一套西服,平常总是穿得简简单单,上下班提着一个黑色旧公文包进出,谁也看不出他是一位学术权威人物。

"你哪一部车放在车行修理呢?"陆大伟问他。

"哪一部?"弗朗西斯皱起眉头,"我只有一部车。放在车行修的小卡车是我女儿的,车身太高,她怀了孕,肚子大,上驾驶位费劲。我暂时同她换车开。"

陆大伟想,女儿也开一部旧车吗?这一家子人真是的,舍不得花钱,活受罪。

"你那车是十多年前的车型,早该换一部了。"

"开顺了,有了感情,舍不得换。"

陆大伟说:"你找到说服我的理由了,就像人在一起相处久了也会有感情一样。听说你多次被诺贝尔奖提名。"他很羡慕地说。

"是大家干得好。"

"你是实验室的头儿,你有一个好脑袋。"陆大伟边开车,边跟这老头开起玩笑。

弗朗西斯笑了笑说:"其实,我更喜欢我的这只手。"他举起右手给陆大伟看。

陆大伟觉得好笑,手有什么好看的呢?六十几岁的白人,手背上皮肤起皱,大理石般的白色上有许多深褐色老年斑。

弗朗西斯开玩笑似的问陆大伟:"假如我这五个手指一样长,会好看吗?"

陆大伟又想,他在同我开什么玩笑?

弗朗西斯见陆大伟一副莫名其妙的样子,就说:"我们这个实验室就如同我的这只手。指头长短不一,它们都有自己的功能和作用。虽然有些指头的力量会大一些,有些指头的力量会弱一些,但每一根指头的力量都很有限。假如我想伸直手指朝墙壁上使劲,我相信任何一根指头都无法让墙壁受损,很可能都会折断。

假如我把手指头全都朝内,握成一个拳头,是不是力量就大了呢?五根指头没有一根会受伤,反而因为合力,我们有了比五个指头加在一起更大的力量,墙壁一定会被打出一个大洞来。

"帕丽斯是好样的,她的存在替我凝聚了这一只手的力量。对一个研究团队,她这样做很重要。她就如一瓶润滑油,为整个实验室创造了良好的气氛,我也省去了许多心思处理与工作无关的杂事。"

陆大伟明白了弗朗西斯的意思,听他继续说道:"我们实验室里从名校来的人不少。做科学只有学识不行,更需要有胸怀,不为名利虚荣,才会真正潜下心来做出成果。"

弗朗西斯知道北大是中国的名校,陆大伟不知道这话是否也在暗指他。他直言不讳道:"你把我做好的项目转给帕丽斯是不是在检验我的胸怀?"

"不全是。你离开专业多年,需要一些机会熟悉不同的研究方向。别把研究论文看得太重,当你内心宽阔,你才能容纳得下更加丰富的知识。"

陆大伟释然了,心想,这老头挺用心思的。他不禁为自己没有匆忙离开弗朗西斯的实验室感到庆幸。

弗朗西斯让陆大伟改变了对帕丽斯的看法。陆大伟有些纳闷,帕丽斯有时间的话,多做些实验,多写些论文多好,干吗要花在润滑他人身上呢?他很想知道帕丽斯这样做的真实目的。

在工作的间歇,陆大伟主动同帕丽斯闲聊,"你怎么愿意花那么多心思来关心周围的人呢?"

她说:"我在实验室里工作的时间比在家里还多呀,我希望工作也能给我快乐。"

"你自己开心就好了,用不着花很多时间去考虑别人快乐不快乐。"

"我一天工作那么久,得把实验室当成自己的第二个家。在一个大家庭里,每个人都有被人关心的需要。我也不例外,既然我需要被人关心,我就应该首先去关心别人。"

"你付出得太多了。当你没有得到别人同等的回报时,你不会失望吗?"

她说:"为什么要失望呢?关心别人和被别人关心都是一种幸福。"

"你做的远远要比得到的多。"

"你读过一本名为《对生活的一点小小建议》的畅销书吗?里面有一句话我始终记着:'幸福并不取决于财富、权力和容貌,而是取决于你和周围人的相处。'这正如大海和溪流的关系。你想拥有一片幸福的海洋,源头在自己。你放出了多少水,就会拥有多大的一片海。"

陆大伟很震惊,他没想到这位普通女人居然能讲出如此有生活哲理的话。他想,是呀,人都需要一片辽阔的幸福海洋。想要得到它,就要甘愿先把自己当成一条溪流,日夜兼程,永不枯竭。即便前面有千峦万涧,也要为了梦想中的那片蔚蓝,奔流不息。

陆大伟也想替自己蓄积一汪清泉,他问帕丽斯:"以后你再买蛋糕给同事庆祝生日,我能不能与你一块分担费用呢?"

"好呀。"她非常高兴,满口答应了他。

陆大伟开始观察帕丽斯,学着她的做法,花一些心思来关心与自己相处或共事的人。他很快发现,周围人都挺好相处,他们中的绝大多数人都很真诚。不少人也主动买一些零食放在休息室里给大家吃,只不过他原以为那些东西都是帕丽斯买的。

弗朗西斯生日那天,陆大伟特地去买了一瓶二十五美元的白兰地酒,在生日卡上写了一段感激他的话,悄悄放进他的办公室里。第二天早上,弗朗西斯给陆大伟发来电子邮件,告诉陆大伟他非常高兴,因为陆大伟送给他的酒是他最喜欢的牌子,他和他太太好好品尝了他送的酒,并替全家感激他。

陆大伟这才意识到,原来,好的工作环境不是现成的,需要花心思去营造。他感受到在弗朗西斯手下工作给了他真实的快乐。他有了能够替自己营造出快乐工作环境的信心。他喜欢上了弗朗西斯的实验室,喜欢上了自己的工作,彻底放弃了离开弗朗西斯实验室的想法。

四十二

陆大伟说,他的生命中一半时间是在工作,另一半时间是为晓波、为肖昕、为林林总总的琐事烦恼。

我在电脑里写下一段感悟:一个在工作中有了幸福感的人,假如他的家庭与婚姻不能同样幸福,那么,这种幸福是残缺的。

想到过去陆大伟一家三口长期分居,我不由想知道,他的家庭生活幸福吗?他很长一段时间独自在上海,与家人聚少离多,夫妻感情、父子亲情难免不受影响。在一个贫富差距日益增大、各种诱惑日渐增多的现代社会里,家庭单元不断受到来自各方的冲击。社会是由一个个家庭单元组成的,从事社会学研究的我,自觉地关切这一基本单元。

我又写下一段感想:一个有能力创造好的工作环境的人,也应该是一个有能力创造好的生活环境的人,并且还是一个有能力与共同生活的人创造和谐关系的人。

吃完午饭,陆大伟收拾好餐桌,饶有兴致地问我:"杨帆,你想不想去看裸体海滩?"

"圣迭戈有裸体海滩?!"我难以置信,表现出特别的兴趣。在国内时,对国外的此类胜地早有耳闻,国内近年也悄悄地刮起追崇自然的风尚,裸体艺术、裸体浴场偶有所闻。

"圣迭戈大学靠海的悬崖下有一个布雷克海滩,它是一个很有历史的天体浴场。"

"去呀,难得一见。"我兴致勃勃。

我帮陆大伟一同洗好碗碟,来到车库。车库内有三部小轿车,在明丽的光线下锃锃闪亮。陆大伟开了一辆黑色奔驰车,载上我出了门,在社区里一片花草地间狭窄的沥青小路上缓慢行驶。路旁树荫下一幢幢被花草环抱的一两层的大房子时隐时现,我感叹一户户普通人家享受着如此丰厚的生活资源,忍不住问陆大伟:"大伟,肖昕当初反对你借钱替李杰保释,但你最终还是花大钱买了豪宅。你家有钱不打自招了。"

"我的钱来源正当,并不是非法所得。"他说,"圣迭戈是美国的生物医学研究和生产的重要基地,这里曾有许多生物研究所和制药公司。大公司集中的地方,员工收入高,买大房子的人多。在经济好的时候,圣迭戈的房价飙升,建筑商在附近地区建了许多大房子。

"经济危机对许多美国家庭是一次大浩劫。圣迭戈有不少小公司倒闭。大公司经费不足,把整个公司或者部分研究部门转移到人工费用低的中国和印度。大批科技专业人才遭到解雇,他们不得不搬离圣迭戈地区。失业的人无钱偿还房屋贷款,房屋被银行收缴。房市低迷,旧屋堆积没人买,新房建好了空着卖不出去。

"我家房子是三十年前建的,房主失业后欠了银行一大笔钱,房屋被银行收走,上市时这房子的售价是一百二十万美元,一年多没有卖出去。一年之间,售价一路往下跌,直到我们以六十万美元买到它。我家交了二十万美元首付,贷款四十万,三十年还清,每个月连本带息还不到三千多美元。我自己动手,维修房屋和游泳池,种树,栽花草,搭凉亭,修溪流,整出一个漂亮的家园。"

"你家这么大的房子才六十万美元?!"

"肖昕是一个普通医生,我在实验室做研究,在美国我们算不上富人,只能算中产阶级。六十多万美元是我和肖昕不吃不喝不交税的三年年薪,不是富人才能拥有的生活资源。"

想到北京的房价,六十万元人民币能买什么样的房子呢?

陆大伟打断了我的思路,他说:"你多次问我,为什么最终选择不海归。我也曾不断问过自己该不该永久不海归。从上海四处高楼的喧哗中走出来,远离沸腾的都市,我被这里的有序和平静感染,舍不得抛弃生活带给我的温馨,它让我感受到人与环境、与大自然之间的和谐,享受到平静生活的美妙和魅力。有些人会耐不住平静。但我不一样,我最初放弃过平静,在经历了很长一段时间的躁动后,现在才意识到这种不求奢华的平静正是我过去缺少的东西。"

我在内心体会陆大伟的话,体会他所讲的和谐与不追求奢华的平静生活。他用四年时间和不多的钱,办了一桩原本办不成的事情,为自己和家人营造出环境优美、宽敞舒适的幸福家园。我内心对他由衷地感佩。面对工作、家,还有整个未来,我该怎样建造自己的幸福呢?我觉得自己慢慢在明白一些道理,从他的生活和经历中,感受到某些人生经验的启迪。

车子朝前开,透过玻璃窗,我看见了远处的大海,与蓝天同色。多么壮观辽阔呀。我的心被那一片蔚蓝,被大自然的和谐湿润了。

我和陆大伟到了海边,站在布雷克海滩旁的悬崖上。眼前几十米深的崖下,与深蓝海水连在一起的是一片银白色的沙滩。沙滩向两侧伸展开,延绵到东南一公里以外。沙滩上有不少赤身裸体的男女老少,有的躺在沙滩上晒日光浴,有的在打沙滩排球,有的正走向海边,也有的从碧波荡漾的海水中走出来,回到阳光下的沙滩上。

我耐不住好奇,想见识在杂志封面上看到过的线条美丽的金发女郎,对陆大伟建议道:"我们到沙滩上去转一圈吧。"

"就在这里看看吧。下去的话,自己也要把衣服脱掉。"他有点腼腆。

"我们不脱就好了,开开眼界。"我反过来嘲笑他,"你挺有意思的,表面看起来是个无所拘束、敢作敢为的大方男人,其实不然嘛。"

他笑着说:"别人都一丝不挂,你却把自己裹得紧紧的,你觉得自在吗?这有点像躲在一扇墙的后面,从墙洞里窥视别人。"

我被他说得有些脸红,心想,既然来了,又不下去看一眼,他的真实动机何在呢?我不得其解,问他:"你为什么突发奇想带我来裸体海滩呢?"

他说:"我早就听说圣迭戈附近有一个裸体海滩,过去总认为裸体浴场是黄色场所,是有裸露癖的人去的地方,所以一直没有到这里来观光。后来,我在加州大学圣迭戈分校找到工作,裸体海滩离我工作的实验楼很近,有空的时候我与几位同事会来悬崖边坐坐。来的次数多了,我的看法有了改变。住在公寓楼时,有段时间我与肖昕关系很糟,我们的婚姻差一点完了。那时我非常苦恼,甚至打定主意再回国去。一天,我从实验室出来散心,走到了崖下的海滩上。"

我忍不住笑他说:"你终于揭掉绅士的面具,近距离一饱眼福。"

他回我道:"赶快找个女孩结婚吧,看你说话那股馋劲。我同你说正经事,没有诱惑你窥视女人的意图。"

我们在岩石顶部浅浅的一层沙地上坐了下来。

陆大伟说:"你在圣迭戈待的时间有限,多次与我聊到有关幸福的话题,我带你来裸体海滩,讲一些我的经历,也许你会从中悟出一些道理。我不是同你提到过那本畅销书吗?幸福取决于你和周围人的相处。在生活中,我们与周围的人相处不易,我们的幸福感来源于与我们朝夕相处的人,包括工作中的同事、生活中的朋友,以及我们的家人。我们是否真正幸福,取决于我们自己,取决于我们能否坦诚地对待自己和他们。我们常会遇到个别人,他们喜好探听别人的隐私,却又把自己紧藏在一层严实的外壳后面。他们希望别人大度,自己却斤斤计较。他们会不断指责别人的不足,却看不到自己存在的问题。自己不能坦诚,怎么会获得别人的真诚呢?我们感受不到周围人的真诚,幸福感又从何处产生呢?"

陆大伟说得有些道理。在与他短暂的交往中,我已经逐渐从他的谈话中学到不少人生道理。我似乎觉得他把我带到任何一个地方都是有预谋的。在一份与我导师早就共同策划好的节目单里,他充当圣迭戈这场戏的主角,向我展示另一个人生舞台,并通过自己的演示,帮助我明白人生的哲理。

这一天,我们在海岸上坐了很长时间,他对我讲起他一家人以及他与曹琳之间发生过的许多往事。

四十三

陆大伟在弗朗西斯实验室干得很顺利,递交的研究论文被邀请在国际学术研讨会上发言,工作场所的快乐让他有了事业成就感。弗朗西斯升任系主任,他鼓励陆大伟申请研究课题,自己拿研究经费。这对陆大伟来说是走向自己独立做老板、从普通研究人员成为大学教授的机会。

陆大伟去佛罗里达参加了国际学术会议,听了十几场重要的大小会议发言和学术进展讲演,从中他看到了自己与专业同行之间的差距。回到圣迭戈后,陆大伟经常周末去实验室加班,为了制作实验动物模型,晚上还去实验室做动物手术。

陆大伟和肖昕都在为自己的事业拼搏,没有足够的时间顾及晓波。每天回到家,看到晓波在认真学习,他们感到很放心,匆忙检查过他的作业后,就去卧室里继续做带回家的工作。

晓波有自己的电脑后,常常半夜不睡。

一次,陆大伟听到肖昕在晓波的卧室里大声说道:"快两点了,你还没睡,在干吗呢?"

晓波说:"我在赶作业。"

"为什么用电脑呢?"

"老师布置的作业都放在学校的网站上。"

肖昕无奈,回到卧室里对陆大伟说:"美国的高中生比国内的压力还大,每天忙得睡不了几个小时,身体搞垮了怎么办呢?"

陆大伟与晓波处境相同,他对儿子深表同情:"没办法。我俩回美国的时间不长,只有自己苦一点,多花些时间,尽快缩短与同人的差距。"

暑假快到了,他们一直没有收到学校寄来的晓波的学业成绩报告。肖昕打电话去学校询问,老师说成绩单已经寄出,早该收到了。她下班到家后追问晓波:"你的成绩单呢?"

"是你和爸爸在开信箱,我怎么知道你们收到没有呢?"晓波诡秘地望着肖昕。

"最近我们回家,你已经拿过信了。"

听肖昕这么一说,晓波明显不自在。

肖昕感到不对劲,责问道:"是不是你把成绩单藏起来了?担心我们知道你的学习成绩不好。"

"哪里呀?"晓波一副被冤枉的样子,但眼睛里流露出不安。

245

肖昕看出破绽,声色俱厉起来,"你在骗我!晓波,你最好还是把成绩单拿给我看,考得不好没有关系。我已经答应过你,只要你努力,暂时赶不上班,我还是能够理解的,给你时间。但是,你因为成绩不好,想瞒住我,我是绝不会原谅你的。"她尽力克制自己不发火。

晓波不狡辩,却也不再说话。

肖昕火了,说:"好吧,你不把成绩单给我没有关系,明天我去找学校要。"

晓波知道母亲的脾气不好,怕真把她惹火,自己没有好果子吃。他神情不安地从床垫下翻出压得发皱的成绩单,递给肖昕。

肖昕一看成绩单顿时脸色骤变,失去了耐性,吼叫起来,"你怎么搞的?成绩比上个学期还差,上次还有两个B、一个A,现在一个A也没有。"她的手掌在腰侧颤抖,似乎随时会从腰间一跃而起,朝晓波的脸上掴去。

陆大伟担心肖昕控制不住情绪,对晓波说:"还不向妈妈道歉?你瞒着成绩单太不应该。自己找找原因,下次争取考好一些。"

晓波见势不妙,马上对肖昕说:"对不起,妈妈,我不该惹你生气。"

晓波的道歉让肖昕的气消了些。她一眼看到书桌上的电脑,像是悟出了什么,说道:"打开你的电脑,我看看你每天究竟在干什么!"

晓波惊慌地看了陆大伟一眼。他的眼神告诉陆大伟,每天半夜不睡觉,肯定不是在学习。如果肖昕找到了问题的根源,是不会饶过他的。

隐瞒成绩单的事还没有收场,再钻出来其他事惹火肖昕,陆大伟不知道家里会闹出什么乱子。他只好继续当和事佬说:"晓波,还不听话?输入你的电脑密码,让我们看看你在干什么。我替妈妈答应你,只要你是诚实的,不管做过什么都没有关系,下次不再犯同样的错就好了。"

肖昕狠狠地盯了陆大伟一眼,见晓波还愣在那里,就说:"你听到爸爸说的话了吗?我答应你,打开电脑呀。"

晓波吃了定心丸,在蓝色屏幕上的小白格子里快速输入了密码。电脑屏幕一亮,陆大伟和肖昕惊骇了。屏幕上挂着几款游戏,还闪动着多个中文微信对话框。

"难怪你的学习成绩会坏成这样!"肖昕顿时举起手,朝晓波的脸上甩过去。

陆大伟一把抓住她的手,喝道:"你干什么?不是说好了只要晓波诚实,我们不计前嫌,给他一次改错的机会吗?我们讲话不算数,以后怎么教育他?"

肖昕把手一甩,放了下来,"你太不争气了。我拿你怎么办呢?"她一屁股坐到晓波的床上,眼泪流了出来,"你来美国,我从密歇根搬到加州,这就是你要给我的回报吗?"

陆大伟向晓波使了眼色,示意他离开。晓波明白爸爸的意思,悻悻地看了肖昕一眼,走出了自己的房间。

听到客厅门轻轻关闭的声音,陆大伟走到晓波的房门外,朝客厅看了一眼,确信晓波已经走出家门,到公寓外去了。他坐到床沿上,安慰肖昕说:"你看晓波的电脑微信,全都是中文的。小孩子离开了过去的朋友,还处在文化休克状态。他很孤独,我们大人也不能理解他的话,会把他逼坏的。不要太责怪他了,我们想想办法,给他一些帮助。"

"我还能怎么办呢?如果我今天还在密歇根,他的情况不是更糟吗?我已经尽可能做出了牺牲,总不可能辞掉工作来陪他吧。晓波已经不是小孩子了,他自己应该要有毅力。"她一脸哀伤。

陆大伟感到妻子的母爱很真挚,很善良,很执着,令他感动。他理解肖昕,为了晓波,她放弃密歇根熟悉的生活和高薪,晓波的学业成绩是她能够获得心理平衡的唯一砝码,她失去太多而不能得到弥补,情何以堪。

那时,江天浩正好从墨西哥回到洛杉矶。江天浩的儿子读高中十二年级,他甩手不管,打算独自海归。想到晓波的处境,陆大伟向他打听,"你儿子正在高中的关键时刻,你能放心走吗?"

江天浩说:"三四月份已经发过榜。儿子接到六所大学的录取通知书,他打算去斯坦福大学。儿子的事情他自己做主,已经用不着我们操心了。"

陆大伟向江天浩提起晓波学习跟不上班的事,江天浩对他建议道:"洛杉矶不少华人家长让小孩到考试强化班补习。我儿子参加过好几期。你让晓波参加强化培训班补习英文和数理,对今后升大学很有用。"

陆大伟说:"圣迭戈这边好像没有强化培训学校。"

"洛杉矶华人多,把国内的风气都带来了,强化培训班到处都是。我看你干脆趁暑假期间,让晓波到洛杉矶来补习。"

"晓波一个人到洛杉矶,生活没人照顾不行。"陆大伟有些顾虑。

"住我家啰,与我儿子住一间屋,英颖替你照顾。"

"住你家吗?行呀。"陆大伟乐了,说,"我同晓波和肖昕商量一下,如果他们没意见,到了暑假,我真送晓波去你家哟。"

晚上陆大伟把江天浩的建议告诉了肖昕。

肖昕不假思索地说:"那不好吧。江天浩不在家,英颖的婆婆身体又不好,她一个人忙不过来。晓波上强化班是件好事,但除非我们自己在洛杉矶陪他。"

陆大伟想,自己和肖昕都在忙工作,没人走得开。怎么办呢?晓波的成绩单摆在那里,靠他自己单打独斗,恐怕他和肖昕的牺牲最终是白搭进去了。给晓波恶补,他和肖昕必须要有一人在个人事业上做出进一步牺牲。谁合适呢?肖昕当医生,预约过的手术靠她给病人上麻醉,她肯定抽不出时间,陪晓波去洛杉矶的只能是他了。

拿定了主意,陆大伟对肖昕说:"我请假陪晓波去洛杉矶吧。"

肖昕一下从床上坐起来,眼中闪出兴奋的光芒,"你去?!好呀,有你陪着我就放心了。一个多月的时间对晓波学习成绩的提高可能不会太有用,但受强化班的学习气氛熏陶,对他今后的学习态度会有帮助。"

陆大伟说:"在洛杉矶短期居住,公寓的租金会很贵。"

"几千美元的学费都花了,房租算什么。只要晓波的学习成绩能上去,花再多的钱我也心甘情愿。"

陪晓波去洛杉矶参加强化班的事就这样定下来了。

陆大伟对肖昕说:"李杰的情绪不稳定,我不好找他帮忙。你给曹琳打个电话,请她提前在洛杉矶给晓波找一家合适的补习学校,顺便替我租好房子。晓波一放假,我就带他去洛杉矶。"

肖昕的脸色立刻转阴了,悻悻地说:"这点事自己办不行吗?曹琳自家的事还没有搞明白,你别再给她添麻烦了。"

陆大伟有些不解,肖昕干吗介意他找曹琳帮忙呢?她和曹琳是最好的朋友,曹琳没工作,闲在洛杉矶,帮点忙有什么关系呢?他想,也许肖昕的确是为曹琳好。既然如此,他自己上网找学校和租房好了。

四十四

晓波放假的第二天,陆大伟开车带他去了洛杉矶。他们在圣盖博市百老汇街租了一套一室一厅的公寓,开始了暑期生活。晓波一周五天的课程安排得满满的,周末两天也要去补习班参加半天模拟考试。

每天早上,陆大伟开车送晓波去补习学校上课后,便无事可干,做饭洗碗用不了多少时间,买菜洗衣是周末才需要做的事情。白天他独自守在公寓楼里,百无聊赖地熬到下午,然后接晓波放学。接回晓波,陆大伟的生活稍微充实。吃饭洗碗后,晓波摊开书本在客厅里复习功课,陆大伟便坐在旁边的沙发上陪着。

一天,他忽然冒出一个想法,与其无事可干,不如也到强化班上课。高中课程大多是自己过去学过的,容易捡起来。学懂了,回到公寓可以帮晓波补习,到圣迭戈后,还能继续发挥余热。

此后的日子,陆大伟忙得没有了空闲,除了家务,他比晓波花费更多的时间在高中课程上。他得尽快在各门课程上走到晓波的前面,不然,他做不了儿子的辅导老师。

肖昕听说陆大伟也在上学,周末她特地从圣迭戈开车赶到洛杉矶,陪他们父子俩到中国餐馆吃饭。

晓波对陆大伟的态度有了很大的转变,一天深夜,看到爸爸还坐在卧室的灯下做作业,他走到门口,关心地说:"爸,你别睡得太晚了,明早还要上学。"

陆大伟吃惊地转过头看着晓波,儿子过去与他在一起的时间很少,从没有对他说过这种贴心的话。此时,他的心窝暖了,眼眶湿了,一汪泪水要流出来。

一个周末,曹琳提了一些吃的来看望陆大伟。"我打电话到你家,听肖昕说你不在圣迭戈,与儿子在洛杉矶的强化班上课,我做了些菜送过来。"她把菜盒拿出来,打开盖子给陆大伟看。

满满两盒红烧肉,还有烧得软乎乎的油豆腐。看着酱色的五花肉块儿,陆大伟的舌根有一丝甜液渗出。"这是我最喜欢吃的。"他吞了一下口水说。

曹琳看见晓波在客厅里复习功课,把菜盒递给陆大伟说:"你们忙吧,我不打扰了。"

陆大伟送她下楼,她边走边对他说:"我真羡慕肖昕有你这样的老公。你这般苦心,晓波在美国一定会考进好大学的,你和肖昕的牺牲肯定会得到回报的。"

陆大伟笑笑说:"我们尽力而为,最终还得看晓波自己。"

走出公寓楼,曹琳对他说:"我家李杰要能像你这样就好了。"

"等凯西读中学时,他自然要为女儿忙了。"

"他呀,一会儿心浮气躁,一会儿阴郁寡欢,我看他是不会为女儿的学习操心的。"

"凯西读中学还有五六年时间,那时候,美国经济好了,李杰的抑郁症自然会好起来的,你对他要有信心。"

曹琳摇着头说:"不是我对他没信心,是他对自己没信心。前些时候他常说美国已经没有救药,想海归。这一段时间安静了下来,可是也没看到他花心思去找工作。"

陆大伟劝她说:"现在的工作难找,如果李杰真想回国发展,你让他去碰碰。海归是他的心病,不成全他,抑郁症恐怕难以痊愈。"

曹琳说:"他现在海归怎么可能呢?不只是没有合适的地方要他,即便有,他的案子还没有了结,离开美国会出事的。"

陆大伟想,曹琳的顾虑不是没有道理。也许李杰本人也最终想清楚了,所以,他再没有提起与江天浩一同回中国的事。

四十五

整整一个月过去了,陆大伟奔波在强化班和公寓之间,忙于重温高中课程,操持日常家务,帮助晓波补习功课。曹琳送来的两盒肉菜早已吃完,洗干净的菜盒一直搁在灶台上。他多次想送去曹琳家,顺便看望李杰,事情一多,拖到暑期班快要结束时他还没去。

一件始料未及的事情,让陆大伟连夜赶往李杰家。

那晚十一点时,陆大伟突然接到曹琳的电话。她火急火燎地说:"大伟,昨天早晨我起床后,发现李杰不见了,桌上有一封他留下的信。李杰说他外出两天,散散心。没想到他竟不声不响跑回中国去了!我刚接到他从中国打来的电话。"

陆大伟很意外,李杰不是说好了不回中国去吗?没有想到李杰居然是在骗他。

曹琳着急地说:"李杰又给我闯出大祸了。他每周必须按时到警察局报到,要是警察发现他擅自离开,今后回到美国,随时可以逮捕他的。"

陆大伟安慰曹琳说:"别急,我马上开车去你家,商量怎么办。"他吩咐晓波做完作业就睡觉,自己开车奔往曹琳家。

刚踏进门,陆大伟接到肖昕的电话,"你去哪里了?我打电话到公寓,晓波说你不在住所。"

陆大伟急忙说:"我正在曹琳家里。"

"在曹琳家?"肖昕的声音噎了一下,语气变得不自然,随后很不耐烦地问了句,"深更半夜的,跑去曹琳家干吗?"

陆大伟没有细想,说:"李杰瞒着曹琳回中国去了,曹琳正在着急。我搞清楚情况后再同你说吧。"

肖昕不吭声,把电话挂了。

陆大伟从曹琳手中接过李杰留在家里的信,展开来看,一整页纸上密密麻麻爬满潦草粗大的字迹:

曹琳,我很长一段时间都睡不好觉,心情很烦闷。江天浩决定回国,我的心情变得更乱。你们母女俩来美国前后,我被解雇,遭逮捕,关监狱,尝尽在美国的艰难。本想实在找不到合适的研究工作,我就放下身段,哪怕先去餐馆打工也行。现在我不再苛求别的,能静下心来与你和凯西在一起,好好过日子就行。可是,周围的朋友一个个先后回国发展,特别是原本最为心安理得在美国过日子的江天浩也要离开美国,我的心情再也无法平静。我很想把自己纷乱的心绪跟你敞开讲,但我们常常一讲到实际问题就免不了争执。我不想再为这些争论不清的问题与你冲突。特别是现在,我自己心里乱得一团糟,怎么能跟你说清楚、道明白呢?有位朋友全家外出旅游,要我替他守房子。我会在他家住两天,晚上不会回家来。我想借此机会散散心,安安静静地独自思考。我们来美国十几年,近几年过得非常不顺,发生了很多事情。为了将来,我该好好总结过去,为今后做一个可以行得通的打算。我会关掉手机,请不要打电话找我,我会很快与你联系的。

李杰的不辞而别虽然出乎陆大伟的意料,但他没有过分震惊。他能够理解李杰的出走,甚至接受他的走。既然李杰已经走到这一地步,陆大伟只能劝慰曹琳:"你让他去好了,塞翁失马,焉知非福,也许他这一步迈对了。"

"我早对他说过,我们两家父母都不赞成我们海归。他可以不顾自己父亲久病缠身,经不住打击,难道亲生女儿的未来他也不在乎吗?他不明不白地跑回中国,不同我商量,把我当成什么人了呢?"

"同你商量,你会同意吗?"陆大伟反问她。

"就算我反对,也不是这种走法呀,不给自己留后路!"曹琳气恼地说。

"也许他正是要断掉自己的后路。毕竟他不年轻了,再迟,回国很难会有发展。现在没有了退路,他只有安心在国内待下去。"陆大伟试图让曹琳接受现实。

"为他一个人的前途吗?太自私了吧。我和他回国没有什么问题,但凯西必须留在美国读书。这一条我是咬定不会动摇的。"

"凯西留在美国读书没有关系呀,有你陪着就好了。"

"他也该给自己留一条随时来美国的路吧。万一家里出什么事,需要他赶过来的话,他能袖手旁观,不闻不问吗?"

曹琳说必须尽快回国找李杰,陆大伟劝她先冷静一下,给自己几天时间仔细考虑再说。

曹琳咬定主意说:"不能等,我必须马上回国找李杰,劝他赶快回来。他刚离开美国,警察局和法院不会知道得那么快。只要他按时到蒙诺维亚警察局报到,没有人会怀疑他潜逃过。他硬要海归,也要等结案后再说。"

陆大伟劝她先在电话上与李杰沟通,看看他的态度,免得跑回去,说服不了李杰,白花了机票钱。

"电话上说有什么用呢?说多了,他不爱听。只要一争吵,他就挂电话。"曹琳气呼呼地说。

陆大伟说:"你现在在气头上,容易跟他谈崩。还是我先跟他聊一下,听听他的真实想法。搞清楚情况后,你再决定要不要回国找他,好吗?"

曹琳答应了,把李杰在国内的联系电话给了陆大伟。晚上回到公寓,陆大伟马上给李杰通了电话,这才知道他是从墨西哥搭飞机回国的。他打开话闸,同陆大伟讲述了离开美国的经过。

四十六

清晨,天色蒙蒙发亮,趁曹琳和凯西还在沉睡,李杰悄悄爬起床。李杰曾在华文报纸上读到过,美国的电脑管理体系发达,警察局立案的人在乘飞机出关时,只要把身份证件交到机场海关边检人员手中,探头前一扫,他在美国的档案就会出现在电脑屏幕上,被捕入狱没有结案是肯定逃不过海关警察的眼睛的。乘飞机离开美国存在危险,唯一可行的是坐汽车从圣迭戈的美墨边境过海关。他曾多次去过墨西哥旅游,出关时从没有被检查过身份证件,从那里离开美国应该是安全的。

李杰从抽屉里找出绿卡和护照,拿出一张纸,写了一封信留在电脑桌上,随后,轻手轻脚地走到挂衣柜前,找出几件换洗衣裤塞进背包。走到街边,他跟出租车公司打完电话便关了手机,向街口的方向走去。

不远处的安琪拉山脉沉浸在一层灰蒙蒙的薄雾里。戴维森路颇冷清,昏暗狭长的街道两旁拥挤着屋顶尖凸的老住宅。街边有一座教堂,尖尖的屋顶之上耸立着白色的十字架。十字架附近有座钟楼,几声低沉的钟声响起,清晰而悠远,给幽静的戴维森路增添了一分远离现代的怀旧情愫。

距离教堂几十米处有一座木头老房子。李杰曾进去过,它是蒙诺维亚市的历史博物馆。一百五十多年前,欧洲移民从美国东部来西海岸垦荒,从圣迭戈海边迁移到内陆,蒙诺维亚是新移民在圣盖博谷地落脚的地方。博物馆里陈列着一幅巨大的黑白照片,那是蒙诺维亚当年的街景,好莱坞影片里美国西部的经典景象:光秃秃的宏伟山脉,低矮的木头平房,尘土飞扬的泥土街道,骑马腰挎手枪的牛仔。历经百年,西部城市日益现代,但蒙诺维亚小城仍保留着古朴的典雅。

沿着街道往市中心的方向走,街口一侧有几家少有人光顾的店铺。商店外墙上挂着理发、卖杂货等不醒目的英文招牌。另一侧是一个有杂货店的加油站。李杰走到加油站,走进杂货店内,在靠墙放着的银行自动取款机中取了几百美元,随后走出店铺,站在晨雾还没有消散的路边,等候出租车。

他形单影只地站在清晨没有人迹的街头,心里泛出落寞的惆怅。这或许是他最后一次站在这个地方,此后,他不会再有机会出现在这座城市。不曾有过的留念,悄然在他的心头萌生。他不由自主地朝家的方向望去。与妻儿分离,连一声道别都不能说,他感到忧伤。

李杰在心里问自己:我真的就这样离开美国吗?出租车到达时,我能做到在司机面前从容地上车,像一个普通的游客,说一句去墨西哥,头也不回地离开美国吗?

街头静静的,李杰的心却在翻江倒海。在即将离开之际,他对妻儿有着难舍的牵挂,对离去有着难以释怀的无奈,对海归有着忐忑,对前途未卜有着深重的忧虑。

一辆橘黄色出租车来了,在他身旁停了下来。"先生,是你要的出租车吗?"一位黑人司机摇下车窗玻璃问道。见李杰点头,司机轻轻喊了一声:"上车吧。"

李杰踌躇了一会儿,咬了咬牙,把后座的车门拉开,坐了进去。出租车开动了,载着李杰离开了街口。他忍不住回过头,从车后窗深情地望着晨雾未散的街道尽头。家在他的视野里消失了。车子很快转出了戴维森路,奔上210号高速公路。

车窗外,朝阳把一片稀薄白雾之上的安琪拉山脉照亮。李杰曾经生活过许多年的城市出现在眼前。岁月飞逝,情景依旧,而他此刻的心情却与十多年前到达洛杉矶时大不相同。如今,它们是在他的惆怅中与他擦肩而过,被一片山青天蓝的背景拉远。

车子转向5号高速公路,沿着太平洋海岸线奔驶。李杰背靠着车后座,茫然地望着车窗外。雾霭从海上飘过来,在蜿蜒的高速公路上被飞驰的车辆撕破,薄絮游丝般在草绿花红的山野之间飘舞。一片片新建的别墅式小楼群接踵而来,又朝车后飞逝而去。

渐渐地,橙黄的朝阳变得灼白,深蓝的大海一片银光。内陆地区随处可见的美丽风光变得稀疏,涂鸦的墙壁和被铁护栏封着门窗的低矮房屋闯入眼帘。李杰想,差不多要到达美墨边境了。边境的海关是在圣迭戈靠近墨西哥的 5 号高速公路末端。在那里,高速公路分出六七条平行的车道,经由边境检查站延伸到墨西哥境内。

李杰曾经三次到墨西哥旅游。他记得第一次去墨西哥是从美国境内走路出关的。边检站的车道右侧有一条行人过境的小路,由一扇只许出不许进的旋转闸门把美国与墨西哥隔开。那次他把车子停泊在美国境内,与曹琳走过海关的闸道旋转门,穿过一道人行天桥,走进墨西哥边境小镇蒂华纳城。出关处没有海关人员把守,他们如同从亚当斯家后院门走到街边一般,轻松地通过了海关。此后两次是坐朋友的车子去墨西哥的。驾车过海关需要排队,因为出境时只会偶尔遇上抽查,用不着久等,车子一般会很快通过海关。那两次,他们都没有遇到抽查,车子奔入墨西哥境内几十公里,一行人在海圣雅达城内找海鲜餐馆吃大龙虾,去海边听浪涛冲击礁石发出的震耳的巨响。

出租车到达海关高耸的闸口前,李杰看到美国境内通往墨西哥的车道上排着一大片黑压压的车辆。出租车司机选了最外侧的一条快车道,排在十几部车子的后面。

关口通道与往年不一样了,全被严实地把守着,每一部车都在验关处停了下来待检。出租车被夹在中间无法动弹。透过车窗,李杰看到海关工作人员走近停下的车辆窗口,拿走驾车人和乘客的身份证件检验,甚至要求驾车人打开后备厢,查看带出境的物品。出关出乎意料地变严,李杰不由得心被揪紧。他担心出租车被拦下检查时,他身负案子出境曝光,难逃当场被捕的厄运。

出租车一步步靠近关口,李杰心急如焚,想要逃离马上就要出现的险境。他准备趁出租车尚未到达关口时,找合适的机会下车。他推测过去出关的闸道旋转门也许没有海关人员把守,可以从那里徒步过海关。他背好背包,手里拿着给司机的车费,准备随时下车。

就在他望着车窗外查看地形时,两名警察朝他这条车道走来,身后几部警车闪着灯,数名全副武装的警察站在附近的车道上。李杰的思绪顿时乱了,下车已无可能。他靠在后车座,等待最坏的状况出现。

警察走到了出租车前,在驾驶室的玻璃窗上敲了两下。黑人司机摇下车窗玻璃,掏出驾驶执照递出窗外。李杰的脑门汗滴直冒,双手剧烈发抖。他战战兢兢打开背包,找身份证件。窗外,警察并没有接司机递出的驾照,而是说:"先生,请把车往前开,给我们让道。"司机急忙收回驾照,按照警察的指挥,朝前移动车子。

警察堵住后面试图跟上的车辆,在出租车后清出一条通道,随后朝闪着警灯的警车挥手。李杰看到那几部警车开动了,押着一部黑色轿车,慢慢开过来。警车在出租车后驶过,转到相反方向的车道上,拥着黑色轿车,朝美国境内的方向疾驶而去。

李杰惊魂未定地看着警察离开,还没明白发生了什么事,出租车司机已加大油门,没等海关人员走近,便载着他驶入了墨西哥境内。

墨西哥境内的车辆并不多。通往市区的公路上不时有扛枪的墨西哥士兵把守,他们随机拦下过往的车辆检查证件。李杰心想,墨西哥也不安全。他决定不在墨西哥与江天浩会面,尽快离开此地,买机票回中国。

他嘱咐司机直接把出租车开到蒂华纳城的主要观光区。出租车进了城,拐进革命大道,在蒂华纳市标志性的建筑物前停下。李杰下了车,付了车费,急匆匆地走在铺着红色砖石的人行道上,在革命大道的商业区寻找出售机票的旅行社。

街道旁分布着各式各样的商店,有餐馆、酒吧、鞋店、皮具店、药店、饰品店。商店门外停着许多卖旅游品的推车,车上挂满了廉价的头饰和珊瑚石项链等。李杰完全没有心思看路边的商店,没有想到买些纪念品带回国内,送给亲朋好友。尽快离开的想法占住了他的大脑。他不停地走过一家又一家店铺,寻找写着西班牙文或英文的旅行社招牌。

他终于找到了一家旅行社。接待他的一位墨西哥姑娘在电脑里查到当天从墨西哥城的爪雷国际机场飞往中国上海浦东的航班,李杰马上刷卡买了机票。走出旅行社,他在路旁招手截住一辆带敞篷的脚蹬车,从革命大道直赴蒂华纳机场。从蒂华纳机场飞到爪雷国际机场后,换机直接飞往上海浦东。在短短的二十四小时里,他鼓足几十年来最大的勇气,舍弃难舍的亲情,了却漫长的犹豫,足经三个国家,义无反顾地离开了美国,离开了熟悉的城市,与妻儿不辞而别,辗转海归了。

四十七

陆大伟给李杰打通了电话,问道:"曹琳给我来过电话,她说要回中国找你回来,你打算怎么办呢?"

李杰说:"昨天才到长沙,我打算先在家里歇几天,陪陪父母,等江天浩到了上海,我就去上海工作。"

"家里人知道你海归吗?"

"我暂时没有告诉他们实话。"

"是因为你父亲身体不好,患有肺心病吗?"

"家里的情况的确不怎么好,我担心父母不能接受。"

陆大伟想,有不少旅居美国的华人,国内的家人不知道他们在海外的现状,以为他们混得不错,把待在美国当成莫大的荣耀。他转移了话题,问道:"回到国内,感觉怎样呢?"

"感受强烈。"李杰显然感觉不错,很乐观地对陆大伟说起回国两天的心情。

在飞机接近浦东机场上空时,李杰开始激动。他亲眼看到与许多年前乘飞机离开上海时完全不一样的景象。陈旧的都市被拔地而起的众多的崭新摩天大楼代替了,一望无边的城市,大海一般的辽阔。他感觉特别壮观,内心的激动比十几年前飞机临近洛杉矶上空时还要强烈,他有一种前所未有的兴奋。

李杰惊喜地看着机翼下这块美丽的大地,拥挤的街道、拥挤的车流、拥挤的人潮。好像全世界的人都与他一起奔拥到这个活力四射的都市,与这块土地一起沸腾,一起燃烧。

江天浩还没有到上海,李杰在上海只停了一天便乘高铁回了长沙,他打算先回老家看望家人,等与江天浩取得联系后,再去上海工作。

离开上海前,李杰给曹琳打了电话。当他告诉曹琳他在上海时,她吓坏了。

曹琳在电话里吼道:"李杰,你怎么这样没有脑子呢!你逃跑了,我和凯西怎么办呢?你太自私了,把我们害惨了。"

李杰央求道:"曹琳,你别激动,先听我解释好吗?"

"我能不激动吗?!这么大的事,你居然不跟我商量,就一走了之了。你不只让我不知道该怎么办,你回到老家怎么同我父母和你家人说呢?说你是逃回去的吗?"曹琳哭了起来,把电话挂掉了。

怎么对家人说呢?李杰不是没有想,他离开美国前已经想了很久,但一直没想好。说回来探亲吗?住多久呢?说海归好了,本来就是去上海基因公司工作嘛。干吗海归呢?全家人都海归还是一个人海归呢？他也不知道怎样面对亲人们将会提出的问题，最后想，走一步看一步，船到桥头自然直。先说到基因公司协助工作，如果待遇不错，比在美国的发展空间大，再改口说海归。

回到长沙，从机场乘车到了五一路。下车后，李杰找不到回家的路了。过去他经常走的几条马路都没了，全建了高楼。他在街边借了路人的手机，给姐姐李煦丽打了电话。

姐姐好不惊讶，"李杰，你回来了？怎么都没有事先说一声呢？你就在五一路上等着，我马上坐公共汽车去接你。"

过去狭长的五一路如今已经面目全非，新的五一路马路宽阔，路边也同上海一样，高楼一幢接一幢。路上来来往往的都是私家汽车，国产的、进口的，各式各样的车子都有。行人也很多，比洛杉矶热闹。

一辆公共汽车在前面的小站停了下来，几个人从车上走下来。其中一个女人径直走向李杰，冲他喊道："李杰。"

李杰不敢相信走过来的女人是他的姐姐李煦丽。她的头发有些花白，满面笑容却流露出憔悴。十几年前他离开长沙出国时，姐姐还那么年轻。那时她还在上班，抚养两个孩子，儿子梁荣，十岁；女儿梁旭，五岁。想不到十几年后再见面，姐姐已经苍老了许多，让他不敢相认了。

他好不容易从嘴里发出一声，"姐。"他的声音很轻，生怕喊错了人似的。

姐姐走近后,一把抓住李杰的手,紧紧地拽着,生怕他飞走一般,"我像在做梦,你出国十多年,没有回来过。你不知道爸妈多想你,生怕他们走了也不能见上你一面。这下好了,你终于回来探亲了。我们赶快去坐车吧。看到你回来,爸妈会很高兴的。"

李煦丽站到街边,伸手招出租车,很快就有一辆出租车在他们面前停下来。

李杰打开车门让姐姐先上,她看着他,问道:"你的行李呢?"

李杰被姐姐问住了。对了,行李呢?回国怎么只带一个小背包呢?他一下语塞,不知该如何回答姐姐这个简单而现实的问题。几个月前,曹琳回国时带了两个大行李箱,而在他编好的回国故事里,却把有关行李的细节忘了。

"不会是忘在飞机场了吧?"李煦丽提醒李杰。

"忘了?没有,我把行李留在上海了。"李杰显得有些语无伦次。

"留在上海?你为什么把行李留在上海呢?"李煦丽一脸迷惑。

"哦,我要在上海工作一段时间,来回跑带着行李不方便,我寄放在朋友那里。"李杰自圆其说。

"你不把行李带回家来,全留在了上海吗?"

"我没多少行李,本想买一些礼物带给家人,曹琳说现在国内什么都有,在美国买的东西也都是'中国制造',没有人再稀罕。我就什么都没买了。"李杰找理由应付她。

他们上了车,出租车开动了。

姐姐唠叨道:"你真不懂事,回国带点礼物是一份心意呀。没带东西给我没关系,可爸妈那里真不好说。老两口等了你那么多年,回来了,却空着两只手。"

姐姐说得有道理,他这个儿子怎么做的!李杰沉默着,心里不好受。曹琳回国时,李杰还买了两大箱礼物让她带回来给两家父母、姐姐一家以及亲朋好友。可是他自己在离家十几年后第一次回来,反而什么也没带,他很内疚。可是,内疚又有什么用呢?他在心里安慰自己,如果是荣归故里另当别论,可他是一个从监狱出来还没有结案的人。

他只好对姐姐说:"走得太匆忙,到时候我同爸妈解释一下。"

"怎么解释得清楚呢?我和爸妈这边还好说,你老婆家呢?你是先回到自己父母家里的,他们肯定会以为你带了东西回来,都留在我们这一边了。"

李煦丽的顾虑不是没有根据的。过去每次曹琳回国时,他们或多或少会发生一些小争执,为带钱和礼物给哪一家父母多了或少了产生口角。他抱怨她太顾自己父母,心里没有他的家人。后来,听同事讲,他们的老婆也都一样,他也就慢慢想通了。也许天下的女人都相同,嫁了男人,没把心嫁出去。

"我让曹琳去解释,应该没有问题。"李杰安慰姐姐。

"对亲戚朋友怎么解释呢?我前几天还碰见过谭国芷,他刚好在长沙。他问我曹琳和凯西的情况,还说多年没见到你了。"

提到谭国芷,李杰不由得想到血清素和血安达。那些让他失掉一切的名词一进他的耳朵,就会掀起一阵浪涛,带给他撕心的痛苦。他冷冷地说:"我回长沙的时间短,没打算去他那里。"

"你真是的,曹琳回国的时候在他那里工作,人家待你们不薄!你回来了,不去拜访,万一今后他知道了,不好吧?"

李杰沉默了。

李煦丽说:"人啦,不能过了河就忘了撑船的人。你姐夫从部队转业到工厂当书记,家里的门槛都被人踩破了。现在呢,人下来了,职位没了,个子都变矮了。别说没有人再来家里,即使在路上碰到过去常来常往的人,人家也不愿意停下来多说几句话。"她无限感慨地叹了口气。

"姐,实在对不起。"看着她的泄气样,李杰心里很过意不去。姐姐年岁大了,比以前爱唠叨。但她提到谭国芷,告诫他要知恩图报,她还是像以前那样善良,他反而感到更加歉疚。

"李杰,姐也不是在怪你。现在这个社会,还是要讲关系,靠人情。我们不积攒一点儿人情关系,过日子会很难。你回国一趟不容易,我也希望你借这个机会到一些老朋友那里走动走动。留得人情在,万一今后需要求人帮忙也好开口。"

李杰觉得姐姐有些现实,有些势利了。但他又不得不理解她,姐夫在位时,她也是被人求来求去,也接过礼。可现在情况倒了过来,轮到自己不得不事事求人,难免感到办事不容易。姐夫的资源已经用枯竭了,除了李杰,她真的无所依靠。过去他在海外,远水解不了近渴。现在他回来了,却提着一只空桶。

唉,他就这么一个姐姐呀。李杰只好安慰她说:"姐,我会抽时间去看望过去的老朋友。到时候我去商店里买些东西带上。"

"那不一样。你是从国外回来的,在这里买东西送礼,人家觉得你没诚意。现在的人送礼很讲究,送得不对,就白送了。所以呀,你不回来还好,回来了,看到你什么也没带,我心里很紧的。"姐姐心情沉重地说。

看到姐姐一脸忧愁,李杰隐隐地伤心。没有想到自己考虑不周到,一件小事会给她带来这么深重的困扰。

李杰很想跟姐姐解释,她是个讲道理的女人,同她讲明白了,她会理解的。可他想了一下,觉得还是不讲为好。万一她守不住嘴,父亲知道了他的处境,他不敢想象会惹出什么后果。

李杰转过脸眺望车窗外的长沙城。窗外是他已经不再熟悉的城市,宽阔的大马路上车流熙熙攘攘,沿途是流光溢彩的高大建筑,音乐声、吆喝声、汽车鸣笛声此起彼伏。面对眼前繁华的城市,李杰想,当初不出国多好,或者,早一些回国多好。现在沦落到这个境地,真悲哀。所幸,他只在家乡待几天就去上海。

出租车朝前开着,在离步行道不远的十字路口,转向了另一条马路。李杰回首看一眼刚经过的五一路,车后窗里,这美丽的长沙城,在夜幕来临的时候,灯红酒绿,一身盛装。他忽然觉得自己的心境像十几年前一样。

他曾经以为美国就是摩天大楼、灯红酒绿。到了美国,他才知道真正的美国生活不是他想象的那样,那里灯不红酒不绿。他在洛杉矶住了许多年,那里的夜晚是一片灰蒙蒙的黑。每天在太阳落山之后,街道、房屋都沉浸在昏黄的寂静之中。工作之后的人们回到家里,放下一天的疲惫,早早地歇息,进入梦乡,为了生活,等待新的早晨到来,匆匆地再开始另一天的忙碌。

如今他的家乡完全不一样了。车窗外,霓虹灯照亮的夜,处处歌舞升平。李杰真正看到了梦境中曾幻想过的美国。

四十八

出租车在李杰父母家的巷口停下来。巷道里,人们三五成群地围坐在低矮的小桌四周玩扑克、麻将或字牌。下了出租车,李煦丽领李杰去了父母的住处。他父母还是住在老地方,李杰十分熟悉那幢房子,白水泥和沙子混合抹墙的六层旧楼房。离家十几年,楼房依旧,只是外墙的颜色脏得更深了。父母住在三楼。站在门口朝屋里看去,狭小客厅里的家具和陈设旧貌依然。他的家与他刚乘车经过的大街似乎不在同一个年代。

"妈,你看谁回来啦?"姐姐跨入敞开的房门,凑近母亲耳朵大声说。

听李杰大叫了一声"妈",他母亲惊喜得几乎发抖,用高分贝的声音说:"杰儿,你回来了!"一下扑过来抓住他的手,朝里屋用更高昂的声音叫道:"老头子,你快来,杰儿回来了。"

李杰被母亲拽进家门。七十多岁的父亲气喘吁吁地从卧室里走出来。母亲和父亲头发都已花白,岁月在他们的脸上挤出了一层厚厚的皱纹,年轮无情地把他们的背压驼了。他们的兴奋是难以抑制的,那满脸的皱纹都在不停地颤动。母亲深凹的眼睛里涌出了一汪泪泉。触景生情,李杰有难言的愧疚和辛酸,眼泪也禁不住流了下来。父亲虽然呼吸费力,因为重逢,他还是乐呵呵地瞅着李杰。

"哎呀,你们怎么都哭了呢？李杰回来探亲是件喜事,要高兴才是。"姐姐说着,自己的眼泪也落了下来。

"杰儿,你回来待多久呢?"父亲喘着气问他。

"我在上海有一个合作项目,在家只住几天。"

"什么时候回美国呢?"父亲关切地问。

"看项目的进展,一时定不下来。"

姐姐问道:"你去上海后还回不回来?"

怎么说呢? 李杰只好含糊其词,"看情况吧。"

"就在家待几天吗?"姐姐很无奈。

父亲说:"煦丽,李杰在国外忙,能回来看一眼就好啦。明天你早些过来,替我们安排一下给他接风吧。"

次日一早,姐姐过来了,说李杰在家逗留时间短,接风饯行一次办,到潇湘楼订一桌酒。她说一桌可以坐十二个人,除了她一家人都过来,座位有剩,还可以请四五位客人。

李杰说:"我有几个高中同学,要不把他们请过来吧?"

"算了吧。请他们,请不请老婆孩子呢?不请不好,请了没有座位,又得再开一席。你把谭国芷夫妇请来,曹琳在长沙时,谭国芷对她挺照顾的。"

谭国芷,又是谭国芷。李杰心里有难言之痛呀。可李煦丽言之有理,李杰无话可驳。

李杰与父母乘出租车去了五一路新开张的潇湘酒楼。走进酒楼,他如同走进一户古代官宦家的厅堂。朱红色的香木屏风立在前厅,屏风后的大堂陈设古香古色,配上悬挂在高挑天花板下亮堂堂的红黄相间的精美小灯笼,给人珠光宝气的震撼感。几位身着深红旗袍的漂亮小姐,丰姿娇柔,亭亭玉立地在楼梯口候着,彬彬有礼地向他们鞠躬。一位姑娘迎上来,领他们走上二楼。

二楼餐厅很大,正对门是枣红色绸布底衬着金黄色龙凤图腾的墙壁,色彩艳丽,把餐厅渲染得很热烈。餐厅装潢得讲究、气派、奢华,比起李杰在美国十几年里去过的所有餐馆不知强多少倍。他不敢想象那些比潇湘酒楼更高档的餐厅会是什么样。偌大厅堂高朋满座。李杰想起"吃在中国"这句话,感慨万千。李煦丽带着一儿一女,已经在餐桌旁就座。

"姐夫呢?"李杰问道。

"他在湘乡农村给一家私人农场养鸭子。我打电话告诉他你回来了,他说,几百只鸭子一时找不到人代替照看,走不开。"姐姐说。

"姐夫六十多了,书记退下来几年,怎么又跑去养鸭子?"

"不出去找事做怎么办呢?梁荣做房地产把家底亏得精光,欠了几十万元的债要还。"

梁荣面无表情。也许是母亲说多了,他早已经被说得麻木。

梁旭见母亲当着舅舅的面数落梁荣,替哥哥抱不平。"妈,你别说得那么难听好吗?哥哥毕业找不到工作,也是被逼到没办法。当初你不也同意哥哥借钱做房地产开发吗?那时候又不只有哥哥一个人想赚钱,爸爸不同意哥哥靠借钱来接项目,你还同爸爸吵,硬逼着爸爸从单位里借了十几万元。"

"我也没有要他不长心眼,让别人把钱白拿走呀。"

"哥哥怎么会知道呢?县长姐姐介绍的项目,她说只要送十几万元礼金打通关系,可以拿到一幢县政府住宅楼的基建项目,不要说大赚一笔,一两套房子总可以赚到手。当时你也信以为真。"

李煦丽正要回话时,父亲不高兴了,拉下脸,喝道:"不要再说那些倒霉事。李杰隔了十多年才回来,你们尽讲些不中听的话。等会儿谭国芷夫妇来了,看到我们一家人都板着脸,像什么样。"父亲讲得动了气,大声咳嗽起来。

李煦丽在父亲的背上轻轻拍着,为他顺气。

李杰把话题从梁荣身上移开,问梁旭:"你在县城医院里工作怎样?都还好吧?"

"好什么好呢?进不了长沙市区医院,在县城还是做临时工。临时工没奖金,每个月只有五六百块钱,现在的物价高,五六百块钱能做什么呢?"梁旭不冷不热地说。

"护士就只有这么点钱吗?"李杰关心地问。

"临时工就只拿这么多。如果是在长沙市区医院工作也就算了,吃住在家里。虽然县城的物价比城市低,但几百块钱真的很难过日子。"梁旭苦笑着。

李煦丽说:"梁旭读护校也是听了你的话。你说美国护士短缺,收入高,只要肯干,一年拿十来万美元没问题。我当时是想有朝一日她也能去美国,才让她不考大学读护校。"

李杰辩解道:"美国的护士工资真的很高。我认识的一位护士说,她过节加班,一天就能拿一千多美元。"

梁旭吐了吐舌头,惊叹道:"一天就赚我一年的工资吗?"

李煦丽满脸幽怨地说:"你一年哪里真正拿到过这么多钱。"

李杰安慰梁旭说:"你抓紧学英语,尽早考美国的护士执照,到时候我帮你。"话一出口,他心里直叫苦。他怎么帮她呢?要是姐姐知道他已经海归,在编谎话骗她的话,一定会恨死他的。

"好啰,这件事就靠你了,你回美国后给梁旭留点心。梁旭英语不好,我还是要做好两手准备。我们家现在没底子,把酒席摆在潇湘酒楼是为了充面子。请了谭国芷夫妇,不能太寒酸。

谭国芷夫人在长沙市湖湘医院当护理部主任,拉住这条线,等以后有机会时,问问她能不能帮梁旭调到长沙市区来。"

李杰目瞪口呆,原本朴实得从不给人添麻烦的姐姐,怎么变得心机重重了,吃餐饭还在计算得失。他说:"我与谭国芷没有深交,恐怕求他没用。"

"多联系关系就深了。"

"护理部主任又不是院长,找她没用。"

"县官不如现管。我早打听过了,湘湖医院的胡院长是谭国芷的大学同学,不然,谭国芷老婆怎么会在医院里当上护理部主任呢?只要谭国芷肯帮忙的话,还是会有用的。你今天别提梁旭找工作的事,适当的时候再联系,请他找胡院长说说。"

亲人的重托,无形地压过来。李杰满腹阴霾,心沉甸甸的。幸好,他在长沙只住几天。李杰此刻很想同江天浩打电话,想知道他是不是已经到了上海。他恨不得马上飞去上海,避开这无法承担的重荷。

见李杰满怀心事,李煦丽安慰他说:"李杰,姐也是没办法。现在找工作,不找熟人挺难的。我也不要谭国芷做别的事,他只要引一下路,人情的事我自己打理。如今不认识人,就是有钱也送不进去。"

尽管李杰与李煦丽说话的声音并不小,母亲还是没有听到他们在讲什么,抱怨说:"你们总是偷偷摸摸讲话,有什么事不能让我知道呢?"

姐姐凑到母亲的耳朵边说:"我们讲话的声音够大了。声音再大一些,全餐馆的人都会听到了。"

李杰无奈地笑了一下。母亲挺可怜的,中年时因为吸烟,患了慢性支气管炎,抗菌用的链霉素针打多了,损害了耳朵的听力。姐姐说,这几年来,一家人习惯扯大嗓门讲话,每次说话都像在吵架。尽管如此,母亲还是抱怨说,全家人对她都神神秘秘的,把她当外人一般。幸好姐姐很会体谅母亲,常常把嘴巴凑到母亲的耳朵前讲话。也正因为李煦丽的细心,母亲从来都是顾着她。

这一次也不例外,当李煦丽把他们说的话在母亲耳边重复一遍后,母亲就放大嗓门说:"李杰,你就帮她一下,好歹是自己亲姐姐。你姐夫不在位,求人也求不上。你与谭国芷有联系,又在国外,人家还看一下你的面子。"

父亲坐在母亲一旁,没作声,但他明白姐姐在酒楼设宴是在为求人铺路后,一脸不高兴。

也许是在无须请客送礼的环境里生活久了,李杰忽然感到很强的反差,心里有说不出的感慨。他试图说服自己,国内的经济发展了,人们的思想还没法一下跟上来。发展不可能均衡呀,就像五一路旧貌不再,而他们家的房子仍旧简陋不堪。幸好他马上要去上海。上海是国际大都市,但愿观念会与世界接轨得快些。

四十九

陆大伟知道李杰对在上海发展寄予了巨大期望,想说服曹琳别回国劝他,但曹琳坚持说还是要回国跟李杰好好谈谈。

"凯西怎么办呢?你带她回国不方便。"陆大伟说。

"我去房东家问问,亚当斯的太太凯莉长期不工作,看能不能请她帮忙照顾。"

第二天,曹琳给陆大伟打了电话,亚当斯一家很好说话,同意把凯西放到他们家。

凯莉问曹琳:"什么时候把凯西放到我家来呢?"

"明天。"曹琳说,"我今晚把凯西的东西准备好,明天一早送她到你家来。"

"那么快,那你打算什么时候去法院呢?"凯莉问道。

"去法院?为什么呢?"曹琳迷惑不解。

"我和亚当斯作为凯西的监护人,需要你委托。"

"你需要我写一张书面的委托书吗?"

"不是,你要去法院申请,委托我们做凯西的监护人。"凯莉很认真。

"我马上要去中国,没时间。"曹琳着急了。

凯莉说:"这是必需的手续。你急着走没关系,把委托申请表送到法院就行了。有了委托申请表,我们才可以合法受委托,以后不会有法律问题。"

"这么一件小事还要经过法院批准吗?"曹琳嘀咕着。把照顾几天小孩的事搞得那么复杂,这不折腾人吗?

凯莉很不解,望着曹琳问道:"把自己的孩子交给另一个人看管是一件小事情吗?"

曹琳被凯莉问住了,望着她无话可答。

凯莉说:"其实你是最省心的人。你只需要去法院填一张监护人委托申请表就好了。你走了以后,我和亚当斯的事情多着呢。我们要去录指纹,接受犯罪记录的背景调查;要到儿童保护局上课,了解照顾儿童的规则。社会工作人员还要来我们家面谈,查看我们家是否适合凯西生活。这些事情都通过后,法院才会通知我们带凯西去法庭出庭。经过法官判决,得到许可,我和亚当斯才是凯西的合法监护人。有了一张正式的监护人批准书,以后你有事,可以随时把凯西放到我家来。"

曹琳无奈,急忙开车去洛杉矶郡联邦法院。事情比她想象的简单多了,填一张监护人委托书申请表,交八十美元手续费,法院秘书在申请书上盖上收件印章,交给她两份复件,曹琳一方的事就算办妥了。

曹琳在网上订好了第二天从洛杉矶飞往上海的机票,又去给凯西买了生日礼物,晚上拎着为凯西准备好的换洗衣服、被子及每天该服用的药物,去了凯莉家。她写了陆大伟和肖昕的电话号码,一并交给了凯莉。

"周六凯西满五岁,请您在她的生日当天把礼物送给她。"

"哦,凯西也是这个周末生日!与我家威廉的生日碰到一起了。"凯莉颇为惊喜,"我早给威廉安排了一个生日聚会。好极了,我们同一天庆祝他俩的生日。"

曹琳喜出望外,"我不知道威廉也是这个周末生日,没有给他准备礼物。"

"有一声祝福就好了。"凯莉接过曹琳给凯西的礼物。

曹琳从布袋里拿出两个纸盒,"这是给凯西服的药。每天要服三次,大的每次一片,小的每次两片。药盒里有英文说明书。"

凯莉接过来,仔细地看着药盒,"包装很漂亮,中国生产的吗?"

"是的。凯西来美国前生了一场病,出院时,中国的医生开了药,她要连续服用一年。"

"你放心,我会按时给凯西服药。"凯莉转过药盒,在药盒四周看了一圈,问,"上面怎么没有药剂师注明的服药要求呢?"

曹琳从凯莉手中拿回药盒,打开盒盖,从里面抽出一张折叠成四方形的说明书,指给凯莉看,"这一边有英文,上面说得很清楚。"

凯莉皱起眉头,"这是处方药,应该有药剂师注明凯西的名字、服药的方法和用量。"

曹琳把说明书拿至凯莉跟前,指着一行细小的字说:"你看,上面写得很清楚,成人每天服三次,每次两片。小孩每日三次,每次一片。"

凯莉很奇怪,"怎么能按药盒里的说明书服药?! 你在这里看过病吗?"

"看过。"

"那你该明白,所有处方药,药盒上应该贴上病人的名字,写明用药时间和用药量。药剂师需要检查医生开的处方是否合适,还得向病人说明具体用药的注意事项和药物会有哪些不良反应。"

曹琳解释说:"凯莉,中国的医院与美国的做法不同,药房只管发药,药剂师不过问医生怎么给病人开药的。"

凯莉无法理解,"完全由医生说了算吗?处方也不需要药剂师检查吗?医院里的医生每天都那么忙,他们的精力有限,给病人开的药能有专门学药物的药剂师把关的话,对病人来说不是会多一层保护吗?药物对人的影响很大,用错药会使人体受到严重伤害。"

曹琳无法与凯莉辩驳,说:"你说得不错。可是,凯西是在中国看的病,在中国拿的药,我只有按中国的规矩办。凯西已经服用了几个月的药,没有问题呀。"

"万一药物对凯西有害,是我给她服的药,我该负什么责任呢?坐牢还是赔偿?假如凯西受到伤害,坐牢和赔偿又能起什么作用呢?生命是宝贵的,我们不可以太随便。"凯莉把说明书放到茶几上,说,"中国的医生怎么做是他们的事,我管不着。你现在在美国,你要遵守美国的规则和法律。没有药剂师为凯西写的用药要求,我不会给她服药的。"

曹琳没辙,只好给谭国芷打电话,请他去找凯西的住院医生。

谭国芷满口答应:"这么好的药用不着担心。你放心,我马上写一个英文的用药说明,让药剂科主任签个名,盖上章,给你扫描发过去。"

五十

暑期班结束了,陆大伟回圣迭戈前,特地到蒙诺维亚亚当斯家看望凯西。

坐在客厅里,陆大伟问凯莉:"凯西还好吗?"

凯莉笑道:"昨晚凯西还是很想妈妈,睡觉时哭了好几次。今天好了,很快与威廉玩到了一块儿。"

凯莉朝里屋大声喊道:"威廉,带凯西过来,有朋友来看她了。"

一阵嘻嘻哈哈的笑声传来,一个浅黄头发的男孩从里面的房间跑出来。他穿着一件洁白的短袖 T 恤,梳着分头,小脸帅气,很像凯莉。凯西跟在男孩后面来到沙发前。陆大伟见到凯西,一把抱起她,让她坐在自己的大腿上。

凯莉问陆大伟:"你明天有空吗?凯西和威廉生日,我想给他们举办生日 Party。"

陆大伟说:"我今晚要赶回圣迭戈。儿子很快要开学,这个周末要给他采购上学的用品。"

凯西侧过脸,失望地对陆大伟说:"叔叔,我没有朋友。"

陆大伟知道凯西希望他能来参加她的生日 Party。可是自从那天在曹琳家接到肖昕的电话,他已经感觉出肖昕不高兴。虽然他并不知道原因,为了避免加重两人间的摩擦,陆大伟只好对凯西说:"以后叔叔常来看你。等会儿我去给你和威廉买生日礼物。"

陆大伟回到圣迭戈后的第三天清晨,忽然接到凯莉的电话。凯莉告诉他凯西在她家昏迷过去,现在正在医院里抢救。陆大伟非常震惊,问她凯西得了什么病。她说不知道,护士采了血,送去化验了。她和亚当斯都在医院里等化验结果,目前还不知道凯西昏迷的原因。

陆大伟匆匆开车送晓波去学校上课后,向弗朗西斯续假一天。他打电话给肖昕,没人接。他们还在冷战,他给她留了言,告诉她凯西在医院里急救,自己赶去了洛杉矶,可能晚上回不了家,让她下午开车去学校接晓波。

到了医院,陆大伟看到病房里仅有一张病床,凯莉坐在床边的一张沙发上。凯莉见陆大伟进来,忙将手指放到嘴边,轻声地"嘘"了一下,示意他别讲话。

陆大伟的眼光落到洁白的病床上。凯西小小的身体盖着雪白的被子,输液架立在床头边,一台平面监视仪放在输液架旁。

凯西的脸上罩着一只氧气罩,她闭着双眼,看似熟睡着。

凯莉站起来,蹑手蹑脚地走向陆大伟,用手指着门外,示意他随她出去。陆大伟跟在她的后面,走出病房,站在过道上。

凯莉轻声说:"凯西刚睡着,让她好好睡一会儿。"

陆大伟迫不及待地问她凯西究竟怎么回事,好端端的,为什么会突然昏迷过去呢?

她说:"我也不知道是怎么回事,昨天给威廉和凯西开生日Party,凯西玩得很高兴,吃了不少东西。半夜里,我和亚当斯的卧室门被推开,我睁开眼一看,发现一个小人影走到我们床前,摇摇晃晃地栽倒在地毯上。我急忙打开床头灯,发现是凯西。"

陆大伟很奇怪,"凯西怎么会走到你们的房间里呢?"

凯莉担心陆大伟把凯西急病住院的事怪罪于她,急忙向他说明当天的情况。

周六一大早,亚当斯开车去了Party专卖店,采购回来一大堆生日聚会装饰品,租了一架儿童蹦乐屋。凯莉在客厅扎了彩带,卧室和院子系了许多彩色气球,整个家里里外外一派生日聚会的温馨喜庆气氛。凯西从来没有见过蹦乐屋,她兴奋地跟在威廉的后面,追着亚当斯,看他给马达接上电源,给一堆塑料充气,红蓝相间的塑料袋一会儿变成一座鼓囊囊的大屋子。威廉和凯西飞快地钻进了塑料屋子里,在里边蹦蹦跳跳。

中午过后,威廉同一班的小朋友陆续到达。除了礼物,他们还带来准备在威廉家客厅过夜的睡袋。这群由家长开车送来的孩子要在威廉家欢乐一整天,直到第二天中午才会被父母领回家。

整个下午亚当斯在院子里忙得不亦乐乎。他守在游泳池旁寸步不离,还得兼顾蹦乐屋里疯跳的小朋友,直到下午太阳偏西,凯莉站在后门口大叫:"开 Party 啰。"他才把这群在蹦乐屋和游泳池里嬉戏的小朋友请回房间,叫那些穿着湿漉漉游泳衣裤的孩子赶快去浴室换衣服。

聚餐很简单,凯莉只在家里烤了几只大披萨,煮了一锅意大利空心粉,拌了几大盘沙拉。让孩子们高兴的不是吃,他们期盼威廉和凯西戴上硬彩纸做的三角形生日帽子,当众拆开大家送的五花八门的生日礼物,以及在餐后围在电视机前玩电子游戏。

对凯西来说,这是她最为开心的日子。她收到妈妈、陆大伟、亚当斯夫妇和威廉送的生日礼物。这一天,没有妈妈管着,她可以毫无顾忌地大吃特吃,并且喝了几罐妈妈不愿给她买的可口可乐。凯莉很奇怪,凯西的尿特别多,不时地上厕所,两次尿湿裤子。

晚上,威廉和他的小朋友们各自拿一个睡袋睡到客厅的地毯上。凯西不愿一个人睡在房间里,把自己的被子拿过来,挤到威廉的旁边。刚躺下来不久她便对威廉说:"我要上厕所。"

"你睡觉前才上了厕所,你骗我。"

"我不骗你,我要上厕所。"凯西爬起来朝凯莉卧室旁的厕所跑。

威廉听到凯西上完厕所走回来的声音,睁开眼看见她躺了下来。他刚要睡过去,听见身边的凯西又爬起来朝厕所跑去。

凯莉在睡眼蒙眬中隐约听到卧室门被扭开的声音,微微睁开眼,看见一个小人影从门外进来,接着砰的一声,那小小的黑影倒在地毯上。凯莉被惊醒,推着身边的丈夫说:"亚当斯,你快起来看看。"

听到叫喊声,亚当斯一骨碌爬起来,赶快打开灯。凯西躺在门内的地毯上。

凯莉一把抱起凯西,紧张地喊道:"凯西,你怎么了?"

凯西双眼紧闭,任凯莉怎么叫喊都没有反应。

"凯西出什么事了?"凯莉惊慌地问亚当斯,她感觉抱在怀里的凯西湿漉漉的,叫道,"她又把尿撒在身上了。"

亚当斯急忙蹲下来,拍着凯西的背部,轻声喊道:"凯西,醒醒。"

凯西双眼紧闭,软软地瘫在凯莉的怀里不省人事。

"凯西好像是昏过去了。"亚当斯摸了一下凯西的鼻子,她还在呼吸,"你别动,我马上打紧急求救电话。"

几分钟后,远处传来一阵阵鸣笛声。很快,戴维森路上出现了闪耀着红黄蓝色灯的两部救火车和三部警车,它们停在亚当斯家的门口。穿着黄色防火服的急救员从车上下来,警察也飞快地走出警车,站在街的两头阻止随时有可能开过来的其他车辆。

急救员拿着担架进了房间,抬着凯西飞快地走了出来,朝停在街边的救护车走去。救护员把担架床上的凯西放进救护车里,很快给她戴上氧气罩。救护员把亚当斯喊上了救护车,随之关上了车门。一部警车在救护车启动时先一步开动了,在前面开路。凯莉留了下来,陪着十几个惊慌失措的孩子。

五十一

曹琳乘飞机经上海机场转机回到长沙。李杰一听曹琳从美国赶回来找他,急了,放下电话,跑下楼,在路口拦了一部出租车直奔黄花机场。

李杰赶到时,急忙对曹琳说:"我们别急着回去,家里人不知道我是逃回来的,我们先统一口径,看看怎样说合适。"

曹琳没好气地拉着行李就要走,气冲冲地说:"统一什么口径,对家人实话实说,没有什么面子好顾的。"

李杰抓住曹琳的行李箱,"我不是为了顾自己的面子,我父亲身体不好,经不住任何打击。"

曹琳在街边站定了,松开行李,说:"那你答应赶快跟我回美国去。你也不想想后果,以为跑回中国来就没事了吗?"

李杰摇着头,语气很坚定地说:"我不会回去。万一警察局发现我没结案离境,再把我抓起来怎么办呢?判刑是肯定的,坐牢出狱后我这一辈子别想再找到工作。你就不能替我想想吗?

我以后怎么办呢?"

曹琳反问他:"你替凯西想过了吗?"

李杰说:"她回国来不行吗?我去上海工作,我们在上海安家。"

"在上海安家?你一个月能拿多少工资呢?靠你那点工资,在上海买得起房子吗?做梦吧。要是相信你真能在上海混下去,我就不会回国找你了。"

"天知道呢?林倩不是在上海混得很不错吗?江天浩在美国过得也不错,还是要回来。现在有不少出国的人赶最后这个机会回国发展,我不想错失这次机会。"

李杰咬定了,无论如何都不会与曹琳一起回美国。他说回国虽然只有几天,但感受很深。从上海飞到长沙,亲眼看到国内的经济发展很快,处处高楼,城市日新月异,变化惊人。与美国比起来,虽然交通秩序乱一些,环境脏一些,但走在大街上,他有一种鱼儿又回到了水里的感受,心里感到踏实和快乐。他相信到上海后,在林倩的公司里有一份好工作,一定会过得比在美国好。

曹琳叹了口气,"要知道你这样固执,我干吗千里迢迢回国找你呢?枉费了一趟机票钱。算了吧,你不想回美国我也绑不走你,你好自为之。"她无比失望。

五十二

陆大伟在医院里给曹琳打了电话。

曹琳吓了一大跳,问陆大伟:"凯西怎么会突然患病昏迷呢?"

"目前还不知道原因。化验员已经给她抽了血做化验,结果还没有出来。"

肖昕听到陆大伟的留言,知道凯西在医院里急救后,给陆大伟来了电话,说是第二天轮休时开车到洛杉矶来看凯西。

屋漏偏遭连夜雨,曹琳的心绪坏极了。她猜测凯西可能是肝昏迷。几个月前凯西才在长沙住过院,肝病还没有完全恢复,肝脏里还潜伏着肝炎病毒。出院时医生特别吩咐凯西需要继续吃一年护肝杀病毒的药。她几乎肯定地认为,一定是因为凯莉没有按谭国芷从中国发来的服药说明书给凯西服药,凯西的肝炎病才急性复发。她后悔不该回中国找李杰,后悔不该把凯西寄养到亚当斯家里。她甚至埋怨是凯莉害了凯西,没有给凯西按时服药,没尽责任把凯西照顾好。

曹琳给陆大伟打电话说:"凯西的命真苦,前几年与我们天涯远隔,小小年纪独自与外公外婆待在国内。现在好不容易到了美国,结果也没有比过去好,不仅没有得到我们的关爱照顾,现在躺在医院里,昏迷了,身边连一个亲人也没有。"她讲着讲着,情不自禁地痛哭了起来。

听到她的哀号,陆大伟安慰说:"你别太难过。我请了假,正在洛杉矶。我会和肖昕一块帮忙照顾好凯西的。你告诉李杰,凯西昏迷住院,要他一同回美国来吧。"

她恨恨地说:"我当他死了。"

陆大伟料定曹琳与李杰一定吵翻了,挂掉电话后,马上给李杰打了电话。

李杰说,曹琳的确同他大吵了一架。本来她已经同意一个人赶回洛杉矶,可当他给她买好机票后,她忽然发起飚来,又哭又叫,在他的胸部捶打,号叫着:"都是你,都是你造成的。你把我和凯西害惨了呀。"岳父赶过来劝架,好不容易把自己的独生女儿拉开。

李杰说,曹琳很恨他,说嫁错了人,本来希望他能担当起一个家庭,给她和女儿庇护与照顾。可他就是不争气,不仅没有担当起一个丈夫、一个父亲的责任,反而给她和女儿带来无穷无尽的灾难。在家庭遇到困境时,他没有挺身而出,分担她的苦和怨,除了去买一张机票,其他什么都做不了。

李杰说:"我知道。女儿送医院急救,错在我,我跑回中国是祸的根源,可我又能怎么办呢?曹琳要发泄就任她发泄好了,我忍了。这个世界上,除了我,她不可能对任何人这样歇斯底里。现在是最后的机会,就让她彻底地放纵,叫骂开好了,我既不还手也不还口,任由她把气全泄到我身上。她有多少的恨我如今都可以承受。"

"你打算一同回洛杉矶吗?"陆大伟问他。

李杰说:"我肯定不能回去。凯西病了,我心里很着急,可是回洛杉矶很可能会被当作在案潜逃犯再一次被捕。你帮我一把,替我照顾凯西好吗?眼前的状况是我没有料想到的,但是现在没有别的办法,只好沿着这条路走下去了。"

陆大伟还有什么话好说呢?他答应李杰在洛杉矶多住几天照顾凯西,等曹琳回到洛杉矶后再回圣迭戈上班。

与李杰通过电话,陆大伟虽然感觉李杰不近人情,但从另一方面想,他毕竟是一个身患抑郁症的人,回国后他已经有了一些变化,尽管家里遇到了新的难题,他没有唠唠叨叨,怨天尤人。他听得出李杰思路清晰,知道自己该怎么做。陆大伟为李杰的精神状态得到恢复而感到安慰。

陆大伟去机场接曹琳,一见到她,便马上告诉了她凯西的情况:"化验结果出来了,凯西得了糖尿病。"

"她怎么可能会有糖尿病呢?"曹琳目瞪口呆。

"我也觉得奇怪。是史密斯医生查房时亲口告诉我的。"

"会不会是凯西的肝病加重造成血糖升高呢?"

陆大伟说:"我最初也怀疑高血糖与肝脏病有关系,但是史密斯说凯西的肝功能化验结果是正常的。"

"那会是什么原因呢?"她着急地问陆大伟。

"医生说凯西的胰腺有问题,血液中胰岛素水平降低,属一型糖尿病。他说胰岛的损害很可能是继发的。医生详细了解了凯西发病的经过后,要凯西停止服用国内买的药。听凯莉说,你交给她的药都让史密斯医生要去了。"

曹琳满脸阴霾,心情很沉重。陆大伟径直开车去了医院。

曹琳走进病房,在床边蹲下来,哀伤地盯着躺在床上的凯西。凯西静静地躺着,多条管道连在她的手臂上。曹琳难过地伸出手去摸凯西那张静静闭着眼睛的蜡黄色的面庞。

凯莉从后面拦住曹琳的手,小声严厉地说道:"曹琳,别动她,你会吵醒她的。"

曹琳哀求道:"别拦我。凯西是我的女儿。"她的泪水像断线般的珠子从悲伤的脸上滚落下来。"我对不起凯西,她太可怜了,肝病还没有好,又患了糖尿病,老天怎么这么不公平呀。"她哀伤地哭诉道。

那让人感到绝望的哭声,撕人心肺,唤起陆大伟内心对她深深的同情。是呀,老天太不公平,把所有的痛苦都压在了这样一个弱女子身上。她失掉了工作,失掉了家,现在连唯一相依为命的女儿也重病在身。陆大伟想到远在国内的李杰。他现在在这里多好,妻儿正在最艰难的时候,他是最应该站出来的男人,可现在他却在太平洋彼岸什么都做不了,让他的妻子独自悲苦。陆大伟不由对李杰产生了难言的愤恨。联想到自己也曾把肖昕独留密歇根,陆大伟心里突然生出对家人的歉疚。在一个苦难深重、走投无路的女人面前,他情不自禁地想伸出手来,做出一些担当,给她一些慰藉。不仅是向曹琳,也是向肖昕,向那些蒙受过生活磨难的人们,替那些曾经为了自己的事业而抛开家人的男人,伸出一只温暖的手。

陆大伟把曹琳的手抓在自己的手心里,安抚她说:"曹琳,李杰托付我替他照顾凯西。你别太伤心,我一定会帮助你的。你刚回来,先好好休息一下,凯西病了,你不能再倒下,一定要保重自己的身体。"

曹琳感到陆大伟的话真诚而温暖,他的手有力而坚强。她的眼泪像决了堤的河水向外涌。她想放声痛哭,但这里是医院,女儿躺在病床上,她不敢哭出声来。她努力克制自己,把头伏在陆大伟的手背上抽泣。

陆大伟突然听到病房外有东西被绊倒的声音,转过头朝门外望去,一个身影在门口消失。随后,一阵杂乱的脚步声飞快远去。他松开曹琳的手,立刻朝门外走。走廊里没有人,病房门外的墙边有一副担架车,被撞得斜在过道上。担架车上面放了一大束鲜花。

"谁来过了呢?怎么放下花就匆忙跑了呢?"陆大伟迷惑地站在走廊里朝远处的过道望去。黄昏下,远处玻璃窗透进来的残阳和天花板镶着的白炽灯交织生辉,一片锃亮的过道里空无一人。没有见到人影,陆大伟待了片刻,拿起鲜花,走回凯西的病房。

曹琳坐在床沿上,她背后的百叶窗帘被拉开了。斜阳的余晖从奶黄色窗叶的空隙透进来,映照在凯西苍白的小脸上,原本没有血色的面容有了生动的娇嫩。

陆大伟抱着鲜花,来到床边,"有人送花来,把花留在门外,人却不知去向。"

他的声音打破了病房的寂静。凯西小小的身躯在被褥下缓慢地蠕动了一下,她的双眼慢慢地睁开了,眼光落在陆大伟手上那束鲜艳夺目的花上。

"花。"尽管凯西的声音干涩,低沉而细弱,但那声音让人感受到严寒之后春天的呼唤。

"凯西,你醒了,妈妈在这里。"曹琳激动地叫道。她的两只手抚摸着凯西伸到被褥外的小手。

凯西张开嘴,苍白的脸上露出灿烂的微笑。"妈妈。"她喊了一声。

曹琳摸着女儿的脸,仔细端详着,"凯西,妈妈对不起你,没有照顾好你,害得你又住院了。"她把脸紧紧贴在女儿的脸上,心疼地说。已经停住的眼泪,忍不住又流了出来。

凯西没有打吊针的小手从被子下移了出来,抹着曹琳脸上的泪水,说:"妈妈不哭。"

当凯西的小手在曹琳的脸上划过时,一股滚烫的热流在陆大伟的身体里漫开来。他脑海里浮现出晓波的影子,回忆起他小时候缩在自己怀抱里酣睡的样子。父母与儿女之间血脉相通,陆大伟有一种被滋润、被温暖的感动。他为自己长时间在外奔波,没能守在妻儿身边尽职照顾而感到内疚。

这时凯莉转身离开病房,陆大伟也跟在她身后走了出去,轻轻地把病房门带上。

陆大伟和凯莉站在门外的走廊上,他对凯莉说:"麻烦你转告曹琳,我回圣迭戈去了。"

凯莉困惑地望着他,问道:"不等你妻子了吗?你去机场接曹琳的时候,她来过了,说是出去一下,等你们回来时她再来。"

"哦?"陆大伟有点错愕,肖昕来过了吗?他拿出手机,屏幕上有一个未接电话,肖昕在半小时前打来的。怎么没有听到电话铃响呢?陆大伟立刻回拨了电话。

肖昕的手机开着,响了半天没有接。陆大伟感到奇怪,想到门口留下的那束鲜花,难道这花是她买来的?既然买了花送过来,为什么不进病房呢?

再次打了电话,仍旧没人接。陆大伟留了言,问她是不是还在洛杉矶,他打算在接到她的回电后去找她。等了很长时间,肖昕仍然没有回电话。

五十三

我和陆大伟坐在高高的崖上,看着前面那一片风平浪静的海,看着蔚蓝海水边熠熠生辉的银白沙滩。沙滩上走着几位不太年轻的白种女人,毫无遮掩的身体在夏日阳光下,没有给人赏心悦目的感受。但她们在蓝色的背景下显得从容自得,旁若无人地在海滩上漫步。

我对陆大伟感叹道:"如果是几位年轻美丽的姑娘多好啊,妙龄美女配上沙滩大海,那种浑然天成的景象,才会在眼前织出一幅精致的封面画。"

陆大伟笑道:"的确如此。线条清晰、肤色健康的裸体除去复杂服饰的遮掩,给人以自然、美丽、简洁、纯净的感觉,让人感受出人与大自然协调地成为一体的绝妙。没有那些美丽女人,蓝天和海滩会失去多少情趣。我们曾经在杂志封面上看到的模特,让我们对蓝色大海边白色沙滩上的人产生了错觉。现实远非如此。我第一次走到裸体海滩后,看法改变了。如果你是想来看美丽身体的,我敢打赌,你来过一次后,很可能永远也不会再来。"

我问:"为什么呢?"

陆大伟说:"你会失望。当你走进裸体海滩,看到的一定不会是女孩高挺的胸部,有线条的腰臀,修长的大腿,充满视野的多是腰圆体胖的中老年男女。"

我问:"既然如此,那你为什么还带我来裸体海滩呢?"

陆大伟说:"了解距离,学习勇气。"

我不懂,"近距离看别人裸体的勇气吗?"

他说:"不是的。把握距离的重要和脱掉自己衣服的勇气。"

我的脸一下红了,"要我在离别人很近的地方脱掉衣服吗?

我可不会干的。"

陆大伟说:"不是要你脱掉自己的衣裤,一丝不挂地走到海滩上的人堆里去。我希望借这个例子来阐明两个简单的人生道理:一是看待事物的距离很重要;一是做人需要坦诚,敢于面对自己的不足和向他人敞开真实的自己。"

他拍了拍我的肩膀说:"你可以不欣赏在海滩上走来走去的裸体,但你不得不佩服他们敢于敞开自己的勇气,即便自己的身体不再漂亮美丽,甚至有许多不足和缺憾,但他们至少比你和我有勇气。"

我承认陆大伟说得有道理。想到他正在跟我谈他与肖昕之间的问题,我问道:"这两点跟处理你和肖昕之间的问题有关联吗?"

陆大伟坦诚地说:"当然有,不光与处理夫妻和家庭问题有关系,处理与其他人之间的关系也是同样的。我过去看人,很注意别人的不足。遇到与他人有矛盾和问题的时候,常常会首先指责他人,把问题归罪于他人。长期惯用这种看待事物的方法,自然对我与肖昕的相处产生不利影响。过去我一旦与肖昕争吵,首先想到的是肖昕不对,我们都会互不相让,非要争一个你死我活,基本上都认为自己是对的,错在对方。我和肖昕之间是这样,李杰在科尔曼公司遇到的问题也是一样的。"

陆大伟对我讲起了自己的经历。

从机场接曹琳到达凯西病房的那天,肖昕的确来过医院两次,她特地赶到花店买了一束鲜花,正准备走进病房时,恰好看到陆大伟拉着曹琳的手。她被眼前的景象震惊,丢下鲜花,气冲冲地离开了,开车返回了圣迭戈。

那天,陆大伟从洛杉矶回到圣迭戈家中,一进门,肖昕劈头盖脸地指责起他来:"我还以为你真的对晓波那么好,为了他的学习请假放弃休息,跑到洛杉矶租房子陪儿子学习。"

陆大伟丈二和尚摸不着头脑,"我请假去洛杉矶每天陪儿子一块儿复习功课,整整一个月泡在强化班里上课,我不是为晓波,难道是为了自己?"

"那是你做给我看的。"

"我有其他动机?"

"你心知肚明,难道要我帮你点穿吗?"

"我有什么见不得人的事瞒着你?!"

"怎么不是?!李杰回国的事,你不仅事先就知道,而且是你怂恿他回国的。"

"即便是的,有什么问题吗?"

"你早就策划好了,趁着李杰还没离开,先住到洛杉矶,好把我蒙在鼓里。我最初还真被你感动了,觉得你对家、对儿子真好。等我看到医院里发生的情景,三个人亲密得像一家人,我才想明白了。难怪你那样热心地跑去洛杉矶住,难怪你在李杰一离开美国就迫不及待地赶到曹琳家去,难怪你对凯西那样疼爱,守在医院里,自己的家和儿子不管!"肖昕痛恨地数落陆大伟。

陆大伟很惊讶,也很恼怒,心想,她怎么会有这种让人不可理喻的想法呢?他冒火了,吼道:"你嘴里讲出这种话太丢人!"

肖昕毫不示弱,气急败坏地回他:"我丢人?是我丢人还是你丢人?你才回来多久就耐不住;在中国丢人不够,还要丢到美国来?"

她旧事重提,无事生非,陆大伟被激怒了,肝火大动,"你再胡说八道,我揍你。"他说着,举起手掌,恨不得一掌下去,在她脸上掴一耳光。

肖昕丝毫不退让,咄咄逼人地盯着他,"打呀,下手打呀。刚好给我报警的机会。"

反正这个家没意思,一掌打下去好了。叫警察吧,散伙吧。

晓波在卧室里大声吼道:"你们别吵了!"

听到儿子的叫唤,陆大伟控制住自己,放下手,但他并没有罢休。他心里好恨,恨肖昕,恨她揭他的旧疤,恨她口出恶言伤及无辜。曹琳已经遍体鳞伤,她竟无怜悯之情,令他痛心。

陆大伟继续对肖昕吼叫,尽力发泄,不只是为自己,更为一个弱女子。他已经记不起来自己究竟讲了什么伤害肖昕的话。他们的争吵越来越凶,谁也不让谁,尽说些击中对方要害的言辞,把过去大大小小的问题和矛盾都搬出来。结婚以来,虽然他们的矛盾不少,常有小争吵,但如此不顾晓波、面红耳赤、大张旗鼓地争吵,这是第一次。

晓波被爸妈的争吵激怒,对着房门狠狠踢了两脚,随后拉开卧室门,砰的一声关上。陆大伟听到一声轰响,怔住了。看到肖昕气得通红的脸,他心想,她今天是豁出去了,只要他再吵下去,这个家就没了。他只能选择离开,找一个冷清的地方去泄火。他羞恼地甩门从客厅走出,来到楼下,开着车子出去散心。

没有地方可去,便来到实验室。实验室里空无一人,他坐在自己的实验桌旁,难以平静。他不明白为什么肖昕会无中生有,怀疑他对曹琳心生邪念。他苦思冥想,找不到答案。他无法谅解肖昕。一个名利双全的麻醉科医生居然与一个失业在家的无助弱女子较劲!她怎么会变成这种小心眼的女人呢?她太让他失望。

陆大伟一向认为肖昕是一个聪明的女人。他早听人说过,"一个幸福的女人一定是一个聪明的女人。"他明白这话的含义,聪明的女人知道如何经营自己的幸福。他原以为这里说的聪明是指有学识。在他寻找问题的根源时,才明白聪明在这句话中的含意。聪明和智慧完全不是一回事,或许就是智商和情商的关系。对肖昕而言,他混淆了学识和智慧的内涵。肖昕无中生有,蛮不讲理,他肯定自己对肖昕的判断,她是一个有学识的女人,但她没有智慧,是一个不会经营自己幸福的女人。

无形之中,陆大伟的脑海里浮现出曹琳来,一个丈夫不在身边、女儿患重病住院的无助女子,相比之下,肖昕的所作所为显得多么可笑!陆大伟对肖昕充满了幽怨和憎恨。这种情绪一经萌芽,便快速生长,在他的心头蔓延开。他恨恨地想,反正肖昕不识好歹,自己再怎么做也没有好结果。不是鱼死就是网破。他下了决心。

从实验室回到家后,陆大伟对肖昕不理不睬。他们冷战了很久。直到有一天,儿子晓波看不下去,与他们较起了劲。他不看书,不做作业,吵着要回中国。肖昕痛恨晓波不争气,气恼之极,把对陆大伟的怨恨一股脑发泄到儿子身上,打了晓波两个耳光。晓波哭了,离家出走,整夜没回来。

陆大伟和肖昕这才急了,整夜在外面寻找,找遍了学校、附近的公寓楼、公园、商店内外、停车场,都不见晓波的踪影。肖昕急得直哭,陆大伟也束手无策。他们没有其他办法,只好报警求助。

第二天,一辆警车开到他们家楼下,警察敲开门,把晓波送了回来。警察告诉陆大伟夫妇,晓波一整夜漫无目的地到处走,一直走到几十公里外的圣迭戈市区。凌晨的时候,驾车值勤的警察在一幢商业楼门外发现蜷缩在避风处的晓波,把他带到了警察局。

晓波被警察送回家后,一直不愿同陆大伟和肖昕多说话。陆大伟和肖昕间的问题已经影响到了儿子的生活。晓波的离家出走,让陆大伟意识到问题严重了。他开始寻找自己与肖昕之间问题的根源,想尽力解决两人的矛盾。

问题出在哪里呢?陆大伟认为,问题出在肖昕对他太苛求,看不到他对家庭付出的努力；还有，肖昕对曹琳缺少同情心，爱吃醋。他理所当然地认为，想要解决问题，肖昕应该认识到自己的这些问题，否则他们之间的问题只会越来越多。

陆大伟多次静下心来找肖昕谈话，希望她能够看到问题的本质，但只要他展开话题，把责任归到她那一方，无论他态度多好，他们立刻谈崩，大吵一顿收场。

陆大伟苦苦思索，找不到打开僵局的缺口。面对一个不吃硬的强势妻子，想要化解两人之间面临的问题，他深感回天乏术。他想，这样下去不是办法，肖昕对他过去与女人开房的事一直耿耿于怀，既然她不能谅解，自己还不如回国去。晓波愿意跟他回去或是留在美国，由晓波自己决定。

周末，陆大伟去了海边，走着走着，发觉自己来到了裸体海滩。海滩上有几个年轻女孩，她们一丝不挂地在银白色的沙滩上毫无顾忌地慢慢走着。他来过这里许多次，第一次看到年轻女孩。"好漂亮呀！"他赞叹道，远远看着女孩们在海滩上边走边嬉戏。这些女孩有着与蓝天大海浑然天成的姣好身材，头发金黄，胸部高凸，臀部浑圆，两腿修长。他感到这块海滩因为她们而变得格外美丽，心情也跟着明亮起来。

一会儿，三个女孩渐渐走近了。他发觉其中一位清瘦到令人可怜，她两腿修长，像细细的火柴。皮肤白洁，因为瘦，失去了弹性。布满全身的褐色斑点晦暗显眼。另两个女孩有些胖，腰背没有曲线，双腿也没有型，离性感相差甚远。陆大伟感到失望,她们在远处带给他的朦胧美感荡然无存。

五十四

陆大伟的心绪很快回到与肖昕的冲突中,脑海重新被现实问题填满。他想念起曾经有过的温馨时光,怀念婚前所认识的简单纯洁的肖昕。他不解,过去善解人意的肖昕,如今怎么会变成一个专横跋扈、不近人情的女人呢?

从大学时认识肖昕一直到与她谈恋爱结婚,在陆大伟的眼里,肖昕是一个让人艳羡的女人。她傲气,直爽,大大咧咧,做事风风火火,做人敢爱敢恨。当年的她,里里外外清澈明丽,难找瑕疵。

那时他们在一起的感觉多好!没有生活的压力,没有相互间的猜疑,没有对未来的不安和忧虑,每天开开心心地过日子。

结婚后,共同面临的问题多了,他们之间开始产生摩擦。移居密歇根小镇的那段时间,他们的矛盾激化,为一起留在人烟稀少的小镇平庸地生活,还是各奔前程,闹得不可开交。为了不让他们的婚姻破裂,陆大伟离开美国,带着晓波回国内生活,肖昕继续留在密歇根做实习医生。

后来多年里,他们一家分居两地,陆大伟在北京或上海,肖昕在密歇根,用电话来维系家庭。那是他们婚后最为相安无事的时光。因为相隔远,没有摩擦,他们之间少有矛盾。随着时间流逝,过去产生的矛盾渐渐淡去,存留下来的是曾经在一起的美好记忆。他们日渐有了牵挂和思念,经常搜肠刮肚给对方讲一些感兴趣的新鲜话题,盼望每年难得一次的相聚。

可是回到美国,为什么这么快地再次陷入冲突中呢?海滩上的三个女孩不知何时从他的视线里消失了。陆大伟忽然想,难道是距离造成了自己和肖昕之间的问题吗?从远处看事物时,因为看不到细节,所以无法吹毛求疵。他的思维在那一刻飞翔了起来:三个不完美的女孩在远处看时是美丽的,那么,在现实生活中我是不是也可以尝试体验远距离带来的朦胧美感呢?既然人是不完美的,为什么我要苛求他人完美呢?换个角度,如果我脱去衣服,我在他人眼里完美吗?我也有很多不足,为什么不能像海滩上的人们一样,勇敢地敞开自己,坦荡地面对现实呢?

裸体海滩上的经历让陆大伟开始尝试改变看问题的方式:首先敞开自己,从自己身上寻找产生矛盾的原因。他发现自己与肖昕吵得最为严重的几次几乎都与曹琳家有关。为什么呢?难道是因为自己在国内与女人开过房的缘故吗?他细忖,虽然那件事已成过眼云烟,但它的阴影并没有从肖昕的心头散去,因此他与任何女人的过多接触,她都存有戒心。

陆大伟开始反思他与曹琳的交往是否有失分寸。他一直认为,曹琳与肖昕过去是室友,他爱屋及乌,但他与曹琳的交往仅限于普通朋友的关系。他很清楚肖昕在自己心目中的位置,他的心里除了肖昕,没有过其他女人。无可否认,这次重回美国,曹琳的诸多不幸使他对她产生了深深的同情。道理很简单,弱者是需要被同情的。

陆大伟问自己:我对曹琳真的只有同情吗?可是,为什么每次曹琳遇到麻烦和困难时,他都会不由自主地想去帮她一把呢?为什么近来每当自己与肖昕产生矛盾、发生争执时,曹琳的影子就会出现在他的脑海里呢?每当肖昕在他面前表现得霸道,他都会情不自禁地把曹琳拿来同她比较,就会想:唉,如果肖昕像曹琳那样柔弱多好!曹琳几乎成了一面镜子,摆在他面前,让他不由自主地用它来照肖昕的缺点。

陆大伟感到吃惊,他对曹琳的同情已经发生了改变,正由怜悯向怜爱过渡,以致无形之中让她夹在他和肖昕之间!他没有意识到,他的潜意识中出现了另一个女人。他的行为已经逐渐越出了与肖昕好好生活的轨道,两只脚站在了一个危险的十字路口。他发现,与肖昕毫无顾忌地大吵,并决心以鱼死网破来挣脱她,是因为他已经在潜意识中找到了网的缺口。

为什么会这样呢?陆大伟问自己。为什么自己会在努力建造一个温暖家庭的同时,又心有旁骛?回到美国不到一年,他的身边发生了太多的事情,李杰海归,江天浩回国,身边熟悉和不熟悉的家庭里,女人带着家人留在海的这一边,男人独自回到国内寻求机会和发展。为什么如此多的家庭受到冲击,所有被波及的家庭里,首当其冲的都是男人呢?

陆大伟似乎悟到了问题的根本：中国几千年的文化传统在左右我们的意识和价值观。我们生活在一个男权主宰的生存环境里，受到漫长的封建社会形成的传统观念的熏陶。家庭是社会的载体，男人是家庭中的主轴。我们接受男人在家庭中的主导地位，以男人比女人强势作为家庭结构的价值取向。男人作为一家之主，担负更多责任。所以，在汹涌澎湃的出国狂潮中，男人朝前冲了，跑到浪尖上去；在回归海浪袭来时，李杰江天浩们也不甘落后地海归了。

而陆大伟从来都是倒行逆施。出国，肖昕替他铺路；海归，他负气回国。当世界各地处在经济困境中，海外华人朝着一派欣欣向荣的中国狂奔，而他却在这个时候选择回到美国，一切从零开始。陆大伟的事业远逊于肖昕，他无疑感受到了来自她的压力。他一方面设法通过各种途径，缩短与她的差距，在事业上拼命努力，在家庭中全力付出，在夫妻关系上尽量克己；可另一方面，他却又在逃避，借其他方式减压，通过挖掘肖昕的问题和不足，来平衡天平失重的一侧。

曹琳的出现，缓冲了他内心的压力。她的柔弱和值得同情的艰难处境，唤醒了陆大伟几近被阉割的男人气概。他无法仔细观察远离自己生活的曹琳，对她有了朦胧的好感。每天与肖昕一起生活，在感受到压力的同时，也因为两人相距太近，他失去了可以观察全貌的空间和角度，他看到的是局部，是一个侧面。

裸体海滩的经历给了陆大伟感悟和启迪。他打定主意与肖昕敞开胸怀好好谈谈。他告诉自己做到两点:首先,敞开胸襟,坦承自己的不足和问题;其次,改变角度,拉远看肖昕的距离。

陆大伟从裸体海滩回到家,肖昕已经早早地上床了。她熄了灯,背对着他这一侧。陆大伟洗漱过后,穿着睡衣靠在床头的黑暗中。他想,与肖昕吵架是一对矛盾,存在着矛和盾两个方面。假如自己只做自我检讨,矛没有了,盾也就用不着竖起来,问题在一开始就解决了一半。

陆大伟对背朝他的肖昕坦诚地检讨了自己的过错。肖昕沉默地听他说话,没有插嘴,也没有像过去那样进一步质询和追究。虽然那个晚上基本上是陆大伟一个人在讲,但接下来的几天,他感觉到肖昕对他的态度明显地改变了,感觉到她也在思考和调整自己。

终于有一天,肖昕主动与陆大伟交流了起来,"我有些偏激,没有设身处地体谅你的处境,给了你太大的压力。"

陆大伟向她解释与曹琳之间的关系时,肖昕很坦诚地说:"我的确很在乎。不只是你对曹琳的同情有失分寸,曹琳对你也有想法。"

"是吗?"陆大伟问道。

肖昕告诉了陆大伟一桩埋在心底的秘密。"在北京读研你追我的时候,我全然不知道曹琳一直单恋你。我最终接受了你的追求时,曹琳大哭了一场。此后她与我很长一段时间不打招呼,我们如同姐妹的感情差点断绝。后来英颖从中撮合,化解了我们的矛盾。曹琳对你死了心,与李杰结了婚。这件事让我很纠结,我对曹琳的情感变得复杂,既歉疚又提防。正因为这些原因,在我们商定重返加州生活时,我没有向洛杉矶的医院递交工作申请。"

陆大伟知道了实情,感到为难,说:"曹琳是我们的老同学,她家遇到那么多困难,我们肯定不能袖手旁观。"

肖昕说:"我很珍惜我们夫妻间的感情。曹琳一家有难,我们是该伸出援手。我会顾全家庭和朋友两个方面。今后,你站到幕后去,曹琳家的事让我来关心。"

肖昕是个聪明的女人,也是一个有智慧的女人。在陆大伟对她坦诚相待以后,她开始更多地承担相夫教子的责任。他们夫妻之间的争吵明显地减少了,日子慢慢地走向了和谐。

从海边回到陆大伟家后,我在电脑里记录下陆大伟同我讲述的故事,归纳出了李杰和陆大伟海归与重返海外的主要原因。

重回美国前被检察院停职隔离写交代材料,对陆大伟是有心理伤害的。检察院没有发现陆大伟贪污的确凿证据,放了他,并撤销了不让他出境的限制。陆大伟无异于一个被父母打错了的孩子,负气离家出走。事情过去多年,回首往事,他怎样看待自己遭受的冤枉呢?我很想知道他目前的心态。在离开陆大伟家的前一天,我很认真地向他提出了我的问题。

"你在国内受过一些冤屈,是不是记恨整过你的人?"

"我不知道具体是谁在背后整我,我无怨的对象。"

"你内心没有怨恨吗?"

陆大伟没有直接回答我的问题,而是问我:"我先问你一个问题。你爸妈打过你吗?"

"当然。"

"你恨他们吗?"

"打错了我会有些恨。"

"但日子长了,你不会恨的。因为他们是你的父母。父母打我们,我们当时可能会难过,会恨,事情过去后,我们不会再有恨的。因为他们生养了我们,那是一种割不断的血肉关系。"

"你现在是美国公民,美国是你的国家,中国已经与你没有关系了。"

"我不这么认为。对我而言,中国如同我的父母,美国则好像是我的妻子。对配偶,我们可以选择,我们在相处中磨合,相互了解,相互适应,我们相依为伴,甘苦同在。对父母,我们没有选择,无论贫穷还是富贵,我们都需要承受。也许我们被骂过或者被打过,也许我们曾经对他们怨恨过,但在我们远离他们的时候,心里只会有牵挂和爱。中国是我的家,我们希望自家和睦,父母兄妹都过得好。现在离中国远了,我才认识到站在庐山之外时,景观是不一样的。这与我带你到裸体海滩上看人的道理一样,对夫妻,对国家都相同。"

清晨,我被楼下车库门开启的响声惊醒,陆大伟开车上班去了。我懒洋洋地爬起来,穿好衣服,洗漱完毕,走到楼下餐厅吃早餐。

肖昕正在餐厅里,见我下来,把煮好的榨菜肉丝汤面端上餐桌。她递上一双筷子,说道:"大伟昨晚接到李杰的电话,李杰这个周六来美国。"

"李杰回美国?!"我有些惊喜。李杰的故事还没有结束,我打算回国后再去一次长沙,完成对他的采访。他来美国,如果我能见到他,可以不必再去一趟长沙了。我问肖昕:"李杰会来洛杉矶吗?"

"听说他会在洛杉矶停留几天,再回纽约的家。"

"有机会在洛杉矶见到他,太好了。"我兴致勃勃,"李杰住哪里?"

"住江天浩家里。你最好也住那里,陪陪李杰。"

"江天浩也回美国探亲了吗?"他在上海基因公司做副总裁,能有机会在美国见到他,我兴奋不已。

"他回来一段时间了,这次是来卖家里的房子,准备全家海归了。"肖昕说。

我感到十分高兴,打算借此机会采访他。在李杰和陆大伟的故事里,我对江天浩时有所闻,但未曾谋面。他现在决定全家海归,我很想知道是什么原因促成的。

周五,我告别了肖昕,与陆大伟一起,奔往洛杉矶。肖昕给我们送行时，我望着她，有些感慨，那个风风火火的年轻女孩经过岁月的磨炼，已经成为一个秀丽端庄的成熟女人。

"一个幸福的女人一定是一个聪明的女人"，我细细品味着陆大伟说过的这句话。男人不也是如此吗？陆大伟是一个有智慧的男人，一个会经营工作环境和家庭生活，能为自己营造幸福的人。如今，他有一个知心相惜的妻子，这样的人生多么好呀！我在心里感叹着。

五十五

江天浩家在一条幽静的小街上。路两旁的粗壮树干支撑起两层楼高的遮天蔽日的枝叶，整条街道犹如一条长长的绿色洞穴，光线从洞顶的空隙钻进来，把洞穴染得色彩缤纷。我在心中感叹，真如世外桃源的环境！

他家的房子在离街几米远的粗大绿树后，式样有些老旧，木质外墙被漆成淡蓝色，屋顶尖凸，沥青瓦呈褐色。房子一大半被一片深绿掩藏着，看不出全貌。屋前没有院子，一排修剪整齐的冬青树两边留出狭窄的过道，连接房屋的前门。门紧闭着，两侧各有一个大窗户，窗玻璃后面悬挂着柔白的窗帘。房屋右侧有一条车道，从街边通向一个紧闭的后院门。

陆大伟走近前门，按了一下墙上的门铃。等了片刻不见人回应，他打开手机拨了电话号码。

静静的街区只有陆大伟洪亮的声音在飘荡,"江天浩,你还没回家吗?我们已经在你家门口了。"陆大伟听着对方说话,随后答应道:"好吧,我们到你家后院等着。"他挂了电话,朝我招招手,说:"我们绕到后院去吧。周五的高速公路堵得厉害,下了高速,江天浩还要在市区的马路上再堵几十分钟。等他接了小女儿,估计一小时后才能到家。"

我跟在陆大伟的后面,推开木门走进了江天浩家的后院。眼前是一片深绿的草坪,虽然比陆大伟家的后院小很多,但在人口密集的洛杉矶市区拥有如此一片寂静的天地,让我有一种回归自然的亲切。与邻家相隔的院墙,是一排一人高的陈旧栅栏,草坪四周满是果树,西斜的夕阳下,我辨认出有石榴树、橙子树、奶油果树、枣树,西墙前还有一串串爬在藤上的红葡萄。

一个在美国念完博士的中年华人,在一家大型基因检验公司的实验室担任经理,在西海岸的大都市中央过着田园式生活,为什么会在事业如日中天的时候海归到上海发展呢?他有一个念中学的女儿,为什么会在此时选择卖掉在美国的全部家产海归呢?

我想见到江天浩,听他的故事。

江天浩的母亲赶了过来,她打开房门,把我们从后院请进屋里。老太太给我们沏了茶,在客厅里坐下后便不停地向我打听国内的情况。她说多年没有回国了,还是习惯在中国生活。可是真回中国,她又舍不得。江天浩给她办了绿卡,后来她又成了公民。她有医疗福利,去年心脏病发作,在医院做心脏搭桥手术,住院一分钱也没花。出院后,每周有护士上门替她做检查,政府派社工替她做饭。她白天无聊,想出去逛逛,打个电话,市政府有车子开到门口接,车费很便宜,只要交一块钱。

我问她:"您为什么不同儿子媳妇一块住呢?一个人住在老年公寓多孤单。"

她说:"他们上班的上班,上学的上学,我一个人守着空空的大屋子寂寞。老年公寓里有很多活动。我的身体不好,社工替我申请了慢性病康复计划,政府出钱,每天有车接我到老年保健中心,护士替我检查身体。"

他们家在天黑下来后,开始热闹了。江天浩的母亲在厨房里做饭菜,江天浩从中文学校把女儿接回家后又忙着检查她的作业,英颖回到家时已经过了晚上八点。她换去一身医院的果绿色短袖护士服后,来到餐厅与我们一同吃饭。她在吃饭时不断与我们嘻嘻哈哈地聊天,一吃完饭又赶去客房为我和陆大伟换被褥。

我去客房时,她正抱着一叠床单,放在给我睡的一张单人床上。我对她说:"别忙了,床铺干干净净的,不用换,你早点休息。"

英颖说:"客房好几个月没人睡,床上一层灰。"

我一边帮她铺床单,一边问她:"你每天都这么晚才回家吗?"

她说:"我一周才上三天班,每天上十二小时,所以只有上班这几天赶一些,早出晚归。"

我愣住了,说:"十二小时?加上路上的时间,上班这一天几乎全待在外面,辛不辛苦呀?"

她说:"我倒不觉得有多辛苦,干护士这一行没压力,才管几个病人。"

我松了口气。在国内时,我听说"美国是中年人的战场",英颖这个年薪十多万美元的护士,每天上班才管几个病人,我想象不出众人口中所言的战场是什么样子。

李杰周六晚上抵达洛杉矶。周末两天,江天浩要陪我们三个客人,这两天的家务活儿由英颖一人承担。

江天浩说,他家的周六全部奉献给了儿女。儿子上高中时,他全力以赴,周六接送儿子到课外强化班学习,做义工,参加游泳队训练、讲演比赛、社区活动。儿子进大学后,他家才轻松了些,只照顾女儿一个人。即便是照顾詹妮弗一人也不容易,因为对女儿的教育是同样重视的。

周六,江天浩陪我和陆大伟在洛杉矶城内转了一天,在餐馆吃完晚饭后,去机场接李杰。见江天浩家周六忙得不亦乐乎,陆大伟说他不打扰了,周日一早回圣迭戈去。李杰借用江天浩儿子留在家里的旧车,带我去环球影城游玩。

五十六

周一,李杰开车出去拜访一些在洛杉矶的老朋友了,我独自在江天浩家中,一边整理收集的资料,一边做下一步的采访计划。

下午,江天浩回家了。他告诉我,从上海回洛杉矶已经好些日子了,他一直在忙着给国内工作的基因公司联系业务合作。他海归前在洛杉矶工作过的那家基因检测公司在基因诊断方面处于世界领先地位,他得到消息,这家公司最近又开发出一项更为先进的实验技术,大大提高了基因检测的准确率。为了把这项最新技术引入中国,他特地回到洛杉矶与公司谈判。目前的谈判进展很顺利,这项最先进的技术一旦引进中国后,国内的基因诊断将会有一个重大的突破和跃进,中国的人类基因诊断将迈入一个崭新的历史时期,进入世界基因诊断的前沿。将来,不仅可能做到婴儿还没有出生,就可以检测出未来会出现的疾病,尽早预防,甚至可以通过这项技术,检测父母的基因是否存在可能遗传给下一代的疾病,预先给生殖细胞做基因修复,把疾病基因去除掉以后,再做体外受精,重新植入母体的子宫,孕育出健康的下一代。

江天浩兴致勃勃地说着,随后又问:"下午我带你出去转转怎样?"

"好呀,我们去蒙诺维亚好吗?我想看看李杰住过的城市,对他的生活轨迹多一些直观的了解。"

"好吧。"他言语简短,说完,开车载我出了门。

我们的车子穿过帕沙迪纳老城的繁华街道后,转上 210 高速公路,朝东直奔而去。车窗外,连绵朦胧的安琪拉山脉横卧在薄云轻雾之下。山上没有多少树,光秃的山石和深邃的山谷被一片片云雾间射出的太阳光线照耀得嵯峨分明,让人体味出近在咫尺的大山的高峻和挺拔。薄雾之下的半山腰处隐约可见稀松的树木,墨绿的山林与褐黄的土石相间。绿色枝叶渐浓渐宽,像熔岩流向山脚,与山脚下点缀在一片茵茵绿色中的红顶白墙的豪宅交辉在一起,一直延绵到高速公路附近。

路牌上标示着前面的出口是阿凯迪亚市。我问江天浩:"我们在阿凯迪亚出口下高速吧,听李杰说阿凯迪亚连续两年被评为全美最适合孩子成长的城市,你带我去瞧一眼好吗?"

江天浩在阿凯迪亚市的出口处下了高速公路,朝安琪拉山的方向开了一小段路后,驶入一片郁郁葱葱的住宅区。小路弯弯曲曲,环绕在巨大的淡绿草坪和遮天蔽日的大树之间。千万绿叶之中遮掩着或是陈墙旧瓦、古朴典雅的大宅,或是窗大屋新、白墙红瓦的豪居。宅前是绿油油的巨大草坪,草坪周边栽着精心修剪过的奇花异树,这些一两层楼高的房屋前院,没有院墙。草坪一侧有一条车道通往住宅的后面,朝里看去,隐约可见枝繁叶茂下的深深庭院。我目不暇接地朝车窗两边东张西望,眼及之处,到处都是地造天成的幽深风光和无一重复的独特景象。

我们驶了出来,穿过210高速桥下的马路,进入南边的一片住宅区。江天浩突然踩了刹车,"好险,我只顾看两边的草坪了,差点撞到孔雀。"他舒了口气。

"孔雀?"我朝前方的马路看去。果真有两只孔雀,一公一母,悠然自得地在路中央慢慢走着。

"孔雀!真的是孔雀!"我惊呼起来。小时候在城里的动物园看到过被关在笼子里的孔雀,那开屏时的美丽瞬间,留给我非常珍贵的记忆。"养孔雀当宠物吗?"我问道。

"这些孔雀是野生的。"江天浩解释说。

我不敢相信。

"你看右边的草地。"陆大伟指着我这一侧的窗外。

我转过头朝右看去,这家的草坪上有五六只孔雀。再朝前看,还有。车朝前开,在这条不长的路上,我陆续看到几十只大大小小的孔雀。一幅多么美妙的天人合一的画面!我兴奋极了。

美国的生活环境这么好,江天浩为什么还要海归呢?他决定放弃美国的生活,回到养育自己的中国时,曾有过挣扎和纠结吗?我向江天浩提出了我的问题。

并不喜欢长篇大论的他竟然打开了话匣子,对我说:"我是一个对生活条件要求并不高的人。我生在农村,全家五口人住在两间矮矮的土茅屋里,除了耕种几亩坡地,没有其他收入来源。家中养了几只鸡,父母总是将鸡蛋拿去集市卖了买油盐,我们兄妹很少吃到过鸡蛋。在收成好的时候,一家人还能吃上几顿白米饭,遇到天旱,地里颗粒无收,我们只有到处找野菜充饥。

如今的中国已经发生翻天覆地的变化,我海归到任何一个城市,生活条件都比我过去在农村强几百倍。"

"所以,你对生存环境并不是很看重?"

"不是。"

我很迷惑,禁不住问他:"选择回国发展,事关重大,英颖是怎样想的呢?陆大伟和李杰给我讲过他们的经历,提到过你的妻子英颖是非常希望你能在美国守着家,与她安安静静地好好生活的。你们之间为海归这个重大的决定有过矛盾吗?"

"有过矛盾。我海归后,自己也经历过内心的剧烈挣扎。海归前,我站在岸上看海,水很蓝,很诱人。英颖没有拉住我,我不顾一切跳下去了。"

仅因为水蓝,想一试深浅吗?如果说是一个在美国读完硕士或博士,专业不对口,找不到合适工作的人,或者说在美国混得不顺的人,贸然海归情有可原。江天浩是一个事业有成的人呀!为什么也动心海归呢?他的情况与李杰截然不同。为了我的论文,也为了今后我是否来美国发展,我决心打破砂锅问到底。

前面街边有一家星巴克咖啡店,我对江天浩说:"我们停一下车,到星巴克坐坐怎样?我想尝尝美国本地的星巴克咖啡。"

江天浩把车开进了星巴克咖啡店的停车坪。我们走进了不大的店内,点了两杯咖啡,在靠窗的两只圆凳上坐了下来。面对车子穿梭往来的大街,我边喝咖啡,边与他聊开了。这个思想敏锐、行动多于言语的人给我讲述了他几年前的一段经历。

五十七

在美国有一大批与江天浩处境相同的人。这群人拥有高学历,在大学做教授或者在公司当部门经理。他们年薪不低,生活不错,已经进入了美国的主流社会,应该可以心安理得地在海外好好过日子。可现实恰恰相反,他们是一群内心最不安宁、最为挣扎的人;面对中国的崛起,他们的心态最为复杂。

在中国贫穷的时候,他们跑出国门到美国寻梦。十几年里,拼命读书,勤奋工作,逐步使工资和事业得到发展和完善,从而进入了海外相对稳定的中上阶层,跻身于美国主流社会的圈子。但由于语言、文化背景、人脉关系、种族差异等诸多因素,这些人又身不由己,心被动地处在主流圈子的外围,成了一群身心分离、地地道道的边缘人。

江天浩从美国一流大学博士毕业。他想,他在美国做到部门经理的位置差不多到了极限,今后无论是做行政管理,还是在技术领域工作,很难再有进一步扩展的空间。如果不自己创业,事业已经走到了胡同的尽头。回国发展,是唯一可能实现更高人生目标的途径。

通过十几年在海外的奋斗,江天浩进入了事业、家庭都稳定的状态,回到国内重新起步,必须为了未知的成功,放弃已有的优裕生活。虽然他也有过早期海归者同样的机会,却在权衡利弊的犹豫中迟迟没有海归,错失了中国发展初期的巨大契机。当他意识到危机在即时,木已成舟。他不能再犹豫,否则赶不上最后一班船。

林倩的丈夫海归多年,在国内打好了深厚的事业基础,为林倩回国寻求发展空间创造了有利条件。林倩看准江天浩从事的基因检测公司在中国具有巨大商机,她从科尔曼中国公司跳出来,邀江天浩回上海协助她创业。她开出了十分优越的条件,使江天浩不得不认真考虑多年来一直困扰他的海归问题。

另外,在国内创办首家基因检测公司也基于江天浩的另外两个愿望。他是一个贫苦的农村孩子,走到今天这一步很不容易。他在国内最好的大学读完研究生,毕业后跑到国外,对培养自己多年的国家无所贡献,多少内心有愧。如今能把国外最先进的技术带回国内,即便今后再回美国生活,也算对国家做了一些回报。另外,他在美国的博士生导师自杀,死因一直是个谜。谭国芷的血安达开发项目源自江天浩导师的研究。多年来江天浩一直想知道血清素刺激物是不是有基因毒性,想知道它是不是与他的导师自杀有关。能在国内开展基因常规检测,对血安达做深入的毒性分析,既可以解开他心头的疙瘩,也可以帮谭国芷把住血安达最后一道安全关。

江天浩唯一放心不下的是他的家庭。英颖做护士工作,虽然每周只工作三天,但工作的三天里,每天要做十二小时,还要照顾孩子和江天浩的母亲。尽管儿子已经念大学,但女儿的课外学习繁多,江天浩担心英颖难以承受他不在美国的生活压力。他需要得到她的理解和支持,在决定海归之前,他同她做了一次详谈。

"你海归吗?不是我听错了吧?"英颖十分惊讶,望着江天浩半天没有回过神来。一阵寂静后,她叹气说:"看到陆大伟回国,李杰闹着海归,我还以为我是最幸运的人呢。能有老公守在身边。这下好了,我家的地基也动摇了。"

英颖被江天浩表面的冷静蒙骗了。她原以为自己的丈夫是一个心静如水的人,每日乐于上班忙工作,下班忙家庭。殊不知,她眼里的这个典型宅男,在平静的外表下,内心也翻江倒海。为了争取英颖的支持,江天浩只好把埋在心里多年的困惑和挣扎彻底地向她倾诉了。

听了江天浩的诉说,英颖没有与他争辩,只是说:"我理解你,但你给我两天时间好吗?我要好好想想。"

那两天里,英颖一反过去的大大咧咧,心事重重。江天浩看得出英颖处在两难之中。

两天期限已到,英颖坦诚地对江天浩说:"你打算回中国就回去。我不拦你,不希望有朝一日你怨我。但我有几个要求,第一,我给你一年时间,如果你适合在国内发展,混得不错,我们全家随你回去。我嫁鸡随鸡,嫁狗随狗。如果不适应,一年到期,你回美国来,以后不再提海归的事。第二,不准拈花惹草,离女人远一点。第三,不准在外面大吃大喝,我不想在后半辈子照顾一个身体不健康的人,只打算与你健健康康地牵手到老。第四,家里的事不用你牵挂,我在这一年里会尽全力照顾好老老少少,但你再忙也要每周给家里打两次电话。"

英颖讲完后哭了。她是一个乐观大方的人,她的哭让江天浩心乱如麻。她的条件不过分,江天浩咬了牙,一年为定。他想好了,在人生后辈子里,做最后一次尝试,不成功,他也甘心了。

说通了英颖,安抚好母亲,告别儿女,江天浩辞职回国。回到上海,基因公司向他提供了一应俱全的生活条件,配备汽车和司机,提供手机、电脑,在距离公司不远的繁华路段的公寓楼里租下一套两室一厅。

董事会通过了江天浩与林倩一同策划的公司整体发展长远规划和投资融资计划,配备领导班子,搭建好框架。林倩筹措资金,落实贷款,疏通内外各层面关系。江天浩在基因公司负责技术发展与市场开拓。李杰知道江天浩到达上海后,很快从长沙赶来协助他的工作。林倩、江天浩和李杰,三个在海外相处多年的朋友合作默契,他们招兵买马,基因公司很快高速地运作起来。

江天浩每天给英颖、母亲和两个孩子打电话,再忙,他也一定抽出时间,哪怕只讲一两句话。隔着海洋,他们彼此牵挂,问寒问暖,家远心近。江天浩身在国内,心里常惦记着家人。他在孤独人生之旅的海洋上闯荡,海那一边的家是一座照亮他生命的温暖灯塔。

五十八

李杰来到上海后,江天浩把技术部门的主要工作交由他处理,自己与林倩到各大医院谈判合作协议和讲授基因诊断技术。李杰在基因公司工作不到四个月便辞职回了长沙,江天浩失去了一个得力助手。基因实验的技术要求高,他们一时来不及培养一批技术过硬的骨干,江天浩不得不兼顾技术与市场两头,上班随时接听电话,解决实验人员遇到的重大技术难题,保证从美国移植过来的最新基因技术不出娄子。外部市场开拓也不能怠慢,他随林倩四处奔波,开拓业务,白天在公司和医院两头跑。每天晚上回到公寓几乎都是深夜,他没有时间上网,也没有时间给家人打电话,有时他问自己:"这就是我所要的生活吗?"

江天浩不在美国,英颖为了照顾家人,改为每周五天工作,每天八小时。因为时差,江天浩能在晚上睡觉前给她打电话的时间,正是美国的白天。上班时间英颖不能用手机,他只有在周末找空当打电话回家。可是,每当他拨通英颖的手机时,她多半是在接送女儿的路途中开车。怕她开车分心,他只有匆匆讲几句,早早挂掉电话。英颖不是在开车,就是在忙家务。她的双手难得有空,时常是用肩把手机顶到耳朵旁,一边同江天浩打电话,一边忙着家务。江天浩可以想见,没有他在家的日子里,英颖有多么繁忙。远隔重洋,帮不上她,他怕她太累。

有一天,江天浩劝她说:"英颖,詹妮弗学芭蕾舞,到合唱团唱歌,学画画,弹钢琴,还有溜冰,每周有七次课外学习,你一个人接送,太辛苦了。你给詹妮弗做工作,把她的课外学习减少一些吧。"

"我早同詹妮弗讲了,没有一门课她愿意放弃。"英颖似怨非怨。

"课外活动好玩,有一大堆小朋友在一起,她当然不愿意放弃。可大人辛苦。"

"是辛苦一点。算了吧,参加课外活动总比把时间花在看电视、玩电脑游戏好吧。詹妮弗年龄还小,小学课程没压力,现在多给她一点学习才艺的机会,长大了生活会丰富些,日子会过得快乐些。我想呀,目前的状态最多持续一年吧,到时候回国,她的功课压力大,想学也没有时间。只要詹妮弗喜欢,我还是坚持送好了。"她在说服江天浩,也在说服自己。

江天浩心疼她。

"你不用替我担忧,你一个人在外,一样不容易,照顾好自己。我尽力而为吧,不能因为你不在身边,就让两个孩子的生活品质下降。"她心甘情愿。

江天浩还是劝她:"你真不能太忙,万一累病了,别说没法接送詹妮弗上学,最基本的生活也成问题,一家老小全靠你。"

"你别担那么多心了,不就一年嘛。这一年我怎么样也挺得过去的。我又不是小孩,知道怎样保护自己。"

江天浩的担心不久后变成了现实。一天,他打电话给英颖,她没接,再打,詹妮弗接了电话。

他问女儿:"妈妈呢?她怎么不接电话?"

詹妮弗支支吾吾。

他问:"怎么了?"

詹妮弗半天才说:"妈妈不让我告诉你她出了车祸。"

出了车祸?犹如晴天霹雳,江天浩恐惧了,"妈妈怎么样?伤着了没有?"他胆战心惊地等着詹妮弗回话。

"妈妈的手臂划破了,缝了针,今天来医院换药。"

没有出大事,江天浩松了一口气。他要詹妮弗让英颖换好药后,马上给他回电话。

半小时后,英颖来了电话。她说:"没有大碍,缝了几针,很快就会拆线的。"

江天浩责怪说:"车祸发生几天了,不该一直瞒着我,要不是詹妮弗说出来,我还不知道。"

她说:"我怕你担忧。"

在江天浩的追问下,英颖跟他说:"上周六中午出的车祸。早晨詹妮弗起床晚了,到钢琴老师家迟到了半小时,学完琴我载着她匆匆忙忙朝室内溜冰场赶。在一个左转弯的路口,我没有看清有车,转到路中央时,与迎面驶来的车相撞。两部车车头全毁了,我的手背被打碎的玻璃划出一道口子,救护车把我送进医院包扎。"

那一天,江天浩接到陆大伟的电话,他告诉江天浩,早些日子他和肖昕到洛杉矶,顺道看望英颖。江天浩的母亲见到他们就哭了,说:"天浩一个人在中国好孤独,我在这边日子过得也不开心。多赚些钱有什么意思呢,一家人在一起,有碗稀饭喝也是甜的。"

陆大伟的话把江天浩也说哭了。他想尽快把公司做起来,早一点把家人接来上海,自己一定要给家人在国内建一个温暖的家。为了家人,江天浩改变了在公司里的工作习惯,留出时间给家人和自己,他经常不出席公司的应酬,找到了兼顾家人和工作的平衡点。但这个平衡点最终被他的女儿詹妮弗打破了。

詹妮弗在一次溜冰旋转时,没有站稳,一个跟头摔到坚硬的干冰上。她手掌撑地,重重的身体压到一只手上,左手腕骨头折断了。英颖送詹妮弗去医院,医生临时替她做了手臂固定包扎,说是她的骨头断端有几个碎掉的骨片,需要做手术把手前臂的肌肉打开来,取出碎骨片后把断骨用钢筋固牢。医生预约詹妮弗第二天早上五点半到医院做接骨手术。这次英颖没再敢瞒江天浩,从医院回到家马上给他打了电话。江天浩丢下手头的工作,急忙订了当天回美国的机票,立刻赶回洛杉矶。回到家他一夜没睡。

他对英颖说:"詹妮弗为什么会出这么大的事呢?她在溜冰场里滚打了多年,以前从来没有出过事。"

英颖说:"我感觉詹妮弗不像以前专心,心事多了。邻居告诉我,詹妮弗下午放学后常常独自坐在家门外的路基边发呆,有时一个人在街口四处瞎逛。她在溜冰场上也心不在焉,常常边溜冰,边四处张望。"

"小小的人怎么会这样呢?她过去不是这样呀。她是担心你再出车祸,还是不放心我一人在国内呢?"

"我不知道她在想什么。"

江天浩叹了口气,"我原来想得太简单了。以为不管是全家海归,还是我重新回美国,一家人最多只分开一年时间。没想到这一年时间对全家的影响会那么大。"

英颖没有回话。

江天浩陷入了沉思。他对英颖说:"我们还是尽早把家移往中国。儿子留在美国念大学,我们带詹妮弗和我母亲回国去,把这边的房子卖掉,我们在上海安家好了。"

英颖说:"你先别急,好吗?你向公司多请几天假,在家里陪陪詹妮弗,等她的手好起来我们再认真思考是不是马上全家海归。"

江天浩一夜没有合眼,次日早上四点多,他叫醒英颖,两人开车载着睡意蒙眬的詹妮弗去了洛杉矶市中心的医院做手术。

他们在一楼门厅里登记好后,直接去了外科手术室。护士已经在手术预备室等着他们,英颖给詹妮弗换上一次性手术衣裤后,瘦高的白人女医生和麻醉师走了进来,坐在担架床旁边给詹妮弗做术前准备。

詹妮弗恐惧得哭了,抓住江天浩和英颖的手,喊着:"我怕。"眼泪哗哗地往外流。

医生拿出纸巾给詹妮弗擦掉脸上的泪水,和蔼地说:"小宝贝,做手术时,一点也不痛。相信我,你的手会很快好起来的。"

江天浩和英颖紧握詹妮弗的手,抚摸着她的脸,安慰道:"别怕,我们会在你身边陪着。"

她望着父亲,泪眼汪汪地哀求道:"爸爸,你不要离开我,我要你和妈妈在一起。"

江天浩答应詹妮弗,"爸爸不离开。我已经答应妈妈了,多请几天假在家陪你。"

詹妮弗说:"不,我不要你回中国去。爸爸,你回来,我不要你走。"

江天浩望着她乞求的双眼,无话可答。

英颖替他解围道:"詹妮弗,听话,爸爸说好了,等你的手一好,我们全家一起回中国去。今后爸爸一个人赚钱,妈妈不再工作,整天陪你,好吗?"

"不,我不要去中国。我要爸爸回来。"她的眼泪再一次放了闸,奔涌出来。

医生让麻醉师给詹妮弗的输液管里加入镇静药。不一会儿,她的眼睛慢慢地合上,安静地入睡了。

医生安慰江天浩和英颖说:"别担心,你们去休息室等

327

着吧。"

詹妮弗被推进了手术室,江天浩和英颖走出手术预备间,来到休息大厅。英颖太累了,没坐一会儿,她的头偏了下去,身体倚在椅子的靠背上睡熟了。江天浩脱下外衣,轻轻地盖在她的身上。

休息室空荡荡的,江天浩站起身,走到手术大楼外。他坐在黑夜未尽的街边,脑海里全是躺在手术台上的女儿和累得趴在椅子上熟睡的英颖。一想到要打电话给公司请假,他不由惦记起刚刚起步的公司,心里有许多事放不下。他的心被家和公司两头牵着。

"回国去吧,一个家不能再分离了。"他对自己说,"儿子大了,有了翅膀,就让他自己去飞翔。我带上女儿、妻子和母亲一同回中国。"

"爸,你回来,我不要与你一起去中国。"女儿的声音回荡在他的耳边。

"我该怎么办呢?"江天浩想着。虽然詹妮弗还小,可她不是一件家具,任由主人搬动呀!她的同学、朋友都在这里,他怎能不在乎她的感受,不考虑她的要求呢?英颖呢?她真愿意完全放弃自己,甘心做一个家庭主妇,长期守在家中相夫教子吗?虽然她是妇产科博士毕业,但已经改行从事护士工作多年,回国重拾过去读博士时的专业已经不可能。江天浩问自己:"我做好充分的准备了吗?既然是我选择举家海归,就必须承担起整个家的全部经济责任,承担起母亲的养老、两个孩子现在和未来的教育费用。"

他想,回到国内,他把个人的事业和家人的未来拴在基因公司和董事长一人身上,万一公司倒闭,他的退路在哪里呢?当整个家庭的重任压向他时,他对自己能否在国内长久待下去产生了怀疑,对未来抱有热望的信念不再坚定。上海的半年生活让江天浩明白,他回国重新创业的时机也许已晚。他不再是一棵被移植到任何土壤上都能生存的幼苗。他已经是一棵成形的大树,岁月早已将他的根埋进难以挖掘的坚石下层,他忍痛斩根,把自己移植到一块新的地方,纵然给予沃土、空气、阳光,他可能还是难以成活。

江天浩明白,他只是一个普通的有家室的男人,已经到了舍弃不下家人的年龄,有一副需要用双肩全力扛起的重担。他无法与别人走相同的道路,应该选择一种适合自己的生活。经历了一段曾盼望走的路,体验了一家人不在一起的艰难,他明白,家意味着责任,需要担当;家不能不顾,不能残缺,家中任何一个人受到伤害都是钱和事业弥补不回来的。

那一天早晨,当晨曦点亮了东边的天空时,江天浩的心也豁然明亮了。他想好了,休完假回上海后,尽早处理好公司的事情,请林倩物色一个可靠的接手人,他把基因技术移交出去后,尽快回美国,今后为林倩做海外顾问。就这样,在李杰回长沙不久后,江天浩也离开了火热的上海,重新回到了美国。

"你为什么在重返美国之后,再次决定带着全家彻底海归呢?"听陆大伟说过,江天浩回到美国之后没有多久,再一次重新回到了国内。

"我获得了国内的千人计划的资助。国内为了提升科学与技术迈向世界先进水平,向海外推出千人计划,招聘在国外留过学的专业人才。我递交了申请,通过层层筛选,获得了批准。有了国家级的资助,我没有了后顾之忧。我在业余时间仍旧给林倩的公司当技术顾问,帮助他们实现基因检测技术的不断革新。洛杉矶的基因公司开发出的最新基因检测技术,给妇产科的婴儿基因检测以及生殖基因修复提供了一个非常光明的未来,为英颖回国后仍旧可以从事自己的专业提供了条件。学以致用,英颖是妇产科博士毕业的,今后能再回到自己熟悉的专业领域,也就非常乐意一同海归了。我们做通了女儿的工作,她随我们回国后,将在国际学校读书,等她高中毕业,让她自己选择是回到美国念大学,还是在国内完成高等教育。中国正在崛起,国家在各方面的发展都很快,也许等女儿要读大学的时候,她已经不需要到美国求学了,我们国内的高等教育已经走到了世界的前列。"江天浩快乐地说着,内心充满了对未来的憧憬和期待。

五十九

陆大伟回圣迭戈了,李杰与我同睡在江天浩家的客房里。考虑到李杰去纽约后,我将回到修远大师的祠庙住,不由想起来美国的第一天见到的那位慈善的和尚。我很纳闷,这个常年守在祠庙念诵经文的和尚怎么会对电脑技术如此精通。想到修远大师,我自然想到那位曾从机场租车送我去祠庙的美国女孩茱莉亚。我萌生出给茱莉亚打电话的念头,打算找机会在洛杉矶与她见面,跟她分享美国之行的不俗收获。找来背包,翻出收藏名片的本子。我翻遍了本子,没有找到茱莉亚的名片。

睡在没有月色的夜里,我躺在床上想着我的论文,以及我对陆大伟、江天浩和李杰的采访。从陆大伟和江天浩身上我了解到两个海归的人的复杂经历,虽然他们海归各有原因,但有一点是相同的,他们经历了许多纠结和寻觅之后,找到了一种适合自己人生的更有意义的生活。

我在床上冥思,上海是国内最前沿的国际大都市,李杰为什么在那里工作几个月就离开呢?我博士毕业,如果打算留在国内发展,究竟是待在大城市,还是去二三线城市呢?哪里才更适合我,带给我更加幸福的人生呢?我是否也能像不安分的李杰一样,终于站定,在人生的长途中迈出坚实的一步呢?

带给李杰的这一变化的动力和原因是什么?我在心里想着。李杰好像也没有睡,我听到从对面床铺不时传来的翻身声。

我转身朝向李杰,问道:"你睡不着,有时差吗?"

"可能是吧。"

"那我同你聊一下好吗?"

"聊什么?"

"聊你呀,我有一大堆问题。"

"你的问题够多的。范时宕给我出的难题不小。"他在黑暗中开玩笑说,"你问吧。"

李杰的身影撑了起来,靠在床头上。这天晚上,我们俩聊了很久。他对我完全敞开了胸怀,从他离开上海回到长沙,一直讲到他这次来美国的目的。

他无限感慨地对我说:"上海是一个让我充满希望又感到无望的都市。我在上海仅待了四个月就离开了。四个月在整个人生中很短,但它却把我对海归的过高期望拉回到了现实。"

我静静地听他讲自己的往事。

海归到上海,李杰成了基因检测公司技术部门的负责人,月薪六七千元,换成美元只相当于他在美国工作时工资的四分之一。上海的物价要比洛杉矶高许多。

一次,李杰上班用的运动背包坏了,为买背包他跑了几家商场,看到标签上的价格,他怔住了,一个普通背包两百多元人民币!他从洛杉矶背回来的包是美国名牌,只花了三十多美元。吃午餐时,李杰跟江天浩聊起买包的事。

江天浩说:"买一个包用好几年,贵一些也正常。"

江天浩无法体会他的处境。李杰想,江天浩是公司特聘来的高级经理人才,坐拥高薪,生活费用公司全包,当然不会感到在上海生活的压力。他抱怨道:"一个背包用几年我可以不去计较,可是吃呢?"

江天浩望着他,劝说道:"李杰,你过得太在意了,老比来比去干吗呢?活得轻松点嘛。"

李杰心想,"你说得倒轻松,我能活得轻松吗?上海的物价这么高,住房更比洛杉矶贵多了,我租郊外的住房,租金便宜些,还是用去了一半工资。"

李杰住在远离公司的郊区,每天上下班挤公交车,在路上耗去几个小时。在公司他得经常加班,工作到深夜。一次,他忘记把一份储存在家中电脑里的资料发给江天浩,下班前江天浩叮嘱他回家后尽快发给他。李杰在实验室加班,过了晚上十二点才离开。太晚了,公交车班次少,他在街边发愁没法回住处。江天浩打电话来催他发送资料,听说李杰还在路边等车,便让司机开车过来接他回公寓过夜。

那一晚李杰几乎没有睡,坐在客厅里同江天浩聊天。他问江天浩:"你后不后悔回国呢?"

"你后悔了吗?"江天浩反问他。

李杰垂头丧气地说:"我最近时常后悔回国来。"

江天浩问:"为什么?"

他说:"每天上下班都很愁,在路上堵就别说了,加班晚了,赶不上公交车,看到路上来来往往的出租车又舍不得招手拦一辆。有几个晚上,我跑回公司,在办公室的椅子上过夜。今天要不是你打电话来,我又得走回公司睡办公室了。"

谭国芷听说了李杰的情况,劝他说:"中小城市的生活费用低很多,你不如回长沙工作。"

李杰说:"找不到合适的单位。"

"你愿意的话,可以到我们药研所做血安达研究。"

"不行。曹琳在长沙研究血安达时我被科尔曼解雇。她最近在申请科尔曼圣迭戈分部的工作位置,美国公司对商业机密和知识产权保护得特别严,如果我们再撞到同一个研究项目上,我的悲剧会在她身上重演。"

一天,李杰同江天浩提到回长沙的想法。那是李杰到上海工作的第四个月,曹琳打电话告诉他,她没有被科尔曼圣迭戈分部录用,但她接到纽约的一家制药公司的面试通知。如果面试通过,她打算带凯西离开加州,搬去纽约。曹琳要去纽约,扫除了李杰到谭国芷的药研所参与血安达研究的障碍,可是李杰内心仍旧无法摆脱遭受莉莎陷害留下的阴影。

在他犹豫不决之时,恰好谭国芷来找他。谭国芷告诉李杰国家科技部对血安达的开发很重视,他急需找在海外有该项研究专长的科技骨干协助研究。谭国芷极力说服李杰去长沙,参与血安达研究。他说了许多理由都没有打动李杰,但有一段话让李杰的信念动摇了。

"李杰,莉莎利用科尔曼公司严格保护知识产权之便,对你做得太恶毒,她借你们两口子做同一类研究差点搞得你家破人亡。你想出这口气现在正是时候。我们一同努力,让血安达尽早研究成功。我们不仅要着眼国内,海外市场更是重点。我们要用过硬的研究数据说话,让中国制造的医药产品打入国际市场,让莉莎最终看到你没有被打倒,而是她败在了你的手下。"

经过一番思量,李杰终于答应与谭国芷去一趟长沙,先到药研所看看情况再做决定。谭国芷很高兴,承诺由药研所替李杰支付差旅费用。

六十

到长沙后,药研所派车子到机场接谭国芷和李杰。副所长在长沙影视城内一家高级餐厅设宴招待他。一顿丰盛佳肴结束后,谭国芷让李杰先去他家坐坐,随后再陪李杰去药研所。

车子载着李杰来到湘江河岸上一片高级住宅区,经过有保安看守的大门,司机把车停在谭国芷家的大楼下面。谭国芷家住在十七层,乘电梯而上,来到走廊尽头,谭国芷掏出钥匙打开家门。房门敞开那一刻,李杰眼前一亮。装潢讲究的客厅胜过拉斯维加斯赌城豪华的五星级宾馆。

谭国芷的太太曾小倩笑嘻嘻地迎了出来。李杰与她挺熟,当年在洛杉矶时,他们两家多次一同参加朋友家的聚餐。曾小倩接下谭国芷的手提包,满腔热情招呼李杰到客厅的沙发上坐。谭国芷说去上洗手间,曾小倩便领着李杰走进她家大小卧室和书房参观。这套住房足有三百平方米,占了将近半层楼。房间的采光极好,透过整扇玻璃窗朝外看,像在电影院里看宽屏幕电影。

李杰的赞叹声令曾小倩兴致高昂,她对他说:"本想到偏远一点的地方买栋别墅,可是想来想去,我们还是选择了市内的楼房。在美国,我们搬到明尼苏达,尝够了人烟稀少的寂寞。国芷海归后在上海工作了几年,说还是喜欢市区的热闹。"

"国芷在上海做教授,你们怎么不把家安在上海呢?"

"我是独生女,父母年龄大了,身边无人照顾,老两口又不愿离开家乡,我们只好折中。"

"为照顾你的父母而夫妻分居吗?"这理由很难让李杰信服。

"也不完全是为了我父母。长沙的房价比上海便宜很多,假如我们把家安在上海的话,是不可能住这么好的房子的。国芷在两个城市间来回跑是辛苦点,但总比那些把家安在美国的人,在两个国家间来回跑好得多。"

李杰暗想,她可能是在说我呢。

参观完卧室后,他们回到客厅。谭国芷已经陷在松软的沙发里睡着了。李杰和曾小倩的说话声惊醒了他。他一下坐起来,对李杰说:"对不起,刚坐下来休息一下,没想到就睡着了。小倩,你快去泡两杯浓茶。"

李杰坐在谭国芷对面的沙发上,看谭国芷一脸疲惫,便关切地说:"你在上海做教授,又在长沙高新技术科技园的新药开发公司做所长,两头跑一定很累。"

"是累。上有老下有小,想要一家人过好一些的生活,不累不可能。"他揉了一下眼。

李杰说:"在长沙买一套这样的房子一定不便宜。"

"那当然。我们只付了首付,每个月有按揭。不只是房子有压力,我儿子谭炯想出国读书,还得为他准备一大笔钱。只靠小倩做护理部主任和我做教授的工资是应付不过来的。"

"你做教授,工资不低吧?"

"教书匠能有多少钱呢?除教学和科研外,我带了三十几个硕士、博士研究生,按人头算,可以多拿一些岗位津贴。另外,给专业杂志审稿,参加论文答辩,有一些外快。加上在私营药物研究所兼职做所长,算下来,基本上可以照顾到老老少少方方面面吧。"他细数给李杰听。

"如果你不回国的话,小倩在美国当护士,一个人的工资就足够你们一家人用了。"想到英颖当护士年薪有十多万美元,李杰说。

曾小倩在厨房泡茶,听李杰说到在美国考护士的事情,她提起紫砂壶走过来,说:"不就是因为我英语不好,拿不到护士执照嘛,要不然我们就不会回国了。我在衣厂打工,工资低,又辛苦。国芷在实验室做研究,工资也不高。谭炯在家没人照顾,我接父母到美国陪谭炯,明尼苏达中国人少,他们待不惯,住了三个月硬要回国。"

她倒了一杯茶给李杰,接着说:"幸好我们回来得早,国芷什么都没错过,我们家现在的情况还算过得去。"她很满足。

"挺不错的。"李杰羡慕地说。

曾小倩问他:"你们有没有打算回国发展呢?"

李杰一愣。看来谭国芷太忙,没有时间和精力去唠叨与己无关的事。

"我吗?现在正在上海工作,还没有彻底海归,先看看情况吧,我可能还是会回美国。对我来说,海归的时机晚了。"李杰说。

谭国芷说:"不是说好了先到我们药物研究所看看情况再说嘛。"

"药研所是私营的,工资低。看到你家这房子,我回长沙工作心里也难平静了。"

谭国芷说:"药研所现在的情况不一样了,国家科技部的投资拨了下来,研究人员的工资比以前高了。"

"我到药研所可以拿多少工资呢?"李杰问他。李杰想,如果工资可以,他还是愿意回长沙,可以就近照顾父母。

"我保证基本工资不比上海付你的低。除基本工资外,你还会有提成,一年下来,再拿个几万元不成问题,这样的条件在长沙还算不错。不过你要尽快做决定啰,万一哪天我不再挂药研所所长的职务,说话就不起作用了。"

曾小倩说:"你别老劝人家留在国内行不行?各人的情况不

一样。你海归的时机好,过去的关系还没有断。你把李杰鼓动回长沙有什么好呢?药研公司是私营企业,哪天倒掉了,你不是害了他吗?"

谭国芷很难堪,辩解道:"我没有劝他非回长沙不可。我只想让他多一条路而已。上海的消费高,他在那里的日子不好过;美国正处在经济危机,什么时候能好起来难说。李杰是我们的老朋友,给他多一个选择,主意还是他自己拿。"

曾小倩没有回话,客厅里一时静寂下来。李杰心里有些沉重,站在明丽的房间里,他此时的心头却蒙了一层阴影。

六十一

曹琳找工作有了重大进展。她打电话告诉李杰,格兰特制药公司通知她去纽约正式面谈。公司人事部给她订好了机票、宾馆,往返途中的所有费用全由公司承担。

纽约之行令曹琳很兴奋。她喜欢纽约;喜欢步行于耸立在市中心的摩天大楼之间,感受那万丈高楼的恢宏气势;喜欢纽约方便的交通,乘坐四通八达的地铁和火车,随心所欲去自己想去的地方;更喜欢格兰特公司,它坐落在哈德逊河岸的小镇上,距离纽约市中心十几公里,站在公司的大楼内,可以隔窗眺望远处的纽约高楼,感受现代生活的喧腾气息,住在小镇上,又享受着人口稀少、依山傍水的田园生活。

曹琳在离公司不远的小镇上租了一套一室一厅的公寓。尽管房子比她在蒙诺维亚买的三室一厅小很多,但比亚当斯家的后屋强多了。公司发给曹琳一笔搬家费,付的年薪也不错。足可以让她和凯西在美国好好生活。曹琳雄心勃勃,计划在两周内搬离蒙诺维亚去纽约。

李杰在长沙安定了下来,住在父母家里,在药研所展开了血清素刺激剂新药血安达的毒理学研究。谭国芷把一大沓研究资料交给他后去了上海。谭国芷说这次要在上海住一个多月,除了准备招收新的研究生外,还有十多个硕士、博士研究生进行毕业论文答辩。谭国芷吩咐李杰尽力把新药的毒理研究做得深入,准备从上海派一个正在读硕士的研究生来长沙,协助李杰一同做研究。

李杰花了两个星期做实验的准备工作,详细阅读谭国芷给他的研究资料,查看国家药监局的药品毒性实验标准,去大学医科图书馆了解国外血清素刺激物新药的开发现状和研究进展。

那时,江天浩已经离开上海回到美国,他与李杰常通电话。江天浩叮嘱李杰说:"给血安达做毒性实验时,一定要把动物的基因提取出来,送去林倩的基因诊断公司做图谱分析。虽然国内外都没有规定新药开发必须做基因毒性分析,鉴于血安达是一个有巨大市场潜力的产品,要想它得到国际社会的普遍认同,基因毒性分析最具说服力。"

江天浩的话让李杰对血安达毒理研究有了更大的兴趣。读了国外有关血清素刺激物的研究报告后,李杰明白了谭国芷海归后走得如此平步青云的原因。他想,谭国芷在美国只待了两三年,他的老板安德森教授自杀去世后,他把与安德森一起做的重要课题项目带回国内继续研究。他的研究不仅在国内领先,在国际上也走在前沿。

一天,李杰打电话给谭国芷,说起了江天浩告诉他安德森教授自杀的事,无意中出言不逊,说:"你的运气真好,安德森教授自杀给你的成功创造了契机,否则,我们今天就没有这个重要研究项目了。"

谭国芷听了很恼火,说:"我绝对没有剽窃安德森教授的研究成果。尽管我是这项研究的具体实验人员,回国后,我对第二代吡格可乐还是做了进一步的大量改造,血安达与我在美国研究的药物有本质的差别。安德森教授是因为严重抑郁症在汽车里开枪自杀的,他的死与研究项目毫无关系。"

几天后,谭国芷匆忙领了一位名叫苏洁的研究生来到长沙,他把苏洁交给妻子曾小倩安排住处后,开车赶到研究所,把李杰叫进他的办公室。

谭国芷从抽屉里翻出一篇没有发表的论文交给李杰,说:"我在美国时,安德森教授让江天浩参与改造吡格可乐,但那个药物最终还是存在明显的肝脏毒性,被毙了。我重新合成第二代吡格可乐。虽然第二代吡格可乐比原有的吡格可乐有了很大进步,但是用它喂了小白鼠几个月后,处死小白鼠做肝脏切片,电子显微镜的照片可以看到肝脏的超微结构有轻微改变。"他伸过手来,帮李杰翻到论文的最后一页,指着上面的两张彩色图片,接着说:"这是我在国外做的研究结果。图片上可以看到肝脏结构有破坏。"

李杰仔细看了照片后,点头说:"第二代吡格可乐还是对肝脏有毒性作用。"

谭国芷说:"回国后,我对第二代吡格可乐做了很大改造,改造后的第二代吡格可乐就是我们现在研究的血安达。"他从抽屉里翻出另外几张图递给李杰,"这些是被喂血安达的小白鼠肝脏组织切片的电子显微镜照片。肝脏的超微结构完全正常,说明血安达没有肝脏毒性。"

他们谈到深夜,谭国芷说还有事要在公司里再忙一阵,李杰起身告辞回父母家去。回到家后,李杰抑制不住内心的喜悦,继续在卧室里熬夜,仔细研究谭国芷交给他的研究报告。他很晚才睡,想到谭国芷海归回国,成果斐然,他的心情很难平静。谭国芷在上海是大学的正教授,带一大帮硕士博士;在长沙,他一家三口各有事业,住小区高级公寓房,生活很滋润。他真是什么都没有耽误。有钱,有车,有房,有名,也有地位,这一趟出国和回国真值。自己在国外待了十几年毫无建树,最后回国,不得不承认一个现实,并不是所有海归的人都有出头之日。

仔细比较谭国芷给他的两份研究报告,李杰又悟出些道理。谭国芷的开发项目是在美国老板的研究基础上所做的进一步完善,安德森教授在化学合成药物界非常有名,是一位巨人,谭国芷是站在巨人的肩上,所以他冒出了头。而自己呢?曾经的老板莉莎给了他什么机会呢?想到莉莎的尖刻和不近人情,甚至栽赃陷害,李杰又为自己的不幸和无为找到可以宽慰的解释。

他想,也许谭国芷就是他可以依靠的对象,谭国芷虽然谈不上是巨人,但他是大学正教授,省科技专业委员会评审权威,以及私营药研所的所长。在需要有关系和资源的生存环境里,有他的提携和关照,总比自己单打独斗强。

想到这些,李杰心里踏实了许多,认定到谭国芷手下工作这步棋走对了。不要说站在谭国芷的肩上,只要在需要的时候他肯伸手帮忙就好了。不只是李杰本人,还有姐姐的女儿,他们都得靠他。李杰告诫自己一定要把好这一关,扎扎实实做好研究,把以后的每一步走好。

谭国芷在长沙只停留了一天,第二天中午乘飞机赶回了上海,晚上他还要去做一堂研究生讲座。在他离开前,李杰去他办公室,他正在沙发上打盹。听见李杰轻轻的叫唤声,他伸了伸身子,张开疲惫的两眼,对李杰说:"事情太多,昨晚熬了一夜,太困。"

李杰真为他担心,说:"你这样玩命可不行,要多保重。你不能倒下。你是一棵大树,多少人在你的树荫之下。为了你的家人,为了我们的研究所,也为了我的未来,你千万不能倒下。"

谭国芷苦笑了下,说:"别担心,倒不下的。我在飞机上还能睡一会儿。"

六十二

李杰回长沙工作不久,曹琳与凯西搬去了纽约。曹琳离开洛杉矶前给法院写了信,要求他们把检方对李杰酗酒驾车、谋杀未遂的撤诉书和医生给李杰出具的重度抑郁症的证明改寄到中国李杰的父母家。

曹琳打电话跟李杰说:"我在纽约的住址暂时还没法固定,这样的重要文件千万不能丢失,以后你回美国长住或者探亲,过海关时都得随身带上。"

李杰急了,"寄到我父母家干吗? 万一他们知道我在美国曾经被捕怎么办? 我爸的心脏不好,他经受不住打击的。"

曹琳安慰他,"你不用担心,法院寄的材料是英文的,爸妈连半个字母也不认识,随便你怎么说,他们都会信。"

李杰想,曹琳说的也是,他在长沙与父母住在一起,他的信不寄到父母家寄到哪里呢? 他工作的药研所里,研究人员都懂英文,若让美国法院将信直接寄到药研所,不闹得满城风雨才怪。

一个月过去了,李杰还没有收到从美国寄来的信函。时间一长,他把这桩心事搁在了脑后。

一天,李杰接到梁旭的电话,她说:"舅舅,不好了,外公胸口痛。"

李杰急忙追问她怎么回事。

梁旭说:"今天早上,我妈做了两道菜要我送给外公外婆吃。外公拿出一封美国寄来的信,要我看一下信的内容,说如果事情很急,要我赶快送到药研所交给你。"她哭了起来,"外公问我信上的内容,我也没有仔细考虑,就把信上的内容翻译给他听了。没想到外公听后脸色一下变白,唉声叹气了一会儿就喊胸口痛。"

李杰对梁旭大吼道:"你怎么没有一点脑筋呢?!外公有心脏病,是不能受任何刺激的。赶快打电话叫救护车,送外公去医院!"

"舅舅,送哪家医院?市区的医院我没有熟人。"梁旭六神无主。

"送湖湘医院,我认识他们的护理部主任。你陪外公去,我马上赶过来。"说完李杰丢下手中的工作,脱掉白大褂,跑出药研所,在路口拦了一辆出租车,直奔湖湘医院。

梁旭又打来电话说:"舅舅,怎么办?我打了很长时间的电话,救护车还没有到。"

李杰看了一下手表,已经二十分钟了。他对梁旭说:"别急,我让出租车司机掉头来接你们。"

"到处修路,堵得厉害,不知什么时候才能到,老人家要不要紧?"司机关切地问。

"绕路吧。"

"那就绕远了。车开太快民警要抓人的。"

"没办法,救人要紧。万一让民警逮住,罚款由我出。"别无办法,李杰只好求助于司机了。

赶了一半路,梁旭的电话又来了,"舅舅,救护车到了,我已经把外公送上了车。"

李杰放了心,叮嘱她道:"梁旭,别让外婆去。她老人家耳朵背,好打听,到时候碍手碍脚。你跟在车上,随时同我联系。"他让出租车司机掉转车头朝湖湘医院赶。

半途中,李杰的电话再一次响起,"舅舅,路上车太多,没有车肯让路,都挤成一团了。"

"要司机按喇叭,使劲按。"

"没用。我都快急死了。"

李杰心急如焚,他问梁旭:"外公怎么样了?"

"好像还行,除了胸口痛,没有其他症状。"

李杰松了口气。他是学医出身的,当过内科医生,估计父亲是小范围心肌梗死,不会要命的。

梁旭的手机没有关,李杰听到她一路怨声不断,直到终于把外公送进了湖湘医院的急救科。她问李杰:"舅舅,你还要多久才到呢?"

李杰问了司机后答道:"不堵车的话,可能十分钟就到了。"

梁旭把电话挂了。司机在李杰的不断催促下,绕着大道在大街小巷里钻。看来,他们在十分钟内可以到达湖湘医院。李杰心绪很乱。想到自己在美国的不幸遭遇给父亲带来的打击,他的心沉甸甸的。望着窗外车来人往的马路,他祈祷着千万别堵车,尽快赶到医院。父亲已经进了急救科,重病马上可以得到治疗,他又有些安慰,庆幸自己身在长沙,能在父亲急病之际指导梁旭沉着应付,让父亲得到及时救治。

电话铃声打断了李杰的胡思乱想。还是梁旭的电话,没等她开口,李杰抢先问道:"怎么样?医生给外公看过病了吗?"

她说:"看了,医生说外公是急性心肌梗死,要我把他转到心血管病急救专科。"

"转科?"李杰感到不可理解,"突发心脏病的人哪能经得住转来转去呢?"

"医生说,他们科没有心脏病急救特殊设备。"

李杰蒙了,急救还要分科?可是在此紧急关头他还能怎么办?"那你赶快转吧。"

李杰给护理部主任曾小倩打了电话。她一听说李杰父亲急病要转心血管病急救专科,说道:"你别急,我儿子谭炯正好今天值班,上级主治医师是莫医生,他是我们医院最好的心血管病专家。我马上去急诊部。"

有曾小倩帮忙,有医院里最好的心血管病专家在场,李杰放下了高悬的心。他朝窗外望去,湖湘医院的几幢造型现代的高楼已经出现在眼前。

他付了车费,推开车门,急速向急救科跑去。进了门,刚找到电梯,突然听见一声叫喊:"舅舅,我在这里。"

李杰循声望去,梁旭正在缴费处的长队里向他使劲招手。他急忙走过去,问她:"你怎么在这里呢?"

"我在这里排队交钱呀。医院都是要先交押金和药费才给病人治疗。"梁旭说。

李杰瞠目结舌,急救病人,不缴费不给治疗吗?万一有个三长两短怎么办呢?

梁旭继续说:"唐医生开了药,但护士不愿给外公打针,怕违反医院规定。"

"外公怎么样了?他们到现在还没给他治疗吗?"

"曾主任帮我转了科,抬上抬下的,外公的病情加重了。幸好曾主任借了钱给我缴费,担保一切由她负责,护士才肯给外公打针。"

李杰从梁旭手中接过处方,一看是"西地兰"——强心针,给心力衰竭的人急救用的。虽然李杰曾当过内科医生,但是十几年过去了,他的专科知识也已经忘得差不多了,不知道这药是不是适合给父亲用。

李杰问梁旭:"莫医生看过处方吗?"毕竟谭炯太年轻,李杰对他有点不放心。

"哪一位莫医生?急救室里只有唐医生和护士。"

"今天值班的主治医师莫医生不在吗?"

梁旭摇着头说:"没看见。曾主任说外公的情况不好,要唐医生赶快救人。"

李杰把处方交回给梁旭,"你在这里排队交钱,我得赶快去心血管病急救科。"

一种不祥的预兆冒出来,李杰的心突突地跳,生怕有意外。他跑进电梯,上了楼,匆匆来到心血管病急救科。急救室里的电子监视屏在病床之上闪动着,几条管线连接在他父亲的身上。

谭炯和曾小倩双双站立在李杰父亲的病床边。曾小倩满脸惊慌,抓住李杰父亲的手,看着儿子的听诊器在李杰父亲的胸部不停移动。谭炯神情慌张,对他母亲说:"怎么会这样呢?刚才还好好的。"

李杰冲到病床前。父亲胸前的衣服敞开着,胸腹一起一伏,发青的嘴唇在透明的氧气罩里上下颤动,拼命挣扎着试图摄取能让他活下去的氧气和希望。

"我爸不行了!我爸不行了!"李杰扒开曾小倩的手,把父亲颤抖的手捏在他的手心里。父亲两眼绝望地望着他。

"爸,爸。你别急,你别急。"李杰喊着,感觉到父亲那只被他握住的手还有力气。父亲抓着他,抓着生命里最后一线希望。他的嘴唇不停地颤动,想对李杰说什么,但什么也说不出来。

父亲窒息了,他无法呼吸,眼里闪烁出强烈的求生欲望。李杰绝望地哭出声来:"爸,你要挺住,你不会有事的。"

父亲的眼神暗淡了下去,原有的一丝生的渴望熄灭了。李杰惊惶地转过头,两眼在病房四处寻找。他在寻找一个人,唯一可能把他父亲从死亡线上拖回来的人。他大声吼道:"快去找莫医生,我爸已经不行了!"他是在命令,在乞求,在怒吼,在哭诉。那一刻,他已经不能控制自己的情绪,也全然顾不上自己的仪态了。

谭炯、曾小倩和护士都愣在一旁,谁也没有挪动。也许他们已经意识到,这个时候,任何人对他父亲都回天乏术。

父亲的身体一阵短暂的抽搐后,迅速平静了下来。他的眼神四散,黑黑的眼洞里没有了光亮。眼角滚出一行清亮的泪水。他的手在李杰的手心里松软了。

李杰听到身后哇哇的大哭声。梁旭站在他的身后,手中拿着的药和收据掉落到地板上。她的身旁是李杰的姐姐,那哭声是从姐姐的嘴里发出来的。姐姐满头大汗地朝父亲的床铺扑了过来。

李杰一把抱住发疯似的姐姐,不让她以过大的力量冲向父亲,不让她冲破他还没有完全幻灭的最后希望。

姐姐使劲甩开李杰,冲到父亲的床边,一下扑到父亲身上,摇着父亲不再动弹的身躯大声哭喊。梁旭搂着她妈妈,跟着失声痛哭起来。

李杰猛然意识到父亲死了,他抛下了他们,带着未讲出的话撒手而去。李杰双腿一软,跪在了父亲的床前,把头埋在父亲身旁,绝望地抽泣。他怎么也不相信,刚才还活着的人,就这么突然没了,永远地离开了他们。

六十三

李杰父亲的突然离去,最受伤害的是他母亲。她常常关着房门,把自己锁在与丈夫同住了几十年的房间里,不吃也不喝。李杰多请了几天假,待在家中和姐姐一起陪孤寂的母亲。姐姐多次说,梁旭问过了她医院里的心脏科医生,心肌梗死发病时要先用扩张心脏血管的药,谭炯医生用反了药,一支强心针把外公打死了。

姐姐说:"人不能这样白死,父亲的死是医疗事故,我们应该去找医院索赔。"

李杰心乱如麻,一下理不出头绪来,只好劝姐姐先冷静下来,好好陪母亲渡过这个难关,别的事情缓一缓再说。

谭国芷从上海赶了回来,打电话给李杰说要和曾小倩一起来他家坐坐。

母亲说她不想见他们,李杰便让姐姐带她出去散心。李杰想,姐姐的情绪容易激动,也把她支开,以免她控制不住自己,与曾小倩闹起来。毕竟谭国芷一家人是朋友,曾小倩出于好心,专门从护理部赶到急救科,并借钱给他父亲治病。

谭国芷与曾小倩提着大包小包来了,见只有李杰一个人在家,神情也就放轻松了些。

谭国芷不知该怎样安慰李杰,一再说:"节哀顺变吧,想开一点。"

李杰猜想,谭国芷知道他是医生出身的,肯定清楚自己儿子用错药导致他父亲去世,否则,谭国芷不会如此匆忙地从上海赶回来见他。李杰沉浸在哀伤中,对谭国芷的话没做回应。

谭国芷显得心事重重,不再多言。

曾小倩先问了李杰父亲的后事和他母亲的情况,随之转入了正题。她叹了口气,"唉,真是不凑巧,李伯伯到医院那阵子莫医生怎么会刚好就不在呢?"她担心李杰家人去医院找麻烦,有意说出莫医生离岗的事,"莫医生陪一个公司的老总做B超,出去两个多小时,手机也不接,太离谱了。"言下之意,莫医生擅离职守,对谭炯用错药应负主要责任。

李杰埋怨道:"没有起码的医德嘛,莫医生不离开岗位的话,我父亲肯定还会有救的。"

曾小倩见李杰终于把矛头转向了莫医生,马上又转移话题,"李伯伯走得这么急,是谁也没有料到的,我们都非常难过。谭国芷一接到我的电话就马上赶回长沙来看望你。我们都知道你是孝子,特意回来照顾父母尽孝心,没想到你才从美国回长沙,父亲就走了。"

曾小倩的这番话刚好触到了李杰的痛处。李杰回到长沙,有意与父母住在一处,本想好好尽尽孝心,弥补过去十几年对他们的亏欠。可是才回来一个多月,父亲就撒手走了,他没有尽到做儿子的责任,他内疚,痛苦。

"我父亲才七十多岁,心肌梗死再严重,救过来至少还可以活上三五年吧。我在美国的时候,常常想,要在父母的有生之年,尽一点孝心。可是现在我对他什么孝心都尽不了了。"李杰说着说着,眼泪便忍不住流了下来。

曾小倩本来还想说些什么,见李杰沉浸在父亲过世的悲伤中,只好不再多说。

谭国芷向曾小倩使眼色,示意他们该走了。李杰没有挽留,站起身送他们。

姐姐陪母亲回来后,问李杰:"谭国芷夫妇说了医院赔偿之类的话没有?"

李杰说:"什么也没有说。"

"话还是要说明白,现在的世道老实人吃亏,拿不拿到赔偿不要紧,但这件事医院有责任,我们怎么也应该讨个说法。"她坚持自己的意见。

母亲说:"算了,人都已经死了,讨个说法,也活不过来了。"

姐姐说:"人死了不能复活,但父亲死得冤枉,我们向医院讨一个说法,至少要让医院知道他们不能那样草菅人命,以免今后其他病人也遭同样下场。"

李杰说:"如果这事不是与谭炯有关,我是一定要去医院说的。可是我在谭国芷的公司里工作,梁旭还要麻烦曾小倩帮助打点调进他们医院。只要我去医院办公室追究医疗责任,谭国芷一家的交情就没了。"

姐姐还是坚持要去。她说:"就算梁旭在郊区医院待一辈子,我也一定要为父亲讨个公道。"

母亲说:"还是算了,说了也没有用,现在这个世道人命不值钱,我看透了。"

李杰左右为难,只好劝姐姐沉住气,让他想清楚。如果一定要去的话,他们一块去。他懂医,话讲得清楚。

接下来的几天里,李杰一连接到几个美国长途电话。先是江天浩从洛杉矶打来电话,接下来是陆大伟从圣迭戈打来电话。不久,李杰的小学同学范时宕也从北京打来电话。

江天浩对李杰说:"李杰,你父亲七十多岁也算得上高寿了,他虽然走得出人意料,但死得清爽,既没有给后人留下太多折腾,自己也没有太多痛苦,算是你们家的造化了。"他又说:"谭炯的事就别追究了。你还是回美国吧,把老妈带上,好好伺候她几年。"

陆大伟来电话说:"李杰,别告谭炯了,他还很年轻,万一受到处分,他这一辈子就算毁了。谭国芷和曾小倩是我们的老朋友,他们就这么一个宝贝儿子,我们是看着他长大的呀。他从小就是个很懂事的孩子,你父亲的死,他也不是故意的,就放他一马,给人家留一条后路吧。"

李杰既没有答应江天浩,也没有对陆大伟做出承诺。李杰好说服,他姐那里呢?她连女儿的前程都不顾了,李杰用这几句话能够说服她吗?

范时宕在电话里也没能说服李杰,特地从北京回了一趟长沙。他邀李杰出去喝茶,席间,他劝说道:"我不想让你去医院告谭炯不是为了袒护他。我想了很久,这事不是他的错,不应该由他负责。"

李杰说:"他开的处方,他要护士打的针,不是他的错是谁的错?"

他问李杰:"我问你一个很简单的问题,你为什么不在美国考医生执照呢?"

李杰纳闷道:"我早跟你说过,在美国考医生执照折腾的时间太长了,我没那个耐心。这跟我父亲的医疗事故有何关系呢?"

范时宕说:"是的,你早同我说过,在美国当一个医生太不容易了,不光是要最优秀的大学毕业生才有资格进医学院,医学院毕业后至少还要做三年实习医生才有资格应聘普通家庭医生。想当专科医生的话,还需要两三年的训练,所以在美国怎么也要熬到三十几岁才可以当医生。你知道这是为什么吗?"

李杰一时答不上来。

范时宕对他说:"你父亲的死让我深入思考了这个问题。最优秀的大学生具备了掌握复杂的医学知识的能力,但要当一个合格的医生还远远不够,他必须要经过长时间的磨炼,具备了对生命负责的心理素质,有了深厚的人生阅历和临危不乱的娴熟技能才能真正担负起救治病人的重大使命。谭炯才只有二十几岁,他这么年轻,自己的身心还没有成熟,怎么能够担当得起掌控生命的重大责任呢?所以我跟你说,你父亲的死不是谭炯一个人的错。"

范时宕的话让李杰陷入沉思。是呀,二十三四岁的年龄,大学本科才毕业,初涉人世,他怎么可能在人命关天的紧急状态下做出精准判断,独立担负起掌控病人生命的重任呢?李杰的心沉重无比,望着范时宕,良久说不出话。

范时宕恳切地说:"我去医院跟院长讨论过这个问题,问他医院可以花大把钱兴建高楼,为什么不花精力提高医疗质量呢?我说,在美国,一个大学毕业生要熬十几年才能当医生,说明人家把人的生命看得宝贵。为什么我们不把钱和精力放到提高医院的软实力和培养医务人员的素质上呢?他说国情不同。我对他说,国情是不同,但我们生命的价值是相同的呀!处理与生命攸关的大事情需要理性和科学,不能以速度和需要为依据,更不能以政绩和面子为动力,要经得住时间的沉淀和历史的考验。"

范时宕又说:"我常常对自己和我的研究生说一个道理。人生的路很漫长,前面有一座高山,我们想攀到它的顶峰,有两条路可以选择:前山是坡地,道弯路长;后山是悬崖,笔直而立。有的人想尽快到达山顶,所以选择从后山攀崖。那是一条近路,节约时间,但很容易摔下来。我问你,如果你急于求成,一旦失手,摔死或摔伤,还有希望到达山顶吗?我总是告诉自己和我的学生别急,一步一步往前走,虽然路很长,要花更多的时间,但我们走稳了每一步,都会离山顶更近。只要不停步,看准方向,抱定目标,朝着目的地走,总有一天我们会到达山顶的。"

范时宕回北京去了,他的话让李杰思考了很多天。他回顾自己走过的人生道路,感到范时宕言之有理。他受不了考医生执照的漫长煎熬,选择了放弃。这么多年里总在避重就轻,总想选择短捷、容易的路,可他在哪条捷径上走通了呢?靠运气可能偶然成事,但那危险,是要付出惨重代价的。

李杰想,范时宕专程从北京来长沙找他,还去医院见院长。范时宕是社会学家,他对社会抱有一颗爱心。

六十四

李杰放弃向湖湘医院索赔的事之后,谭国芷夫妇带着儿子谭炯到他家,这次他们是特地来看望李杰母亲的。谭国芷提出来私下给李杰母亲一些钱,补偿谭炯给李杰家造成的损失。李杰母亲说:"算了,人死了,入土为安。钱的事总会搅人,我们接受这些钱的话,李杰父亲在地下会不安,还是把钱留着给谭炯今后出国用。"

为了感激李杰,谭国芷把他叫到药研所,与他好好聊了一个晚上。他同李杰讲起有关血安达研究的往事。

十六七年前谭国芷在南加大做研究,在著名教授安德森指导下潜心研究化学合成物吡格可乐,一种可以刺激人体分泌血清素的小分子化学物质。刺激血清素分泌的化学药物,市场潜力很大,国外有多所大学和药厂试图对吡格可乐类化学合成物做结构改造,使它成为刺激血清素分泌作用好、对人体毒性作用小的药物。

江天浩当时是安德森教授的博士研究生,在实验室参与吡格可乐的结构改造。吡格可乐的改造迟迟没有进展,肝毒性无法消除,安德森教授把希望寄托于合成第二代化学物质,于是谭国芷改为作吡格可乐第二代药物的研究。第二代化学合成物对人的肝脏毒性大大减低了,安德森教授要求谭国芷把毒性实验的样品送到基因研究所做基因毒性检测。四个月后,检测结果出来的那天,谭国芷刚好请假,没去实验室上班。安德森教授要江天浩去基因研究所取基因图谱分析报告。很不巧,一周后,安德森教授接到美国国家医学研究院的通知,他的课题经费被终止,抑郁症加重。当天,他在停车场的汽车内,开枪自杀了。

安德森死后,研究室解散,谭国芷离开洛杉矶,去了明尼苏达做病毒药物的研究,江天浩改读基因遗传博士。谭国芷在回国后的前两年致力抗肝炎病毒的新药开发,陆大伟来到上海,代理科尔曼公司在中国地区销售血清素。血清素的年利润非常可观,谭国芷看到了刺激血清素分泌的化学合成物巨大的市场前景,马上着手对血清素刺激物的第二代吡格可乐药物做进一步改造。为了纪念安德森教授,谭国芷按"安德森"的发音给这个药物命名为"血安达"。谭国芷对第二代吡格可乐和血安达做了对比研究,证明血安达确实明显优于第二代吡格可乐,动物毒性预试验没有发现它对肝脏有损害。

现代社会竞争日益激烈,人们的生存压力巨大,患抑郁症的人日渐增多,这个世界级研究成果在国内外引起了广泛关注,并为谭国芷日后赢得学术地位起了至关重要的奠基作用。国家科技部非常重视谭国芷的研究,拨款给药研所,支持血安达研究成果走向产业化。谭国芷说,这项新药开发的毒理研究完成后,药研所便可以找制药公司合作,小规模生产血安达,在病人身上做临床试验。

谭国芷是血安达新药的专利拥有人。出于对李杰放弃向医院索赔的补偿,也出于他与李杰之间的交情,谭国芷答应在专利转让成功后,会按一定比例分红给李杰。决定成败的最后一项研究是毒理验证实验,这项研究任务全权由李杰负责。谭国芷告诉李杰,早在李杰决定离开上海时,江天浩就找过他,建议他把李杰雇佣到药研所协助研究,采用基因毒性分析来验证这项成果。有了基因水平最具权威和说服力的毒性实验报告,血安达才会获得国际公认,转让也会很快成功。谭国芷相信,血安达不仅会给药研所的每一位研究人员带来利益,更会让他本人和李杰从中得到巨额报酬,李杰完全可以用获得的报酬在长沙买房买车,过上好日子。

谭国芷回上海后,李杰吃睡都在药研所,为了让血安达尽快走向市场,李杰几乎把所有的时间都花在血安达的研究上。血安达的成功不仅可以抚平他曾遭受科尔曼不当解雇的愤恨,给他带来一大笔经济收入,它对李杰还有更加重要的一个益处。近几年里,李杰生活得毫不快乐,一旦血安达成功上市,他就可以服用它,重新获得有幸福感的生活。李杰想,人生很短,他需要钱,更需要幸福与快乐。

李杰让苏洁协助按国家药监局的要求做药物毒性常规实验,自己负责基因研究。他与林倩商量好,从动物的重要器官提取出基因后,将样品寄到林倩的公司去做分析。

第一个月的基因检测结果出来后,林倩把实验结果发给了李杰。校对了编号,李杰在微信里给林倩发出一个笑脸符号。林倩明白,血安达的基因检测结果正常。她给李杰回了一个笑脸和一个大拇指。谭国芷接到李杰发送的微信,在微信里发过来的表情笑翻了天。那张笑脸是李杰心情的真实写照。

两个月过去了,毒性实验接近尾声,李杰等不及拿到第三批小白鼠的基因检测结果,已经提前写好了毒性实验的分析报告,把初稿发给了谭国芷。李杰打电话到美国,告诉江天浩,喂食血安达两个月的小白鼠身上没有发现基因损伤,看样子再给小白鼠喂一个月血安达不会有毒性问题。

江天浩说:"你不必墨守成规。虽然国家审批药物的长期毒性实验标准是三个月,但是需要用血安达的人通常会常年服药,你们最好把实验周期延长一两个月。我记得安德森教授在做第二代吡格可乐药物的长期毒性实验时,采用半年为期限。你最好说服谭国芷,至少再给小白鼠喂一个月药物。血安达是一条大鱼,得用一条又粗又长的线来钓。还有,我在美国的这家基因研究公司会很快推出更加精确的基因检测技术,我会在近一个月去上海,到林倩的实验室做验证实验,到时候,我替你把样品用最先进的方法做检验,把好最后一道关。"

"我同谭国芷说说,希望他不会反对。"大功告成在即,能否说服谭国芷为了这条大鱼放出长线,李杰心里没底。

"给小白鼠多喂一个月药物,增加不了多少麻烦。如果谭国芷不同意,你给我打电话,我来做他的工作。血安达成本低,是一个人人都用得起的新药,它的受众大,影响面广,你们对它的安全性能要更加小心。"

安全?李杰心里疑云顿生,追问江天浩:"你对血安达不放心吗?"

江天浩说:"怎么说呢?我一直对安德森教授自杀的原因有怀疑。"

"谭国芷对我说过,安德森教授是因为研究经费被中断后自杀的。"

"我认为一定有其他原因。"

李杰心想,江天浩在怀疑什么呢?难道他认为第二代吡格可乐与谭国芷老板的自杀有直接关系吗?

李杰给谭国芷打了电话,把江天浩建议延长毒性实验的想法转告给他。不出李杰所料,谭国芷不同意江天浩的意见,说:

"国家制定的药物长期毒性标准是三个月,而且毒性观察指标里没有要求做基因检测。为了得到国际认同,我们加做了基因检测,已经超过了国家药监的要求。江天浩要我们把小白鼠的毒性实验延长一个月,浪费时间和钱,有这个必要吗?"

谭国芷不愿意,李杰想激将他,把江天浩的话直说了:"安德森教授做第二代吡格可乐长期毒性实验时,原计划给动物喂药六个月。但他在拿到小白鼠第四个月毒性实验基因检测报告的一周后,因课题经费被中断而自杀了。"

谭国芷很生气,"江天浩怀疑第二代吡格可乐与我老板的自杀有关吗?扯谈!他又不是不知道安德森患有严重抑郁症。就算第二代吡格可乐真有毒性,是安德森教授自杀的直接原因,可血安达已经不是第二代吡格可乐了。回国后我花了很长时间改造第二代吡格可乐,血安达无论是在药效作用上,还是毒性作用上,都远非第二代吡格可乐可比。"

李杰不希望谭国芷对江天浩产生误会,劝说道:"江天浩只是希望我们开发出来的药物更安全。退一步,假如江天浩真的怀疑血安达还存在毒性,我们就更应该把毒性实验延长一个月,让实验数据来说话,不正好还血安达一个清白吗?"

谭国芷犹豫了一会儿后,恨恨地说:"好吧。不过第三个月的实验基因检测报告出来后,你要尽快把结果发给我。我得赶着把研究论文写好,向国家科技部递交总结报告。"

江天浩的怀疑使李杰对血安达的安全性产生了顾虑,他不再像谭国芷那样信心百倍了。他也在猜测安德森教授自杀的原因。安德森的确患有严重抑郁症,可是他为什么会在拿到第二代吡格可乐的基因分析报告的一周后自杀?纯属巧合吗?还是谭国芷对第二代吡格可乐做了改造后的血安达对肝脏的毒性消失了,却有可能存在基因毒性?谭国芷急于求成,第四个月的毒性报告还没有出来,他便急着给国家科技部写总结报告,合适吗?

李杰仔细考虑了几天后,给谭国芷打电话,说:"你暂时别急着写总结报告吧,等四个月的实验结果出来后再说。"

谭国芷不愿听李杰的劝告,语气很坚定,"我对血安达有信心,它根本不可能有问题。我在血安达的研究上花的时间够长了,国内一个药物的研究周期才多久呢?我们比别人多用了一倍时间做研究。"

李杰说:"在美国,一个药物从研究到进入市场要花十几年。"

谭国芷大声吼道:"美国!美国!你别老提这两个字行吗?他们建一条几百公里的铁路要花十年八年,我们像他们那样办事的话,现在的高速铁路网哪一年才能够建成呢?告诉你,我是等不及了。我儿子想今年就出国读书,我家还有买房子的按揭要还清。我等着把血安达的专利卖出去,尽早拿到钱。我想好了,血安达搞成了,我的历史使命就算完成了。我不想在上海长沙两地跑了,想在一个地方安静下来,做个教书匠,过安宁的日子。"

李杰理解他,谭国芷也是过了五十岁的人了,上要顾到曾小倩父母度好晚年,下有儿子要出国深造,都需要钱。他是家中的顶梁柱,到了这个岁数,不能太累,可他没法。李杰不由自主地想到自己,想到自己与家人分居两个国家的处境,以及自己没房没车没钱的经济状况。想到这些,他对血安达又充满了期待,期待它早日问世,给他带来丰厚的收益。

六十五

喂药三个月的小白鼠基因检测报告出来后,谭国芷开始写汇报材料了。他把写好的初稿发给李杰提意见。总结报告前后修改花了近一个月时间,到最后定稿时,第四个月的小白鼠毒性实验已经开始做了,江天浩从洛杉矶来到了上海,用最新实验技术给李杰的实验样品做检测。

做基因检测的那天晚上,李杰没有回家,守在药研所办公室的电脑前,等待江天浩把最终实验报告通过电子邮件发过来。谭国芷也没有睡,他在上海等待李杰报给他消息。

到了半夜,李杰听到电脑发出一声悦耳的声音。那声音特别动听,它是幸福,是快乐,是希望的旋律。他马上打开邮箱,果然是江天浩发来的邮件。他仔细检查了三组实验小白鼠的肝脏、心脏、肾脏等器官里提取出来的 DNA 测序结果。喂食血安达的那组小白鼠的基因结构没有发现任何异常!李杰的心头绽放出由衷的喜悦。检查到最后一个器官——生殖器官的基因图谱时,一串与正常小白鼠不一样的彩色波峰在电脑屏幕上特别醒目。喂食血安达的小白鼠的生殖基因出现了变化,血安达对生殖系统有损伤!李杰的脑袋嗡的一下好像要炸开了。

天啊,血安达有比损害肝脏更加可怕的毒性!这个可以刺激人们身体产生血清素,带给人们平静和快乐的新药,对人的生殖机能存在危险,它会通过基因遗传伤害到下一代,造成难以预知的遗传性疾病。

谭国芷也收到了江天浩发来的实验数据。他在微信里给李杰打过来一串字:"李杰,你看了实验结果吗?我在等着你的回音呢。"

李杰心乱如麻,不敢在微信里回谭国芷的话。他不敢想象当谭国芷知道了这个难以接受的事实后,半夜正守在电脑前的他会出现何种状况。血安达完了,谭国芷经受得住这个沉重的打击吗?李杰需要时间考虑吐出真相的后果。

他给谭国芷回话说:"小白鼠的编号很复杂,我还在整理结果。半夜了,你先休息吧,我明天告诉你结果。"

晚上,李杰回家了。母亲去了姐姐家,他没有开灯,和衣躺在冷冰冰的床上。从来没有过的疲惫向他袭来,他倍感虚脱。他在黑夜里苦思,陷在该不该把血安达对小白鼠生殖系统有基因毒性的事实告诉谭国芷的泥沼中。

他想起谭国芷讲的有关血安达的故事,想到安德森教授之死。李杰终于明白安德森开枪自杀的原因。这位严重抑郁症患者,合成了能刺激人体分泌血清素的吡格可乐,他没有想到不仅吡格可乐存在肝毒性,重新合成的第二代吡格可乐存在更严重的基因毒性。由于这一致命的基因毒性,他的课题经费被终止,使他最终放弃了生存的欲望。

谭国芷回国后改造过的新药血安达没有从根本上解决药物的毒性问题。李杰肯定,谭国芷接受不了这个残酷的现实。血安达完了,谭国芷历经多年艰辛建立起来的事业大厦将随之轰然倒塌,由血安达而获得的所有荣耀将烟消云散。李杰自己呢?谭国芷答应给他的分红没了,李杰在长沙买房买车陪母亲度过晚年的计划泡汤,他在药研所的工作不保,还有,还有……

李杰心急如焚,不敢继续想象血安达完蛋以后的严重后果。一个念头闪出来,为了谭国芷,为了谭国芷的家人,也为了自己的切身利益和家人,他不能说出真相。李杰想,苏洁负责的常规毒性检验证实血安达对肝肾功能没有影响。基因检测实验没有被国家药检局列入新药毒性测试的审批条件,更不用说江天浩用最先进的检测技术所做的实验结果不需要报告给国家科技部。基因检测结果在他手中,只要他不向任何人透露,没有人会知道血安达对生殖基因有毒性。

念头闪过之后,李杰又陷入恐慌之中。血安达伤害了生殖基因,万一服药者生下畸形胎儿,他该怎样面对这些受害者?他将承担什么样的法律后果?他又如何面对社会舆论?

李杰问自己:"我该为一桩与他人共同的利益独自承担全部责任吗?虽然利益把我们捆绑在同一艘船上,可是谭国芷是这条航船的舵手,是名利的最大受益人。血安达给他带来过无数的荣耀,给了他地位、金钱、住房和家庭幸福。而我呢?什么都还没有得到,我该为一座危机四伏的空中楼阁和毁人损己的利益赴汤蹈火吗?

"不,我不应该揽下血安达的全部责任,我该把基因毒性检验的结果如实告诉谭国芷,由他决定要不要揭开事实真相。如果他为了自己的利益要求我不说,我可以做到守口如瓶。"

第二天一早,谭国芷的电话把李杰吵醒了。经过一个晚上,谭国芷可能意识到血安达的实验结果没有自己预计的那么理想,他的语调失去了过去询问李杰实验结果时的底气。

李杰告诉了他血安达伤害实验小白鼠的生殖基因。

"怎么可能呢?你不会把编号搞混吧?"谭国芷掩饰不住自己的恐慌。

"编号不会有错。"李杰斩钉截铁地说。

"苏洁参与了动物编号吗?"

"编号只有我一人知道。相信我,我做了十几年的研究,实验编号搞混的低级错误是不会出的。"

谭国芷还是不肯相信,一口咬定说:"血安达绝对不可能有基因毒性,肯定是你的编号出了问题。你肯定是把第二代吡格可乐的实验动物编到喂食血安达的小白鼠身上,我坚信血安达绝对不会出现伤害生殖基因的毒性。一年前我已经对血安达做过动物毒性的预实验,你看过那些照片,解剖动物的病理切片和电子显微镜下的观察都没有发现血安达对实验动物的器官有毒性损伤。"

李杰说:"谭国芷,你是做合成药物学研究的,对基因了解不多。我丝毫不怀疑江天浩报告给我们的检验结果的可信度。更不担忧会张冠李戴,把动物的编号次序搞错。基因出现问题要比器官产生伤害早很多,某些基因在受到损伤后,不一定会表现出组织器官的实质性变化或者身体机能的影响。如果你不相信我的话,可以打电话给江天浩,把动物编号告诉他,让他分析基因结果给你听。"

谭国芷沉默了,久久说不出话来,他再一次问李杰:"你真的很肯定编号没有出错吗?血安达对生殖系统的基因真有损害吗?"

李杰很肯定地说:"血安达的确对生殖基因有损害。"

谭国芷长长叹了一口气,"完了,只要有人知道血安达有基因毒性,我们就什么都没了。血安达是我们研究所唯一的支柱开发产品,它的专利卖不出去,国家科技部的经费要收回,投资人的钱也会撤走,我们都完了。"

李杰怎么不知道它的后果呢!他们的研究所完了,与他们息息相关的家人也将因为他们的失败而遭受打击。人生如戏呀,曲终人散,他们将脱下光彩耀目的服饰,走下高高的舞台,一无所有。

谭国芷有些不甘,"要不你再做一轮毒性试验?"

"再耗几个月的时间吗?白搭。"李杰的回答毫无回旋余地。

谭国芷还是不死心,说:"基因以外的实验结果没有问题,我们不能这么轻易就把血安达枪毙掉。"他的口气很坚定。

李杰脱口而出,"那就不要报告基因毒性的检测结果好了。你把常规毒性的实验结果报给国家科技部,药检局审批不存在问题,我们也没有作假的责任。"人在绝路口,铤而走险。为了即将到手的利益,李杰把自己推向了深渊的边缘。

谭国芷再一次沉默了下来。这是一个多么艰难的决定。他需要勇气和决心,无论是选择利益而不负责任,还是为一份责任和良知而放弃利益。

接下来的日日夜夜里,李杰和谭国芷为要不要公开血安达有基因毒性而倍受煎熬。

六十六

曹琳从纽约打来电话,她气急败坏地对李杰说:"谭国芷真是害死人。"

李杰很奇怪,以为曹琳知道了血安达有问题。难道江天浩也知道了血安达的基因检测结果,把事情捅了出来吗?他感到疑惑,问曹琳:"怎么啦?是不是血安达的事?"

曹琳没好气地说:"血安达关我屁事。"

李杰一听与血安达无关,松了一口气,问道:"谭国芷什么事惹你了呢?"

曹琳咬牙切齿地说道:"凯西的糖尿病与他有关。是他研究的'病毒消'造成凯西得了糖尿病。"

"不可能吧。"刚松下来的那口气马上又涌了上来,堵住了李杰的胸口。

"史密斯医生给我发来邮件,他找到了凯西患糖尿病的原因。是长期服用的'病毒消',使凯西的胰腺受到了损伤。"

李杰难以相信,这是个令他心惊肉跳的噩耗,凯西是药物毒性作用的受害人?想到凯西总是尿裤子,李杰顿时醒悟过来。以前曹琳说凯西被诊断为高血糖昏迷,他还不相信。他当时想,凯西好好的,不可能在生日那天多喝了些含糖饮料,血糖就会高到让她昏迷过去。

但仅凭史密斯医生的推测,怎么就能断定是"病毒消"伤害了凯西的胰腺呢?李杰半信半疑,问曹琳:"你不是早问过谭国芷了吗?他们在开发'病毒消'时做过很仔细的研究,没发现'病毒消'有毒性。谭国芷说'病毒消'在医院里试用了一两年,没有出现任何问题。"

曹琳说:"谭国芷肯定只在成年人身上做过药物临床试验。史密斯医生说,'病毒消'对成年人是安全的。但凯西太小,胰腺还在发育阶段。史密斯医生特地采用成熟的胰腺细胞和胚胎干细胞诱导胰腺做了对比研究,证实'病毒消'会伤害快速成长期的幼儿胰腺。"

实验都已经证实了,他还怀疑什么!凯西的胰腺被损害了,这一辈子都必须打胰岛素,直到死的一天呀。李杰的头像被铁棒狠狠一击。

"你怎么会这样糊涂呢?"李杰悲痛欲绝,一屁股坐到凳子上。

曹琳哭了,"我太幼稚了,相信谭国芷说'病毒消'是个好药。凯西急救住院,我还以为她只是一时的高血糖,只要打一段时间胰岛素,过几个月后就好了。现在完了,我们就一个宝贝女儿,她一辈子要打胰岛素,她的一生都给毁掉了。"

曹琳后悔,李杰更后悔呀。他们的过去有太多后悔,可后悔的事情永远无法挽回。

放下电话,李杰的心一阵一阵绞痛。自己的女儿凯西竟成了药物毒副作用的直接受害人。很多天里,他都处在愤恨中。他不由得想到手中正在研究的血安达。这个能刺激人体产生血清素,让人获得快乐感受的药物,同时有着严重伤害人体的毒副作用。他的内心在激烈挣扎。他想:假如我的家人因长期服用血安达而失去生殖能力,或者,他们的下一代出现遗传性疾病,我的良心会受到怎样的谴责呢?虽然血安达可以给我和谭国芷带来丰厚的经济利益,但如果这些利益是用我的亲人的不幸换取的,它值吗?我们能心安理得地受用吗?它能让我们快乐和幸福起来吗?李杰需要在良知和利益之间做一抉择。

他决定把凯西服用"病毒消"患糖尿病的事实告诉谭国芷,并说服他公开血安达对生殖系统有毒性的真相。他们不能为了利益而丧失自己的道德和人性。

谭国芷给李杰回了一封道歉信后,便从人间蒸发了,李杰怎么也联系不上他。一周后,谭国芷从上海回到长沙,他没有像从前那样,一回到长沙就赶来研究所。直到第二天的下午,他才出现在李杰的办公室里。

一见到谭国芷,李杰火气直冒,吼道:"我找了你几天,你躲到哪里去了?"

谭国芷看起来很憔悴,两眼虚肿,"我不是在躲避。我的心情很坏,需要一点时间好好思考。"

"你的心情很坏?那我呢?我的女儿被你害惨了,她差不多成了半个废人!"李杰痛恨地指责道。

"对不起。"谭国芷低声地说。

"对不起?一句'对不起'我女儿的糖尿病就能好了吗?"

李杰已经想好了,反正血安达这个项目没了,由血安达支撑的药研所也完了,他们之间不再有合作或继续共事的机会,他不需要再掩饰自己。他毫无顾忌地说:"我父亲去世的悲伤还没有消退,现在又添上女儿受药物伤害的痛苦。因为你,我的心里会留下永远也无法抹掉的悔恨。"

"我知道说一句'对不起'没有任何作用,但我的确感到非常抱歉。没想到我和我儿子两人的无心之过,会给你家带来如此巨大的灾难。我真的感到无比难过和痛心。"谭国芷的痛苦是真实的,他的眼里饱含泪水。

李杰没有再肆意发泄内心的愤怒。他设法让自己冷静下来,心想,对凯西造成的伤害也不能完全怪谭国芷,他的研究小组按照国家现有的毒性检测标准给"病毒消"做了长期毒性实验。"病毒消"对发育快速的幼童的严重毒性是他始料未及的。如今谭国芷焦头烂额,功名没了,未来是一个未知数。事情已经发生了,再追究他,自己又能得到什么呢?李杰失去了继续谴责他的勇气。

"关于血安达的毒性问题,你打算怎么办?"李杰问道。

谭国芷见他没有再追究,平静了下来,"李杰,这两天我想明白了。昨天我回到家后,与小倩和儿子也好好谈过了。我已经决定把血安达的毒性结果如实报告给国家科技部。儿子出国的事情顺其自然,家里的房贷以后慢慢还。祸都是因为我太急造成的。急于求成,教训很深。"

李杰沉默了。谭国芷已经做出了决定,血安达的研究也就到此为止了。自己的下一步该怎么走呢?李杰表面平静,内心却在为前途未卜而翻江倒海。

谭国芷看出了李杰的心思,说:"国家科技部肯定会收回拨给我们的开发经费,投资人也会撤资,我们的药研所面临关门,你还是另谋出路吧。"

结局在李杰的意料之中。

谭国芷很平静地说:"我准备辞去药研所所长职务,回上海安安心心做教授,带研究生。三十九个研究生实在太多,现实给我的教训很深,我们出一个不合格的药品,会害一批人,如果我带出来一批不合格的研究生,今后对社会造成的危害会更大。我不能只为了利益,不负责任。回上海后,我将尽早把研究生的人数减下来。"

很显然,谭国芷已经做好了全身而退的准备。李杰想,自己也该走人了。

谭国芷离开研究所后,李杰收拾好自己的东西回到了家里。母亲还在姐姐家,李杰给曹琳拨了电话。他把血安达有毒性、他和谭国芷离开了药研所的事告诉了曹琳。

曹琳显得无所谓,说:"不干了更好。当初英颖他们公司研究的药物,临床试验的疗效达不到预期效果,全公司解散,几百人失去了工作。丢钱丢工作是小事,你走了这么些弯路,能醒悟过来就是最好的收获。"

李杰说:"我正在考虑下一步怎样办,是在国内找工作,还是回美国?"

曹琳说:"你怎么决定都行。我在纽约的工作不是太忙,一个人照顾凯西还行。如果你想听我的意见,我当然还是希望你回美国。陆大伟海归几年,当了药物销售公司的副总裁,还是为了儿子回了美国。江天浩海归,做了基因诊断公司副总裁也只待了半年就回美国了。你海归也快一年了,大城市和二线城市都待过,有了比较,应该可以安下心来,回美国与家人在一起,好好过日子。"

李杰说:"父亲去世了,母亲一个人很孤独,我放心不下她。"

曹琳说:"现在的签证放宽了,我们把母亲接来美国住。凯西每天放学后可以跟奶奶做伴,她一定会高兴的。"

李杰又分别给江天浩和陆大伟打了电话。

江天浩劝告他:"美国的经济的确有很大问题,需要很长时间才能复苏。但困难对每个人都一样,最重要的还是自己要承受得住压力。找到工作是迟早的事,不要操之过急。我回美国后也在家待了几个月,还好,原来工作过的基因检测公司在开发最新的基因检测技术,急需专业人才,把我雇了回去。"

陆大伟在电话里对李杰说道:"你有法院出具的无罪证明,今后找工作不会遇到麻烦。听说曹琳在纽约的工作不错,工资也行,钱足够一家人过日子就好了。你回到美国后,如果一时找不到工作,可以趁机给自己充电,学一些对今后有用的新东西,美国的经济大环境已经明显好转了,你找工作应该不会很难。我们还不算老,只要把心静下来,哪怕重新起步也还来得及。"

李杰心想,陆大伟说得没错,重新起步还来得及。陆大伟和江天浩回到美国,都是重新起步的。谭国芷不也得重新起步吗?

他从"病毒消"和血安达的毒性中终于认识到了问题的症结,放弃了对名利的追逐,开始了新的生活。

李杰打定了回美国的主意,准备找到工作后,便把母亲接过去,尽一个儿子的责任。

六十七

离开长沙,李杰乘飞机到达北京。范时宕到机场接他,让李杰住在自己家里。范时宕是李杰最好的朋友,他们从小学至今一直保持着联系。范时宕的家在亚运村,李杰随着他走进二十几层的高楼群。到了他住的那幢高楼,他们从楼底狭小的门洞里走进只能容纳四五个人的电梯,在电梯上升发出的嘎嘎声中到了范时宕家住的那一层。

范时宕家的客厅很小,大概只有谭国芷家的客厅的四分之一,除了靠门的那一侧,全都被家具和书籍占满。李杰处在一个狭小的空间里。

范时宕说:"这套房子是花了差不多三万元人民币一平方米的价格买下来的。"

李杰咋舌道:"我还以为三四万元一平方米的住房是闹市的豪宅,没想到,像你这样的住房条件也值三万元一平方米。"

"你知道现在多少钱一平方米吗?早翻倍了。"

李杰被范时宕的话吓住了,说:"如今的人想海归也不敢海归了,在北京和上海工作,恐怕是一辈子也别想买得起房子住。或者只好像谭国芷一样,把家安到二线城市去。"

范时宕说:"远离城市啰。"

"远离城市?我在上海住在郊外,每天上下班真是一种难以忍受的煎熬。我宁可住在长沙。"

"真的?"

"那当然。"

范时宕很认真地说:"真给你一份不错的工作,你愿意继续留下来吗?"

"如果是一份我喜欢的工作话,我会考虑的。"

范时宕进一步说:"假如血安达的项目能够继续做下去,你愿意不回美国去吗?"

范时宕显然是在开玩笑。李杰说:"血安达有毒性,安德森教授没有解决它的问题,抑郁症加重后自杀。谭国芷花了很多精力,同样是前功尽弃。这个项目还有继续研究的价值吗?"

范时宕又高谈阔论起来,"谁说它没有继续研究的价值呢?它是一种可以让人平静与快乐的药物。现在的人富了,却活得不快乐。我查了资料,知道陆大伟以前推销的血清素是从大量的人血中提取出来的,价格太贵,只有极少数的有钱人可以买得起。可是绝大多数人属于中产阶级和普通老百姓,这些人承受了最大的生存压力,但都无法借助金钱来买到他们所需要的一切,提升自己的生活品质。如果有像血安达这种物美价廉的药物,让普通人也感受到生活是一种快乐,不是挺好吗?"

李杰说:"我近几年在美国和中国,花了许多时间,参与了寻找和研究这个自己也能用得起的安全可靠、效果类似天然血清素的药物。但我在研究它的时候,常常又怀疑这个药物是否能真正解决一个人快乐与幸福的根本问题。"

范时宏说:"药物的确不是解决问题的根本手段。就同癌症治疗一样,抗癌药可以帮助我们杀死癌细胞,但是,如果我们自己的机体太虚弱,免疫系统不起作用,人还是会死的。所以,我们需要做多方面的努力。"

李杰说:"我做过许多努力,改变工作,改变生活环境,甚至从国外回到中国。可是所有的问题都并没有从根本上解决,每一个工作都一样,哪一个地方都差不多,同样都存在问题,只不过是问题的类型和性质不一样。"

范时宏接下他的话,"你说得不错。世界上没有一个地方是天堂,每一个地方都有它的问题。就算住在国外最好的都市,你也不一定就会幸福。相反,生活在穷乡僻壤的人并不一定就不快乐。"

李杰说:"我常常自问,幸福是什么? 怎样才能找到真正的幸福和快乐?"

范时宏说:"幸福是一种主观感受,没有标准,看你怎么认识和对待它。"

"我原来以为钱能给我们带来幸福,可仔细回想一下,我们过去很穷的时候,反而有幸福感,现在比以前好多了,却找不到幸福的感受了。"

"因为我们过去都穷,没有攀比,没有过高的奢望,没有激烈竞争带来的压力,更没有无止境的物欲。我们过去在平静中生活,拥有一份宽阔的心境,把幸福的标准放得很低,所以我们感受到的生活是快乐的。现代人的生活期望值增高了,幸福的标准自然也就提高了,当我们的生活达不到这个标准时,就只能活在不幸中。所以,无论你改变自己的生存环境也好,吃让自己感到快乐和幸福的药物也好,确实都解决不了根本问题。你经历过许多年的挣扎,我想,如果你仔细回想自己走过的道路,一定会逐渐从过去的生活教训中找到幸福和快乐的方法。"

"我在思考。"

范时宕直截了当地对李杰说:"其实很简单。你需要找准自己的位置,在生活中学会让自己平静。"

"我已经看到了这个问题。"

"是吗?"

"是的。我打算回美国去,让自己平静下来,重新开始生活。"

"难道在中国就不能让自己平静吗?"

"在中国?你不觉得整个社会都急功近利,躁动不安吗?"

"所以,我才希望你留下来。"

"为什么希望我留下来呢?"李杰问他。

范时宕拿出在课堂上授课的架势,说道:"我有三个理由。一是希望你继续研究血安达。现代社会里,人们面临的压力日渐加剧,我们生活在快乐不起来的生存环境中。面临生存困难时,不是所有人都可以凭借意志力来掌控自己的情绪。虽然市面上可以找到给人快乐的类似药物,但它们都有缺陷,不是作用不佳,就是矫枉过正,对人有害,类似于毒品。所以人们需要血安达这类温和、近似天然血清素的药物来帮助自己纾解生存的重负,感受生活的快乐。

"二是希望你多给自己一点时间来考虑在中国的生活。你说整个社会都急躁,你也是其中焦虑不安的一员。你过去经历过的许多不幸,都因为同样急躁的心境造成的。你急于求成,快速地换工作,快速地改变环境,在研究血安达上也同样如此。你想想看,如果你做一份工作的时间太短,你怎么可能发现它的价值、意义,找到它的乐趣呢?你在工作中没有长时间的经验积累,怎么可能成为该领域中的顶梁柱被人器重呢?谭国芷的儿子当医生,没有经历长时间的磨炼,用错药,造成了你父亲的去世。谭国芷领头研究的'病毒消'导致凯西得糖尿病,不也是因为太匆忙想要出成果,没有更全面地研究吗?一件好东西是需要有足够的时间来磨炼的。血安达虽然有毒性,如果我们不急于放弃,静下心来改造它,完善它,也许有一天它会成为物美价廉、真正无毒的好药呢。

"三是你既然回来了,何不坚持下去呢?你在海外生活了十几年,失去了亲历祖国发生巨大变化的特殊时期。你现在回美国去,我个人认为有些可惜。我在美国留学几年,感受到美国社会的确平静些,理性些。我可以说,它是一个相对健康的社会。可是,我们国家在这么短的时间里迅速发展起来,这是世界瞩目的。当然没有办法在一日之间把中国变得那么美满和健康。我们需要时间,需要共同的努力。所以,我希望你能够留下来,我们大家共同来努力。这段经历可能是很漫长的,可是当今后我们再回忆往事的时候,我们会为中国的崛起,为自己参加了这样一个伟大的巨变而感到欣慰。"

范时宕说完后,很诚恳地望着李杰,等待他的回答。

李杰沉默了。良久后,他问范时宕:"你真认为血安达的研究可能继续下去吗?谭国芷已经给国家科技部递交了毒性研究报告。"

范时宕说:"国家科技部接到谭国芷的报告后开会讨论了,并肯定了血安达是一个值得继续做下去的重大项目,不打算把资助经费收回去,希望你们继续研究,直到研究出一种真正的好药。"

李杰喜出望外,问他:"谭国芷知道了吗?他是怎样打算的呢?他说过不准备继续在上海和长沙两头跑,想安心在上海做教授,搞研究。"

范时宕笑着说:"是的,他的想法没有变。他说国家科技部希望你留下来,由你来领导这项研究。谭国芷愿意在上海以大学的名义参与院所之间的项目合作。"

"由我来领导血安达的研究吗？好哇,有你前面说的三个理由,我还能说什么呢！"

李杰真正地海归了。

李杰靠在床头,对我说:"一年过后,血安达的研究有了突破性进展,它的生殖基因毒性显著减轻了,但离最终成为一个好药还有一段相当长的路要走,需要做的工作还很多。曹琳打算参与我们的研究,我这次回美国是来接她和凯西的。我和曹琳商量好了,我们全家海归,把家安在长沙。江天浩也决定卖掉房子,与一家人搬去上海住。"

"难怪你曾说过,是血安达把你留在国内的。"我明白了李杰曾经说过的那句话。

"这话一点不假。血安达的研究经历对我的人生很重要,它让我明白了一个道理:人生活在哪里都是一样的,幸福不源于自己生活的地方,而源于自己的生活态度和选择哪一种生存方式。"李杰说得很感慨。

六十八

听完李杰的故事,天已经亮了,我没有了睡意。李杰光着脚丫走到窗前,把厚厚的窗帘拉开。屋内顿时亮堂了起来。我看到窗外八月盛夏的晨空,朝阳还没有升起,浓郁的绿叶之上,天空碧透得像一片无瑕的玉石。窗外,不知何时插起了一块白色的木板招牌,写着房屋出售和经纪人的电话号码。

李杰打开行李箱找换洗衣裤,对我说:"下午我乘飞机去纽约,上午就不陪你了,我想去一趟蒙诺维亚,看望亚当斯一家人。"

亚当斯?李杰以前的美国房东。在他的故事里,这家人给我留下了很深的印象,我也想见见他们。与李杰的房东交谈,或许可以从另一个角度来了解他,给我的毕业论文提供更加翔实和客观的佐证。

"我同你一块去好吗?"我请求道。

"行呀,想去的话,快点起床啰。"

我立即从床上坐起,穿好上衣,准备下床。

见我兴致勃勃,李杰又说:"不过,你别抱太大希望,我没有与他们事先打招呼,不敢保证他们家有人。"

"亚当斯太太不上班,肯定不会扑空。"我的兴致丝毫不减。

"难说。"李杰从箱子里拿出衣裤,去了浴室。

一门之隔传来哗啦啦的放水声,我记得李杰曾说过,他在美国养成了晨浴的习惯。

江天浩来到客房,留下儿子的车钥匙让我转交李杰,并说中午赶回来送李杰去机场。随后,他与英颖去了车库,他们很快要回国了,有许多事情等着办理。

早餐后,李杰开车载我去蒙诺维亚。我们在亚当斯的家门口下了车,李杰按了墙上的门铃。房门打开了,门内出现一位年轻的白人姑娘。好熟悉的面孔呀,我顿时怔住了。她不就是开车带我去修远大师寺庙的茱莉亚吗?

茱莉亚也一怔,定睛看了我一眼,迷人的蓝眼睛一亮,用中文高兴地叫道:"杨帆,是你呀!你怎么找到我家来了?"

我喜出望外,说:"茱莉亚,这是你的家吗?没想到李杰的房东是你的爸妈!"

李杰一脸迷惑,看着我们,说:"原来你们认识。"

茱莉亚笑嘻嘻地说:"可不是嘛。在飞机上认识的,我几天前还想找他呢。"

"找我?"

"是呀,听修远大师说,你去了圣迭戈。"

"修远大师是谁?"李杰问道。

茱莉亚说:"我的一位北京同学的亲戚。去年修远大师从洛杉矶回中国探亲,替我修理电脑时认识的。"

"这个和尚是有些特别,在电脑方面很在行。"我说。

"你别小看他哟,人家是中国名牌大学毕业的电脑科学博士,以前在洛杉矶的大学里做副教授。"茱莉亚的普通话咬字不是很准,可说话时倒有一点京腔。

"真的呀?怎么跑去做和尚了呢?"我很好奇。

"别提了,嫌大学教授的工资低,几年前想发财,与朋友合伙从银行贷了一大笔钱,买地建房。没想到房价暴跌,欠银行两百多万美元。银行把他们告上法庭,他们败诉了,妻子与他离了婚。一气之下,他跑去寺庙做了和尚。"

没想到修远大师有这么不平常的身世,我准备在李杰离开洛杉矶后,尽快回到修远大师那里。我很想知道他远离尘世,是否真正找到了内心的平静。

我问茱莉亚:"你找我有什么事呢?"

"我这次回美国的目的是同爸妈商量毕业后的去向。我喜欢在中国生活,想请你来我家讲一讲中国的情况,让我爸妈对中国多一些了解。"

李杰说:"你爸给我打过电话。"

茱莉亚说:"他告诉我了。爸妈听你说曹琳和凯西也要回中国定居,他们也就放心了。中国发展很快,他们赞成我个人的选择。"

茱莉亚刚说完,李杰的手机响了。接完电话,李杰在我的肩上重重拍了一下,说:"杨帆,告诉你一个重要的消息。江天浩转告我,在机场我会见到一个你熟悉的人。"

我问他:"谁?"

"范时宕。"

我很惊喜,"我导师!他来美国了吗?"

李杰说:"是的,江天浩收到你师母的电子邮件,范时宕去纽约参加'当代社会发展与全球化进程'的国际学术研讨会议。

他与我乘同一班飞机去东部。"

"我与江天浩一块送你去机场好吗？我想见见导师,顺便向他报告我收集论文资料的情况。"

"杨帆,你的论文材料都收集好了吗？什么时候回中国呢？未来的打算怎样？来美国还是留在中国？"茱莉亚问我,她的那双眼睛湛蓝碧透,流淌出一汪清澈见底的期待。

我笑着说:"到时候你读我的论文吧。"

我现在明白了范时宕教授为什么给我这个研究方向。我相信,他一定知道我也患有轻度的抑郁症,与过去的李杰一样,在沸腾的生活中焦躁、无望。他让我走出自己的阴影,看看外面的世界,了解他人的经历。离博士论文答辩还有一年多的时间,我会好好静下心来思考,放下忧虑,直面生活。我相信,我一定能够找到幸福的源头,在沸腾的中国找到属于我的未来。

附录一

创作谈：从《平静生活》发表到改写为《幸福事件》

黄宗之　朱雪梅

长篇小说《幸福事件》是在百花文艺出版社 2014 年出版的《平静生活》的基础上，重新结构和丰富了内容的一部描写北美新移民对现实生活的选择与人生事业的追寻的作品。

这部小说真实地记录了中国在改革开放以来经历过的一段特殊的历史时期。我们通过几个华人家庭在美国走过的一段艰辛之路，结合自己的生活体验和周围的海外学子的经历，把在这段历史时期中，人们对人生价值的重新认识和对生命意义的探寻作为主题，把个人命运、家庭沉浮与国家进步作为纽带，记录一代科技界学人从出国到回归的过程中所经历的坎坷，记录他们在中国大国崛起的历史进程中对自身价值的思考、对人生事业的追求、对自我生命意义的反思。

二十世纪末的大规模出国潮是中国历史上前无古人的特定

历史现象,二十一世纪中国的高速发展与"海归"是密不可分的。大批知识分子的出国与回归是现代中国在世界上崛起的催化剂,对整个中国的经济建设、科技发展和社会进步起了不可忽视的影响。客观叙述这段特殊历史、正面描写中国人、讲好中国故事,是我们改写《平静生活》为《幸福事件》的主要原因。

《平静生活》的创作经历

原小说《平静生活》通过林杰、卢大伟、张天浩三个穿梭于中美之间的华人,以及他们的家庭所历经中国与美国两地艰难曲折的不同际遇,反映了在中国崛起的过程中,人们经历过躁动与折腾之后对平静生活的向往和复归,并通过当代新移民知识分子对现实生活的选择,对生存方式的追求,揭示现代人的生存困境与人性的困惑。

2007年以来,美国陷入空前的经济危机,房价大跌,失业率居高不下。不少海外华人深受经济危机的打击,经历了失业、找工作困难的境况。2009年经济危机加深,不断有公司倒闭,大学的研究经费被停,研究室被迫关门。我们周围一些朋友不同程度地受到冲击,失去工作,房屋被拍卖,家庭陷入一片混乱中。我们家后来也被波及。大环境的剧烈变化严重干扰了我们原有的生活秩序,大家都处在焦虑与恐慌之中。由于不安,我们的日常生活受到影响,以致我们家在一年内连续出了好几次车祸,小女儿又不幸手指骨断裂做了手术。那一段时期,我们与周围的朋友都处在为未来生存环境有可能进一步恶化的担忧中,失去了平静。面对困境,大家都在寻找出路。有朋友携带家人海归了,也有家庭夫妻不得不分别在美国东西两岸工作,忍受一家人天各一方。

为此,我们打算写一部与经济危机有关的长篇小说,讲述这场危机中海外华人的遭遇和他们的心路历程。当我们正在写这部长篇小说时,另一类景象出现了,在世界各国陷入经济萧条之际,中国却出现了令人瞩目的快速发展,各大城市摩天大楼四处拔起,高速铁路不断延伸,经济建设空前繁荣。原来那一群走出经济危机的朋友还没有来得及安定心情,又陷入了新一波躁动。面对活力无限的彼岸,身边不时有朋友海归,跑回国创办公司,去大学当教授。没有海归的朋友,聚在一起时,多半的话题也是在谈论中国的发展和机遇。有人为没有及时海归后悔,也有人认为当初自己出国就是错误的选择。有人跑回国看了一圈返回美国,对海归又忧心忡忡,忧虑国内的各种问题。回到国内的人也有再跑出来的,抱怨现在物欲横流,人心浮躁。更有一些在国内富了的朋友把子女送出来,或者全家移民国外。许多人处在思前顾后中,纠结出国与不出国、海归与不海归。

也就在那个时候,我们应中国作协的邀请回国访问,并在家乡待了一段时间,有机会目睹了国内经济发展的一片荣景。我们看到的是正处在一个激烈变化中的中国,人们为了更好地生活,不得不调整或重新寻找自己的位置。在处处都是建筑工地的轰鸣声中,农民工从乡下奔往城市,小城镇的年轻人北漂、东漂到大都市,当教授的四处兼职,做医生的各地揽活,大家都在为钱而疲于奔命。见到的亲戚朋友个个都说活得太累。他们有了比过去好很多的物质条件,却说找不到幸福的感受,反而觉得没有过去贫穷时过得开心。他们迁徙跳槽,寻找安居乐业的生活,到头来不知道幸福究竟在哪里。我们深深感到急速的发展使得人们不再平静,诸多问题不断出现。中国崛起得太匆忙,没有时间来顾及和处理求"速"心切造成的副作用。为什么我们在美国看到的问题在中国同样发生了?为什么在美国我们不平静,回到中国看到的也是不平静?为什么我们有远比过去优裕的物质生活,却找不到幸福的感觉?为什么我们四处寻找适合自己生存的地方,却没有一处是我们的理想家园?我们究竟需要什么样的生活?哪里才是我们真正幸福的伊甸园?

从中国回到美国,我们对正在写的小说的主题有了重新的思考,分析危机和崛起中存在的共同问题,寻找产生问题的根源。如今的世界是一个机遇与危机并存且互为表里的急剧变化的现代社会。整个社会的运转太快,我们必须面对日新月异的变化,为了赶上一波又一波袭来的潮流,我们变得焦躁不安。为此,我们在人生道路上匆匆而过,没有时间和心境来欣赏沿途的美丽风景。有了攀比,我们不再满足现有的生活,失去了对生活抱有的健康心态。我们把幸福的标准定得太高,总觉得自己生活在不幸之中,失去了对幸福的感受与知觉。我们急功近利,失去了远见,未能防患于未然。经过一段时间的反思,我们把原因归结为人们的内心不再平静。我们苦苦寻找的幸福之地其实就在我们的内心之中。也许平静就是幸福的源头。平静就是有一种以不变应万变的冷静心态,让我们在瞬息万变的社会里能够沉着应对,处惊不乱。平静使我们不会鼠目寸光,让我们着眼于社会的长远发展。我们最终决定书写美国经济危机和中国崛起过程中,人们在历经躁动与折腾之后对平静生活的向往和复归;通过一代中年移民知识分子的命运抉择,揭示现代人的生存困境与人性的困惑。我们把幸福、苦难、理想、追求以及人生意义、道德价值观等与人性有关的重要主题交织到这部小说里。这部长篇小说就定名为《平静生活》。

不平静可以说是我们这个时代的特征。无论在海外的华人,还是在国内的朋友,大家都深有体会。那些年里,正当世界各国不同程度地处在经济危机的一片哀鸿之际,中国却在崛起,我们这些曾经在中国相对穷困的时期出国的海外华人,面对西方不亮东方亮的现实,内心受到比国人更大的震动,所以"海归与海不归"就成了不平静的主要原因。美国虽然身处经济危机之中,但仍是一个各方面发展相对均衡成熟的社会。中国发展虽快,发展初期难免存在许多不尽人意的地方。对身处海外的新移民来说,究竟选择在哪里生活,无疑是一个相当困难的抉择。海外新移民中的科技人才是一个特殊群体,他们的走向具有非常特殊的历史和现实意义,与整个中国的发展密切相关,是中国经济、政治、社会环境、科技、教育等要素综合进步的晴雨表。我们是科技人员和新移民作家,在海外长期与科技界新移民知识分子生活在一起,知道他们的故事,了解他们内心的纠结,能够真实地、有血有肉地把这一代中年知识分子对生活的抉择和对幸福的追求表现出来。这些因素是触动我们把他们的故事作为载体来挖掘"平静生活"这个主题的原因。

改写小说《平静生活》的原因

在我们已经发表的五部长篇小说中,有四部是描写美国新移民生活的现实主义文学作品。其中三部小说《阳光西海岸》《破茧》《藤校逐梦》出版后,均在社会上获得较大反响,文学评论界的教授、学者写了大量的书评在各类报纸、杂志上刊出。中央人民广播电台和中央电视台也对我们做了采访和报道,北京人民广播电台和中央人民广播电台分别为《破茧》和《藤校逐梦》制作了有声读物或广播剧在电台连播。《平静生活》是我们花心力最多的一部小说,它的故事比其他几部小说更跌宕,情节更曲折。可是这部小说问世后,没有引起任何反应。小说经《小说月报·原创版》刊出后,又作为"《小说月报》金长篇"由百花文艺出版社出版单行本,可几乎没有专家学者对这部小说写书评,广播电台和电视台更没有报道。我们当时对此感到困惑,找不出原因。

就在《平静生活》发表后不久,中国作家协会派出作家代表团访问美国,我们洛杉矶华文作家协会负责接待,海内外作家们进行了非常有益的文学创作交流。中国著名文学评论家李掖平教授参加了这个访问团,回国后她组织学者为我们协会推荐的几位作家的文学作品写书评。李掖平老师没有选择推荐我们刚问世的新作《平静生活》,而是选了几年前由人民文学出版社出版的长篇小说《破茧》。我们当时很纳闷,有一天,一位朋友告诉我们,听说李掖平老师早就读过我们的《平静生活》,她认为《平静生活》背后隐藏了一些能让人体会出来的作者没有明言的意思。

一部小说经由不同人阅读时,所读到的东西是会不一样的。文学评论家通常是站在更高的位置与角度,会从小说的字里行间看出潜藏在作品内部连作者本人也可能没有预知的意涵,挖掘出作品的深层思想和社会意义。虽然掖平老师没有直接指明是什么,但我们很快被点醒,意识到她的意思。鉴于此,我们回过头来重新审视这部小说,反思自己的创作意图和思想根基。通过一段时间的思考,我们发现了问题,找到了根源。

《平静生活》是我们所经历过的一段人生艰难历程的现实写照。与小说里描写的几位海归与不海归的科技界学人一样,我们也是在中国相对穷困的时期出国的,当面对中国的崛起时,是海归还是继续待在国外,无疑是相当纠结的。我们是刚刚从美国经济危机泥沼里走出来的科技人员,内心有着小说人物同样的苦闷和挣扎。我们笔下的几位主人公是比我们年轻的海外新移民,他们历经波折,最终选择海归,重新来过,投身到祖国日新月异的建设中去。而我们却是年龄已过了再回国创造一番新事业、实现人生抱负的人,加之孩子都在美国生活,已经回不去了。所以,当面对曾经生养自己的故土一片生机勃勃时,当看着如今的中国蒸蒸日上飞速进步时,我们心里有着说不出的感慨和道不清的无奈。为了让自己接受现实,我们不得不找一些理由来安抚自己,说服自己平静下来,随遇而安。由于长期以来,绝大多数身在海外的人为了让国内的亲人不替自己担忧,通信时通常采取报喜不报忧的方式。这也就造成了在海内外形成的一种看法:留在国外的人都还混得不错,只有那些在国外待不下去的人才会海归回国。于是,这种说法不仅助长了出国潮,同时也帮助了那些即便在国外过得并不太好的人聊以自慰。于是,这也就成了我们可以说服自己继续在海外安居的重要理由。《平静生活》就是在这种指导思想的驱使下编织故事、塑造人物的。我们在小说里,对人物的设计和他们的归属等方面做了符合这一说法的安排,把塑造的主要人物一分为二:成功的留在了海外,遭受种种挫折、干得很失败的海归回国。《平静生活》一书也就是在这种心态下萌生出来的产物,通过小说给我们自己设置了一个安身立命的伊甸园。究其思想根源,所谓"平静生活",其实反映出我们的内心并不平静。

2014年至2018年的几年间,我们多次回国,参加了两届由中国侨办举办的世界华文文学大会,到浙江大学参加移民文学高峰论坛,到上海参加上海作协举办的专家学者与海外作家一对一文学创作谈,在绍兴看到私立大学越秀外国语学院办得轰轰烈烈。在世界华文文学大会上,侨办负责人向我们海外作家提出了倡议:写好中国故事,写好中国人的故事。在回国参加的实地考察中,我们目睹了国内经济与文化建设相当惊人的进步。我们接触到不少的海归学人,他们在各个领域里成了学科领头羊,促进了国内科学的巨大进步和社会的飞速发展。他们与国内的科技人员共同努力,使得中国在高速列车、人工智能、移动电话、5G通讯等许多方面走在了世界的前列。事实胜于雄辩,我们找到《平静生活》出问题的思想根源后,决定改写这部长篇小说,真实地反映历史,记录中国在大国崛起的过程中,大量的科技人员走出国门,历经艰辛,回归祖国后产生的积极作用。国务院侨办的倡议让我们对自己的文学创作方向进行了深刻的反思,让我们对自己作为新移民作家应该具有的责任感有了清醒的认识。改写《平静生活》是我们写好中国故事和中国人的故事的重大思想转变。

我们是中国社会由贫穷走向繁荣的见证者,切身经历过出国潮,并在美国生活了许多年,是离开中国、在大洋彼岸看得更清晰的人,应该客观地、历史性地、全面地看待中国,讲好中国人的故事。为此我们在回到美国后,对小说《平静生活》进行了改写。把海外华人中的精英江天浩的归属做了重大改变,将他从回国发展再到美国改为最终海归。为了与小说《平静生活》区分,我们把三个主人公的名字也全部做了修改,林杰改名为李杰,卢大韦改名为陆大伟,张天浩改名为江天浩。改写《平静生活》是我们的思想观念有了根本转变的分水岭。此后,我们的文学创作也就有了更加明确的方向,我们在不同的海外华文文学会议上,提出新移民文学作家应该承担历史的责任,并在自己创作的文学作品中践行自己的承诺。2018年由作家出版社出版的长篇小说《藤校逐梦》和2019年完成的小长篇小说《艰难抉择》,我们都尽力承担起这一社会责任和历史使命。

《幸福事件》对小说《平静生活》所做的改变

与《平静生活》相比较,我们在《幸福事件》中做了新的尝试,如下:

一、小说主旨的改变。原小说叙述了一个在国内经济高速发展时期内心失去平静、没有幸福感的社会学博士研究生杨方,为撰写《海归海不归》博士论文,走访了回到国内和继续留在美国生活的三个华人家庭,从而寻找到自己人生方向的故事。改写这部作品,把小说的主题由寻找平静生活转向聚焦海外科技界学人的海归,叙述在中国经济飞速发展、科技创新引领社会进步的过程中,海归们的内心矛盾、挣扎,以及最终选择回归祖国投身一日千里的大国崛起,寻找人生幸福的心路。

二、小说叙述方式的改变。我们把小说主要人物采用第一人称叙述自己的心路历程改为采用第三人称,使得小说阅读更顺畅,并客观地把人们在生存过程中遇到的各种问题,以及由此造成的巨大心理冲突充分展现出来,并在心理层面上做尽可能深入的揭示和剖析。

三、小说结构的改变。原小说采用顺叙的方式来结构小说。这是我们过去创作的几部小说时所常用的写作手法,先做铺垫,再慢慢进入故事的高潮。由于网络技术飞速发展,网上阅读短篇作品和社会见闻占据了读者大部分的阅读时间,每年有大量的文学作品发表,人们已经很难花时间慢慢被一部长篇小说吸引住注意力。所以,我们改变了这部小说的叙述结构,把故事最让人纠结的部分提到小说的最前面,先把读者抓住,再展开情节。

四、小说内容更加丰富充实。原小说中主要讲述林杰、卢大韦、张天浩三个穿梭于中美之间的华人的际遇。改写时增加了一些副线人物作为绿叶,更加全面地反映了这个历史时期。如曾经的电脑科学家看破红尘,在美国事业失败后出家当了和尚;在中国留学的美国女孩茱莉亚,学成后却向往中国的欣欣向荣,选择留在中国生活。我们重点对江天浩的结局进行了改写,他们一家由回到美国改为最终海归。江天浩是海外留学生中的精英,是在海外事业有成的科学家,是进入美国主流社会的高薪白领。他的归属改为:国内千人计划给海外的高学历人才提供了更为广阔的施展才华的舞台,江天浩被国家以优秀人才的身份聘用,最终携全家一同海归,夫妻双双重回国内科技领域,把自己在国外积累的丰富知识与技能回馈给生养自己的祖国。这一改变,更加符合中国的现实,并客观地、历史性地记述了中国科技飞速进步中,大量优秀海归人才放弃国外的优裕生活和已有的学术地位,为祖国的发展做出的巨大努力和卓越贡献。

结　语

这部原由百花文艺出版社出版的十五万字的长篇小说,通过改写,最终丰富为二十余万字的《幸福事件》。作为旅居海外的新移民,我们把自己的文学创作方向基本上定位在新移民文学上,希望能更好地承担起新移民文学作家应该肩负的责任。作为第一代移民,我们在中国生活了二三十年,对这片土地有相当的了解,也有着深厚的感情。身在庐山之外,我们有可能站在一个全新的角度来观察两个完全不同的社会的发展,客观地比较两个社会的差别,把国外好的和不好的方面以文学作品的形式呈现出来,为祖国的发展做一些力所能及的事。我们希望自己的祖国繁荣,社会和谐,人民幸福。这些年我们看到了中国社会发生的深刻变化,期望更加客观地记录这段历史。《平静生活》到《幸福事件》的变化,就是出于这样的目的。

附录二

美国西海岸新移民故事的叙述者

金 进

1848年,美国加利福尼亚发现金矿的消息,吸引了世界各地的淘金者蜂拥而入,其中以珠江三角洲的广东人反应最为迅速。1850年,大约有1000名中国人到达旧金山,次年来了6000人,第三年又来了2万人。1852年的人口普查资料显示,加利福尼亚人口大约10%(约2.5万人)是中国人。1863—1869年期间开始跨越内华达山脉的中央太平洋铁路建设,这个工程招募了1.4万名中国人参加。同一时期,加拿大的淘金热开始于1858年,到19世纪60年代,已经有数千中国人移居不列颠哥伦比亚省。不过从19世纪后期到20世纪中期,北美政府都竭力阻止中国移民进入当地,而对于那些已经落地生根的中国移民,则用各种方法限制其自由、剥夺其民主权利,最为著名的是1882年的《排华法案》。这个法案规定未来十年内禁止除商人、外交官和学生外的任何华人劳工进入美国,这种情况一直到1943年才开始有所缓解,整整延续了60年。北美华人移民的人口在这一时期开始减少,全美华人总数从1883年高峰时期的13.6万人,下降到1900年时的大约9万人,华人社会的规模也开始持续缩小。北美华人移民历史是曲折,甚至充满血泪的,这些离散经历也是北美华人作家经常涉及的题材,如张系国《香蕉船》、严歌苓《扶桑》、张翎《金山》,等等。

归纳起来,新移民作家由三部分人员构成,一部分来自台湾地区,一部分来自香港地区,还有一部分来自大陆地区,这些新移民开始在异国他乡奋斗,很多都入籍他国。因为对文学的爱好,他们提笔书写新一代移民生活的酸甜苦辣,用生命体验和人生感悟成就了自己的文学创作之路,也成为当代华语文学中不可忽视的文学力量,我们称他们为新移民作家群,黄宗之、朱雪梅贤伉俪的文学创作就是当代新移民文学中的重要代表。

文学遇见科学:创作题材上的探索与回归

最早的《阳光西海岸》(2001年),有着北美早期劳工文学的影子,黄宗之曾经这样描写自己的美国寻梦之旅,"最初在美国那几年的艰难体验让我们深深感到:我们这些在大学里做研究的技术人员与一百五十年前在美国西部修筑铁路的华工没有区别,他们修筑的是一条美国西部的经济大动脉,而我们这些成千上万从中国来的研究人员无非是在为美国建筑一条高科技的高速公路。而如此巨大的一群科技人员流到海外是中国历史上前无古人的特定历史现象,应该有人把它记录下来,因为这是一段沉痛的历史,也是一段中国走向世界、走向未来的历史转折,有一天人们会去探讨它的意义,历史也会铭记这段时间"。当时的黄宗之可能意识到移民题材的独特性,《阳光西海岸》成为他们夫妇的成名之作。也就是这个时期,黄宗之、朱雪梅开始思考下一步的创作,是以自己的新移民生活为创作对象,还是以职业经历进入文学?在这条创作题材的选择道路上,他们夫妇进行了重要的探索。

黄宗之、朱雪梅是分子生物学的专家,都从事过基因克隆的实验,而克隆人技术就是这一领域最受争议的事。于是,他们开始大量地进行艺术探索,黄宗之自言:"由于身处在洛杉矶这个文化大都会里,美国主流社会最火的小说和电影大片都是些故事曲折、情节惊险离奇的科幻作品。我们多少受到这方面的影响,萌生了写科幻小说的念头。"在第二部长篇小说《未遂的疯狂》(2004年)中,他们直接将熟悉的克隆人技术引入小说创作,同时给小说加上了一个悬疑推理的壳,不过这部小说没有取得成功。从小说内容方面来看,《未遂的疯狂》中尝试将谋杀、侦探、悬疑等元素集于一体,同时,作品中借用了大量的克隆人等医学知识,但整部小说情节过于平淡,斧凿痕迹太重,还是一部相当稚嫩的作品。虽然想跟上20世纪初期克隆人、外星人、悬疑等流行题材的风潮，但《未遂的疯狂》悬念设置简单、科学技术繁复阐释以及人文背景缺乏，无法跟同时期出版的《天使与魔鬼》《达·芬奇密码》等相比。但从另外一个角度看，这部小说也是他们夫妇未来小说发展的一个重要方向，相信凭借黄宗之、朱雪梅两位三十余年的医学研究经历、二十余年的文学磨砺，只要他们能够将专业知识、生命感悟融化到自己的创作之中，同时寻找到适合的艺术表现方式，一定会创作出一部优秀的克隆人题材或者人类伦理题材小说。

《破茧》（2009年）是黄宗之、朱雪梅的回归之作，回归新移民生活题材，选中的是贴近他们生活的子女教育问题。小说通过介绍两个华人家庭不同的教育方式展开情节，一个是移民中产阶级家庭，父亲李欣宇、母亲白梅对女儿安妮塔严格要求，事事追求完美，胎教、学钢琴、跳芭蕾等，但是战后婴儿潮导致申请一流大学人数太多，竞争之下，安妮塔未能如愿考上常春藤名校；而另一个家庭来自移民中的底层劳工阶级，父亲张远鸿、母亲蓝紫都不谙英语，分别靠做搬家工、保姆来维持家庭生计，儿子巍立跟他们一起经历了多重生活磨难，遭受校园暴力、协助父亲跨州替人搬家、在社区学院读书、当选查菲学院学生会主席、参选州长教育顾问，最后通过参加童子军所获的猎鹰奖章幸运地进入哈佛大学。表面上看，这是两种家庭教育方式的不同，但深入来看,更多的是中美两国教育方式的不同。这部小说开头部分的"提引",有关于破茧成蝶的寓言故事,其中"小幼蝶咬破茧子,使臃肿的身体经过狭小的洞口,拼命挣扎爬出来的时候,蓄积在体内的血液会被挤压,流进幼蝶细小干瘪的翅膀里。小幼蝶的翅膀被滋养自己生命的血液灌注充填,才能猛然伸展开来,变得丰盈而美丽,从此成为一只真正的蝴蝶,拥有了一双能够展翅飞向蓝天的翅膀"这一段,已经道明了小说的主题,那就是健康的心智和人格的培养,在亲子教育中是相当重要的。再加上小说中一段段关于教育方式的对话和争论,又将黄宗之、朱雪梅要讨论的教育问题不断地加深。正是在这一点上,黄宗之、朱雪梅的《破茧》为华语文坛奉献了一部成功的教育小说。

海归/不归的彷徨:新世纪新移民题材中的离散书写

黄宗之、朱雪梅所创作的《破茧》(人民文学出版社,2009年)、《藤校逐梦》(作家出版社,2018年)和《幸福事件》(广西师范大学出版社,2020年),我称之为"美国新移民三部曲",可谓是当代中国家庭留美修炼手册。《藤校逐梦》来源于他们女儿的成长经历,"我们把写作方向和关注的焦点集中在出国留学和子女教育上。之所以如此,原因有二:一是我们俩出国前后都在大学里工作,对教育这一领域相当熟悉;二是我们自己也非常重视家里两个孩子的教育和成长"。这使得黄宗之、朱雪梅在中美教育这一题材上非常地熟练。江少川也认同,"这部小说通过中国与美国三个不同的华人家庭'留学、读名校'的故事,艺术地演绎了两代人悲欢离合的境遇及其人物复杂的历程"(《学海潮观:追梦与隐痛》,《藤校逐梦·序》)。不过,需要指出来的是,《藤校逐梦》这部小说中过于"图解美国教育制度",很多地方过度加入指南性质的人物对话和政策解读,表面上解决了"海外留学是有限的优质教育资源的竞争""什么时候出国留学""在美国留学期间打工和毕业后留下来工作有哪些途径与值得注意的事项"以及"在美国留学选择学什么专业合适"这些重要的目的,使得其创作有着很强的实用目的,而这种目的性又是以降低小说的艺术性为代价的。

黄宗之、朱雪梅的小说,情节上有着很强的互文特点,如《幸福事件》中陆晓波沉溺于电脑导致学业成绩下降、离家出走而整夜未归的情节,在《藤校逐梦》中琳达身上也有发生过。《幸福事件》中江天浩、英颖两地分居的生活,也跟《藤校逐梦》中刘韬、辛洁的经历相同。"血安达"类似的药物研究和生物医学实验,在他们的《未遂的疯狂》《藤校逐梦》中都出现过,而他们最近完成的长篇小说《艰难抉择》,更是围绕药品专利的知识产权问题展开的。最明显的是,他们很多小说中的人物故事直接来自自己的经历,如刘韬、辛洁夫妇(《藤校逐梦》),再如《破茧》中欣宇在南加州大学做研究,住在洛杉矶东边的华人聚居地阿罕布拉市,半年后妻子白梅、女儿安妮塔来美国探亲,这些都是黄宗之、朱雪梅夫妇在美生活的文学呈现。此外,他们将大量的基因生物医学常识融入小说,也大大地增加了小说的互文特点,这种朴素的现实主义使得他们的长篇小说有着一种淳朴的底色和生命的力量。

"离散"一词,源自古希腊语,本是指远离上帝默许之地的犹太人,虽身在埃及,生活安稳,但心向故土,最后在先知摩西的带领下,返回迦南地的经历。在文学理论中,它指的是那些离乡的人,虽在异乡,但心怀故土,是一种重要的文学情结。黄宗之、朱雪梅除了对美国教育的实用性介绍外,他们创作的"美国新移民三部曲"还成功地展示了当代北美新移民生活的真实状态,特别是技术移民的中产阶级这一群体的离散心态。"新移民三部曲"的题材集中于中国科技工作者的美国创业生涯和生活经历。有必要交代一下当时的美国移民政策的变化,从1960年代中期开始,因为北美移民国家废除种族性的《排华法案》,大量来自台湾、香港地区受过良好教育的技术移民得以移居西方,这部分移民构成了当代新移民群体的先驱。正是在这个历史基础上,中国现代文学才有可能大规模在北美地区离散,这批移民作家,不论是1950年代至1960年代的留学生文学,还是1980年代之后的新移民文学,他们的创作成就已经超过了北美第二代移民的文学创作,更远远超过了百年前的劳工文学创作。

黄宗之、朱雪梅的小说《幸福事件》中有三对夫妻,讨论的是新移民在面对中国高速发展的历史背景下的命运抉择。新世纪以来,海外新移民们一方面享受着美国高质量的物质生活,另一方面又觉得不能错过中国发展的机遇,在两难之中,他们面对着"海归/不归"的艰难抉择。李杰、曹琳夫妇的故事是小说的主要线索,李杰职场失败、房子被银行收回、持枪被捕,最后回国,妻子曹琳在美也经历着种种波折,对他们在美国的生活过程的描述,充分展现了新移民的落地生根之痛,毕竟迁移之后,重新生根需要时日,最后选择了回国发展。但海归之后,李杰因为不能适应国内传统的人情社会规则,又经历了一番落地生根的过程。第二对夫妇是陆大伟、肖昕,他们在帮助李杰夫妇的同时,曾经思考过移民生活的意义:"我们原以为只要努力,只要坚韧不拔地奋斗,就会得到想要得到的东西:富裕和幸福。为此,我们出国、下海、回归,拼命努力,坚韧奋斗,始终站在时代的风口浪尖上。成功没有给我们带来持久的喜悦,物质没有让我们感到满足,金钱没有赐给我们真正的幸福。在一个日益繁荣和富裕的社会里,我们的精神变得日益贫穷,生活品质没有变得更美好,心却在经受更多的磨难和煎熬。"这种反思在第三对夫妇江天浩、英颖那里更多,在此就不赘述了。这部长篇小说中,三个中国家庭的美国移民之路,如已经在中国长成的大树,移植到异国他乡很难,在灵根自植的过程中,是"继续扎根"还是"重回故土",大家都在"海归"和"海不归"之间彷徨着。

新移民生活的在地化是黄宗之、朱雪梅小说的一个重要亮点,以近作《藤校逐梦》为例,虽然有如"后记"所言"女儿上大学改专业以及她所讲的故事",但很多地方都是二手材料,小说中最扎实的内容还是他们擅长的"职场斗争"和"儿女教育"。如何突破自己熟悉的题材,是黄宗之、朱雪梅面对的挑战。不过,有一点非常值得我们注意,那就是小说中关于华人第二代移民的成长经历和精神生活的描写。我们看到了美国新移民生活中的很多方面,如《藤校逐梦》中有苏珊自杀、文森吸毒的故事,也有苏珊对父辈的批评,如"细想造成这个恶果的根源,是我从小就受爸妈的错误引导走偏了路,他们把顶尖大学和世俗成功看得太重,才把我逼成今天这个样子"。在黄宗之、朱雪梅的小说中,像安妮塔、巍立、史蒂文、琳达、文森、陆晓波、詹妮弗等一大批第二代移民已经成长起来了。他们对中国故土与美国新家关系的思考、对中美文化的思考,甚至对父辈移民的误解和理解,都是非常宝贵的文学记忆。可以说,对第二代移民形象的塑造和精神世界的探索,是黄宗之、朱雪梅小说中的可圈可点之处。

结　语

　　黄宗之、朱雪梅的小说,目前来看,题材选择和离散主题的独特性成就了他们的文学地位,其小说最大的艺术魅力在于叙事的张力。他们的小说本身具有很强的自传色彩,基本上围绕新移民都市中产阶级的生活展开,又集中在高科技人才的领域,这使得他们的小说情节相对单一;但与此同时,他们的小说又关注着众多海外新移民的现实处境,如移民艰辛、家庭情感、学校教育、代际隔膜、职场纷争,甚至近期出现的家国情怀,极大地拓宽了其小说的内涵。在题材的相对集中与生活的无限丰富之间,黄宗之、朱雪梅的小说具有了极强的叙事张力,这也是他们每部小说让人期待、引人入胜的最重要的原因。

　　听宗之老师说,我于2018年8月向他约《幸福事件》的书稿时,他们家的窗台上总有漂亮的孔雀光临,当时新移民作家微信群里,都说一定有吉事临门。我跟他说这是一个好兆头,希望《幸福事件》这部小说的出版能够成为他们夫妇"新移民三部曲"的终章,也成为他们文学创作的新起点。他曾经说过:"我们把自己的文学创作方向基本上定位在新移民文学上,希望能更好地承担起新移民文学作家应该肩负的责任。作为新移民作家,我们需要通过观察比较居住国的方方面面,把国外好的方面以文学作品的形式客观地介绍到国内去,以促进中国社会的良性进步和发展,为祖国的强大肩负起时代的担当,这应该是我们今后在新移民文学实践中的创作方向。"如果要憧憬黄宗之、朱雪梅未来的创作方向,我希望他们在华人新移民中产阶级生活方面有更深入的探讨,书写出更有历史感、更有人文反思精神的新的华人三部曲,从而更宏阔地展现当代华人从花果飘零到灵根自植的艰辛和伟大。